ÜBER DAS BUCH:

Harold Robbins erzählt die Geschichte des männlichen, aggressiven und machthungrigen Gareth Brendan, der die erste Gelegenheit ergreift, um sich dem Einfluß seines skandalumwitterten Onkels zu entziehen. Gareth kauft eine vom Ruin bedrohte Zeitschrift und macht aus ihr ein Glamour-Blatt mit Millionen-Auflage. Ein schonungsloser Kampf ist damit verbunden – gegen die Konkurrenz, gegen neidische Kollegen, gegen profitgierige Informanten, gegen ein erbarmungsloses Unterwelt-Syndikat. Und gegen seine eigene Vergangenheit. Im Augenblick seines höchsten Triumphes holt sie ihn ein, und er erkennt, daß er seine Träume von Macht und Einfluß der harten Wirklichkeit opfern muß.

DER AUTOR:

Harold Robbins (eig. Harold Rubin resp. Francis Kane), am 21. Mai 1916 in New York City geboren. Er wuchs als Waisenkind in verschiedenen Heimen und Familien auf. 1940 wurde er von den Universal Film Studios als Expedient eingestellt; als er die Firma fünfzehn Jahre später verließ, war er Leiter der kaufmännischen Abteilung und hatte inzwischen zu schreiben begonnen. Harold Robbins lebt abwechselnd in Kalifornien und in Frankreich.

Dieses Buch gehört Grace –
denn Grace gehört zu mir

Harold Robbins

Träume

Roman

GONDROM

Lizenzausgabe für Gondrom Verlag GmbH & Co. KG, Bindlach 1992
Mit Genehmigung des Scherz Verlages, Bern und München
Titel des Originals: »Dreams Die First«
Einzig berechtigte Übersetzung aus dem Amerikanischen
von Günter Panske

Covergestaltung: Graphik Design Studio L. Mielau, Wiesbaden
ISBN 3-8112-1001-7

Erstes Buch
Die untere Seite

Als ich aufwachte, war es fünf Uhr nachmittags. Im Zimmer stank es nach kaltem Zigarettenrauch und billigem säuerlichem Rotwein. Ich wälzte mich aus dem Bett, stolperte über den jungen Burschen, der davor auf dem Fußboden schlief, und schlug ums Haar lang hin. Verdutzt starrte ich ihn an. Er war nackt. Wie er dort hingekommen war oder woher, ich wußte es nicht. Schlimmer noch: ich wußte nicht einmal, wer er war.

Bewegungslos lag er, während ich das Zimmer durchquerte, das Rouleau hochzog und das Fenster öffnete. Es heißt zwar, in Südkalifornien regne es nie. Aber das sind alles nur Sprüche. Jetzt jedenfalls sprühte mich der Wind so mit Wasser voll, daß ich das Gefühl hatte, unter einer kalten Dusche zu stehen. Ich fluchte und schloß das Fenster wieder.

Sogar der Junge vorm Bett hatte vom Regen was abbekommen; aber munter wurde er trotzdem nicht. Er rollte nur auf die Seite und krümmte sich so stark zusammen, daß seine Knie die Brust berührten. Im Bogen ging ich um ihn herum, zum Badezimmer. Noch blieb mir eine halbe Stunde, um mir von der Arbeitslosenfürsorge meinen Scheck abzuholen. Wenn ich mich beeilte, konnte ich's noch schaffen.

Zehn Minuten später trat ich vor die Haustür. Der Collector – der Eintreiber – saß in seinem neuen, roten Jaguar, 68er Modell, und wartete auf mich. Daß er den Verkehr behinderte, der von der Schnellstraße kam, scherte ihn offenbar nicht. Mit einem Satz überquerte ich den regenüberfluteten Bürgersteig und stieg zu ihm ein. Er hob kurz die Hand, eine Art Begrüßung.

Bevor er den Mund aufmachen konnte, sagte ich:

«Ich hab mein Geld noch nicht. Ich war gerade auf dem Weg zur Arbeitslosenfürsorge.»

Sein glänzendes schwarzes Gesicht verzog sich zu einem leichten Lächeln.

«Okay, Gareth», sagte er, «hab ich mir schon gedacht. Ich fahr dich hin.» Er lenkte seinen Jaguar in den Verkehrsstrom. Das wilde Protestgehupe hinter ihm störte ihn nicht.

«Die Geschäfte müssen ja ziemlich schlecht gehen, wenn Lonergan Sie hinter so kleinen Fischen herschickt.»

Er lächelte noch immer. «Lonergan hat da so einen Grundsatz: ‹Kümmre dich um die Pennies, und die Dollars rollen von selbst an.›»

Mir fiel keine passende Antwort ein. Die Geschichte bei Lonergan lief schon so lange, daß ich kaum noch wußte, wie alles mal begonnen hatte. So vor drei oder vier Monaten, als ich meinen ersten Arbeitslosenscheck bekam, war ich plötzlich ziemlich klamm und mußte mir was pumpen. Danach kam ich dann nicht mehr klar – bis zu diesem Tag nicht. Jedesmal wurden mir prompt zehn Dollar abgezwackt: Woche für Woche gab ich ihm meinen Scheck über *sechzig* Dollar und bekam dafür von ihm *fünfzig* Dollar in bar. Ja, direkt auf die Hand. Hätte ich's nur ein einziges Mal geschafft, in einer Woche *ohne* die fünfzig über die Runden zu kommen, so hätte ich mich von ihm freigeschwommen. Aber so war's nun mal nicht. Ich kam nicht klar und saß bei ihm am Kanthaken.

Der Collector bog auf den Parkplatz ein und hielt vor dem Eingang. «Ich warte hier», sagte er. «Hol dir dein Papierchen.»

Ich sprang aus dem Wagen und rannte zur Tür. Gerade als der Wächter kam, um abzuschließen, war ich drin. An meinem Stammschalter sah ich Verita, die Mexikanerin. «Ja, um Himmels willen, Gary», rief sie, «warum kommst du denn so spät?»

«Na, was glaubst du wohl? Ich habe mich nach einem Job umgesehen.»

«Was du nicht sagst!» Sie zog die Formulare aus der Schublade und schob sie mir entgegen. «Ach was – es regnet, und du bleibst im Bett, vertreibst dir die Zeit mit Bumsen und wartest, daß der Regen aufhört.»

«Oh, Baby», sagte ich. «*Das* doch nur, wenn du bei mir bist.» Ich unterschrieb das Formular. «Gibt doch keine, die mich immer wieder so auf Touren bringt wie du.»

Sie gab mir den Scheck, lächelte. «Jede Wette – das sagst du zu allen.»

Ich faltete den Scheck, steckte ihn ein. «Du verkennst mich. Kannst sie ja fragen, wenn du willst.»

«Ich koche heute abend mexikanisch», sagte sie. «Gute *enchiladas. Tacos* mit richtigem Rindfleisch. Rotwein. Kommst du?»

«Kann nicht, Verita. Ehrlich. Hab 'ne Verabredung mit so einem Kerl – wegen 'nem Job.»

Sie zog ein Gesicht. «Immer, wenn ein Mann ‹ehrlich› zu mir sagt, weiß ich, daß er lügt.»

«Vielleicht nächste Woche», sagte ich und wandte mich zur Tür.

«Eine nächste Woche wird es nicht geben», rief sie hinter mir her.

Aber ich war bereits bei der Tür, und erst, als ich in das Auto stieg, begriff ich richtig, was sie meinte.

Der Collector hielt mir bereits den Füller hin. Ich nahm, unterschrieb den Scheck, gab ihn dem Collector. Er warf einen Blick auf meine Unterschrift, steckte den Scheck ein. «Gut.» Er nickte. Plötzlich klang seine Stimme eigentümlich ausdruckslos. «Aussteigen!»

Ich starrte ihn verdutzt an. «Aber Sie haben mir ja noch nicht meine Fünfzig gegeben.»

«Ist nicht mehr drin», sagte er. «Dein Kredit ist gerade ausgelaufen.»

«Was soll das!? Das ist doch praktisch eine feste Abmachung.»

«Nur, solange du deine Schecks bekommst. Aber du bist nun mal nicht so im Bild wie – Lonergan. Er weiß, daß dies dein letzter Scheck ist und daß du frühestens in drei Monaten wieder drankommst.»

«Scheiße! Was soll ich jetzt tun? Ich bin pleite.»

«Du könntest's ja wieder mal mit Arbeit versuchen», sagte er, streckte seinen Arm an mir vorbei und stieß die Tür auf. Als ich aussteigen wollte, hielt er mich einen Augenblick zurück. «Lonergan hat mir aufgetragen, dir zu sagen – wenn du wirklich wieder arbeiten willst, dann sollst du dich um Viertel nach zwölf bei ihm in seinem Büro sehen lassen.»

Kaum war ich ausgestiegen, zog er die Tür hinter mir zu und fuhr los. Ich stand da, und der Regen strömte mir übers Gesicht. Ich kramte in meinen Taschen und fand schließlich ein zerdrücktes Zigarettenpäckchen. So drei oder vier waren noch drin. Ich ging zum Gebäude zurück, stand hier im Windschatten und steckte mir eine an.

Als ich den Kopf hob, sah ich, daß Verita eben in ihrem alten Valiant vom Parkplatz fahren wollte. Ich winkte. Sie hielt, und ich rannte hin und stieg ein.

«Ich bin erst für dreißig Minuten nach zwölf verabredet», sagte ich. «Wenn dein Angebot also noch gilt – »

Sie hatte eine kleine Atelierwohnung bei der Olivera Street. Wenn man den Kopf weit genug aus dem Fenster steckte, konnte man unten die hellen Lichter der Straße sehen, auf der immer Betrieb herrschte. Den Chicanos schien der Regen nichts auszumachen. Nach dem Abendessen brachen sie, wie stets, zu einem Bummel durch das Viertel auf. Dazu nahmen sie gewöhnlich ihre Kinder mit. Dieser «Bummel» fand erst um zwei Uhr früh ein Ende, wenn überall dichtgemacht wurde. Dann gingen die armen Chicanos mit ihren Kindern nach Hause, während jene, die sich's leisten konnten, dorthin abschwirrten, wo auch nach der offiziellen Schlußzeit noch was los war. Mexikaner taten nachts alles mögliche, nur schlafen mochten sie um diese Zeit nicht.

«Hier ist Johnny!» Aus dem Fernseher hinter mir, am Fuß des Bettes, klang Ed McMahons Stimme. Ich hob den Kopf.

Veritas Hände schoben mich wieder zwischen ihre Beine. «Nicht aufhören, Gary. Das ist ja so gut!»

Ich sah auf, betrachtete sie. Auf ihrem Gesicht lag jener eigentümliche Ausdruck fast grimmiger Entschlossenheit, der anzeigte, daß sie zum Orgasmus kommen wollte. Ich ließ drei Finger in sie hineingleiten und bewegte ihren Kitzler zwischen meinen Zähnen sacht hin und her. Deutlich spürte ich, wie sich ihr ganzer Körper spannte, als es ihr kam. Heftig atmete sie aus: ein Stöhnen; gestaute Luft, die jetzt fast explosionsartig entwich. In meinen Händen spürte ich ihr Fleisch, die Schenkel, den Hintern, noch immer zitternd. Allmählich klang es ab. Sie öffnete die Augen.

Sacht bewegte sie den Kopf von Seite zu Seite. «Du machst das so gut, Gary. Keiner kann es so wie du.»

Ich schwieg.

Sie streckte die Hand aus. Ihre Finger spielten in meinem Haar, strichen es mir aus der Stirn. «Ich sehe so gern deinen Blondkopf dort unten zwischen meinen Beinen. Meine Haare sind so dunkel, und deine so hell.»

Ich wälzte mich herum, wollte aus dem Bett.

Sie hielt mich zurück. «Mußt du wirklich gehen? Es regnet immer noch. Du kannst heute nacht bei mir bleiben.»

«Ich habe nicht gelogen. Ich bin wirklich verabredet. Es ist wegen einem Job.»

«Wegen einem Job?» fragte sie zweifelnd. «Wer bestellt dich nachts um halb eins zum Gespräch über einen Job?»

Ich griff nach meinen Jeans. «Lonergan.»

«Oh.» Sie stand auf und ging in Richtung Badezimmer. «Ich wasche mich schnell. Bin gleich wieder da. Ich fahre dich hin.»

Im Auto wechselten wir kein Wort, bis sie vor dem «Silver Stud» hielt. Wir waren am Ziel.

«Soll ich auf dich warten?» fragte sie.

«Nein. Ich weiß nicht, wie lange es dauern wird.»

Sie zögerte einen Augenblick. «Er taugt nichts, Gary. Sei vorsichtig.»

Ich sah sie fragend an.

«Er wartet auf Leute, die kein Geld haben. Die saugt er dann aus. Ich kenne Männer und Frauen, die für ihn anschaffen gehen – ja, auf den Strich gehen. Manchmal läßt er den Collector vor unserem Büro auf sie warten; an dem Tag, wenn sie ihren letzten Scheck bekommen. So wie er diesmal auf dich gewartet hat.»

Ich war überrascht: darüber, daß sie den Eintreiber offenbar bemerkt hatte. «Ich habe nicht die Absicht, für irgendwen auf den Strich zu gehen.»

Ihre Augen glänzten. «Hast du Geld?»

«Ich werde schon zurechtkommen.»

Aus ihrem Portemonnaie holte sie einen Zehn-Dollar-Schein; drückte ihn mir in die Hand. «Nimm», sagte sie mit ernstem Gesicht. «Ohne Geld in der Tasche sollte niemand zu Lonergan gehen.»

Ich zögerte.

«Ist ja nur geliehen», fügte sie rasch hinzu. «Du gibst mir's zurück, wenn du einen Job hast.»

Ich warf einen Blick auf den Schein, nickte dann und steckte ihn weg. «Danke.» Während sie mich noch musterte, beugte ich mich zu ihr und küßte sie.

Der Regen hatte nachgelassen. Ich wartete, bis sich der alte Valiant wieder in Bewegung setzte. Das Auto verschwand. Erst jetzt betrat ich die Silver Stud Bar.

Sie war fast leer. Nur ein paar Dreigroschenjungen hockten herum; Berufsschwule, die sich an ihren Drinks festhielten. Blitzschnell taxierten sie mich, ebenso rasch erlosch ihr Interesse wieder. Ich gehörte nicht zur Klasse derer, auf die sie warteten: Für die reichen Tunten von den Hügeln war's immer noch zu früh. Ich ging an der Theke vorbei. Um zu Lonergans Büro zu gelangen, mußte man ganz hinten eine Treppe hinauf.

Jetzt sah ich, daß der Collector dort saß: an einem Tisch im Dunkeln, ganz in der Nähe der Treppe. Er hob die Hand. «Lonergan verspätet sich. Er ist noch nicht da.»

Ich nickte.

Er deutete auf einen Stuhl. «Setz dich und nimm einen Drink.»

Ich musterte ihn mit erhobenen Augenbrauen.

Auf seinem Gesicht zeigte sich ein Grinsen. Hell blitzten seine weißen Zähne in der Dunkelheit. «Ich spendier dir einen. Was darf's denn sein?»

«Whisky mit Eis.» Ich nahm Platz.

Der Kellner kam, stellte den Drink vor mich hin. Ich nahm einen Schluck, genoß den Geschmack: ein sauberes, frisches Gefühl.

«Du siehst ganz schön geschafft aus, Mann», sagte der Collector. «So als ob du heute nacht etwas zuviel mexikanischen Chili gegessen hättest.»

«Wie kommt's, daß Sie über das, was ich tue, so genau im Bilde sind? Ich muß ja wirklich wichtig sein.»

Der Collector lachte. «Du bist nicht wichtig, oh nein. Lonergan ist wichtig. Und Lonergan legt nun mal großen Wert darauf, über Leute im Bilde zu sein, mit denen er Geschäfte machen will.»

2

Lonergan kam so gegen eins. Ohne uns auch nur einen einzigen Blick zuzuwerfen, ging er an unserem Tisch vorbei und stieg, von seinem Leibwächter gefolgt, die Treppe hinauf. Ich erhob mich.

Der Collector winkte mich zurück. «Nur langsam, Mann. Wenn er dich sehen will, läßt er dich holen.»

«Er ist so schnell an uns vorbeigegangen, daß er mich bestimmt nicht bemerkt hat.»

«Er hat dich bemerkt. Dem entgeht nichts.» Auf einen Wink von ihm brachte der Kellner noch einen Drink.

Ich hob mein Glas und ließ den Blick durch die Bar gleiten. Langsam kam Leben in die Bude. Die Tunten von Beverly Hills und Bel Air tauchten auf. Sie hatten inzwischen ihre Dinner-Verpflichtungen mit irgendwelchen «Society-Ladies» hinter sich gebracht und sahen ganz so aus, als wollten sie nach all der Anstrengung endlich zu ihrem Vergnügen kommen. Einer von ihnen bemerkte meine neugierigen Blikke. Offenbar glaubte er, daß ich ihn abtaxierte. Hoffnungsvoll machte er ein paar Schritte auf mich zu. Dann sah er den Collector und ging zur Bar zurück.

Der Collector lachte auf. «Bist 'n hübscher Junge. Mit deinen hellblonden Haaren könntest du bei solchen Typen groß landen und kräftig abkassieren.»

«Ist das vielleicht der Job, über den Lonergan mit mir reden will?»

«Mann, woher soll *ich* das wissen? So was bindet der mir doch nicht auf die Nase.»

Eine halbe Stunde später winkte der Leibwächter vom Fuß der Treppe her. Ich ließ meinen Drink auf dem Tisch stehen und folgte dem Mann nach oben. Er öffnete die Tür zum Büro, schloß sie hinter mir und blieb draußen im Korridor.

Von der Bar drang nicht das leiseste Geräusch herauf. Der Raum war offenbar schalldicht. Schwach nur hörte man das Summen der Klimaanlage. Das Mobiliar wirkte sehr nüchtern, streng sachlich. Ein großer Schreibtisch beherrschte die Szene. Von einer abgeschirmten, runden Lampe fiel Neonlicht auf die Papiere, die auf der Schreibtischplatte lagen.

Lonergan, das Gesicht halb im Schatten verborgen, saß hinter dem Schreibtisch. Er hob den Kopf. «Hallo, Gareth.» Seine Stimme wirkte genauso neutral wie seine Krawatte, wie sein Hemd, wie sein elegantes Jackett mit den drei Knöpfen.

«Hallo, Onkel John.» Ich rührte mich nicht von der Stelle; machte keine Bewegung auf den Stuhl zu, der vor dem Schreibtisch stand.

«Setz dich», sagte er.

Wortlos nahm ich auf dem Stuhl mit der steifen Rückenlehne Platz.

«Deine Mutter hat seit über zwei Monaten nichts von dir gehört.»

Ich schwieg.

Aus seiner Stimme klang kein Vorwurf. «Sie macht sich deinetwegen Sorgen.»

«Ich dachte, du hältst sie auf dem laufenden.»

«Das tu ich nicht», erwiderte er kurz. «Du kennst meine Devise. Aus Familienangelegenheiten halte ich mich raus. Sie ist meine Schwester, du bist ihr Sohn. Wenn es zwischen euch Kommunikationsprobleme gibt, so müßt ihr sie selber lösen.»

«Warum sprichst du dann davon?»

«Weil sie mich darum gebeten hat.»

Ich wollte aufstehen. Er hob die Hand. «Wir sind noch nicht fertig. Ich habe ein Angebot für dich, wie du weißt.»

«Der Collector sagt, es handelt sich um einen Job.»

Er schüttelte den Kopf. «Menschen sind nun mal dumm. Wenn sie was ausrichten sollen, bringen sie's durcheinander.»

«Okay», sagte ich.

Hinter der kleinen, altmodischen Brille mit den in Gold gefaßten Gläsern funkelten seine Augen. «Für die Rolle, die du dir zurechtgeschneidert hast, wirst du langsam ein bißchen alt. Hippies um die Dreißig wirken irgendwie deplaziert.»

Ich schwieg.

«Kerouac, Ginsberg, Leary – sie alle verschwinden ziemlich rasch im Gestern. Nicht mal das ganz junge Volk hört da noch zu.»

Ich fischte meine letzte Zigarette hervor, steckte sie an. Worauf er hinauswollte, wußte ich nicht.

«Deine Helden, wohin sind sie entschwunden?»

«Ich habe nie irgendwelche Helden gehabt. Vielleicht mit einer einzigen Ausnahme, und die warst du. Aber damit ist's vorbei seit dem Tag, als sich mein Vater umgebracht hat.»

Seine Stimme klang ausdruckslos. «Dein Vater war ein Schwächling.»

«Mein Vater konnte den Gedanken nicht ertragen, für dich in den Knast zu gehen. Und deshalb wählte er die schnellere Methode.»

«Die paar Jährchen hätte er auf einer Backe abgesessen. Und nach seiner Entlassung hätte er dann gelebt wie die Made im Speck.»

«Wenn das so leicht war, warum hast du es dann nicht getan?»

Ein schattenhaftes Lächeln glitt über seine Lippen. «Weil ich ein Geschäft habe, um das ich mich kümmern muß. Das wußte dein Vater, als wir unsere Abmachung trafen.»

Wortlos zog ich an meiner Zigarette.

Er nahm ein Stück Papier vom Schreibtisch. «Weißt du, daß du nicht mal mehr das FBI interessierst? Man war dort der Meinung, daß es sich nicht lohne, dich im Auge zu behalten.»

Ich lächelte. «Nicht sehr schmeichelhaft, wie?»

«Möchtest du wissen, weshalb?» Er wartete meine Antwort nicht ab. «Du warst denen zu intellektuell. Sie meinten, du würdest nie einen guten Revolutionär abgeben. Du sahst ja immer beide Seiten eines Problems und fandest auch für beide Argumente.»

«Und trotzdem haben die sich die Mühe gemacht, mir jeden Job zu versauen, den ich gekriegt hatte?»

«Das war, bevor sie bei dir klarsahen. Jetzt ist ihnen das egal.»

«Hilft mir jetzt bloß nichts mehr. Die Schweinerei ist komplett. Überall, wo ich vielleicht einen Job kriegen könnte, ist man über die Geschichte im Bilde.»

«Deshalb habe ich dich ja herbestellt.» Er schwieg einen Augenblick. «Vielleicht ist es an der Zeit, daß du auf eigene Faust was versuchst – geschäftlich selbständig wirst.»

«Als was? Als Taxifahrer? Willst du mir ein Taxi kaufen, Onkel John?»

«Nein. Aber wie wär's mit einer eigenen Wochenzeitschrift?»

Ich starrte ihn mit offenem Mund an. «Das soll wohl ein Witz sein.»

«Nein.» Wieder klang seine Stimme völlig ausdruckslos.

«Irgendwo hat die Sache doch einen Haken. Ich meine, dabei muß doch was für dich rausspringen.»

«Sicher. Tut's auch. Was den Inseratenteil betrifft, so ist das ganz und gar meine Sache. Mit dem Rest der Zeitschrift kannst du anstellen, was du willst. Bring dort, was immer dir in den Kram paßt. Mir soll das egal sein.»

«Die Inserate bringen das Geld. Und wie komme ich zu was?»

«Durch die verkaufte Auflage. Was da an Reingewinn bleibt, gehört dir. Außerdem beteilige ich mich an den Kosten – mit zehn Prozent von meinem Profit aus den Anzeigen.»

«Wem soll die Zeitschrift gehören?»

«Dir.»

«Wo kommt das Startkapital her?»

«Nicht nötig», erwiderte er. «Das Blatt hat seinen Start bereits hinter sich. Hast es vielleicht schon mal hier oder dort gesehen. Der *Hollywood Express.*»

Ich drückte meine Zigarette aus. Für einen Augenblick hatte ich so etwas wie eine freudige Erregung verspürt. Damit war's jetzt vorbei. Der *Hollywood Express* war das, was man ein Wegwerfblatt nennt. Ab und zu fand sich ein Exemplar davon in meinem Briefkasten.

Ich wußte, was er dachte. «Was hast du denn erwartet? Die *Los Angeles Times?*»

«Der *Express* ist keine Zeitung oder Zeitschrift.»

«Das ist Ansichtssache», sagte er. «Für mich sind acht bedruckte Seiten Zeitungspapier eine Zeitung oder Zeitschrift.»

Ich versuchte, eine Zigarette hervorzufischen, doch das leere Päckchen gab nichts mehr her. Über den Schreibtisch hinweg schob er mir eine Schachtel zu. Ich nahm eine Zigarette heraus, steckte sie an.

«Arbeitslosenunterstützung beziehst du nicht mehr», sagte er. «Und es gibt keine Zeitungs- oder Zeitschriftenredaktion, wo man dich nehmen würde; das weißt du. Als freier Schriftsteller, der seine Sachen an Magazine verkauft, seien es nun gewöhnliche oder hochnoble, könntest du dich nicht durchschlagen. Dafür schreibst du einfach nicht gut genug. Und was deinen Roman betrifft – nun, der ist von allen Verlagen abgelehnt worden.»

«Warum ausgerechnet ich, Onkel John?» fragte ich. «Du mußt doch einen Besseren auf deiner Liste haben.»

Er sah mich an. «Verbuch es auf das Konto Eitelkeit.» Er gestattete sich ein schwaches Lächeln. «In dir steckt was – da tut sich was, könnte man sagen. Was es ist? Nun, vielleicht die Art und Weise, wie du dich selbst siehst. Oder die Gesellschaft. Du begegnest allem mit Skepsis. Und trotzdem glaubst du noch an die Menschen. Reimt sich einfach nicht zusammen. Jedenfalls nicht für mich.» Abrupt wechselte er das Thema. «Wie lange ist es eigentlich her, seit du aus der Army bist?»

«Fünf Jahre. Nach meiner Rückkehr aus Vietnam behielten sie mich noch ein Jahr lang bei dem Verein. Gefiel ihnen wohl nicht, der Gedanke. Ich meine, daß nach seiner Entlassung aus der Army ausgerechnet ein Green Beret gegen den Krieg protestiert.»

«Als ehemaliger GI hättest du Anrecht auf ein Darlehen, und mit Hilfe dieses GI-Darlehens könntest du die Zeitschrift übernehmen», sagte er.

«Mit der Sache ist es dir wirklich ernst, wie?» Die Überraschung in meiner Stimme war nicht zu überhören.

«Bei geschäftlichen Dingen ist es mir immer ernst», erklärte er.

«Und was springt für dich dabei heraus?»

Er nahm seine Brille ab, putzte die Gläser, setzte die Brille wieder auf. In seinen Augen war ein harter heller Glanz. «Vier Seiten Inserate zu tausend Dollar je Seite. Macht mithin viertausend Dollar pro Woche.»

«Ausgeschlossen. Bei dem Wurstblatt verkaufen sich pro Monat nicht einmal zehn Zeilen.»

«Das ist mein Problem. Für die zehn Prozent, die du von mir bekommst, hast du nichts weiter zu tun, als die Seiten zu füllen.»

«Wie meinst du das? Daß ich mir den Text aus den Fingern sauge? Einfach so?»

Er nickte.

«Wer bezahlt das?»

Er zuckte mit den Achseln. «Das Geld kommt bar herein. Pro Zeile ein Dollar, pro Inserat jeweils vier bis zehn Dollar. Das läuft über die Werbeagentur, und du streichst deine zehn Prozent ein.»

Jetzt fiel es mir wie Schuppen von den Augen. Bei meinem Onkel waren Bargeschäfte an der Tagesordnung, und mit Hilfe dieser Methode konnte er das Geld ziemlich überzeugend «sauberwaschen». Wollte man sonst, unter der Hand, «schwarzes» Geld in «weißes» verwandeln, so hatte man für vierzig Dollar jeweils fünfzig hinzublättern; das war der übliche Kurs. Mit Hilfe dieser Inseraten-Masche würde der Spaß meinen Onkel nur zehn Prozent kosten.

«Das muß ich mir durch den Kopf gehen lassen», sagte ich.

«Tu das. Bill wird dich morgen früh abholen und zu dem Blatt fahren, damit du dir den Laden ansehen kannst.»

«Bill?»

«Der Collector.»

«Oh.» Irgendwie verblüffte es mich, daß dieser Kerl überhaupt einen Namen hatte. Ich stand auf.

«Morgen nacht kommst du zur selben Zeit wieder her und gibst mir deine Antwort.»

«Okay.» Ich wandte mich zum Gehen.

«Übrigens . . . dieser Junge bei dir. Wenn du's mit ihm getrieben hast, dann laß dir besser eine Penizillinspritze verpassen. Er hat einen ganz bösen Tripper.» Er zog einen Zwanzig-Dollar-Schein hervor und ließ ihn auf den Schreibtisch fallen.

«Falls dir das Geld dafür fehlt – das hier genügt für dich und auch die Mexikanerin, bei der du zum Essen warst.»

Ich warf einen Blick auf das Geld; hob dann den Kopf, musterte ihn. «Ich habe genug», sagte ich und schloß hinter mir die Tür. Dann stieg ich die Treppe hinab, durchquerte die Bar und trat hinaus auf die Straße.

Jetzt tat mir's leid, daß ich nicht zugestimmt hatte, als Verita sagte, sie wolle auf mich warten. Mit langsamen Schritten machte ich mich auf den Rückweg. Wenigstens eine Stunde würde ich bis zu Veritas Wohnung brauchen. Aber das war ich ihr schuldig. Daß sie durch mich den Tripper bekam, nein, das verdiente sie wirklich nicht.

Das Scheußliche bei allem war, daß ich überhaupt nicht wußte, ob ich den Jungen gebumst hatte oder nicht. Die Erinnerung an die vergangene Nacht war wie ausgelöscht. Wütend schüttelte ich den Kopf.

In der ersten Zeit nach meiner Rückkehr aus Vietnam hatte ich sowas manchmal gehabt. Daß mir ein Tag oder eine Nacht einfach abhanden kam. Aber nach einer Weile hörte das mit den Erinnerungslücken dann auf.

Doch jetzt fragte ich mich, ob es damit wohl wieder losging.

3

Der Regen verdunstete auf dem Beton, und von den Straßen stieg ein eigentümlich dumpfer Geruch auf. Je weiter man nach East Los Angeles kam, desto enger wurden die Straßen. Die alten Häuser lehnten aneinander, als müßten sie sich gegenseitig stützen. Kein Licht brannte, und die Straßen lagen fast völlig im Dunkeln. Doch in den Schatten spürte ich Leben und Bewegung. Es war etwas, das ich gleichsam witterte, denn sehen konnte ich nichts. Plötzlich wurde mir bewußt, daß ich in der Mitte der Straße ging, während meine Augen die Dunkelheit durchforschten. Fast war es, als sei ich nach Vietnam zurückgekehrt.

Für einen Augenblick hatte ich das Gefühl, durchzudrehen. Du bist hier in Los Angeles, sagte ich mir vor. Du gehst eine Straße entlang, eine Straße in der Stadt und nicht einen Dschungelpfad.

Ich sah nichts. Ich hörte nichts. Doch ich wußte, daß dort etwas war, und ließ mich zur Seite fallen. In der Dunkelheit pfiff der Totschläger an meinem Kopf vorbei.

Als ich mich aufrichtete, stand er dort, auf dem braunen Gesicht ein dümmliches Grinsen. Schlaff baumelte von seiner rechten Hand der Totschläger, in der linken hielt er die unvermeidliche Flasche. «Dir zieh ich eins über, Weißer», sagte er.

Sein Blick war verschwommen, und er schwankte leicht: wie im Rhythmus einer Musik, die nur er hören konnte. «Ich zieh dir eins über, Weißer», wiederholte er, auf dem Gesicht noch immer das dümmliche, leere Lächeln.

Ich fixierte ihn, versuchte seinen Heroinnebel zu durchdringen. «Tu das, und ich bring dich um», sagte ich mit ruhiger Stimme.

Schroff schien die Musik in seinem Kopf abzubrechen. Er

schwankte nicht länger. Mühsam versuchte er, mich deutlicher ins Auge zu fassen. Seine Stimme klang verwirrt. «Mich umbringen? Aber warum denn? Hab dir doch nichts getan.»

Ein Auto bog um die Ecke, das Licht der Scheinwerfer fiel auf ihn. Zum ersten Mal konnte ich ihn deutlich sehen. Er war noch ein halbes Kind. Siebzehn. Vielleicht achtzehn. Das Gesicht noch voller Pickel, über die auch sein dünner Bart nicht hinwegtäuschen konnte. Langsam traten wir zurück: jeder auf seine Seite der Straße, damit das Auto zwischen uns hindurch konnte.

Es fuhr vorüber, und ich sah, daß er wieder zurückgetaucht war in die tiefen Schatten. Sorgsam suchte ich mit meinen Augen die Straße ab, konnte jedoch nirgends etwas entdecken. Dennoch setzte ich mich erst in Bewegung, als mir das Radar in meinem Kopf meldete, daß er wirklich verschwunden war. Dann kehrte ich zur Straßenmitte zurück und ging weiter.

Du wirst alt und sentimental, Gareth, sagte ich zu mir selbst. Schlimmer noch: dumm. Mitleid mit einem Junkie? Was soll das? Mit seinem Totschläger hätte er dir den Schädel zerschmettern können.

Und trotzdem tat er mir leid. Es war nun mal so: Wußte man nicht, wie wunderbar man sich mit Hilfe einer Spritze für eine Weile von allem Schmerz befreien konnte, so fühlte man da vielleicht anders. Aber wenn man's wußte, so konnte man nur ein tiefes Bedauern empfinden. Denn die Erlösung war immer nur kurz, das Grauen dafür um so schlimmer. In Vietnam hatte ich erlebt, daß mehr Männer der Nadel zum Opfer fielen als den Kugeln.

Es war bereits halb vier, als ich endlich Veritas Haustür erreichte. Ich drückte auf die Klingel. Nach Sekunden erklang aus der Sprechanlage ihre Stimme, dünn, furchtsam. «Wer ist denn da?»

«Gareth. Darf ich nach oben kommen?»

«Stimmt irgend etwas nicht?»

«Doch, doch. Soweit ist alles in Ordnung. Aber ich muß mit dir reden.»

Ich hörte ein Surren, drückte die Tür auf. Bald war ich oben. Verita wartete am Eingang auf mich. Ich folgte ihr in die Wohnung, und sie schloß die Tür hinter uns zu.

«Tut mir leid, wenn ich dich aufgeweckt habe.»

«Macht nichts. Ich konnte sowieso nicht richtig schlafen.»

Aus dem Schlafzimmer hörte man den Fernseher. Ich zog den Zehn-Dollar-Schein hervor, den sie mir gegeben hatte. «Hab das Geld nicht gebraucht», sagte ich. «Da, nimm nur.»

«Deshalb brauchtest du doch nicht zurückzukommen.»

«Nimm, bitte. Es ist mir wirklich lieber.»

Sie tat's. «Möchtest du eine Tasse Kaffee?»

«Ja, gern.»

Während sie den Kaffee machte, setzte ich mich an den Tisch. Sie reichte mir eine Tasse, nahm dann mir gegenüber Platz. Fragend sah sie mich an.

Ich schlürfte vorsichtig. Der Kaffee war heiß und stark. «Könnte sein», sagte ich und begegnete ihrem Blick, «daß ich mir irgendwo was geholt und dich dann angesteckt habe.»

Zwei oder drei Sekunden blieb sie still. Doch als sie dann sprach, klang aus ihrer Stimme kein Vorwurf und keine Wehleidigkeit. «Warum hast du nicht schon früher was gesagt?»

«Weil ich's nicht wußte.»

«Und wie hast du es herausgefunden?»

«Lonergan. Er sagte, ich solle mir besser eine Penizillinspritze verpassen lassen. Und du auch.»

Sie schlürfte ihren Kaffee.

«Hast du eine Zigarette?» fragte ich.

Sie nickte. Aus einer Schublade holte sie ein Päckchen und reichte es mir. «Tut mir leid», sagte ich. «Wenn du willst, gehe ich jetzt.»

«Nein», erwiderte sie sofort. «Ich bin nicht böse auf dich. Die meisten Männer hätten nichts gesagt. Ich werde morgen zum Arzt gehen.»

«Das Geld für die Spritze bekommst du von mir, sobald ich was habe.»

«Sie wird nichts kosten. Mein Arzt arbeitet in der Klinik.» Sie schwieg einen Augenblick. «War das der einzige Grund, weshalb Lonergan dich sehen wollte? Hatte er keinen Job für dich?»

«Einen Job nicht, nein. Er will, daß ich eine Zeitung kaufe.»

«Eine Zeitung? *Kaufen!?* Ist er verrückt?»

«Klar ist er das. Doch das ist eine andere Geschichte.»

«Und woher sollst du das Geld dafür nehmen?»

«Als Ex-GI hätte ich wohl Anspruch auf ein Darlehen. Lonergan meint jedenfalls, er könnte mir eins verschaffen.»

«Und was springt für ihn dabei heraus?» fragte sie mißtrauisch.

«Der Anzeigenteil. Das läuft über seine Gesellschaft.»

«Was für eine Zeitung soll das bloß sein, die man so einfach kaufen kann.»

«Genau genommen ist es keine Zeitung, sondern eine Zeitschrift. Der *Hollywood Express.*»

«Ach, *das* Blatt», sagte sie mit sonderbarer Betonung.

«Weißt du irgendwas darüber?» fragte ich. «Dann sag's mir.»

«Es taugt nichts», erklärte sie und schüttelte den Kopf. «Damit gibt es immer nur Ärger.»

«Inwiefern?»

«Im Büro haben wir eine Liste. Von Arbeitgebern und Firmen, die sich beim Finanzamt was haben zuschulden kommen lassen und die fälligen Steuern nicht bezahlen. Der *Express* steht mit dreißigtausend zu Buche. Plus Zinsen. Wenn du das Blatt kaufst, könntest du zahlungspflichtig werden.»

«Meinst du, daß Lonergan das weiß?»

«Er weiß ja sonst auch immer alles», erwiderte sie ohne Umschweife.

Ich nickte. In der Tat: so etwas würde seiner Aufmerksamkeit nie entgehen. Was mochte er nur im Schilde führen? Mich in eine solche Klemme bringen – nein, davon hatte er nichts, das war für ihn die Mühe nicht wert.

«Hast du eingewilligt?» fragte sie.

«Ich habe ihm gesagt, daß ich's mir überlegen will. Morgen, nein, heute früh soll ich mir den Laden mal ansehen.»

Sie griff nach einer Zigarette. «Ich wäre gern dabei.»

«Weshalb? Was könntest du tun?»

«Vielleicht nichts. Aber ich bin amtlich zugelassener Wirtschaftsprüfer. Und so verstehe ich mich zumindest auf die Bücher.»

«So richtig amtlich zugelassen?»

Sie nickte.

«Was tust du dann bei der Arbeitslosenfürsorge?» Bevor ich mich unter Kontrolle hatte, war die Frage heraus. Eine idiotische Frage. Denn für eine Chicana mußte es natürlich verteufelt schwer sein, einen Job als Wirtschaftsprüfer zu bekommen. «Ich wäre dir dankbar, wenn du mitkommen würdest», sagte ich.

Sie lächelte. «Okay. Um welche Zeit?»

«Der Collector holt mich am Morgen ab. Ich werde jetzt machen, daß ich nach Hause komme. Dann kannst du noch etwas schlafen.»

«Es ist jetzt nach vier. Du bleibst besser hier. Am Morgen fahre ich dich dann rüber.»

«Aber was ist mit deinem Dienst?»

«Wir haben doch Samstag.» Sie nahm die Kaffeetassen und stellte sie ins Spülbecken. «Das Büro ist geschlossen.»

Als wir um zehn Uhr vormittags zu meinem Haus kamen, wartete dort bereits der Collector in seinem roten Jaguar. Ich trat auf das Auto zu, steckte den Kopf durchs Fenster. «Schlafen Sie eigentlich nie?» fragte ich.

Er grinste. «Nicht, wenn ich für Lonergan arbeite.» Im Rückspiegel blickte er zu Veritas altem Valiant. «Wie hat's die Puppe denn aufgenommen, das mit dem Tripper?»

«Sie trägt mir nichts nach.»

«Hab ich mir schon gedacht, als ich sah, daß sie dich zur Klinik in Cedars fuhr. Habt ihr euch eure Spritzen verpassen lassen?»

Ich nickte. «Ich kapiere das einfach nicht. Ich meine, Lonergan läßt mich von Ihnen beschatten – man sollte eigentlich annehmen, er hätte wichtigere Aufgaben für Sie.»

«Ich tu, was man mir sagt.» Er zog eine Zigarette hervor, steckte sie sich zwischen die Lippen. «Was ist? Kann's losgehen?»

«Ich will nur nach oben und mich umziehen. Dann können wir drei losfahren.»

«Drei?»

Mit dem Kopf wies ich auf Verita, die ausgestiegen war und sich uns näherte. «Sie kommt mit.»

«Wozu? Von ihr hat Lonergan nichts gesagt.»

«Sie ist meine Buchprüferin. Schließlich weiß auch Lonergan, daß niemand eine Firma oder einen Betrieb übernimmt, wenn er die Bücher nicht von einem Experten seines Vertrauens hat prüfen lassen.»

Zum ersten Mal war es mir gelungen, ihn in seiner Selbstsicherheit zu beirren. «So? Na, ich weiß nicht.»

Ich deutete auf das Telefon unter seinem Armaturenbrett. «Rufen Sie ihn doch an und fragen Sie ihn. Ich gehe inzwischen nach oben. Wenn's okay ist, hupen Sie, und ich komme runter. Wenn nicht, dann vergessen wir die ganze Geschichte.»

Während er nach dem Hörer griff, betraten wir das Haus. Verita folgte mir die Treppe hinauf und in die Wohnung. Ich öffnete die Tür und starrte verblüfft. Noch nie hatte das Appartement so ausgesehen.

Hier war so gründlich saubergemacht worden, daß selbst die Fenster und das schäbige Mobiliar glänzten. Und als ich ins Schlafzimmer trat, sah ich, daß alle meine Hemden gewaschen und gebügelt waren; und gebügelt waren praktisch auch sämtliche anderen Kleidungsstükke.

«Du hast ja großes Talent als Hausfrau», sagte Verita. «Das hätte ich mir wirklich nicht träumen lassen.»

Bevor ich antworten konnte, öffnete sich die Badezimmertür, und der Junge kam heraus. Bis auf die umgebundene Schürze war er nackt. In der einen Hand hielt er eine Flasche Reinigungsmittel, in der anderen eine Bürste. Er starrte uns an. «Wer seid ihr?» fragte er.

«Ich bin Gareth», sagte ich. «Ich wohne hier.»

Sein Gesicht hellte sich auf, ein strahlendes Lächeln erschien. «Oh, Gareth, ich liebe dich», sagte er. «Ich möchte für dich saubermachen und kochen und waschen und bügeln. Ich möchte dein Sklave sein.»

Im selben Augenblick kam vom Jaguar unten ein lautes Hupen. Verwirrt sah ich zu Verita, schaute dann wieder zu dem jungen Mann. Alles schien so überaus konfus.

In Veritas Stimme klang, kaum merklich, ein leises Lachen an. «Ich glaube», sagte sie, «du schickst ihn am besten zur Klinik, damit er sich eine Spritze geben läßt – aber erst, wenn er mit dem Badezimmer fertig ist.»

4

Die Büroräume des *Hollywood Express* befanden sich in einem schäbigen Gebäude am Santa Monica Boulevard, etwa einen Häuserblock von den Goldwyn Studios entfernt. Der Collector parkte seinen Jaguar an einer Stelle, wo absolutes Parkverbot bestand. Nicht nur das. Zu allem verstand er es auch noch, seinen Wagen so zu placieren, daß er an der nahen Bushaltestelle die haltenden Busse behindern mußte. Für Verkehrszeichen schien der Collector nichts als Verachtung übrig zu haben.

Im Parterre des Gebäudes waren die Fensterscheiben mit schmutzigweißer Farbe gestrichen, so daß man nicht in die Räume blicken konnte. Darauf hatte man schwarze Buchstaben gepinselt: den Namen des Blattes.

Der Collector öffnete die Tür und trat ein. Den Wänden des Raums entlang standen acht oder neun verwaiste Schreibtische. Ganz hinten befand sich ein großes Wandbrett, auf dem mit roten, gelben und blauen Haftnadeln alle möglichen Papiere aufgespießt waren.

«Ist hier jemand?» rief der Collector.

In einem Hinterzimmer knarrte eine Tür. Dann trat ein Mann mittleren Alters ein, ein müder, schlaffer Typ. Er trocknete sich die Hände mit einem Papierhandtuch, das er achtlos fallen ließ, während er auf uns zukam.

«Sie haben sich um eine Stunde verspätet», sagte er vorwurfsvoll.

«Ach was.» Der Collector musterte ihn. «Ich bin nicht zu spät. Sie sind zu früh gekommen.»

«Aber Lonergan hat doch gesagt – » Unter dem starren Blick des Collectors verstummte der Mann.

Der Collector deutete in meine Richtung. «Gareth Brendan, Joe Persky.»

Freudlos schüttelte mir der Mann die Hand. Selbst in seinem kleinen Finger schien eine tiefe Müdigkeit zu sitzen. «Freut mich, Sie kennenzulernen.»

Ich nickte. «Das ist Verita Velasquez, meine Buchhalterin.»

Er gab ihr die Hand, blickte dann wieder zu mir. «Lonergan hat gesagt, Sie seien daran interessiert, das Blatt zu kaufen.»

«Freut mich, daß er Ihnen das gesagt hat. Ich habe erst vergangene Nacht davon erfahren.»

Persky wandte sich wieder dem Collector zu. Zum ersten Mal wurde in seiner Stimme so etwas wie eine Emotion spürbar.

«Was, zum Teufel, dreht Lonergan da? Er hat mir gesagt, er hätte einen echten Kaufinteressenten.»

Der Collector musterte ihn wortlos.

Persky blickte wieder zu mir. «Sind Sie nun interessiert oder nicht?»

«Vielleicht. Das kommt ganz darauf an. Ich möchte mir Ihren Betrieb erst mal ansehen. Dann kann ich mich entscheiden.»

«Da gibt's nichts weiter zu sehen. Ist alles hier.»

«Das hört sich nicht so an, als ob Sie verkaufen wollen. Vielleicht vergessen wir die ganze Sache am besten.»

«Er hat keine Wahl», sagte der Collector. «Lonergan sagt, daß er verkaufen will.»

Einen Augenblick herrschte Schweigen. Dann schien der Mann seinen Zorn nur noch mit Mühe zu beherrschen. «Also, was wollen Sie wissen?» fragte er.

«Das Übliche. Auflagenhöhe, verkaufte Auflage, Einkünfte aus dem Anzeigenteil, laufende Kosten. Wenn Sie Miß Velasquez Ihre Bücher zeigen, können wir bestimmt alles erfahren, was wir erfahren wollen.»

Er musterte mich verdrossen. «So richtig Buch geführt haben wir nie.»

«Irgendwelche Unterlagen müssen Sie doch haben. Ohne die entsprechenden Informationen wären Sie doch aufgeschmissen.»

«Ach was. Bei mir lief praktisch alles im Barverkehr. Das Geld kam rein, und wenn's da war, bezahlte ich. Das ist alles.»

Ich blickte zum Collector. «Weiß Lonergan das?»

Der Collector hob die Schultern. Dumme Frage von mir. Natürlich wußte Lonergan Bescheid. Ich sah wieder zu Persky. «Ein paar Zahlen werden Sie doch zur Verfügung haben. Schließlich mußten Sie eine Steuererklärung abgeben.»

«Davon habe ich keine Kopien.»

«Irgend jemand muß welche haben. Ihr Buchhalter?»

«Hab keinen gehabt. Hab alles selber gemacht. Sogar in die Briefkästen hab ich das Blatt selbst gesteckt.»

Ich hatte genug. Wenn Lonergan glaubte, daß ich verrückt sei – so verrückt, mich auf diese faule Sache einzulassen –, dann war er jedenfalls verrückter als ich.

«Gehen wir», sagte ich zum Collector.

Für den Bruchteil einer Sekunde stand der Collector völlig bewegungslos. Dann schoß seine Hand so blitzschnell vor, daß ich sie kaum sah. Persky wurde mit dem Rücken gegen einen Schreibtisch geschleudert. Er preßte beide Hände gegen seinen Leib, krümmte sich. In seiner Kehle würgte es, er schien sich übergeben zu müssen.

Der Collector sagte mit unbewegter Stimme: «Gib dem Mann die Informationen, die er haben will.»

Aus Perskys Kehle klang es wie ein Krächzen. «Woher weiß ich, daß die beiden hier nicht von der Steuerfahndung sind? Und ich brauche ja kein Belastungsmaterial gegen mich selbst zu liefern.»

«Bist wohl beknackt! Von der Steuerfahndung würde doch keiner Lonergan seinen Kies wiederbeschaffen.»

Langsam richtete Persky sich auf. In sein Gesicht kehrte die normale Färbung zurück. «Hier habe ich die Bücher nicht. Die sind in meiner Wohnung.»

«Dann werden wir sie uns halt dort ansehen», sagte ich. «Wo ist Ihre Wohnung?»

«Oben», erwiderte er. «Über dem Laden.»

Verita legte die Geschäftsbücher und einen Stapel Papiere auf den Küchentisch. «Wird eine Weile dauern, bis ich hiermit fertig bin.»

«Wie lange?» fragte ich.

«Kann sein, daß ich den ganzen Tag dafür brauche. Es ist ein einziges Durcheinander.» Sie blickte zu Persky. «Haben Sie vielleicht einen Schreibblock, in vier Spalten unterteilt?»

«Was Sie sehen, ist alles, was ich habe.»

«Dann werde ich mich zu einem Schreibwarengeschäft aufmachen und mir besorgen, was ich brauche», sagte sie.

Nachdem sie verschwunden war, fragte Persky: «Möchten Sie ein Bier?»

«Ja, gern», sagte ich.

Ich folgte ihm in die Küche. Er nahm zwei Dosen Bier aus dem Kühlschrank, reichte mir eine. «Haben Sie schon mal eine Zeitung oder Zeitschrift herausgegeben?» fragte er.

«Nein.»

Ich ließ mir das Bier in die Kehle laufen. Wir tranken gleich aus der Dose. Das Bier war nicht kalt, nur leidlich kühl.

Er bemerkte meinen Gesichtsausdruck. «Der verdammte Kühlschrank ist nicht richtig in Ordnung. Manchmal funktioniert er, manchmal nicht. Wenn Sie nie ein Blatt herausgegeben haben, wieso sind Sie dann an diesem interessiert?»

«Ich habe nicht gesagt, daß ich interessiert bin. Es war Lonergans Idee.»

«Aus welchem Grund nimmt er an, daß Sie so etwas überhaupt können?»

«Keine Ahnung. Vielleicht, weil ich früher für Magazine geschrieben und daran mitgearbeitet habe.»

«Aber das ist doch ein ganz anderes Paar Schuhe», sagte er. Ein eigentümliches Lächeln glitt über sein Gesicht. «Hat Lonergan Sie wohl auch am Arsch.»

«Nein. Ich bin mit ihm klar.» Was sogar stimmte: Im Augenblick schuldete ich ihm nichts.

Er schwieg einige Sekunden. «Sehen Sie sich bloß vor. Lonergan hat inzwischen die halbe Welt am Arsch. Jetzt ist er darauf aus, auch noch den Rest abzuklemmen.»

Ich blieb stumm.

Zum ersten Mal zeigte sich auf seinem Gesicht ein Ausdruck von Interesse. «Geschrieben haben Sie, sagen Sie? Was denn so?»

«Artikel, Kommentare, Lyrik, Prosa. Ich habe mich an allem versucht.»

«Und? Hat's was getaugt?»

«Nicht allzu viel.»

«Wenn ich als Schriftsteller auch nur halbwegs was auf dem Kasten hätte, wäre ich zufrieden. Aber ich bringe keinen einzigen anständigen Satz zusammen. Früher hab ich mir das mal eingebildet. So bin ich auch bei diesem Blatt gelandet.»

«Was haben Sie denn vorher gemacht?»

«Ich habe für verschiedene Blätter dieser Art gearbeitet. War das, was man Vertriebsleiter nennt – für den Absatz zuständig. Die machten sich alle recht gut, und viel Mühe kostete es auch nicht. Als sich dann die Chance bot, dies hier zu kriegen, griff ich zu.» Er atmete tief durch. «War aber alles andere als ein Honigschlecken.»

«Wie sind Sie denn an Lonergan geraten?»

«Na, wie gerät man schon an Lonergan? Man ist ein bißchen knapp bei Kasse. Er hilft einem aus. Und schon steht man richtig in der Kreide, und er hat einen beim Arsch.»

«Sie hatten doch ein Geschäft. Da konnten Sie sich doch an die Banken wenden.»

«Ach, Scheiß. Bei denen war ich gleich beim ersten Mal durch.»

«Wieviel schulden Sie Lonergan?»

«Teufel, was weiß ich. Wie soll man da auf dem laufenden bleiben bei diesem verrückten Sechs-für-fünf-System, Woche für Woche? Das wächst sich zur Lawine aus und deckt einen komplett zu. Würde mich nicht wundern, wenn ich inzwischen mit einer Million bei ihm in der Kreide stehe.»

Als Verita abends um sechs mit allem fertig war, stellte sich heraus, daß er Lonergan neunzehntausend Dollar schuldete. Dazu kamen noch achttausend Dollar für Drucker sowie Lieferanten und siebenunddreißigtausend Dollar an Steuerschulden. An Aktivposten – wenn man's so nennen wollte – blieb praktisch nichts außer ein paar lumpigen alten Schreibtischen.

«Vierundsechzigtausend Dollar», sagte ich. «Eine runde Summe.»

Er starrte auf den gelben Bogen Papier, der mit Veritas kleinen, sehr säuberlich geschriebenen Zahlen bedeckt war. Mit belegter Stimme sagte er: «Allmächtiger! Ich wußte ja, daß es viel war, aber wenn man's so sieht, dann – dann kriegt man's mit der Angst.»

Verita versuchte, ihn zu beschwichtigen. «Zu veräußern haben Sie praktisch nichts. Das Beste wäre es, wenn Sie Ihren Bankrott erklären.»

Er starrte sie an. «Wäre ich damit auch meine Steuerschulden los?»

Sie schüttelte den Kopf. «Nein, Steuerschulden werden nicht erlassen.»

«Und Lonergan hätte ich auch nicht vom Hals. Der läßt sich durch niemanden und nichts um was bringen. Wer das versucht, ist total geliefert.» Seine Stimme klang dumpf. Er blickte zu mir. «Was tun wir jetzt?»

Er tat mir leid. Dann stieg Wut in mir auf, gegen mich selbst. Ich hatte ganz einfach mit zu vielen Leuten Mitleid. Sogar die Gelben hatten mir leid getan, die ich in Vietnam ins Visier bekam. Als ich das erste Mal auf einen zielte, brachte ich's nicht fertig, den Finger am Abzug durchzukrümmen. Erst als rund um mich das Buschwerk von Kugeln zerfetzt wurde und ich begriff, daß der dort mein Feind war, tat mir niemand mehr leid, und ich drückte ab. Der Feuerstoß aus meiner automatischen Waffe durchsiebte ihn unmittelbar über den Hüften, und er schien entzweizubrechen, fast buchstäblich in zwei Teile.

Ich hätte damals von vornherein kein Mitleid empfinden dürfen. Und jetzt? Jetzt war das nicht anders. Ich hatte einfach nicht das *Recht* zu einem solchen Gefühl; mir selbst gegenüber nicht.

Mitleid – für wen denn? Für den jungen Burschen, der mir in der vergangenen Nacht beinahe den Schädel eingeschlagen hatte? Oder für dieses Arschloch hier, das bereit war, Lonergan bei jeder Gemeinheit zu helfen, durch die der mich reinlegen wollte?

Ich blickte zu Verita. «Gehen wir. Diesen Hollywood Express lassen wir besser sausen.»

Sie stand auf. Persky griff nach meinem Arm. «Aber Lonergan hat doch gesagt –»

Mit einem Ruck schüttelte ich ihn von mir ab. «Mir doch scheißegal, was Lonergan gesagt hat. Wenn Lonergan Ihr Blatt haben will, soll er's selber kaufen. Mit seinem eigenen Geld, nicht mit meinem.»

«Der Collector kommt um sieben, um Sie abzuholen. Was soll ich ihm sagen?»

«Sagen Sie ihm, was ich zu Ihnen gesagt habe. Er kann das dann ja Lonergan ausrichten. Ich mache jetzt, daß ich nach Hause komme.»

5

Verita hatte ihr Auto in der Nähe meiner Wohnung stehenlassen, und so gingen wir zu Fuß zurück. Rund eine Stunde brauchten wir.

«Ich werde jetzt nach Hause fahren», sagte sie, als wir das Haus erreichten.

«Nein, komm mit nach oben. Ich habe eine Flasche Wein, trinken wir ein Gläschen. Ich möchte dir für das danken, was du getan hast.»

Sie lachte. «Es hat mir Spaß gemacht. Für diese Art von Arbeit bin ich immerhin sechs Jahre lang ausgebildet worden. Heute hatte ich zum ersten Mal die Gelegenheit, sie auch auszuüben.»

Sie betrachtete mich aus den Winkeln ihrer leicht mandelförmigen Augen. «Aber – dieser junge Mann?»

Ich lächelte sie an. «Der ist inzwischen wahrscheinlich verschwunden.»

Doch ich irrte mich.

Als wir durch die Tür traten, empfing uns der köstliche Geruch von Roastbeef. Der Tisch war für zwei gedeckt – Porzellan, Kristall, Stoffservietten, schweres Silberzeug, auch Kerzen.

«Du lebst aber ganz gut», sagte Verita und sah mich an.

«All das Zeug gehört mir nicht. Das hab ich noch nie gesehen.»

Ich ging in die Küche. Der junge Mann stand am Herd. Er trug weiße Leinenhosen, eine karierte Jacke, ein seidenes Hemd und – nachlässig umgebunden – eine Foulard-Krawatte von St. Laurent.

Als ich eintrat, drehte er sich um. «Das Essen ist in ungefähr zwanzig Minuten fertig.» Er lächelte. «Geh nur wieder ins Zimmer und entspann dich. Ich bin gleich zur Stelle, um dir einen Drink zu machen.»

Ohne eine Antwort ging ich ins Wohnzimmer zurück. «Er sagt, er wird gleich kommen, um uns einen Drink zu machen», erklärte ich mit einer Stimme, aus der deutlich meine Verwirrung klang.

Sie lachte. «Na, da scheinst du dir diesmal ja ein As gezogen zu haben.»

Der Junge kam aus der Küche, trat zu dem kleinen Schränkchen an der Wand und öffnete es. Im Fach standen, säuberlich aufgereiht, die Flaschen – Wodka, Gin, Vermouth. Wortlos nahm er aus einem goldglänzenden Eimer ein paar Eisstücke, tat sie in ein Glas, füllte es mit Whisky. Dann wandte er sich zu mir um, reichte mir das Glas. «Du trinkst doch Whisky, wenn ich mich recht erinnere.»

Ich nickte und nahm den Drink. Er blickte zu Verita. «Was möchten Sie haben?»

«Wodka Tonic?» Es klang wie eine Frage.

Er nickte und holte aus einem unteren Fach eine Flasche Tonic. Rasch mixte er ihr den Drink. Sie nahm das Glas, und wir standen beide und starrten ihn an. Er schien unsere Verblüffung nicht zu beachten.

«He –» rief ich, als er in Richtung Küchentür ging.

Er drehte sich um. «Ja?»

«Wo kommen all diese Sachen her?»

«Hab ich telefonisch bestellt, und man hat geliefert.»

«Hast du telefonisch bestellt, und man hat geliefert», wiederholte ich. «Einfach so?»

Er nickte. «Die waren ganz reizend. Ich habe ihnen gesagt, daß sie sich beeilen sollten, weil ich alles zum Abendessen brauchte.»

Ich musterte ihn argwöhnisch. «Wollten die kein Geld von dir haben oder so?»

«Wozu denn? Ich hab's auf Kredit gekauft.»

Mir sträubte sich das Fell. «Daran, wie ich das bezahlen soll, hast du wohl nicht gedacht? Ich hab kein Geld.»

«Spielt keine Rolle. Ich hab dir doch gesagt, daß ich reich bin.»

«Wann hast du mir das gesagt?»

«Letzte Nacht. Erinnerst du dich nicht mehr?»

Ich schüttelte den Kopf. «Ich erinnere mich an gar nichts mehr.»

«Du hast mir deine Lyrik vorgelesen. Das Fenster stand offen, und es begann zu regnen. Du warst nackt, und du hast gesagt, daß der Herrgott deine Sünden abwäscht. Es war wunderschön. Dann fingst du an zu weinen. Du sagtest, in der Welt sei es so beschissen, weil sich alles nur um Geld dreht, und wenn alle reich geboren worden wären, gäb's keine Probleme. Da sagte ich dir dann, daß ich reich sei und trotzdem Probleme hätte. Und ich tat dir leid. Da habe ich mich in dich verliebt. Mitleid hat noch nie jemand für mich empfunden.»

«Oh, Scheiße», sagte ich. «Ich muß stinkbesoffen gewesen sein.»

«Nein», widersprach er hastig. «Du warst völlig bei dir. Du hast es fertiggebracht, daß ich Dinge klarer sah als je zuvor.»

«Wirklich?»

Er nickte. «Ich rief meinen Vater an und sagte ihm, daß ich ihm verzeihe.»

Ich hatte nicht die leiseste Ahnung, wovon er sprach. Er bemerkte den Ausdruck auf meinem Gesicht. «Du erinnerst dich wirklich an gar nichts mehr, wie?»

Ich schüttelte den Kopf.

«Du standest als Anhalter auf dem Hollywood Boulevard –»

Plötzlich blitzte eine Erinnerung in mir auf. «Das silberblaue Rolls-Coupé?»

«Ja. Ich nahm dich mit, und wir kamen ins Gespräch. Ich sagte, ich würde dich nach Hause fahren, aber du meintest, einen solchen Schlitten würden sie bei euch im Viertel glatt auseinandermontieren. Und so stellten wir das Auto in einer Garage unter.»

Allmählich kehrten weitere Erinnerungsfetzen zurück. In einer Getränkehandlung hatten wir ein paar Flaschen Wein gekauft, das heißt, er hatte bezahlt. Dann waren wir in meine Wohnung gegangen und hatten uns unterhalten: in der Hauptsache über seinen Vater – daß der einfach nicht mit der Tatsache fertig wurde, daß sein Sohn schwul war; und daß er alles daran setzte, ihn vor seiner Gemeinde verborgen zu halten, ihn gleichsam zu unterschlagen. Schließlich war Reverend Sam Gannon fast so berühmt wie Billy Graham, Oral Roberts und Kathryn Kuhlman zusammen. Nahezu Woche für Woche sah man ihn im Fernsehen, wo er der Welt verkündete, Gott heile alles. Dabei hatte Gott ja nicht mal bei seinem eigenen Sohn wirklich etwas ausrichten können. Jesus tat so ziemlich, was ihm paßte, und geriet ganz schön in den Schlamassel, wie man sah. Jetzt erinnerte ich mich auch, daß ich dem Jungen gesagt hatte, das solle er mal *seinem* Vater erklären. Wir hatten nur miteinander palavert. Miteinander geschlafen hatten wir nicht.

«Okay, Bobby», sagte ich, nachdem mir endlich auch sein Name eingefallen war. «Jetzt hab ich wieder alles beisammen.»

«Gut», erwiderte er mit einem Lächeln. «Dann relaxe, während ich das Essen mache.»

«Wir müssen miteinander reden», sagte ich.

Er nickte. «Nach dem Essen.»

Ich drehte mich zu Verita herum, die uns beobachtet hatte. «Die Spritzen hätten wir uns ersparen können. Ich hab ihn überhaupt nie gefickt.»

In ihre Augen trat ein Ausdruck der Erleichterung. «Immerhin beweist das, daß Lonergan nicht soviel weiß, wie er sich einbildet.»

Ich ließ mich auf die Couch sinken und griff nach einer Zigarette.

Sie stand noch und sah mich an. «Lonergan wird das nicht schmekken.»

«Scheiß auf ihn.»

«So einfach ist das nicht. Lonergan ist aus ganz hartem Holz. Meistens bekommt er, worauf er aus ist.»

«Diesmal aber nicht.»

Ihre Augen wurden dunkel. «Du wirst von ihm hören.»

Damit sollte sie recht behalten. Wir waren gerade mit dem Essen fertig, als es klopfte. Ich wollte aufstehen.

«Bleib du nur bei deinem Kaffee», sagte Bobby und öffnete die Tür. Über seine Schulter hinweg konnte ich den Collector sehen.

Er schob sich an Bobby vorbei. Seine Augen glitten durchs Zimmer. Dann blickte er zu mir. «Du kommst von beiden Seiten voll auf deine Kosten, wie?»

«Ich versuch mein Bestes.»

«Lonergan will dich sehen.»

«Okay. Sagen Sie ihm, daß ich später rüberkommen werde.»

«Er will dich jetzt sehen.»

«Das hat keine Eile. Wir haben nichts miteinander zu reden. Außerdem bin ich noch nicht mit dem Essen fertig.»

Es war ein Instinkt, der mich seine Bewegung wahrnehmen ließ; ich witterte sie gleichsam. Vor sieben Jahren, bei den Green Berets, hatte ich über eine wesentlich schnellere Reaktion verfügt; aber ich war immer noch viel schneller, als er erwarten konnte. Mein Knie und mein Ellbogen schnellten hoch: Das Knie prallte gegen seine Hoden, den Ellbogen rammte ich ihm gegen den Adamsapfel. Er gab ein sonderbares Grunzen von sich und stürzte auf die Knie. Dann rollte er langsam auf den Rücken. Aus seinem Gesicht, das sich zu einem eigentümlich fahlen Graublau verfärbt hatte, quollen die Augen. Sein Mund stand offen; während er mit beiden Händen nach seinen Genitalien griff, rang er keuchend nach Luft.

Ich beobachtete ihn. Deutlich sah ich, wie nach einem Augenblick seine natürliche schwarze Gesichtsfarbe zurückkehrte. Ohne mich von meinem Stuhl zu erheben, nahm ich das Steakmesser und setzte die Spitze an seine Kehle. Gleichzeitig öffnete ich sein Jackett und zog seine Pistole aus seinem Gürtelhalfter. Ich wartete, bis er wieder bei Atem war. «Herumstoßen laß ich mich nicht. Ich hatte doch gesagt, ich würde später kommen.»

Schieläugig blickte er auf das Messer an seiner Kehle. Von der immer noch offenen Tür klang Lonergans Stimme. «Fühlst du dich jetzt besser, Gareth?»

Schlank und blaß stand er da, und die Augen hinter den goldumrandeten Brillengläsern waren verengt. Er trat ins Zimmer. Ihm auf den Fersen folgte sein Leibwächter. «Du hast dich bewiesen. Jetzt kannst du ihn aufstehen lassen.»

Ich richtete mich auf, legte das Messer wieder auf den Tisch. Dann sah ich ihn an. «Du hast meine Nachricht erhalten?»

Er nickte.

«Ich bin an dem Blatt nicht interessiert. Das wäre, als wollte ich mich in einen sicheren Bankrott einkaufen.»

«Du hast recht.»

Ich schwieg.

«Wenn du das Angebot akzeptiert hättest, hätte ich den Handel nicht gemacht. Dämlichkeit kann ich nicht ausstehen.»

«Was willst du dann noch?»

«Würdest du das Blatt übernehmen, wenn es keinerlei Verpflichtungen gäbe?»

Ich blickte zu Verita. Sie antwortete mit einem kaum merklichen Nicken. Ich sah wieder zu ihm. «Ja.»

«Wegen der anfallenden Betriebskosten müßtest du allerdings dennoch ein Darlehen aufnehmen.»

Verita kam mir mit der Antwort zuvor. «Das kann er sich nur leisten, wenn er von den Werbeeinnahmen fünfundzwanzig Prozent erhält.»

«Du hast eine recht clevere Buchhalterin», sagte er. «Zwanzig Prozent.»

Wieder blickte ich zu Verita. «Mit zwanzig Prozent könnten wir gerade noch zurechtkommen», erklärte sie. «Aber verflixt knapp würde es werden.»

«Das muß ich mir durch den Kopf gehen lassen», sagte ich zu ihm. «Morgen früh gebe ich dir Bescheid.»

Seine Stimme klang hart. «Du wirst es mir jetzt sagen.»

Wortlos grübelte ich. Teufel auch, ich hatte doch nicht die geringste Ahnung, wie man so ein Blatt betrieb, selbst wenn es nur so ein Reklamefetzen war.

«Hast du Angst, daß du dich übernimmst, Gareth? Daß du damit nicht zurande kommst? Konntest den Mund ziemlich voll nehmen, solange es ums Schreiben ging und um die Theorie, wie man publizistisch etwas aufziehen müßte. Jetzt ist das alles anders, wie? Wo's dein eigenes Geld wäre, das du reinsteckst.»

Ich schwieg noch immer.

«Dein Vater hat wenigstens einen Versuch gewagt, auch wenn es ihm dann am Mumm fehlte, die Sache mit allen Konsequenzen zu Ende zu führen. Du hast ja nicht mal den Mumm, einen Anfang zu riskieren.» Seine Stimme hatte einen eisigen Klang.

Genau *so* hatte ich diese Stimme noch in Erinnerung: aus meinen Kindertagen. In ihr spiegelte sich die kontrollierte Verachtung, die er für die ganze Welt empfand. Plötzlich wurde ich wütend. Weder er noch seine verdammte Stimme würden mich zu etwas bewegen, das ich nicht tun wollte.

«Ich brauche Hilfe», sagte ich. «Leute mit Erfahrung. Wird Persky zur Verfügung stehen?»

«Wenn du ihn haben willst.»

«Ich brauche einen Mann fürs Layout, Reporter und Fotografen.»

«Es gibt Agenturen, auf die du bei Bedarf zurückgreifen kannst. Solche Leute brauchst du nicht extra einzustellen», erklärte er.

«Hast du ausgerechnet, wie viele Exemplare ich zu je einem Vierteldollar verkaufen müßte, um klarzukommen?» fragte ich Verita.

«Ungefähr fünfzehntausend», erwiderte sie. «Aber für das Blatt hat noch nie jemand was bezahlt.»

«Das weiß ich. Doch ich denke nicht daran, ein derartiges Blatt aufzuziehen. Ich will eine Chance haben, wirklich Geld zu verdienen.»

Lonergan lächelte plötzlich. Für einen Augenblick glaubte ich fast, er habe so etwas wie einen Sinn für Humor. «Gareth», sagte er, «mir will beinahe scheinen, daß du langsam erwachsen wirst. Dies ist das erste Mal, daß du Interesse an Geld zeigst.»

«Was ist daran verkehrt, Onkel John? Der Reichtum scheint deinen Lebensstil ja nicht verhunzt zu haben.»

«Er könnte aber deinen verhunzen.»

«Darauf will ich's ankommen lassen.»

«Dann ist der Handel zwischen uns also klar?»

Ich nickte. Dann beugte ich mich vor und half dem Collector auf die Füße. Ich gab ihm seine Pistole. Er nahm sie.

«Tut mir leid», sagte ich. «Aber ich werde nun mal nervös, wenn sich jemand allzu hastig auf mich zubewegt.»

Aus seiner Kehle drang ein unverständliches Grunzen.

«Wird Ihnen noch ein paar Tage weh tun», sagte ich. «Ihre Kehle, meine ich. Aber machen Sie sich deswegen keine Sorgen. Nur schön mit warmem Salzwasser gurgeln, und die Sache kommt schon wieder in Ordnung.»

«Los, Bill», sagte Lonergan. «Gehen wir, damit diese guten Leute ihr Essen beenden können.»

Er ging zur Tür, drehte sich dort noch einmal zu mir um.

«Morgen vormittag um elf in meinem Büro in Beverly Hills.»

«Ich werde zur Stelle sein.»

«Gute Nacht, Gareth.»

«Gute Nacht, Onkel John.»

Die Tür schloß sich hinter ihm, und ich blickte zu Verita.

«Scheint, daß wir ins Verlagsgeschäft einsteigen», sagte ich.

Sie schwieg.

«Du wirst natürlich mitmachen.»

«Aber mein Job.»

«Ich biete dir einen besseren. Da hast du Gelegenheit zu tun, wofür du ausgebildet worden bist. Außerdem brauche ich dich. Du weißt, daß ich kein Geschäftsmann bin.»

Sie betrachtete mich einen Augenblick. «Ich könnte mir unbezahlten Urlaub nehmen, während wir's mit einer Probezeit versuchen, um zu sehen, wie sich alles anläßt.»

«Damit wäre ich einverstanden. Auf die Weise würdest du wenigstens weiter keinen Schaden haben, wenn ich eine Bauchlandung mache.»

«Ich habe so ein merkwürdiges Gefühl», sagte sie mit gedämpfter Stimme.

«Was für ein Gefühl denn?»

«Deine Sterne stehen anders. Und dein Lebenspfad wird sich ändern.»

«Ich weiß nicht, was das bedeutet. Ist es gut oder schlecht?»

Sie zögerte. «Gut, glaube ich.»

Es klopfte. Ich wollte die Tür öffnen, doch Bobby kam mir zuvor. Über seinen Kopf hinweg blickte der Leibwächter zu mir. «Mr. Lonergan läßt fragen, ob er Sie von einem Auto abholen lassen soll.»

«Besten Dank», sagte ich. «Aber richten Sie ihm aus, daß ich zum Glück über einen fahrbaren Untersatz verfügen kann.»

Die Tür schloß sich, Bobby kam zurück. Mit großen Augen trat er auf mich zu. «Ist das wahr – du kaufst eine Zeitschrift?»

«Ja», sagte ich. «Nichts Berauschendes, aber immerhin – ein Blatt.»

«Bei meiner College-Zeitung hab ich die Graphik gemacht», erklärte er. «Du weißt schon, Layout und so.»

Ich lachte. «Okay. Dann hast du einen Job. Du bist jetzt Chefgraphiker des *Hollywood Express*.»

Plötzlich schüttelten wir uns alle vor Gelächter, und keiner wußte so recht, warum. Allerdings – nun ja, vielleicht hatte Verita recht. Unsere Sterne standen anders, und irgendwie war die Welt verändert.

6

Bobby und Verita waren mit dem Geschirr fertig. Bobbys Augen glänzten. «Hast du das ernst gemeint?»

«Ernst? Was denn?»

»Das mit dem Job als Graphiker bei deinem Blatt?»

«Sicher, aber ein großes Gehalt kann ich nicht zahlen.»

«Das ist nicht wichtig. Es ist die Chance, auf die's mir ankommt. Bisher hat mir noch nie jemand einen echten Job angeboten.»

«Nun, den hast du jetzt.»

«Was für eine Art Blatt ist es denn?»

«Im Augenblick ist es ein Reklametraktat, für den Mülleimer. Aber das wird's nicht mehr allzu lange sein. Ich werd's gehörig umkrempeln.»

«Und was wird's dann sein?»

«Eine Kreuzung zwischen einer Untergrund-Zeitung und *Playboy*. Wir werden die Leute da anpacken, wo sie wirklich lebendig sind – unterhalb der Gürtellinie, an den Eiern.»

«Da komm ich nicht ganz mit», sagte er.

«*Playboy* frisiert alles zurecht», erklärte ich. «Die trimmen ihre Artikel auf Glanzlack und die Mösen ihrer Mädchen auch. Die Untergrundpresse dagegen spezialisiert sich auf das Gegenstück dazu, auf schieren Dreck. Die schütten die Scheiße so kübelweise aus, daß dir die Finger stinken, wenn du bloß eins von ihren Blättern in den Händen hältst. Ich meine, es müßte da einen Mittelweg geben: Wo man sagt, wie's wirklich ist, ohne daß der Leser das Gefühl hat, voll Dreck zu sein.»

«Aber das ist nicht das, was Lonergan will», sagte Verita. «Er will das Blatt so, wie es jetzt ist.»

«Worauf's Lonergan ankommt, ist der Anzeigenteil», erklärte ich. «Das ist für ihn so eine Art chemische Reinigung, wo er sein schmutziges Geld in sauberes umwandeln kann. Der Rest des Blattes kümmert ihn einen feuchten Dreck. Den könnte man von ihm aus auf Klopapier drucken.»

«Ich weiß nicht recht», sagte Verita zweifelnd.

«Aber ich weiß es. Ich kenne ihn schon, solange ich lebe. Er hat nur eine einzige Leidenschaft – Geld.»

«Du hast ihn Onkel John genannt», sagte sie.

«Er ist mein Onkel, der Bruder meiner Mutter.»

Sie atmete tief ein. Jetzt begriff sie. «Du magst ihn nicht?»

«Er ist mir gleichgültig», sagte ich. Aber das war nicht wahr. Eher schon war er mir viel zu wenig gleichgültig. Und es schien keinen Bereich in meinem Leben zu geben, den Onkel John nicht irgendwie berührte. Das begann sogar schon vor meiner Geburt. Erst bei meiner Mutter, dann bei meinem Vater.

«Ich bin müde», sagte ich abrupt. «Ich geh ins Bett.»

«Dann werde ich besser nach Hause fahren», erklärte Verita rasch.

«Nein», sagte Bobby, «das brauchen Sie nicht. Ich werde auf der Couch schlafen.»

«Es ist auch viel zu spät für dich, nach Hause zu fahren, Verita», sagte ich.

«Meinst du wirklich?»

«Natürlich meine ich das wirklich», knurrte ich. «Komm ins Bett. Ich will dich lahmficken.» Ich ging in Richtung Schlafzimmer, blieb dann plötzlich stehen: Aus Bobbys Augen quollen Tränen. «Was hast du denn?»

«Ich liebe dich doch, Gareth», sagte er in klagendem Ton. «Ich will dein Sklave sein. Ich möchte, daß du mich liebst.»

Ich legte einen Arm um seine Schultern und küßte ihn auf die Wange. «Ich liebe dich doch auch, Bobby, aber nicht in dieser Art. Ich fühle mich dir gegenüber wie ein großer Bruder.»

Er fuhr sich mit dem Handrücken über die Augen. «Ich habe nie einen Bruder gehabt.»

«Ich auch nicht.»

Er lächelte. «Das gefällt mir. Das ist pur.»

«Superpur. Und jetzt geh ich ins Bett.»

Ungefähr zehn Minuten später folgte mir Verita ins Schlafzimmer. Ich konnte es kaum erwarten, sie aus den Kleidern zu schälen. Mein Schwanz war hart wie ein Knüppel. Wir fickten, bis ich schlappmachte; aber kommen konnte ich noch immer nicht. Kaum daß ich mich zur Seite wälzte, schlief Verita bereits. Sekunden später war auch ich weg.

Stunden schienen vergangen zu sein, als ich plötzlich aufwachte.

Irgend etwas berührte meine Eier, weiche, liebkosende Lippen offenbar. Noch halb im Dämmerzustand, wölbte ich meine Hände über Veritas Haar und hielt ihren Kopf so, daß mein Schwanz zwischen ihre Lippen glitt. Ihr Mund war warm, war die Zärtlichkeit selbst. Ein paarmal hatte ich das Gefühl, daß sie mich ganz in sich einsaugen wollte. «Oh, Baby, du kannst das so gut», murmelte ich. Dann explodierte ich. Der Orgasmus schien das letzte Quentchen Flüssigkeit aus mir herauszupressen, ich fühlte mich leer und erschöpft. Gleich darauf fiel ich wieder in tiefen Schlaf.

Als ich das nächste Mal wach wurde, spürte ich Sonnenschein auf den geschlossenen Augenlidern. Ich setzte mich im Bett auf. Verita öffnete die Augen. Ich beugte mich zu ihr und küßte sie auf die Stirn. «Ich wußte gar nicht, daß du so gut blasen kannst», sagte ich. «Herr des Himmels, du hast mich ja durch und durch geblasen, bis in den tiefsten Winkel.»

Ihre Augen weiteten sich. «Wovon sprichst du?»

«Von der vergangenen Nacht.»

Sie schüttelte den Kopf.

Um aufzustehen, schwenkte ich die Beine zur Seite und trat auf *seinen* Rücken. Er lag vor dem Bett. Ohne aufzuwachen, rutschte er ein Stück beiseite. Plötzlich kapierte ich. Und war zuerst wütend. Aber dann lachte ich.

Verita musterte mich verwirrt. «Was gibt's denn?»

Ich streckte die Hand aus. Sie folgte mit den Augen der Richtung und spähte über den Bettrand, sah den nackten Jungen. «Guter Gott», sagte sie; und lächelte dann.

«Der kleine Gauner hat's mir also gemacht», sagte ich. «Hat mich einfach beklaut.»

«Er hat uns beide beklaut. Bei mir bist du ja nicht gekommen.»

«Verdammt!» sagte ich.

«Was jammerst du?» fragte sie. «Du kommst von beiden Seiten auf deine Kosten.»

In seinem Rolls-Coupé fuhr Bobby uns nach Beverly Hills. Ich kam mir vor wie einer dieser Beverly Hillbillies, wenn sie bei «Nate 'n Al's» vorbeifahren und all die New Yorker Flüchtlinge sehen, die dort

Schlange stehen und darauf warten, endlich eingelassen zu werden.

Das Büro meines Onkels befand sich ein Stück weiter straßabwärts. Das Gebäude war verschlossen. Ich drückte auf den Rufknopf. Ein uniformierter Wächter spähte durch das Glasfenster.

«Lonergan», rief ich.

Er nickte und öffnete die Tür. «Mr. Brendan?»

«Ja.»

«Mr. Lonergan erwartet Sie. Penthouse-Etage.»

«Ich habe Hunger», sagte Bobby. «Ich warte drüben im Delikatessen-Imbiß.»

Ich nickte. «Okay.» Zusammen mit Verita folgte ich dem Wächter zum Fahrstuhl. Oben wartete bereits der Leibwächter meines Onkels auf uns. Wortlos führte er uns durch den Korridor zu Lonergans Büro und öffnete die Tür.

Mein Onkel saß hinter dem Schreibtisch, und Persky war bei ihm. Mit seinem Hollywood-Büro ließ sich das hier nicht vergleichen. Dies hier roch nach Geld – Seidenvorhänge, dicke Teppiche, Schreibtisch im Louis-quinze-Stil.

«Guten Morgen», sagte ich.

Mein Onkel deutete auf die Stühle vor seinem Schreibtisch und drückte auf einen Knopf. Einen Augenblick später trat ein Mann durch die Seitentür ein. Unter dem Arm hielt er eine Art Aktendeckel oder Hefter.

«Mark Coler, mein Anwalt», sagte mein Onkel. «Was an Papieren gebraucht wird, hat er bereit. Kaufverträge, Darlehensanträge, alles.»

Ich betrachtete ihn, und mir ging durch den Kopf, daß er irgendwie wirklich phantastisch war. Vor fünf Uhr früh konnte er kaum ins Bett gekommen sein, das wußte ich. Dennoch wirkte er so frisch, als habe er einmal rund um die Uhr geschlafen. Noch etwas machte ich mir klar: Er mußte überaus sicher gewesen sein, daß wir diesen Handel abschließen würden; denn von gestern abend bis heute früh hätten die Papiere nicht sämtlich vorbereitet werden können.

Coler breitete sie jetzt vor mir auf dem Schreibtisch aus. «Sie möchten sie sich ansehen?»

Ich schob sie Verita hin. «Miß Velasquez wird sie für mich prüfen.»

Coler blickte zu ihr, dann wieder zu mir. «Ist sie Juristin?»

Verita antwortete selbst. «Ich habe auf der Universität zwar mein Examen gemacht, jedoch nicht die Anwaltslaufbahn eingeschlagen. Aber ich bin amtlich zugelassene Wirtschaftsprüferin.»

Er schien beeindruckt und schwieg, während sie sich die Papiere ansah.

Ich wandte mich Persky zu. «Hat Mr. Lonergan Ihnen gesagt, daß es mir lieb wäre, wenn Sie blieben?»

«Ja», erwiderte Persky. «Aber das kann ich mir nicht leisten. Ich muß nun mal meine Brötchen verdienen. Bin mit der Zahlung meiner Alimente ein halbes Jahr im Rückstand.»

«Ich habe nicht erwartet, daß Sie umsonst arbeiten.»

«Was würden Sie denn zahlen wollen?»

Ich hatte keine Ahnung, was die Norm war. Also taxierte ich blind. «Hundertfünfzig Dollar pro Woche, plus Gewinnbeteiligung.»

«Zieht nicht. Bei der *Valley Times* haben die mir bereits zweihundertfünfzig geboten.»

Zweihundertfünfzig, das war bei mir einfach nicht drin, soviel stand fest. «Hundertfünfzig wäre bei mir das höchste der Gefühle.»

«Er wird's akzeptieren», sagte mein Onkel.

Persky wollte protestieren, doch als er den Gesichtsausdruck meines Onkels sah, unterließ er jeden lauten Protest. «Bei einem solchen Gehalt könnte ich meine Rechnungen nicht bezahlen, Mr. Lonergan», sagte er nur zaghaft.

Die Stimme meines Onkels klang kalt. «Aus einem Krankenhausbett lassen sich noch weniger Rechnungen bezahlen, Persky. Wenn ich Sie so glimpflich davonkommen lasse, so nur aus einem Grund: Ich will, daß aus dieser Sache was wird.»

Persky sah mich an. Er wußte, daß er keine Wahl hatte. «Ich werde für Sie arbeiten», sagte er.

«Gut.» Ich lächelte. «Wenn's gut läuft, werden Sie auch mehr verdienen.»

«Okay», sagte er, «Sie sind bei mir im Wort. Ihre Hand drauf.»

Wir schüttelten uns die Hände.

«Soweit scheint alles in Ordnung zu sein», erklärte Verita. «Allerdings ist da noch eine Sache, die ich für unerläßlich halte. Es muß eindeutig klargestellt – und entsprechend schriftlich fixiert – werden, daß beim Kauf keinerlei frühere Zahlungsverpflichtungen übernommen werden, mag es sich nun um Schulden, Steuerschulden oder was immer sonst handeln. Eine solche Garantieerklärung muß Mr. Lonergans Unterschrift tragen.»

«Dazu hat Mr. Lonergan nicht die geringste Veranlassung», sagte Coler ärgerlich. «Er ist bei diesem Handel ja nicht Hauptbeteiligter. Außerdem haben Sie ja bereits Mr. Perskys Unterschrift.»

Verita blickte zu mir. Jetzt war es meine Sache, ihr mit durchschlagenden Argumenten beizuspringen.

«Mr. Coler», sagte ich, «das Gehalt, das ich Mr. Persky zahlen kann, würde kaum reichen, um seine Unterschrift soviel wert sein zu lassen wie das Papier, auf dem sie steht. Mr. Lonergan hat zu mir gesagt, ich würde das Blatt frei von allen Verpflichtungen übernehmen. Wenn ich es so nicht bekommen kann, dann will ich's überhaupt nicht.»

«Mr. Lonergan könnte nie –» begann Coler.

Mein Onkel unterbrach ihn. «Bereiten Sie die Garantieerklärung vor, Mr. Coler. Ich werde sie unterschreiben.»

«Dafür brauche ich bis morgen Zeit. Heute ist ja niemand in meinem Büro.»

«Morgen wirst du sie haben, Gareth. Genügt dir mein Wort?»

«Ja, Onkel John.»

Mein Onkel lächelte. «Gut. Dann laß uns die übrigen Papiere unterzeichnen.»

Wir vereinbarten, daß ich mich am nächsten Morgen mit Persky im Büro treffen sollte, und als ich dann ging, war ich Besitzer einer Zeitschrift. Bei «Nate 'n Al's» drängten wir uns durch die Menge und setzten uns zu Bobby an den Tisch.

«Wie ist's gelaufen?» wollte er wissen.

«Wir sind im Geschäft», sagte ich.

7

Gut vierzehn Tage später erschien Lonergan bei uns im Laden. In der Hand hielt er ein Exemplar der ersten Ausgabe des neuen *Hollywood Express*. Er drängte sich an den Jugendlichen vorbei, die im hinteren Teil des Raums mit Aufräumungs- und Renovierungsarbeiten beschäftigt waren.

Er schleuderte das Blatt auf die Platte meines Schreibtischs. «Was, zum Teufel, soll das bedeuten? Willst du mich für dumm verkaufen?»

«Du wolltest, daß das Blatt schnell rauskommt. Also hab ich es rausgebracht.»

«Du nennst das hier ein Blatt?» donnerte er. «Außer meinen Anzeigen ist ja nichts weiter drin. Und wer, zum Teufel, glaubst du, wird sich die ansehen?»

«Wer, zum Teufel, hat sich da früher was angesehen?»

«Und dann deine Schlagzeile: ‹Diese Ausgabe ist nur veröffentlicht worden, um jene Leser nicht zu enttäuschen, die sich an unser hochwertiges Toilettenpapier gewöhnt haben.› Ich finde das nicht komisch.»

«Aber ich.»

«Es ist vulgär und zeugt von schlechtem Geschmack.»

«Genau», stimmte ich zu.

«Erwartest du etwa, daß ich dir dafür dreitausendzweihundert Dollar pro Woche zahle? Dann bist du gewaltig auf dem Holzweg.»

«Du wirst zahlen, Onkel John», sagte ich ruhig. «Wir haben einen festen Vertrag, und diesen Vertrag hast du unterschrieben. Darin steht, daß wir in jeder Ausgabe vier Seiten mit Inseraten bringen. Daß wir sonst noch etwas drucken müssen, darüber steht nichts in dem Vertrag.»

«Keinen Penny zahle ich.»

«Dann wirst du verklagt. Es ist ein absolut rechtsgültiger Vertrag.»

Er lächelte plötzlich. «Okay, ich zahle. Willst du mir jetzt sagen, worum das Ganze geht?»

«Ich werde acht bis zehn Wochen brauchen, um das Blatt so zusammenzustellen, wie ich's rausbringen möchte. Und bis dahin brauche ich die Moneten, die durch deine Anzeigen reinkommen.»

«Das hättest du mir gleich sagen können. Ich hätte dir die Zeit gegeben.»

«Ja, aber nicht das Geld. Zweiunddreißigtausend sind ein Haufen Kohlen.»

«Wie dem auch sei – so wie's jetzt ist, darf das Blatt auf gar keinen Fall rauskommen. Das muß auf die Steuerbehörde wie ein rotes Tuch wirken, ist dir das nicht klar?»

«Nicht mein Problem.»

«Wenn ich dir das Geld vorschieße – hältst du dann still, bis du mit deinem Blatt so weit bist?»

«Nein. Vorschüsse müssen zurückgezahlt oder sonst irgendwie beglichen werden.»

Er schwieg einen Augenblick. «Wenn ich dir fünfundzwanzigtausend gebe, ohne Rückzahlungsverpflichtung oder was auch immer, hältst du dann still?»

«Wirklich keine weiteren Bedingungen?»

«Keine.»

«Gut, einverstanden.»

Er zog sein Scheckbuch aus der Innentasche seines Jacketts, schrieb den Scheck aus, reichte ihn mir.

«Danke, Onkel John.»

«Mir bleibt nur ein Trost, Gareth», sagte er. «Wenn ich schon zur Ader gelassen werde, so war's doch wenigstens einer aus der Familie.»

Ich lachte. «Ich habe ja das beste Vorbild, das sich denken läßt, Onkel John.»

Er blickte sich im Laden um. «Was tun all diese Kinder hier?»

«Wir bringen die Bude ein bißchen auf Glanz. Ich habe keine Lust, das Blatt, das ich plane, in einem Scheißhaus herauszugeben.»

«Wo kommen die alle her?»

«Aus Reverend Gannons Jugend-Workshop. In ihrer Freizeit arbeiten sie für fünfzig Cents pro Stunde, was sie dann für die Kirche stiften.»

«Der Freund deines Vaters hat einen besseren Geschäftssinn als irgendeiner von uns.»

«Jesus Christus ist eben konkurrenzlos», sagte ich.

Er blickte auf das Exemplar des *Hollywood Express.* «Hast du noch viele davon?»
«Nein.»
«Schade. Hätte ich das rechtzeitig gewußt, so hätten wir verhindern können, daß sie rausgingen.»
«Mach dir da keine Sorgen, Onkel John. Niemand sonst wird sie zu Gesicht bekommen.»
«Wie kannst du da sicher sein?»
Ich lächelte. «Ich habe nur fünfundzwanzig Exemplare gedruckt. Und alle sind an dich gegangen.»

«Mr. Brendan.» Die Stimme klang sanft. «Tut mir leid, Sie zu stören, Mr. Brendan.»
Ich blickte auf. Es war eins der Mädchen von Reverend Gannons Jugend-Workshop. Wie entschuldigend stand sie vor mir, und ihre engen Jeans strammten sich um die Hinterbacken und teilten sichtbar ihre Möse. Das lose geschnittene Jungenhemd, das sie trug, betonte die Wölbung ihrer Brüste. Ihre Arme und ihr Gesicht waren mit Farbe beschmiert.
«Tut mir leid, Sie zu stören», wiederholte sie. «Aber wir sind jetzt soweit, daß wir hier mit der Arbeit anfangen könnten.»
«Schon recht. Ich will nur meinen Papierkram vom Schreibtisch nehmen, und dann bin ich euch aus dem Weg.»
«Kann ich helfen, Mr. Brendan?»
«Danke. Wenn Sie das da nehmen wollen. Mit dem Rest werde ich schon fertig.»
Sie nahm den Stapel Papiere, den ich ihr reichte. Ich hob die Schreibmaschine hoch, und wir gingen die Hintertreppe hinauf, zur Wohnung. Auf einem der Tische, die wir in das frühere Wohnzimmer gestellt hatten, luden das Mädchen und ich alles ab.
«Kann ich sonst noch irgend etwas für Sie tun, Mr. Brendan?»
«Ich glaube nicht.»
Sie machte keine Anstalten, mich alleinzulassen.
«Gibt's noch was?» fragte ich.
«Bobby sagte, daß Sie eine Sekretärin suchen, aber daß Sie nicht viel zahlen könnten.»

«Das stimmt.»
«Ich bin Sekretärin. Ich hab eine Sekretärinnenschule besucht.»
«So? Können Sie Stenographie?»
«Nicht besonders. Aber tippen kann ich enorm schnell. Achtzig Wörter pro Minute.» Sie strich sich das lange braune Haar aus dem Gesicht. «Und aufs Ablegen und so versteh ich mich auch.»
«Wie heißen Sie?»
«Denise Brace.»
«Wo wohnen Sie?»
«Im Workshop.»
«Wie alt sind Sie?»
«Siebzehn. Nächsten Monat werde ich achtzehn.»
«Warum wohnen Sie nicht zu Hause?»
Ihre dunklen Augen begegneten meinem Blick. «Ich wurde schwanger. Mein Vater warf mich raus. Reverend Sam nahm mich auf und kümmerte sich um mich.»
«Was wurde mit dem Baby?»
«Reverend Sam sorgte dafür, daß es adoptiert wurde. Das war die beste Lösung. Ich war erst sechzehn, als es passierte.»
«Und seither sind Sie im Workshop?»
Sie nickte. «Reverend Sam ist wunderbar zu mir, zu uns allen. Er möchte nur, daß wir glücklich sind und dem Herrn dienen.»
«Und wenn ihr arbeitet, gebt ihr ihm euren gesamten Verdienst?»
«Nicht ihm. Dem Workshop.»
«Behaltet ihr denn gar nichts für euch?» fragte ich neugierig.
«Wozu?» Ihr junges Gesicht wirkte sehr ernst. «Ich brauche nichts. Alles, was wir brauchen, gibt uns ja der Workshop.»
«Gibt's noch viele wie Sie im Workshop?»
«Etwa sechzig oder siebzig. Mehr Mädchen als Jungen.»
«Und die halten's alle genauso wie Sie? Liefern all ihr Geld für den Workshop ab?»
Sie nickte.
«Was tut ihr, wenn ihr nicht arbeitet?»
«Wir verbreiten Gottes Liebe. Wir verkaufen Traktate und Flugblätter. Wir machen uns immer nützlich.»
«Und das ganze Geld bekommt Reverend Sam?»

«Nicht Reverend Sam. Er ist an Geld nicht interessiert. Die Kirche und der Workshop bekommen es, um gute Werke zu tun.»

Lonergan hatte recht. Mit dem, was Reverend Sam da betrieb, stach er uns wohl beide aus. Ich betrachtete ihr klares, offenes Gesicht. «Du bist ein bildhübsches Mädchen, weißt du das», sagte ich.

«Danke.» Sie lächelte. Immerhin: ohne eine gewisse Koketterie war ihr Lächeln nicht.

«Ich weiß nicht, ob ich dich für mich arbeiten lassen könnte», fuhr ich fort. «Das wäre vielleicht allzu verführerisch. Es könnte nämlich sein, daß ich dich lieben will.»

«Das würde mir gefallen», sagte sie nur.

«Ich meine, richtig lieben. Nicht nur Küssen und Knutschen.»

«Ich weiß schon.»

«Und was ist mit Reverend Sam? Gilt so etwas nicht als Sünde?»

«Nein, bei ihm nicht. Er predigt, daß unser Körper genauso Bedürfnisse hat wie unsere Seele und daß man mit beiden Liebe ausdrücken kann.»

Ich überlegte einen Augenblick. «Gibt's viel Sex im Workshop?»

«Nein, nicht sehr viel. Nur zwischen denen, die einander mögen.»

«Hast du keine Angst, wieder schwanger zu werden?»

Sie lachte. «Keine Gefahr. Die Oberschwester sorgt dafür, daß wir jeden Morgen beim Frühstück die Pille schlucken, und wer sie nicht verträgt, bekommt ein Pessar.»

«Und Reverend Sam? Geht der mit einem der Mädchen?»

«Nein. Reverend Sam steht über all dem. Er lebt auf einer höheren Ebene.»

«Willst du damit sagen, daß er Sex verschmäht?»

«Nein, das will ich nicht damit sagen. Wir leben alle auf verschiedenen Ebenen. Ich lebe auf der fünften Ebene. Ich darf Beziehungen zu anderen haben, denen es schon gelungen ist, die dritte Ebene zu erreichen. Aber mit Reverend Sam können nur solche auf der ersten oder der zweiten Ebene körperliche Beziehungen haben.»

«Verstehe. Und was braucht's, um auf die anderen Ebenen hinaufzugelangen?»

«Gute Werke. Ergebenheit für die Kirche. Vollständige Aufrichtigkeit in den Beziehungen zu anderen.»

«Das ist alles?»

Sie nickte.

«Aber dein Geld mußt du auch noch abliefern.»

«Nein», widersprach sie rasch. «Das müssen wir nicht. Wir tun es, weil wir's tun wollen.»

«Würdest du das auch noch tun, wenn du den Job bei mir hättest?»

«Ja», sagte sie. Ihre dunklen Augen schienen in meine zu tauchen. «Darf ich etwas fragen?»

«Sicher.»

«Ich weiß, daß Bobby Sie liebt. Und die Verita wohl auch. Und Sie – lieben Sie beide?»

«Ich weiß nicht, ob ich sie liebe», sagte ich. «Jedenfalls habe ich beide sehr gern.»

«Aber mit beiden haben Sie Sex?»

«Ja.»

«Ich würde gern mit Ihnen Sex haben. Glauben Sie, das könnte mal sein?»

Ich gab keine Antwort.

«Den Job müßten Sie mir deshalb nicht geben», erklärte sie hastig.

«Das ist es nicht.»

«Was ist es dann?»

«Du bist für mich, na, sagen wir mal, nicht so leicht erreichbar. Zum einen lebst du auf einer höheren Ebene, und zum anderen bist du noch nicht achtzehn.»

Sie lächelte plötzlich. «Das ist aufrichtig», sagte sie anerkennend. «Und Aufrichtigkeit hebt dich automatisch auf die fünfte Ebene.» Sie ging zur Tür, blickte von dort zu mir zurück. «Warte auf mich», sagte sie. «Nächsten Monat an meinem Geburtstag werde ich wieder da sein.»

8

«Die Zeitungs- und Zeitschriftenvertriebe wollen erst ein Probeexemplar sehen, vorher ist mit denen gar nicht zu reden», erklärte Persky. «Und *eins* haben sie alle betont: Wenn Sie keine guten Bilder bringen, brauchen Sie sich gar nicht erst zu bemühen.»

«Gute Bilder, wie meinen die das?» fragte ich.

«Weiber», erwiderte er prompt. «Titten und Ärsche haben sie schon. Sie wollen Fosen – Bilder mit Fosen.»

«Haben Sie ihnen gesagt, welche Linie wir redaktionell verfolgen wollen?»

«Das kümmert die einen Dreck. Was den Käufer anlockt, sind Bilder. Auf den Text wirft er erst einen Blick, nachdem er ein Blatt gekauft hat.»

«Okay, dann werden wir uns Bilder beschaffen.»

«So leicht ist das nicht. Die Agenturen und die Fotografen machen Sie kaputt. Exklusiv-Fotos können wir uns nicht leisten. Dafür fehlt uns der Kies.»

«Dann schießen wir uns selbst welche.»

«Kennen Sie denn Fotografen?»

«Wir werden welche finden. Setzen Sie sich inzwischen mit den Filmstudios in Verbindung. Ich möchte, daß die mich auf ihre Presselisten setzen. Die schicken dauernd Bilder von ihren Starlets.»

«Na, *solche* Bilder meinen die von den Vertrieben nicht.»

«Ich weiß, aber es ist ein Anfang. Vielleicht können wir ein paar davon verwenden.»

«Ich habe eine Idee», sagte er.

Von seinem Schreibtisch nahm er seine Aktentasche, öffnete sie. Er holte einige kleine Magazine heraus und legte sie auf die Schreibtischplatte.

Einen Augenblick starrte ich ungläubig auf die Titel. *Anal Sex, Oral Sex, Lesbische Liebe, Sex Party*. Ich nahm eins, blätterte es durch. Es hielt präzise, was der Titel versprach. «Wo haben Sie die her?»

«Vom Ronzi-Vertrieb. Der Ronzi-Vertrieb versorgt mehr oder minder alle Zeitungshändler damit, und die verkaufen diese Dinger dann unter der Hand, für fünf Dollar pro Stück. Der Vertrieb macht uns einen Vorschlag. Wenn wir Ronzi den Alleinvertrieb überlassen, dann drücken die beide Augen zu, falls wir von den Bildern ein paar für unsere Zwecke klauen. Natürlich müßten wir sie so zurechtfrisieren, daß niemand erkennt, wo sie her sind.»

«Ja, aber . . . wenn wir solche Bilder bringen, wird unser *Express* doch garantiert sofort nach Erscheinen kassiert.»

«Wir dürfen natürlich nicht die *ganzen* Bilder bringen, sondern nur Ausschnitte – nur die Mädchen.»

«Wer steht hinter Ronzi?» fragte ich.

Er sah mich unbehaglich an. «Keine Ahnung. Irgendwer von der Ostküste, habe ich gehört.»

«Mafia?»

«Wie gesagt – ich weiß es nicht.»

«Was wollen die noch, außer Exklusiv-Fotos?»

«Darüber haben wir nicht gesprochen.»

«Ich muß mit denen reden. Machen Sie einen Termin fest.»

«Okay, das werde ich sofort . . .» Er brach ab, und ich sah, daß er hinausblickte, zum Vordereingang.

Draußen hielt eine 600er Mercedes-Limousine, schwarz lackiertes Modell. Ein Chauffeur sprang heraus und öffnete die hintere Tür.

Den Mann, der jetzt ausstieg, erkannte ich sofort. Ich hatte ihn oft im Fernsehen gesehen. Allerdings war mir seine massige Körperlichkeit noch nie so stark zu Bewußtsein gekommen. Er maß zweifellos über einsneunzig, und seine Schultern waren so breit, daß er sich ein wenig seitwärts drehen mußte, um durch den Türrahmen zu passen.

Die jungen Leute hörten auf zu arbeiten. Aus ihren gedämpften Stimmen klang Respekt. «Frieden und Liebe, Reverend Sam.»

Mit gütiger Geste hob er die Hand. «Gott ist die Liebe, meine Kinder», sagte er mit tönender Stimme und warmem Lächeln.

«Gott ist die Liebe», antworteten sie wie aus einem Mund.

Er trat auf meinen Schreibtisch zu. Ich erhob mich. Je näher er kam, desto kleiner wirkte alles um ihn her. «Mr. Brendan?»

«Ja, Reverend Sam.»

Er hielt mir seine Hand hin. «Gott ist die Liebe. Ich freue mich, Sie kennenzulernen, Junge.»

Ich nahm seine Hand. Was spürbar wurde, war nicht nur die ungeheure körperliche Kraft, über die er offenbar verfügte, sondern auch eine Art elektrischer Strom, der ihn zu erfüllen schien. «Das Vergnügen ist ganz auf meiner Seite, Sir. Was kann ich für Sie tun?»

Mit einem Seitenblick streifte er Persky. «Können wir uns irgendwo unter vier Augen miteinander unterhalten?»

«Natürlich. Kommen Sie bitte.» Über die Hintertreppe führte ich ihn hinauf zur Wohnung und schloß hinter uns die Tür. «Ist es so recht?»

Er nickte. Ich wies auf einen Stuhl bei dem kleinen Küchentisch. «Möchten Sie Kaffee oder sonst irgend etwas?»

«Nein, danke.» Seine Augen schienen mich abzutaxieren. «Ich bin gekommen, um Ihnen persönlich zu danken.»

«Wofür?»

«Mein Sohn, Bobby – Sie haben etwas geschafft, das mir bei ihm nie vergönnt war: Sie haben ihn auf den rechten Weg geführt.»

Ich musterte ihn verwirrt, und er lachte leise und fügte hinzu: «In mancher Hinsicht, meine ich.»

Ich stimmte in sein Lachen ein. «Ich möchte nicht, daß Sie mich zu sehr mit Lorbeeren bekränzen.»

Er lächelte. «Zum ersten Mal in seinem Leben hat ihn jemand dazu gebracht, daß er arbeitet.»

«Vielleicht hat ihm noch nie jemand einen Job angeboten.»

«Oh doch. Ich hab's oft genug getan. Aber er war nicht interessiert.»

«Sie sind sein Vater», sagte ich. «Und so zählte das aus seiner Sicht nicht weiter.»

«Das könnte sein. Jedenfalls ist er jetzt ein anderer Mensch. Er läßt sich nicht mehr so treiben.»

Ich schwieg. Ich hatte ihm nichts weiter über Bobby zu sagen. Doch ich spürte, daß er noch nicht fertig war.

«Sie wissen, daß Bobby homosexuell ist?»

Ich nickte.

«Sie auch?»

Ich lächelte. «Ich glaube nicht.»

«Sie glauben's? Ja, sind Sie sich denn nicht sicher?»

Ich hob die Schultern. «Früher gab's kaum etwas, worin ich mir nicht sicher war. Jetzt bin ich da zurückhaltender.»

Er blickte sich in dem kleinen Appartement um. «Wohnen Sie hier?»

«Ich werde hier wohnen, wenn Bobby mit dem Einrichten fertig ist. Im Augenblick klappert er die Althändler nach Möbeln ab.»

«Er hat mir gesagt, daß Sie genügend Inserate brauchen, um die Kosten für die Herstellung und so weiter zu decken.»

«Das stimmt.»

«Haben Sie denn schon welche?»

«Mir sind vier Seiten pro Nummer garantiert worden.»

«Hätten Sie Verwendung für mehr?»

«Natürlich.»

«Meine Kirche bedient sich regelmäßig der Werbung in Zeitungen und Zeitschriften wie auch in Rundfunk und Fernsehen. Ich könnte selbst etwas im Anzeigenteil plazieren und außerdem auch einige Geschäftsleute aus meiner Gemeinde dazu bewegen.»

«Das wüßte ich zu schätzen», sagte ich. «Aber wäre es nicht besser, wenn Sie sich erst einmal ansähen, was für eine Art Blatt wir da machen?»

«Haben Sie etwas gegen religiöse Werbung?»

«Nein. Aber es könnte sein, daß Ihnen unser Produkt nicht gefällt.»

«Durch Bobby bin ich bereits im Bilde. Sie werden Bilder von nackten Frauen bringen und über Sex und Drogen schreiben. Dagegen habe ich nichts einzuwenden. Das gehört doch alles zum Leben. Ich bin ein Prediger, nicht ein Heiliger oder ein Moralist. Ich möchte den Menschen helfen, sich selbst zu finden und ein glückliches Leben zu führen. Versuchen Sie das auf Ihre Weise nicht auch?»

«Früher einmal. Aber die Ideale sind futsch. Das einzige, was ich jetzt noch will, ist – einen Haufen Geld machen.»

«Dagegen ist ja nicht das Mindeste zu sagen.» Tief aus seiner Kehle klang ein Glucksen. «Ich hab's ganz gut verstanden, beides miteinander zu verbinden.»

Er brauchte mir nicht lange zu erklären, wie erfolgreich er gewesen war. Daß er säckeweise Geld scheffelte, war mir bekannt.

«Ich würde mich gern als Partner bei Ihnen einkaufen», sagte er.

«Tut mir leid, aber als ich diese Sache startete, habe ich mir eins geschworen: keine Partner.»

Er musterte mich lauernd. «Und Lonergan? Ich habe gehört, daß er beteiligt ist.»

«Da haben Sie was Falsches gehört. Er hat einen Vertrag, der ihm pro Ausgabe vier Anzeigenseiten sichert, welche er über seine eigene Werbeagentur weiterverkaufen kann. Irgendwelche Anteile besitzt er nicht, und mit der Herausgabe des Blattes hat er auch nichts zu tun.»

«Klug von ihm.» Aus der Art, wie er es sagte, klang deutlich heraus, daß er begriff, wo Lonergans Interessen an diesem Blatt lagen.

«Die erste Ausgabe sollten wir so in zwei, drei Wochen fertig haben. Vielleicht schauen Sie am besten dann vorbei und lassen mich wissen, was Sie tun wollen.»

«Das weiß ich bereits. Wieviel kostet eine ganze Seite?»

«Das weiß ich noch nicht. Wir haben die genauen Sätze noch nicht durchkalkuliert.»

«Wieviel garantiert Ihnen denn Lonergan pro Seite?»

«Achthundert.»

«Halten Sie das für einen fairen Preis?»

Ich nickte.

«Ich nehme eine Seite pro Woche für ein Jahr», sagte er und zog ein Bündel Geldscheine hervor. In aller Ruhe begann er, Tausender hinzublättern.

Als er bei vierzigtausend angelangt war, schob er den Haufen auf mich zu. «Da ich ein ganzes Jahr im voraus kaufe, habe ich sicher ein Anrecht auf zwei Wochen gratis.»

«Auf mehr als nur zwei.»

«Das genügt mir schon.»

«Sie brauchen auch nicht im voraus zu bezahlen. Was ist, wenn das Blatt eingeht?»

Er lächelte. «Nun, genau diese Vorauszahlung müßte eigentlich Ihre Chancen erhöhen, im Geschäft zu bleiben. Sie können das Geld ja dazu verwenden, ein besseres Blatt auf den Markt zu bringen.»

«Aber eine Garantie ist es trotzdem nicht.»

Er erhob sich. «Dann werde ich den Teufel spielen. Ich werde um Ihre Seele feilschen. Falls das Blatt eingeht, ehe das Jahr vorüber ist, dann können Sie zu einem meiner Gottesdienste kommen und die Rechnung für beglichen erachten.»

9

Der Ronzi-Vertrieb befand sich in einem alten, einstöckigen Lagerhaus in Anaheim. Ich folgte Persky die Laderampe hinauf und in das langgestreckte, schmale Gebäude. Überall sah man Ständer und Gestelle voller Bücher und Magazine; daß sie nach irgendeinem bestimmten System aufgestellt waren, ließ sich nicht erkennen. Wir kamen an Packtischen vorbei, an denen eine Reihe von Männern arbeitete. Durch schmutzige Korridore ging es weiter zum hinteren Teil des Hauses, wo sich hinter einer gläsernen Trennwand eine Art Büro befand.

Es gab mehrere Schreibtische. Der größte stand für sich in einer Ecke. An kleineren Schreibtischen saßen zwei Frauen und ein Mann. Die beiden Frauen nahmen telefonisch Bestellungen entgegen; der Mann schien damit beschäftigt, Rechnungen auszustellen. Er hob den Kopf. «Ronzi erwartet Sie», sagte er. «Ich werde ihn rufen.» Er hob einen Telefonhörer ab.

Wenige Minuten später trat ein überaus stämmig wirkender Italiener ein. Er hatte krauses Haar und buschige Augenbrauen und schien buchstäblich durch die Tür hereinzuwalzen. Mit einer langen Vorrede hielt er sich nicht auf. «Ich bin Giuseppe Ronzi», sagte er. «Kommen Sie hier rüber und nehmen Sie Platz.»

Wir folgten ihm zum großen Schreibtisch. Mit seinen Pranken fegte er mehrere Bücher und Magazine von den Stühlen auf den Fußboden. Während wir uns setzten, stand eine der Frauen wortlos auf und bückte sich nach den herabgeschleuderten Sachen.

«Haben Sie ein Probeexemplar mit?» fragte er mich.

«Nein. Aber –»

Er unterbrach mich. Wütend starrte er Persky an. «Habe Ihnen doch gesagt, daß Sie ohne Probeexemplar gar nicht erst hier aufkreuzen sollen. Bin ich ein Idiot, daß ich mit Amateuren meine Zeit verplempere!?» Er stand auf. «Gottverdammich! Es ist schon so schwer genug, in diesem Geschäft die Nase oben zu behalten. Das fehlt mir gerade noch, daß –»

«Mr. Ronzi», sagte ich leise, «wie würde Ihnen der Alleinvertrieb des *Playboy* für den Bereich von LA behagen?»

Er sah mich ungläubig an. «Was haben Sie da eben gesagt?»

Ich hob meine Stimme ein wenig. «Haben Sie mich denn nicht verstanden?»

«Ich habe irgendwas von *Playboy* gehört.»

«Dann haben Sie richtig gehört», sagte ich, noch lauter. «Sind Sie interessiert?»

«Wäre ich ja verrückt, wenn ich's nicht wäre.»

«Haben Sie das auch Hugh Hefner erzählt?»

«Sie wissen genau, daß ich dazu nie Gelegenheit hatte. Er hat mich nie gefragt.»

«Dann machen Sie den gleichen Fehler nicht zum zweiten Mal.»

«Wie kann ich denselben Fehler zum zweiten Mal machen, wenn ich ihn überhaupt noch nicht gemacht habe?» schrie er. Er blickte zu Joe. «Was ist mit diesem Kerl? Ist er verrückt oder was?»

«Er ist verrückt», sagte Joe lächelnd.

Ich stand auf. «Okay, Joe, gehen wir.»

Auch Joe erhob sich. Wir standen alle drei. «Wo, zum Teufel, wollt ihr hin?» rief Ronzi. «Ich dachte, ihr wollt eine Unterredung.»

«Sie haben gesagt, Sie wollen ein Probeexemplar. Da ich keins habe, will ich Ihre Zeit nicht vergeuden.»

«Setzt euch, setzt euch», sagte er. «Ihr seid hier. Also können wir uns auch miteinander unterhalten.»

Ich kehrte zu meinem Stuhl zurück. «Okay.»

«Wer steht hinter Ihnen? Lonergan?»

«Wer steht hinter Ihnen? Die Mafia?»

«Werden Sie nicht rotzig. Sie wollen doch, daß wir Ihr Blatt vertreiben, oder?»

«Weiß ich noch nicht. Sie haben mir ja noch kein Angebot gemacht.»

«Wie, zum Teufel, kann ich Ihnen ein Angebot machen, bevor ich weiß, was Sie zu verkaufen haben?»

«Das ist eine gute Frage.»

«Wenn's genauso'n Wegwerf-Fetzen wird wie früher, dann will ich's auf gar keinen Fall.»

«Ich auch nicht.»

«Ich vertreibe an nicht weniger als achttausend Händler.»

«Ausgezeichnet.»

«Liefern Sie mir ein knallfreches Blatt, und ich bring Sie bei zweitausend unter. Mit je zehn Exemplaren. Sind zusammen zwanzigtausend Stück. Jeweils zehn Cents für Sie, sind glatte zwei Riesen. Das ist nicht übel.»

«Nicht für Sie, klar», sagte ich. «Aber bei der Qualität, in der ich das Blatt bringen will, brauche ich wenigstens fünftausend, um klarzukommen.»

«Sie sind übergeschnappt. Von diesen Geilfetzen ist doch keiner so gut, daß wir's pro Woche auf fünfzigtausend Stück bringen würden.»

«Genau dasselbe haben Sie auch zu Hefner gesagt», warf ich ein.

«Wie oft muß ich Ihnen denn noch erklären, daß ich mit dem Mann nie ein Wort gewechselt habe?» schrie er.

Ich lachte. «Das ist doch nur so eine Redensart. Aber was Sie zu mir sagen, ist genau das, was Sie auch zu ihm gesagt hätten.»

«Sie sind noch kein Hugh Hefner.»

«Stimmt», bestätigte ich. «Aber wissen Sie, wer ich morgen sein werde?»

Er blickte zu Joe. «Warum schleppen Sie mir bloß immer die Spinner an?»

Joe lächelte. «Wenn er bei Verstand wäre, würde er in diese Art von Geschäft bestimmt nicht einsteigen.»

Ronzi blickte wieder zu mir. «Also gut, Garantie für dreißigtausend Stück. Bar im voraus. Und ich habe den Alleinvertrieb.»

«Genügt nicht. Vierzigtausend Stück zu zwölfeinhalb Cents, auf derselben Basis. Und den Alleinvertrieb haben Sie nur fürs erste Jahr.»

«Da machen meine Partner garantiert nicht mit. Welche Sicherheit bleibt mir denn? Ich meine, das Ding kann doch ein kolossaler Blindgänger werden. Und dann sitze ich da, platt auf meinem Arsch, während Sie –» Er unterbrach sich. «Und *wenn* die Sache läuft, bin ich dann auf einmal ausgebootet, wie?»

«Kein Gedanke. Sie können mir ja jederzeit mehr Geld geben.»

Er krauste die Stirn. «Mir wäre wohler zumute, wenn Sie mir eine Vorstellung von dem geben könnten, was ich kaufe.»

Jetzt hatte ich ihn, und ich wußte es. Inzwischen war er fest davon überzeugt, daß er Gefahr lief, Hugh Hefner abblitzen zu lassen. Allerdings: Der Sache fehlte noch der letzte Schliff, ein Argument von entscheidender Durchschlagskraft. Keinesfalls sollte er mir wieder abspringen.

«Wer kauft diese Magazine und Blätter?» fragte ich, während ich noch grübelte.

«Na, Männer. Wer sonst?»

«Und warum kaufen sie sie?»

«Um sich aufzugeilen und sich einen runterzuholen. Die Muschis machen sie heiß. Sie suchen immer nach was Neuem.»

Ohne es zu wissen, hatte er mir gerade eine Idee gegeben. «Jetzt kommen Sie der Sache schon näher.»

«Wirklich?» Er schien verwirrt.

Ich blickte zu Joe. Gern hätte ich die Miene, die er jetzt zeigte, für einen Ausdruck von Respekt gehalten, aber wahrscheinlich sprach daraus nur Neugier: Was für eine Karte ich wohl als nächste aus dem Ärmel ziehen würde. Ich spielte Persky den Ball zu. «Okay, Joe, willst du's ihm sagen, oder soll ich das tun?»

«Sie sind der Boß. Also sagen Sie's ihm auch.» Aus seiner Stimme klang Unbehagen. Offenbar wollte er nicht vorschnell in was hineingezogen werden. Abwarten und Tee trinken – seine Devise.

Ich senkte meine Stimme. «Muß aber streng vertraulich bleiben. Aus diesem Büro darf kein Wort hinausdringen. Ich möchte nicht, daß mir irgendwer diesen Gag klaut.»

«Ich bin wie ein Priester bei der Beichte. Von mir erfährt kein Schwanz was», versicherte Ronzi feierlich.

Ich lächelte. Daß ihm eine solche Rolle auf den Leib geschneidert war, hätte man kaum behaupten können. «Neue Muschis», sagte ich.

«Neue Muschis?» wiederholte er fragend.

Ich nickte. «Die Hauptattraktion, gleich auf der Frontseite. Riesenschlagzeile: *Neues Girl in der Stadt!* Ein bildhübsches Betthäschen in Supermini oder Hot Pants. Hat ein Köfferchen bei sich. Zu finden in einem Bahnhof, einem Busbahnhof oder auf einem Flugplatz. Direkt auf ihrem Bauch, quer über ihrer Muschi ein Band mit großen weißen Buchstaben: ‹*Nackt auf unserem Faltbild in der Heftmitte!*› Und Woche für Woche gibt's eine neue Muschi – zweiundfünfzig pro Jahr.»

Ronzi sah mich mit offenem Mund an. «Mann, wenn das kein Genieblitz ist! Warum hast du mir denn davon nichts vorher erzählt, Joe?»

Ich half Joe aus der Klemme. «Ich hatte ihm eingeschärft, unbedingt dichtzuhalten.»

«Einfach Klasse. Und wißt ihr, was mir besonders daran gefällt? Das Girl ist innen auf dem Faltbild nackt und nicht draußen auf der Umschlagseite. Und das heißt, daß die Kerle das Heft kaufen müssen, um das Mädchen zu sehen.»

«Genau. Sie haben's kapiert.»

«Die garantierten vierzigtausend nehme ich. Aber dazu möchte ich noch zehntausend auf Kommission, und in jeder Nummer müssen Sie mir eine freie Anzeigenseite geben.»

«Mit den zehntausend auf Kommission bin ich einverstanden, das Stück zu fünfzehn Cents. Aber mit der Gratisanzeigenseite, das wird nichts. Für eine Anzeigenseite müssen Sie achthundert Dollar berappen, wie jeder sonst.»

Ronzi blickte zu Joe. «Erklär diesem Verrückten mal, wie sowas läuft. Was ich verlange, ist absolut die Norm.»

«Das stimmt, Gareth», sagte Joe.

«Okay, ich will nicht so sein. Für die Anzeigenseite gebe ich ihm fünfzig Prozent Händlerrabatt. Kostet ihn die Seite also nur noch vierhundert.»

«Und was ist mit den zehntausend auf Kommission? Bei fünfzehn Cents pro Stück kriege ich praktisch eins dafür reingewürgt, daß ich versuche, mehr Exemplare abzusetzen», sagte Ronzi. «Die zehntausend will ich nämlich bei den Zeitungshändlern abladen, und das heißt, daß ich den Burschen die Sache schmackhaft machen muß. Im Klartext: Es bleibt mir gar nichts anderes übrig, als jeden von ihnen pro Stück mit fünf Cents extra zu füttern.»

«Mir kommen die Tränen», sagte ich.

«Du bist ein verrückter Hund», sagte er.

«Danke. Ich werde von meinem Anwalt einen Vertrag aufsetzen lassen.»

«Wer braucht einen Anwalt? Mein Wort ist gut genug.»

«Aber meins nicht», sagte ich. «Den Anwalt brauchen Sie.»

Persky sprach erst, als wir uns auf der Schnellstraße in Richtung Los Angeles befanden. «Ich verstehe Sie nicht», sagte er.

Ich steckte mir eine Zigarette an. «Da ist nichts zu verstehen.»

«Einen Mann wie Ronzi läßt man nicht ungestraft aufsitzen. Wenn Sie nicht liefern, bringt er Sie um.»

«Wir werden liefern.»

«Wann?» fragte er. «Seit einem Monat machen wir jetzt schon rum, aber bisher habe ich noch nicht mal das Papier gerochen.»

«In zwei Wochen», sagte ich.

«Jetzt weiß ich, daß Sie wirklich verrückt sind. Sie haben gerade ein Foto-Layout verkauft, das wir überhaupt noch nicht besprochen haben, und was irgendeinen druckfertigen Text betrifft – nicht eine einzige Silbe steht bisher davon. Was meinen Sie denn, wo das herkommen soll? Vom Himmel?»

Ich sah ihn an und lächelte. «In gewisser Weise schon. Inzwischen habe ich für Sie einen anderen Job.»

«Und der wäre?» fragte er wie angewidert.

«Leiter unserer Anzeigenabteilung.»

«Oh, nein. Nein, das laß ich mir nicht aufhängen. Normale Inserenten würden in eine Anzeige in unserem Blatt doch keinen einzigen Cent stecken.»

«Ganz recht», sagte ich. «Normale – also die üblichen – Inserenten wohl nicht. Aber was ist mit den anderen? Denn die gibt's todsicher auch. Es muß Tausende von Oben-Ohne-Bars, Discos und Massagesalons geben, die in normalen Blättern nicht inserieren können. Wir werden einen speziellen Unterhaltungsteil einbauen und denen jeweils eine Achtelseite davon verkaufen, und zwar zum Discount-Preis von fünfundsiebzig Dollar. Vier Seiten möchte ich mit solchen Inseraten vollhaben.»

«Die kriegen Sie nie. Solche Etablissements wollen nicht *in* die Presse. Denen liegt daran, hübsch draußen zu bleiben. Die haben Angst, hoppgenommen zu werden.»

«Seinen Namen sieht jeder gern gedruckt. Die werden schon anbeißen.»

Er schüttelte den Kopf. «Na, ich weiß nicht.»

«Für das ‹Ich weiß nicht› gibt's fünfzig Dollar Gehaltserhöhung, wegen aufdämmernder Intelligenz. Für ein ‹Ist zu schaffen› gibt's noch einmal hundert oben drauf.»

«Ist zu schaffen», sagte er mit plötzlichem Enthusiasmus. Einen Augenblick später wirkte er schon wieder sorgenumwölkt. «Aber das Blatt – in zwei Wochen schon fertig – ja, wie denn nur.»

«Tun Sie nur Ihren Job, Joe. Ich tue meinen.»

10

«Du gibst eine Menge Geld aus», sagte Verita.

Ich legte das Blatt mit dem Text aus der Hand, den ich gerade überprüft hatte. «Sind wir knapp?»

«Nein. Aber die Kosten für diese Ausgabe belaufen sich bereits auf elftausend Dollar. Und mehr wird dafür auch nicht hereinkommen. Wenn das so ist oder bleibt, dann machen wir keinen Gewinn.»

«Die Startausgabe kostet immer mehr als normal. Wir brauchen einen Haufen Sachen. Gib mir mal eine Aufgliederung.»

Sie griff nach einem Blatt Papier. «Kosten für Druck und Papier bei dieser ersten Ausgabe – siebentausend. Wir könnten tausend Dollar einsparen, wenn du für die Titelseiten auf Glanzpapier verzichten würdest.»

«Dadurch bekommt das Blatt Klasse. Also bleibt's dabei. Sonst würden wir uns nämlich von all den Dutzendblättern überhaupt nicht unterscheiden. Jedenfalls nicht äußerlich, nicht auf den ersten Blick.»

«Fotos, Layout und so weiter – zweieinhalbtausend. Bobby hat einen teuren Geschmack, und den Wert des Geldes scheint er überhaupt nicht zu kennen.»

«Ich habe ihm gesagt, daß er erster Klasse reisen soll. Das sind neuntausendfünfhundert. Was ist der Rest?»

«Gehälter, Spesen etcetera.»

«Da läßt sich ja nun wirklich nicht viel ändern. Die Leute müssen bezahlt werden.» Ich steckte mir eine Zigarette an. «Was sollten wir deiner Meinung nach tun?»

«Bei der nächsten Nummer unbedingt kürzer treten. Auf Glanzpapier verzichten und das Budget für Bobby halbieren.»

Ich lächelte. «Da spricht eine echte Buchhalternatur. Ich habe eine bessere Idee. Wieviel haben wir momentan auf der Bank?»

«Rund achtzigtausend Dollar.»

«Na, bitte – heben wir die Moneten doch ab, und dann los über die Grenze nach Mexiko. Mit einem solchen Sümmchen läßt sich dort ganz gut leben.»

Sie sah mich prüfend an. Meinte ich das wirklich ernst? Ich versuchte, mir nichts anmerken zu lassen. «Das wäre unehrenhaft», sagte sie.

«Na und? Hauptsache, wir kämen auf unsere Kosten.»

Ernst schüttelte sie den Kopf. «Wenn ich dort leben wollte, wäre ich schon vor Jahren gegangen. Aber ich bin Amerikanerin. Mir gefällt es hier.» Ich lachte. «Mir auch.»

Ihre Erleichterung war unverkennbar. «Ich fing schon an zu glauben, es sei dir ernst damit.»

«Sieh mal», sagte ich, «so schlimm ist das mit den Kosten wirklich nicht. Die Fotos, die Bobby von Mädchen geschossen hat, reichen uns für mindestens sechs Nummern. Außerdem hat er das Schema fürs Layout ausgearbeitet. Wir brauchen die Bilder praktisch nur noch einzupassen. Von nun an, meint er, werden die Kosten bei ihm pro Woche nicht über tausend Dollar betragen.»

«Da ist mir schon wohler. Was ist mit dem Glanzpapier?»

«Das bleibt. Wir verlangen pro Exemplar fünfunddreißig Cents. Das ist zehn Cents mehr, als die anderen Blätter kosten, und es ist das erste, was dem Kunden auffällt. Es muß auch schon auf den ersten Blick den Eindruck machen, daß er für sein Geld mehr erhält.»

«Okay», sagte sie und nahm aus ihrem Hefter eine Rechnung. «Die ist eben gekommen.»

Die Rechnung stammte von der Firma Acme Photo. Dreitausend Dollar für Kamera und Zubehör. Ich schob ihr das Stück Papier wieder zu. «Begleiche sie.»

«Er hat die teuersten Kameras gekauft. Außerdem Objektive und ein Stativ.»

«Er hätte es teurer machen können. Es handelt sich um gebrauchte Geräte. Neu hätte das zehntausend Dollar gekostet. Das spielt keine Rolle. Er wird alle Fotos selbst schießen. Dadurch sparen wir schon mal die Hundert, die uns ein Fotograf pro Stunde kosten würde.»

«Ich geb's auf», sagte sie.

Ich grinste. «Du machst dir zu viele Sorgen. Wie lange ist es eigentlich her, seit dich einer gelegt hat?» Endlich lächelte sie. «Das müßtest du doch wissen. Es sei denn, du hast dir so eine Kleine von der Mission gegriffen, und ich weiß nichts davon.»

«Workshop heißt das und nicht Mission», verbesserte ich und legte meinen Bleistift aus der Hand. Die letzten zehn Tage waren wirklich ein Schlauch gewesen. «Feierabend» hatte ich immer erst um zwei Uhr nachts gemacht. Aber so ging das eben, wenn man den ganzen Text selbst schreiben mußte. Sicher, hier und da konnte man auf was zurückgreifen, das einem die Filmfirmen zur Verfügung stellten; für kleinere Lücken, die es zu füllen galt, war das eine Lösung. Aber dann hieß es, sich verdammt noch mal selbst was aus den Fingern saugen. Eins nahm ich mir fest vor: Wenn wir genug Geld hatten, würde ich ein oder zwei Leute engagieren, die sich als Reporter wie auch als Redakteure bewähren konnten. Für mich jedenfalls war diese Art Tretmühle wirklich nichts.

Ich warf einen Blick auf meine Uhr. Es war fast Mitternacht, und nur wir beide befanden uns noch im Büro.

«Sag mal, wie wär's, wenn wir zu *Sneaky Pete's* am Strip fahren und ein Steak verdrücken, bevor's dann nach Hause geht zu einem guten Fick.»

«Ich hab eine bessere Idee.»

«Ich höre.»

«Steaks hätten wir zu Hause im Kühlschrank. Die kann ich in den Grill tun, und während sie so richtig mundgerecht werden, können wir –»

«Können wir was?»

«– bumsen.»

«Deine Idee ist besser.» Ich stand auf. «Worauf, zum Teufel, wartest du denn noch?»

Ich lag tief im Schlaf, ganz tief. Rings um mich war nichts als undurchdringliche Nachtschwärze, und ich schlief jenen gleichsam endlosen Schlaf, wie man ihn wohl nur erlebt, wenn man sich in einem urgewaltigen Orgasmus völlig ergossen hat, wenn man buchstäblich wie leergepustet ist.

Und so hörte ich das Telefon nicht; aber Verita hörte es.

Sie schüttelte mich wach und schob mir den Hörer ans Ohr. «Deine Mutter», sagte sie.

«Hallo, Mutter», murmelte ich.

«Wer war das Mädchen?» Die Stimme meiner Mutter hallte mir ins Ohr.

«Was für ein Mädchen?» fragte ich, noch benommen.

«Das Mädchen, das sich eben am Telefon gemeldet hat.»

«Das war kein Mädchen. Das ist meine Buchhalterin.»

«Da klang mir doch etwas von einem mexikanischen Akzent durch», sagte meine Mutter.

Ich öffnete die Augen. Meine Mutter verstand es doch immer, mich richtig wach zu machen. «Und schwarz ist sie auch noch», sagte ich.

«Weshalb gehst du mir aus dem Weg?» fragte meine Mutter.

«Ich gehe dir nicht aus dem Weg. Es ist nur – ich spiele nicht mehr Tennis.»

«Soll das etwa witzig sein? Weißt du, was für ein Tag heute ist?»

«Herrgott, Mutter, wie soll ich das wissen? Um diese Morgenzeit weiß ich ja nicht mal, welches Jahr wir haben.»

«Es ist jetzt zehn Uhr vormittags. Kein bißchen hast du dich geändert. Ich wußte doch, daß das nicht stimmen konnte, was Onkel John mir da erzählt hat.»

«Was hat er dir denn erzählt?»

«Daß du richtig ins Lot gekommen seist und nicht einmal allerhärteste Arbeit scheutest. Nun, er hätte es besser wissen sollen. All das

Geld, das er dir gegeben hat, kann er gewiß schon jetzt abschreiben.»

«Ach, Scheiße, Mutter. Komm zur Sache. Weshalb rufst du an?»

«Der Todestag deines Vaters jährt sich zum vierten Mal. Ich dachte mir, es wäre vielleicht ganz nett, wenn wir zusammen zu Abend essen würden. Du, John und ich.»

«Das bringt ihn nicht zurück, Mutter.»

«Das weiß ich», sagte sie. «Aber es wäre doch nett, wenn wir etwas täten, das beweist, daß wir ihn nicht vergessen haben. Paßt es dir um acht?»

«Okay.»

«Binde dir eine Krawatte um, falls du noch eine hast. Ich habe einen neuen Butler und möchte nicht, daß er meinen Sohn für einen Gammler hält.» Sie legte auf.

«Das war meine Mutter», sagte ich zu Verita, während ich die Hand nach einer Zigarette ausstreckte.

«Ich weiß.» Sie hielt mir ein brennendes Streichholz hin. «Wie ein Baby sahst du aus, so tief hast du geschlafen. Am liebsten hätte ich dich gar nicht aufgeweckt.»

«Was ist denn das?» fragte ich. Von der Küche her klangen Geräusche.

«Keine Ahnung», sagte sie. «Hast du Bobby für letzte Nacht zurückerwartet?»

Ich schüttelte den Kopf und schwang mich aus dem Bett. Als ich die Schlafzimmertür öffnete, drang mir Geruch von gebratenem Speck in die Nase. Ich ging zur Küche.

Bobby stand am Herd. Ohne den Kopf zu drehen, sagte er: «Geh nur wieder ins Bett. Ich bringe das Frühstück.»

«Er macht uns was zu essen», sagte ich zu Verita, als ich wieder ins Schlafzimmer trat.

«Schön, daß er mir das abnimmt.» Sie lachte. «Ich zieh mir wohl besser was an.»

Sie stand auf, doch in derselben Sekunde öffnete sich die Tür. Rasch sprang sie wieder ins Bett und zog sich die Decke über die Brüste. Bobby trat ein. Er war wie ein Butler gekleidet – gestreifte Hosen, Weste etc. – und lächelte breit. In den Händen hielt er ein weißes Frühstückstablett.

«Das Frühstück, Sir», sagte er, während er ganz ins Zimmer trat.

Ich hörte ein Kichern. Unmittelbar hinter ihm tauchte Denise auf. Sie trug eine französische Zofentracht – superkurzes, schwarzglänzendes Röckchen, superlange, gleichfalls schwarze Nylons, winzige weiße Schürze und ein Häubchen. Auch sie hielt ein Tablett in den Händen. «Das Frühstück, Madame», kicherte sie.

Fast feierlich placierten die beiden ihre Tabletts auf unseren Oberschenkeln.

«Teufel nochmal, was ist denn los, Bobby?» fragte ich.

Er lachte. «Trinken Sie Ihren Orangensaft und Ihren Champagner, Sir. Heute ist ein höchst bedeutsamer Tag.»

Mit breitem Grinsen zog er eine säuberlich gefaltete Zeitschrift aus seiner Jacke. «Die Morgenzeitung, Sir. Das erste Exemplar, frisch aus der Presse.»

Ich blickte auf die großen, schwarzen Buchstaben, die den Titel bildeten. *Hollywood Express.* Darunter befand sich zweifarbig ein kesses Bild von Denise, die auf dem Greyhound-Bahnhof aus dem Bus stieg. Ein Band, das quer über das Foto lief, verkündete: «*Neues Girl in der Stadt!*»

«Mensch, da hast du's ja!» rief, nein, schrie ich.

Er lachte. «Wir waren heute früh um sechs in der Druckerei.»

«Mensch», sagte ich wieder und blätterte um, eine Seite nach der anderen. Nichts davon war für mich neu, natürlich nicht: Ich hatte ja vorher die Probeabzüge gesehen. Und doch war alles ganz anders. Jetzt, wo ich wirklich die erste Nummer des *Express* in der Hand hielt, ging es wie ein elektrischer Strom durch mich hindurch.

«Gefällt's dir?» fragte Bobby.

«He», sagte ich als Antwort auf seine Frage, «ruf Persky an. Er soll sich schleunigst hinverfügen, damit der Vertrieb ins Rollen kommen kann.»

«Er ist bereits dort. Und die ersten fünftausend Stück sind schon auf dem Weg zu Ronzi.» Von irgendwoher zauberte er noch zwei Gläser herbei und reichte eines, mit Champagner gefüllt, Denise. «Auf den *Hollywood Express*», sagte er. «Auf daß er nie entgleisen möge.»

Noch immer konnte ich nicht ganz fassen, daß dies Wirklichkeit war. Wieder blätterte ich das Heft durch – und hielt plötzlich inne. Ich war auf das Faltbild gestoßen. Und dort sah ich Denise, nackt und schön. Das Hauptfoto wie auch die anderen, kleineren, sie alle vermittelten etwas Ursprüngliches und gleichsam Urgesundes, das von diesem Mädchenkörper ausging und sofort ins Auge sprang. Es war eine Art unschuldiger sexueller Bewußtheit, die ihre ganz eigene Sprache sprach.

Ich sah, daß Verita das genauso empfand. «Was meinst du?» fragte ich sie.

«Ich werde heute vormittag die Rechnungen zahlen», erwiderte sie schlicht.

«Die Bilder sind sensationell, Bobby. Und ich kann kaum glauben, wie schön du aussiehst, Denise.»

Sie lächelte unaffektiert. «Danke. Ich war wegen der Bilder ziemlich nervös.»

«Sie hatte Angst, zuviel von ihrer Muschi zu zeigen», erklärte Bobby. «Ich habe ihr versichert, da brauche sie sich keine Sorgen zu machen.»

«Hast du retuschiert?»

Er schüttelte den Kopf. «Du hast doch gesagt, sowas käme nicht in Frage. Nein. Ich habe sie – ganz buchstäblich – zurechtfrisiert. Macht sich doch toll, findest du nicht?»

Ich grinste. Plötzlich spürte ich einen wahren Bärenhunger. Ich machte mich über die Eier und den Speck her. «Was ist mit euch beiden?» fragte ich zwischen zwei Bissen. «Habt ihr überhaupt schon gefrühstückt?»

«Wie schön, daß Sie endlich die Güte haben, sich danach zu erkundigen, Sir», sagte Bobby und ging hinaus. Gleich darauf erschien er mit einem weiteren Tablett. Zusammen mit Denise kletterte er zu uns, und im Schneidersitz saßen sie dann uns gegenüber auf dem Bett, zwischen sich ihr Frühstück.

Plötzlich fiel mir etwas ein. «Die Anzeige deines Vaters», sagte ich zu Bobby. «Die habe ich ja noch nicht gesehen.»

«Die haben wir noch gestern abend hingeschafft. Sie ist auf dem hinteren Umschlag.»

Ich drehte das Heft um. Mein Blick fiel auf Reverend Sams lächelndes Gesicht: das Standardbild, das ich schon in vielen anderen Blättern gesehen hatte. Der Text jedoch unterschied sich vom Üblichen. Unter der Hauptschlagzeile *Die Kirche der sieben Ebenen* fanden sich nur wenige knappe Sätze: «*Was Sie mit Ihrem Körper tun, ist Ihre Sache. Was Sie mit Ihrer Seele tun, ist unsere. Wir möchten Ihnen helfen, den Gott Ihrer Erwartungen zu finden.*»

«Meint er das wirklich so, Bobby?»

«Ja», erwiderte Denise an seiner Stelle. «Ich habe ihm gesagt, wie ich für die Fotos posieren mußte. Er hatte offenbar nichts dagegen. Ich habe ihm auch gesagt, was ich für Sie empfinde.»

«Was hat das damit zu tun?»

Sie lächelte. «Ich dachte mir schon, daß du's vielleicht vergessen hast.» Sie beugte sich vor und küßte mich auf den Mund. «Ich bin heute achtzehn geworden.»

11

Die Entfernung zwischen Hollywood und Bel Air betrug eine Million Dollar. Als ich am Haupttor an der Quartier-Streife vorüberkam, blickten die kein zweites Mal hin, sondern ließen mich unbeanstandet passieren. Was Wunder: Ich fuhr ja Bobbys Rolls, und der war so gut wie ein Wappenschild, womöglich besser. Hätte ich etwas Geringeres gefahren als eine Caddy oder einen Lincoln Continental, so wäre ich mit Sicherheit angehalten worden. Ich bog in den Stone Canyon Drive ein, der zu meiner Mutter führte.

Die Straßen waren dunkel und menschenleer. Aus den Häusern zu beiden Seiten fiel Licht, doch irgendwelche Geräusche drangen nicht hervor. In der Auffahrt zum Haus meiner Mutter stand bereits Lonergans Wagen. Sein Chauffeur lehnte sich gegen die große schwarze Caddy-Limousine. Ich hielt unmittelbar dahinter. Als ich ausstieg, musterte mich der Mann neugierig. Zu erkennen schien er mich nicht. Nun ja, der teure Rolls, die formelle Krawatte, solche Attribute konnte er bei mir wirklich kaum vermuten, und so hielt er mich augenscheinlich für einen ihm Fremden.

Ich drückte auf die Klingel an der Haustür. Sanftes Schellen – wie Glöckchengebimmel – erklang. Dann ging die Tür auf. Ich sah einen mir unbekannten Butler.

«Ich bin Gareth», sagte ich und trat an ihm vorbei in die Eingangshalle.

Sein Gesicht blieb völlig unbewegt. «Mr. Lonergan befindet sich in der Bibliothek. Ihre Frau Mutter wird jeden Augenblick herunterkommen.»

Diese Art «offizieller Verlautbarung» war mir wahrhaftig nicht neu, und ich wußte: Punkt acht Uhr bedeutete, daß meine Mutter ungefähr um halb neun fertig sein würde.

Lonergan stand am Fenster der Bibliothek. Einen Drink in der Hand, blickte er hinaus auf den beleuchteten Swimming-pool und den Tennisplatz.

«Darf ich Ihnen einen Drink servieren, Sir?» fragte der Butler, als sich Lonergan zu mir herumwandte.

«Was trinkst du?» fragte ich Lonergan.

«Martini.»

«Nehme ich auch.»

«Das Haus ist noch genauso schön wie an dem Tag, als du eingezogen bist, Gareth. Erinnerst du dich noch?»

«Das glaube ich kaum. Schließlich war ich damals ja erst ein Jahr alt oder so.»

Der Butler reichte mir meinen Drink und verschwand. Ich nahm einen Schluck, und das Zeug schien in mir zu explodieren. Verdammt – zu spät fiel mir ein, daß ich Martinis nicht vertrug. Vorsichtig stellte ich das Glas ab.

Lonergan beobachtete mich. «Daß du damals noch so klein warst, daran habe ich nicht gedacht. Die Zeit vergeht so schnell, so wahnsinnig schnell manchmal.»

Ich schwieg.

«Du wirkst irgendwie verändert», sagte er.

«Das liegt an den feinen Klamotten. Mutter wollte unbedingt, daß ich mich in Schale schmeiße.»

«Solltest du öfter tun. Du siehst gut da drin aus.»

«Danke.» Ich ging zur Bar und machte mir einen Whisky mit Wasser. «Martinis sind für mich zuviel», sagte ich.

Er lächelte. «Einen vor dem Dinner finde ich ganz appetitanregend.» Nicht weit von mir setzte er sich auf eine der Couches. «Daß du nicht mehr hier wohnst, fehlt dir das nicht irgendwie?»

«Nein.»

«Und warum nicht?»

«Es ist ein Getto.»

«Getto?»

Ich nahm auf der Couch ihm gegenüber Platz. Zwischen uns stand der niedrige Tisch. «Die Mauern draußen trennen diesen Ort von der übrigen Welt. Sicher, an Reichtum fehlt's nicht. Trotzdem ist und bleibt es ein Getto. Der Unterschied ist nur: Die Menschen wollen gar nicht heraus.»

«In diesem Licht habe ich das noch nie gesehen», sagte er und trank wieder einen Schluck von seinem Martini. «Dein Blatt gefällt mir nicht», fuhr er im Gesprächston fort. «Ich ziehe meinen Anzeigenauftrag zurück.»

«Wenn du das tust, verklage ich dich bis zum Weißbluten», erklärte ich ruhig. «Wir haben einen festen Vertrag miteinander.»

«Es ist ein unmoralisches Blatt mit Bildern nackter Mädchen und Artikeln, die sich eingehend mit Sex befassen. Kein Gericht im ganzen Land würde mich zwingen, den Vertrag einzuhalten, wenn ich ein Exemplar von deinem *Express* vorlege.»

Ich lachte. «Würde ich dir aber nicht raten. Zu viele deiner geschäftlichen Interessen könnten eine Überprüfung wohl kaum vertragen. Zumindest nicht, wenn man Moralität als Maßstab anlegt.»

«Meinst du das ernst?»

Ich begegnete seinem Blick. «Darauf kannst du Gift nehmen. Du bist es doch gewesen, der mich gedrängt hat, das Blatt zu übernehmen. Was hast du denn von mir erwartet? Daß ich in Perskys Fußstapfen trete und in den Bankrott segle? Ich habe mich in die Sache eingelassen, um Geld zu machen – und nicht, um dir als Wäscherei zu dienen, die dir dreckige Lumpen in blütenweißes Leinen verwandelt.»

«Wie hoch ist die Auflage?»

«Fünfzigtausend. Das sind fünfunddreißigtausend mehr, als

Persky je geschafft hat. Und wenn du smart bist, kaufst du bei einer solchen Auflagenhöhe noch zwei Anzeigenseiten zu deinen vier dazu. Bei solchen Zahlen gibt's für mich gar keine Frage, daß du das vor dir selbst verantworten kannst.»

«Wie willst du wissen, daß es dabei bleibt?»

«Es wird dabei bleiben. Ronzi ist schließlich kein Idiot. Und er hat für uns die Signale auf freie Fahrt gestellt.»

«Ronzis Mafia», sagte er mißbilligend.

«Und?»

«Mit solchen Leuten willst du dich doch nicht näher einlassen . . .»

Ich lachte. «Und er hat mich vor Leuten wie dich gewarnt.»

Wir hörten Mutters Schritte auf der Treppe. «Komm am Montag in mein Büro», sagte er. «Dann werden wir uns darüber unterhalten.»

«Da gibt es nichts weiter zu besprechen. Außerdem habe ich zu tun. Ich muß die nächste Nummer vorbereiten.»

Mutter trat ein, und wir erhoben uns. Alles, was recht war: Sie war schon eine tolle Erscheinung. Mit ihren zweiundfünfzig Jahren sah sie allerhöchstens aus wie fünfunddreißig. Ihr gebräuntes Gesicht war ohne Falten, ihr Haar glänzte noch genauso blond wie in meiner Kinderzeit, und ihr Körper wirkte überaus geschmeidig, was sie zweifellos nicht zuletzt der Tatsache verdankte, daß sie jeden Tag Tennis spielte.

Sie trat auf mich zu und hielt mir eine Wange hin, zum Kuß. «Dünn siehst du aus», sagte sie.

Sie schaffte es doch jedes Mal, aus dem Handgelenk sozusagen: Plötzlich war ich wieder fünfzehn; nichts als Arme und Beine – und ohne Zunge.

Sie wartete auch gar nicht erst auf eine Antwort von mir. «Findest du nicht auch, daß er dünn aussieht, John?»

Um seine Lippen spielte ein schwaches Lächeln. «An deiner Stelle würde ich mir um ihn keine Sorgen machen», sagte er trocken. «Er scheint mir durchaus in der Lage zu sein, gut auf sich selbst aufzupassen.»

«Von richtiger Diät versteht er doch absolut nichts. Ich möchte wetten, daß er seit Monaten keinen grünen Salat gegessen hat. Nun, Gareth – hast du?»

«Ich wußte nicht, daß man von grünem Salat dick wird.»

«Sei nicht sarkastisch, Gareth. Du weißt ganz genau, was ich meine.»

«Mutter», sagte ich scharf.

Plötzlich klang in ihrer Stimme ein nervöses Zittern. «Was ist?»

Ich schluckte meinen Ärger herunter: Eine Verständigung mit mir, das machte ich mir klar, war für sie genauso schwierig wie für mich eine Verständigung mit ihr. Es gab zwischen uns einfach keine Gemeinsamkeiten: keinen Grund und Boden, wenn man so wollte, auf dem wir *beide* standen. Und das war traurig; im tiefsten sogar sehr traurig.

Ich versuchte, meiner Stimme einen unbeschwerten Klang zu geben. «Du siehst wunderschön aus, Mutter.»

Sie lächelte. «Meinst du wirklich?»

«Oh, ja. Und das weißt du auch.»

Hier befanden wir uns auf sicherem Territorium. Ihrem Territorium. Sie fühlte sich sichtlich wohler. «Muß ich auch. Schön aussehen, meine ich. Mit der Jugendlichkeit, das ist ja heutzutage solch ein Kult.»

Nicht bei den Jungen, dachte ich für mich. «Darf ich dir einen Drink machen?» fragte ich.

«Ein Glas Weißwein», sagte sie. «Enthält weniger Kalorien.»

Ich ging hinter die Bar. Als ich den Weißwein aus dem Kühlschrank nahm, läutete die Türglocke. Ich öffnete die Flasche und warf meiner Mutter einen fragenden Blick zu. Hatte sie nicht gesagt, wir würden zum Abendessen ganz unter uns sein, sie, Onkel John und ich?

Sie sah die Frage in meinen Augen. «Ich dachte mir, es wäre nett, noch jemanden einzuladen. Schon, damit wir bei Tisch ein Quartett sind. Es handelt sich um eine junge Dame», sagte sie , während sie das Glas nahm, das ich ihr reichte. «Du wirst dich an sie erinnern, von früher her. Eileen Sheridan. Sie hatte deinen Vater sehr gern.»

Dies war nicht die Zeit, Tatsachen ins Lot zu rücken: Immerhin erinnerte ich mich, daß Eileen noch ihre Zahnklammer getragen hatte, als mein Vater damals starb. Mutter begrüßte ihren neuen Gast an der Tür zur Bibliothek. Eileen hatte sich verändert, seit ich sie das letzte Mal gesehen hatte. Sehr verändert sogar.

Über die Bar hinweg reichte sie mir die Hand und lächelte. Ihre Zähne waren kalifornisch weiß und ebenmäßig. «Hallo, Gareth. Nett, dich wiederzusehen.»

«Eileen», sagte ich. Die Berührung ihrer Hand vermittelte jenen gewissen Bel Air Touch: eine Mischung aus der Überschwenglichkeit der Mädchen von Beverly Hills und der schlaffen Höflichkeit der Mädchen von Holmsby Hills. Ja, dachte ich: ernst, höflich, cool. «Was trinkst du?»

«Was trinkt ihr?» kam prompt ihre Gegenfrage. Erst mal herausfinden, wie's hier im Establishment lief. Bloß keine Wellen schlagen. Aber dann fiel mir ein, daß ich ja vor wenigen Minuten das gleiche getan hatte.

«Ich halte mich an einem Whisky fest. Onkel John schwört auf Martinis. Und Mutter trinkt einen hie-sigen Weißwein.»

«Ich werde auch den Hie-sigen nehmen.»

Eine Pause trat ein. «Das ist ein bildschöner Rolls, den du da draußen hast», sagte sie schließlich, um Konversation zu machen.

«Rolls? Was für ein Rolls denn?» Mutters Stimme klang gereizt. «Daß du einen Rolls hast, hast du mir ja gar nicht erzählt.»

«Du wolltest doch, daß ich mir eine Krawatte umbinde, Mutter», sagte ich. «Wie hätte es wohl ausgesehen, wenn ich per Anhalter hergekommen wäre?»

«Wenn es nicht dein Wagen ist, wem gehört er dann?» Meine Mutter ließ sich nicht ablenken. Was reiche Freunde anging – das war in ihren Augen okay.

«Einem Freund.»

«Freund oder Freundin? Etwa die Mexikanerin, die sich heute früh bei dir am Telefon meldete?» fragte sie mißtrauisch.

«Nein, Mutter.» Ich lachte. «Die fährt einen alten, verbeulten Valiant, den die Wächter am Haupttor niemals durchlassen würden.»

«Du willst es mir nicht sagen», warf sie mir vor.

«Okay, Mutter. Wenn du's unbedingt wissen willst – er gehört einem jungen Mann, der bei mir wohnt. Er möchte mein Sklave sein.»

Sie verstand überhaupt nicht, wovon ich sprach. «Sklave?»

«Ja. Er möchte für mich kochen, saubermachen, einfach alles, weißt du.»

«Und er besitzt einen Rolls-Royce? Wo hat er den denn her?»

«Nun, sein Vater ist reich.»

Plötzlich begriff sie. «Ist er – äh?» Ich ergänzte das Wort. «Homosexuell, meinst du? Ja, Mutter, er ist schwul.»

Sie starrte mich an. Ihre Hand, die gerade im Begriff gewesen war, das Glas Wein zum Mund zu heben, hielt mitten in der Bewegung inne.

«Es ist angerichtet», meldete der Butler von der Tür her.

Ich lächelte meine Mutter an. «Nun, wollen wir zum Essen gehen?»

Wortlos betraten wir das Eßzimmer. Meine Mutter hatte es wahrhaftig an nichts fehlen lassen – da waren die goldenen Bestecke, da war das Coalport-Porzellan, da war das Bacarat-Kristall. Und im hohen Kerzenhalter, dessen Sockel mit Blumen geschmückt war, flakkerten Kerzen.

«Der Tisch ist wirklich bildschön, Mrs. Brendan», sagte Eileen.

«Danke», erwiderte Mutter abwesend. Weiter wurde kein Wort gesprochen, jedenfalls nicht, solange der Butler den Salat servierte. Erst nachdem er verschwunden war, brach Mutter das Schweigen. «Ich verstehe dich nicht, Gareth! Wie kannst du so etwas tun?»

«Ich tue doch gar nichts, Mutter. Ich habe nur gesagt, daß er bei mir wohnt.»

Sie erhob sich plötzlich. «Ich glaube, ich muß mich übergeben.»

«Margaret!» sagte mein Onkel scharf. «Setz dich!»

Einen Augenblick starrte sie ihn an. Dann ließ sie sich auf ihren Stuhl sinken.

«Du hast ihn zu einem ruhigen Familienessen eingeladen», sagte Onkel John, und seine Stimme klang jetzt sanft. «Doch kaum hattest du ihn gesehen, hast du auch schon auf ihm herumgehackt.»

«Aber – aber, John!»

Er dachte nicht daran, sich von ihr das Wort abschneiden zu lassen. «Jetzt werden wir ein nettes, ruhiges Abendessen haben – genau wie du's gesagt hast. Falls du im übrigen jemanden brauchst, der dir bezeugt, daß dein Sohn ein richtiger Mann ist, so laß dir von mir versichern, daß in ihm mehr Mumm und Murks steckt, als das bei seinem Vater je der Fall war.»

«Möge seine Seele in Frieden ruhen», sagte ich, und mein Tonfall klang eigentümlich breit. Ich blickte zu Eileen. «War wirklich nett, dich wiederzusehen.» Rasch stand ich auf. «Vielen Dank, daß du dich zu meinem Fürsprecher machst, Onkel John, aber das hilft auch nicht. Ich gehöre nicht hierher, schon seit langem nicht. Tut mir leid, Mutter.»

Ich war bereits an der Ausgangstür, als Onkel John mich einholte. «Gareth, benimm dich nicht wie ein Kind.»

Meine Stimme klang verbittert. «Ich benehme mich keineswegs wie ein Kind. Ein Kind würde am Tisch sitzen bleiben und sich den ganzen Scheiß gefallen lassen.»

«Gareth», sagte er geduldig. «Sie ist erregt – durcheinander. Du weißt doch, wie wichtig ihr dieser Abend ist. Bitte, komm zum Tisch zurück.»

Ich starrte ihn an. Hatte er schon jemals «bitte» zu mir gesagt? Ich konnte mich kaum erinnern.

«Geh drüber weg», sagte er. «Dadurch, daß du auf sie wütend bist, wird auch nichts gebessert. Für keinen von euch.»

Ich nickte. Er hatte recht. Ich führte mich wirklich wie ein Kind auf. Ich reagierte ihr gegenüber so, wie ich es von klein auf getan hatte. Wenn ich's nicht mehr aushielt, lief ich davon und verkroch mich in einem Schmollwinkel.

Wir kehrten zum Tisch zurück. «Tut mir leid, Mutter», sagte ich und nahm wieder Platz.

Der Rest der Mahlzeit verging ohne weiteres Blutvergießen.

12

Nach dem Essen gingen wir zum Kaffee wieder in die Bibliothek. Der Kaffee wurde in winzigen Täßchen serviert, der Kognak in vorgewärmten Kognakschwenkern.

«Wie gern, wie leidenschaftlich gern», sagte Mutter, «hat dein Vater hier seinen Kaffee genommen. Er liebte es, hier auf dieser Couch zu sitzen und hinauszuschauen zum Springbrunnen und zu den Lichtern im Pool.» Unvermittelt begann sie zu weinen.

Eileen legte einen Arm um ihre Schultern. «Sie dürfen nicht weinen, Mrs. Brendan», sagte sie. «Das ist alles Vergangenheit.»

«Nicht für mich», erwiderte Mutter mit angespannter, fast zorniger Stimme. «Nicht, ehe ich nicht weiß, warum er mir das angetan hat.»

«Er hat es nicht dir angetan», sagte ich. «Er hat es sich selbst angetan, Mutter.»

«Aber weshalb nur, das verstehe ich nicht. Man hat von ihm doch nichts weiter verlangt, als daß er einige Fragen beantwortet. Die Ermittlungen haben dann später ergeben, daß er nichts Unrechtes getan hatte.»

Das war ihre Überzeugung. Tatsache blieb jedoch, daß man sich amtlicherseits darüber im klaren war: Einen Toten konnte man nicht ins Gefängnis stecken. Also zogen sie einen Schlußstrich, die Behörden, und legten den Fall ad acta.

Ich blickte zu meinem Onkel. Sein Gesicht wirkte eigentümlich unbeteiligt.

«Vielleicht könntest du's ihr erklären, Onkel John», sagte ich.

«Das habe ich bereits getan. Ich habe deiner Mutter gesagt, daß er ein Narr war. Es hätte ihm überhaupt nichts passieren können.»

Das glaubte ich genausowenig wie er selbst. Er hatte zwei Geschichten parat, eine für mich, die andere für meine Mutter. «Wovor hatte er dann Angst?» fragte ich. «Für den Einsturz dieses Schulgebäudes konnte man ihn doch nicht verantwortlich machen.»

Die Stimme meines Onkels klang ausdruckslos. «Vielleicht fürchtete er, die Politiker würden ihm die Schuld dafür zuschieben wollen, daß sie vernachlässigt hatten, striktere Qualitätskontrollen in ihren Verträgen zu verankern.»

«Könnte es vielleicht sein, daß sich jemand an die Politiker herangemacht hat, um sie zu eben dieser Nachlässigkeit zu veranlassen?» fragte ich.

Sein Blick blieb gelassen. «Wie soll ich das wissen?»

«Onkel John hat recht», sagte ich. «Vater hat den Vertrag erfüllt. Wenn der Vertrag nichts taugte, so konnte man ihm daraus keinen Vorwurf machen. Leider war jedoch Vater selbst außerstande, sich von Schuld freizusprechen. Er wußte, daß so manches nicht der sonstigen Norm entsprach. Und so tat er, was er dann tat, und es bleibt dir nichts, als dich damit abzufinden. Wenn du das erst einmal getan hast, dann kannst du auch einen Schlußstrich ziehen und wieder ein normales Leben führen.»

«So etwas wie ein normales Leben gibt es für mich nicht», erklärte sie.

«Hör doch schon mit dem Quatsch auf, Mutter», sagte ich. «Du spielst doch wohl immer noch Tennis, oder?»

Ihr Blick senkte sich. Sie wußte, was ich meinte. Für Tennisprofis hatte sie eine Schwäche, und dieser und jener hatte nicht nur auf dem Tennisplatz so etwas wie einen Ballwechsel mit ihr gehabt, wie ich wußte.

«Hast du schon mal daran gedacht, dich wiederzuverheiraten, Mutter?» fragte ich.

«Wer würde schon eine alte Frau wie mich heiraten wollen?»

Ich lachte. «Du bist nicht alt, und das weißt du auch. Außerdem bist du eine schöne Frau und hast ein paar Millionen auf der Bank. Das ist eine unschlagbare Kombination. Du brauchst nur mal deinen Panzer abzulegen. Auch empfiehlt es sich, einen Mann, der einen Annäherungsversuch macht, nicht von vornherein mit Gletscherkälte zu schocken.»

Für einen Augenblick wirkte sie unsicher. Einerseits schmeichelten ihr meine Worte, andererseits war sie sehr bemüht, die angemessene Haltung zu bewahren. «Gareth, vergiß nicht, daß du mit deiner Mutter sprichst.»

Ich lachte. «Das vergesse ich schon nicht. Im übrigen – da ich wohl nicht das Produkt einer unbefleckten Empfängnis bin, möchte ich dich daran erinnern, daß *es* immer noch Spaß macht.»

Sie schüttelte den Kopf. «Mit dir ist wohl nicht zu reden, wie? Gibt es denn gar nichts mehr, was dir heilig ist, Gareth? Wovor du noch Achtung hast?»

«Nein, Mutter. Nicht mehr. Früher einmal, ja, da habe ich an so manches geglaubt. An Ehrlichkeit, Aufrichtigkeit, Anstand. Aber wenn man damit oft genug auf die Schnauze fällt, wird man allmählich kuriert. Und ich bin oft genug auf die Schnauze gefallen – auf die Schnauze gefallen worden.»

Sie gab sich Mühe, nicht allzu deutlich zusammenzuzucken. «Und worauf bist du aus – jetzt?»

«Ich will reich sein. Aber nicht einfach reich, so wie Vater es gewesen ist, nicht einmal *reich* reich wie Onkel John, sondern superreich. Wenn man superreich ist, dann hat man die Welt am Kanthaken. Mit Geld läßt sich alles kaufen – die Society, die Politiker, Besitz, Macht. Geld braucht man dazu, mehr nicht. Und der Witz bei allem ist, daß man überhaupt nicht zu bezahlen braucht, wenn man das Geld erst mal hat. Dann überschlagen sich nämlich alle, um einem umsonst zu Gefallen zu sein.»

«Und du meinst, mit deinem Blatt läßt sich dieses Ziel erreichen?» fragte Onkel John. Aus seiner Stimme klang so etwas wie milde Neugier.

«Nein, Onkel John. Aber es ist ein Anfang.» Ich erhob mich. «Es ist nach zehn, Mutter», sagte ich. «Mich erwartet noch Arbeit.»

«Was für Arbeit denn?»

«Seit heute morgen liegt das Blatt in Hollywood zum Verkauf aus. Ich möchte mal hin und sehen, ob die Sache läuft.»

«Ich habe noch kein Exemplar davon zu Gesicht bekommen. Würdest du mir eins schicken?»

«Natürlich.»

Onkel John räusperte sich. «Ich glaube kaum, daß du dich für diese Art Magazin interessieren würdest, Margaret.»

«Wieso nicht?»

«Nun, es ist – äh – ziemlich pornographisch.»

Meine Mutter schaute mich an. «Stimmt das?»

«Das ist Onkel Johns Meinung. Ich finde das nicht. Lies es selbst und bilde dir dein eigenes Urteil.»

«Das werde ich», sagte sie entschieden. «Schick's mir also.»

«Ich muß gleichfalls gehen», erklärte Eileen. «Ich habe morgen schon in aller Frühe Vorlesungen.»

Wir verabschiedeten uns. Ich küßte Mutter auf die Wange und ließ sie in der Gesellschaft von Onkel John zurück. Zusammen mit Eileen ging ich hinaus. Die einzigen Autos in der Auffahrt waren der Rolls und der große Caddy. «Wo hast du denn deinen Wagen?» fragte ich.

«Ich bin zu Fuß herübergekommen. Es ist nur zwei Häuser von hier, wie du dich vielleicht noch erinnerst.»

Es fiel mir wieder ein. «Ich bring dich hin», sagte ich. «Steig ein.»

Während ich das Auto aus der Ausfahrt manövrierte, zündete sie eine Zigarette an. «Sag mal, kann ich mit dir in die Stadt mitfahren?»

«Klar doch.» Im schwachen Schein der Lichter vom Armaturenbrett betrachtete ich kurz ihr Gesicht. «Warum bist du heute abend gekommen?»

«Ich war neugierig auf dich. Ich hatte so viele Geschichten über dich gehört. Du bist doch nicht wirklich schwul, nicht wahr?»

Ich begegnete ihrem Blick. «Manchmal.»

«Die meisten Männer, die behaupten, daß sie bi sind, sind in Wirklichkeit nur eins von beidem.»

«Willst du einen Beweis?» Ich nahm ihre Hand und schob sie nach unten, gegen meinen Steifen.

Sie zog ihre Hand fort. «Ich glaube dir.»

«Soll ich dich jetzt nach Hause bringen?»

«Nein. Außerdem möchte ich mir ein Exemplar von deinem Blatt besorgen, um selber zu sehen, wie es ist.»

Ich hielt bei einer Parkuhr. Auf der anderen Straßenseite, vor dem Ranch Market von La Brea, befand sich ein Zeitungsstand. Wir blieben im Auto sitzen und beobachteten die Szene. Wie gewöhnlich war der Stamm der Nutten schon auf Achse. Ihre Gesichter wirkten wie die verkörperte Langeweile, denn eigentlich war es für sie noch zu früh. So richtig ging das erst gegen Mitternacht los. Hatten sie sich bis ein Uhr früh keinen Freier geangelt, so machten sie erst mal Halbzeit.

Wir stiegen aus und überquerten die Straße. Ich begann an der Ecke: ging langsam an den Reihen der Taschenbücher und Magazine vorbei, hielt Ausschau nach meinem Blatt. Ich entdeckte es ganz in der Nähe der Kasse.

Eileen hielt sich ein Stück von mir entfernt, während ich den interessierten Kunden spielte und nach einem Exemplar griff. Ich wollte es öffnen, doch es war an den Ecken sorgfältig mit durchsichtigen Klebstreifen verschlossen.

Der Mann an der Kasse musterte mich nur mit einem kurzen Blick, bevor er zu sprechen begann. Dann glitten seine Augen hastig hin und her: sondierten rundum das Gelände.

«Kostet Sie fünfzig Cents, wenn Sie sich die Muschi ansehen wollen», sagte er.

«Woher weiß ich, daß sich die Sache auch lohnt?»

Mit dem Daumen wies er über seine Schulter. Ich warf einen Blick hinter den Stand. Und dort war, mit Reißzwecken an der Bretterwand, das Klappbild aus der Heftmitte befestigt.

«Fünfzig Cents», sagte er mit krächzender Stimme.

«Ist das erste Mal, daß ich dieses Blatt sehe», sagte ich, während ich ihm das Geld gab.

«Ist auch heute erst rausgekommen.»

«Und wie geht es?»

«Heute nachmittag hatte ich fünfzig Stück. Davon sind nur noch so zirka fünf übrig.» Zum ersten Mal faßte er mich richtig ins Auge. «Sind Sie von der Polizei?»

«Nein. Ich bin der Verleger.»

Sein gegerbtes Gesicht verzog sich zu einem Grinsen. «Na, da haben Sie aber wirklich was Heißes, Sohnemann. Müßte Ihnen einen Haufen Kohlen einbringen, wenn Ihnen niemand dazwischenfunkt.»

«Danke.»

«Vielleicht können Sie mir helfen. Ich habe Ronzi angerufen, weil ich noch hundert Stück haben wollte. Fürs Wochenende, wo's besonders gut läuft.»

«Und was hat er gesagt?»

«Nichts zu machen. Sind keine mehr da, sagt er. Tut mir jetzt leid, daß ich nicht auch die hundert genommen habe, die er gleich auch noch bei mir absetzen wollte.»

«Ich will sehen, was sich tun läßt.»

Genauso war's bei den anderen Zeitungsständen, die wir uns ansahen – am Hollywood Boulevard, am Sunset, an der Western Avenue. Wir fuhren zu Eileens Haus zurück, machten jedoch vorher im Beverly Wilshire Hotel Zwischenstation. Dort, im Kiosk, befand sich das Blatt nicht auf dem kleinen Ständer, sondern im Verkaufsautomaten. Wir sahen noch, wie ein Mann Münzen einwarf und sich das letzte Exemplar nahm.

An der Theke bestellte ich für Eileen einen Kaffee und für mich ein Bitter Lemon. Während ich die bittere Süße in mich einschlürfte, beobachtete ich, wie Eileen sich sorgfältig das Blatt ansah.

Schließlich sah sie auf. «Nicht übel.»

Ich steckte mir eine Zigarette an. «Danke.»

«Wenn ich deinem Ego damit nicht zu nahe trete, möchte ich gern ein paar Vorschläge machen.»

«Schieß nur los.»

«Das Blatt ist mit Schwung gemacht, man spürt die Vitalität», sagte sie und nahm mir die Zigarette aus der Hand. «Doch es gibt eine Menge, wovon du keine Ahnung hast.»

Ich nickte zum Zeichen, daß sie fortfahren sollte, und steckte mir eine zweite Zigarette an.

«Zunächst einmal – es ist alles im selben Stil geschrieben. Es macht den Eindruck, als habe das alles ein einziger Mann geschrieben.»

«Stimmt», sagte ich. «War auch nur einer – ich.»

«Nicht schlecht», versicherte sie. «Aber eine andere Gangart könnte der Text zwischendurch schon mal vertragen. Der nächste Punkt: Den Leitartikel bringst du auf Seite sieben. Der sollte immer auf Seite drei stehen, damit er dem Leser sofort ins Auge fällt, wenn er das Blatt öffnet.»

Ich schwieg.

«Soll ich fortfahren?»

Ich nickte.

«Die Typographie – also das haut einfach nicht hin. Wer das gesetzt hat, wußte offenbar überhaupt nicht, worum es eigentlich ging. Ein anderes Druckbild, und das Blatt wirkt optisch sofort lebendiger. Wer ist für den Satz verantwortlich?»

«Das macht der Drucker.»

«Dafür verlangt er bestimmt einen Haufen Geld. Für rund dreitausend Dollar würdest du dir sicher eine eigene Setzmaschine anschaffen können. Damit läßt sich eine bessere Arbeit leisten, und die

Investition sollte sich schon in wenigen Monaten amortisiert haben.»

«Das klingt ja, als ob du Experte wärst.»

«Vier Jahre lang hatte ich Zeitungswissenschaften als Hauptfach. Meinen Abschluß habe ich bereits gemacht, und jetzt arbeite ich an meiner Doktorarbeit. Seit zwei Jahren bin ich Chefredakteurin des *Trojan.*»

«Dann bist du also Experte. Deine kritischen Anmerkungen weiß ich zu schätzen. Sie klingen sehr vernünftig.»

«Wenn du willst, komm ich mal gern zu euch in die Redaktion und sehe, ob ich irgendwie von Nutzen sein kann.»

«Das wäre nett, aber woher das Interesse?»

«Wahrscheinlich, weil du da was wirklich Neues hast. So richtig begreife ich's zwar noch nicht, aber irgendwie habe ich das Gefühl, daß es sich dabei um eine neue Art von . . . ja, von Kommunikation handelt. Zwischenmenschliche Beziehungen. Das Blatt scheint buchstäblich zu seinen Lesern zu sprechen; scheint Dinge zu sagen, über die sie vielleicht nachgedacht, die sie jedoch nie wirklich in Worte gekleidet haben.»

«Ich nehme das als Kompliment.»

Sie sah mich sehr direkt an. «So ist's auch gemeint.»

Ich griff nach der Rechnung. «Danke. Und jetzt werde ich dich nach Hause bringen. Ruf mich doch an, wenn es dir paßt, vorbeizukommen.»

Sie lächelte. «Wie wär's denn mit morgen nachmittag?»

13

Als ich vor unserem Büro hielt, sah ich, daß Licht brannte. Die Tür war unverschlossen. Persky saß an seinem Schreibtisch. «Ich habe auf Sie gewartet», sagte er.

«Was gibt's denn?»

«Seit sieben Uhr abends sitzt Ronzi mir im Genick. Er will am Morgen weitere fünftausend Stück. Von überall rufen ihn die Händler an, sagt er.»

«Gut. Aber bestellen Sie ihm: nein.»

«Er sagt, er bezahlt bar auf die Hand.»

«Er kann die Stückzahl für die Ausgabe in der nächsten Woche erhöhen. Die Bestellung nehmen wir gern entgegen. Jetzt sollen die ruhig ein bißchen lechzen. Das schärft ihnen den Appetit. Und Ronzi kann sich's leisten. Ich hatte mich mit ihm auf einen Endpreis von fünfunddreißig Cents für die Zeitungsstände geeinigt. Er hat fünfzehn Cents draufgeschlagen und uns beschissen. Er kann uns mal.»

«Ich glaube, ich kann ihn bis zehntausend hochkitzeln. Das wären noch einmal fünzehnhundert, Gareth.»

«Wenn der jetzt auf dem trocknen sitzt, wird er für nächste Woche zwanzigtausend mehr ordern. Sagen Sie ihm, ich will jetzt nicht.»

«Ich bin seit langem in diesem Gewerbe, Gareth. Wenn man eine Chance bekommt, muß man zugreifen.»

«Wir werden noch lange in diesem Gewerbe bleiben. Da müssen wir erst mal laufen lernen, bevor wir einen Sprint einlegen können.» Ich wandte mich zur Treppe. «Wieviel würde eine Setzmaschine kosten?»

«Eine gute – gebraucht etwa dreitausend, neu ungefähr achttausend.»

«Fangen Sie gleich morgen an, sich nach einer guten gebrauchten Maschine umzusehen», sagte ich und dachte: Eileen weiß offenbar wirklich, wovon sie spricht. «Bobby noch da? Ich habe sein Auto zurückgebracht.»

Persky betrachtete mich mit einem sonderbaren Blick. «Er ist vor ungefähr einer Stunde mit einem Taxi weg. Sagte, er wollte zu einer Kostümparty oder so.»

«Kostümparty?»

Persky lachte. «So hab ich ihn noch nie gesehen. War zurechtgemacht, von Kopf bis Fuß sozusagen. Rouge, Lippenstift, Augenbrauenstift; und außerdem steckte er in schwarzem, glänzendem Leder mit Hosen, die so eng waren wie . . . wie Strümpfe.»

«Sagte er, wo er hinwollte?»

«Kein Wort. Sauste los wie eine Rakete von der Startrampe.»

«Scheiße.» Eigentlich hätte ich den Rolls in die Garage bringen müssen. Aber die lag vier Häuserblocks entfernt, und ich war einfach zu faul. «Gute Nacht», sagte ich und stieg die Treppe hinauf.

Ich öffnete die Wohnungstür. Vom Schlafzimmer her trat Denise ein. Noch immer trug sie die französische Zofentracht, die sie schon am Morgen angehabt hatte.

«Darf ich Ihr Jackett haben, Sir?»

«Was tust du denn hier?»

«Bobby hat mich angewiesen, im Dienst zu bleiben, Sir», sagte sie mit unbewegtem Gesicht.

«Im Dienst?»

«Ja, Sir. Er ist zu einer Party.»

«Wo steckt Verita?»

«Sie ist nach Hause gefahren. Sie sagte, sie müsse für eine ganze Woche die Wäsche nachholen.» Sie glitt hinter mich und half mir aus dem Jackett. «Kann ich Ihnen einen Drink machen, Sir?»

«Ich brauche einen», sagte ich und streckte mich auf der Couch aus. Sie beugte sich über die Bar, und ich kam in den Genuß, ihr Hinterteil zu betrachten, ein wirkliches Prachtstück. Dann reichte sie mir ein Glas, und ich nahm einen kräftigen Schluck. «Was habt ihr drei gemacht? Habt ihr darum geknobelt, wer mich heute nacht kriegt?»

«Nein, Sir.»

«Verdammt, hör endlich auf, mich Sir zu nennen. Du weißt, wie ich heiße.»

«Aber ich bin im Dienst, Sir. Bobby bat mich zu bleiben, als er den Anruf erhielt. Er sagte, Sie seien nicht gern allein.»

«Wann kam der Anruf denn?»

«Etwa um zehn. Danach war er ganz aufgeregt. Er zog sich sehr sorgfältig an, machte richtiggehend Toilette. Und er war ziemlich high. Ich glaube, er hat zwei Prisen Koks genommen.»

Herrgott, dachte ich: Bei soviel Koks muß er ja wirklich von der Startrampe geschossen sein, genau wie Persky sagte. «Scheint sich um eine tolle Party zu handeln. Hat er gesagt, wer sie gibt?»

«Nein, aber ich bekam mit, daß er am Telefon mit jemandem sprach, der ‹Kitty› hieß.» Ich spürte, wie sich plötzlich meine Gesichtsmuskeln spannten. Sie bemerkte die Veränderung. «Stimmt da irgendwas nicht?»

«Weiß ich nicht», sagte ich grimmig. Wenn dies die beziehungsweise der Kitty war, von dem ich gehört hatte, dann saß Bobby gewaltig in der Scheiße. Kitty – richtiger Name: James Hutchinson – führte die gemeinste Bande von Tunten an, deren Spezialität Leder und S/M waren: Lederfetischismus und Sadomasochismus also. Er stammte aus einer alten Pasadena-Familie, die im Geld schwamm und in der Provinzpolitik eine Menge Einfluß besaß. Es hieß, daß er jeden Monat eine Party gab, die er «Jungfrau des Monats-Party» nannte, und daß einige der Jungens, denen diese Ehre zuteil geworden war, sich im Krankenhaus wiedergefunden hatten. Zweifellos wäre er schon längst in eine Anstalt eingewiesen worden, doch davor schützten ihn seine Beziehungen.

«Hat Bobby gesagt, wo die Party stattfindet?» fragte ich.

Sie schüttelte den Kopf.

Ich nahm das Telefonbuch zur Hand. Hutchinson konnte ich nicht finden. Ich versuchte es bei der Auskunft. Aber auch dort hatte man seine Nummer nicht, zumindest nicht unter den offiziellen. «Welche Taxigesellschaft hat er angerufen, Denise?»

«Die Gelben.»

Ich rief dort an, aber man weigerte sich, mir irgendetwas zu sagen. Lediglich der Polizei dürften sie Auskunft geben. Ich drückte auf den Knopf, wählte eine andere Nummer.

Eine mürrische Stimme meldete sich. «Silver Stud.»

«Mr. Lonergan bitte. Gareth Brendan am Apparat.»

Einen Augenblick später erklang die Stimme meines Onkels. «Ja, Gareth?»

«Ich brauche deine Hilfe, Onkel John. Ich fürchte nämlich, daß sich mein junger Freund in einer schlimmen Klemme befindet.»

«In was für einer Klemme denn?»

«Ich vermute, daß er für eine Party von James Hutchinson zur Jungfrau des Monats gewählt worden ist.»

«Was soll ich tun?»

«Er ist mit einem Gelben Taxi zu der Party gefahren. Ich möchte wissen, wo sie stattfindet.»

«Bleib am Apparat.» Vom anderen Ende der Leitung kam ein Klikken. Eine knappe Minute später meldete er sich wieder. In der Stadt gab es nicht viele Leute, die ihm etwas abschlugen. Die Adresse, die er mir nannte, befand sich mitten in dem feudalen Wohnviertel beim Mulholland Drive.

«Danke, Onkel John.»

«Augenblick noch», sagte er rasch. «Was willst du tun?»

«Hinfahren und ihn rausholen.»

«Allein?»

«Ist ja niemand weiter da.»

«Du könntest umkommen.»

«Das hat man mir schon in Vietnam gesagt. Aber ich lebe noch.»

«Hierfür kriegst du keine Medaille. Wo bist du jetzt?»

«In meiner Wohnung über dem Büro.»

«Warte dort. In zehn Minuten habe ich jemanden, der dir helfen wird.»

«Das brauchst du nicht zu tun, Onkel John. Es ist ja nicht dein Problem.»

Seine Stimme klang gereizt. «Du bist schließlich mein Neffe, nicht wahr?»

«Ja.»

«Dann warte dort. Du bist mein Problem.»

Es klickte. Er war fort.

«Alles in Ordnung?» fragte Denise angespannt.

«Es wird in Ordnung kommen», sagte ich.

Auf Lonergans Wort war Verlaß. Nach etwa zehn Minuten hörte ich von der Straße her eine Hupe. Direkt hinter dem Rolls stand der Jaguar des Collectors. Ich ging zur Tür.

«Es wird dir doch nichts passieren!» sagte Denise ängstlich.

«Keine Sorge», erwiderte ich. «Ich bin bald wieder da.»

Ich ging nach unten auf die Straße und steckte meinen Kopf durch das offene Fenster des Jaguars. «Schließen Sie Ihren Wagen ab», sagte ich. «Wir nehmen den Rolls.»

«Lonergan hat gesagt, Sie würden mir alles erklären», meinte er, als wir losfuhren.

«Mein kleiner Freund ist für eine von Hutchinsons Parties zur Jungfrau des Monats gewählt worden.»

«Und wir holen ihn da raus?»

«Ja.»

«Eifersüchtig?»

«Nein.»

«Wozu dann die Umstände? Kleine Jungs wie ihn gibt's im Dutzend billiger. Früher oder später landen sie alle dort.» Er zog eine Zigarette hervor. «Die lieben sowas doch. Sind direkt scharf darauf.»

«Er ist romantisch. Er weiß nicht, wie schlimm die ihm mitspielen können.»

«Auch das wollen diese kleinen Jungs.»

«Wenn ich der Meinung wäre, daß es das ist, was ihn reizt – daß er der Typ dafür ist –, dann würden wir jetzt nicht hinfahren.»

Wir waren nicht mehr allzu weit von der angegebenen Adresse entfernt.

Der Collector zog ein Paar Lederhandschuhe aus der Tasche und streifte sie sich über. «Für Sie habe ich auch ein Paar», sagte er und reichte mir die Handschuhe. «Ich habe keine Lust, mir die Hände zu verletzen.»

Für normale Handschuhe waren sie eigentümlich schwer. Auch fühlten sie sich ein wenig steif an. Ich warf ihm einen fragenden Blick zu.

«Da ist Stahldraht drin», erklärte er. «Ziehen Sie die Dinger lieber an. Ich kenne diese Bande.»

Das Haus lag ein Stück von der Straße entfernt, hinter einer hohen Mauer und einem eisernen Tor. Als wir auf die Sprechanlage zuhielten, sah ich das Licht und die Fernsehanlage. «Gehen Sie auf Tauchstation», sagte ich zum Collector.

Ich hielt und streckte durch das Fenster die Hand nach dem Hörer.

Sobald ich ihn in der Hand hielt, flammte Flutlicht auf, und das Fernsehauge beobachtete mich. Im Hörer klickte es, und aus dem Hintergrund scholl laute Musik.

Die Stimme klang blechern. «Wer ist da?»

«Gareth Brendan. Bobby Gannon hat mir gesagt, ich soll ihn hier treffen.»

Es klickte wieder. Die Überwachungsanlage, das erkannte ich, wurde so gesteuert, daß sie jetzt das Auto «ins Auge» faßte. Ich war froh, daß ich den Rolls genommen hatte. Die blecherne Stimme hallte in meinem Ohr wider. «Einen Augenblick.»

Fast fünf Minuten vergingen, bevor die Stimme wieder erklang. «Hier ist niemand, der so heißt.»

Ich zwang mich zu einem schrillen und wütenden Lachen. «Ha, sag Kitty, daß das mein Sklave ist, den er da fickt, und wenn er mich nicht einläßt, dann breche ich mit diesem Rolls durch das Scheißtor.»

«Augenblick.»

Eine Pause. Ich wartete.

Dann: «Okay. Stellen Sie Ihren Wagen auf dem Parkplatz unmittelbar hinter dem Tor ab und kommen Sie zu Fuß die Auffahrt herauf.»

Langsam schwenkten die Torflügel auf. Jetzt ging auch über der Auffahrt Flutlicht an. Das bedeutete: weitere Überwachungsanlagen. «Bleiben Sie auf Tauchstation», sagte ich zum Collector. «Warten Sie, bis ich im Haus bin und die Lichter hier wieder ausgehen. Fahren Sie den Rolls dann zur Eingangstür und warten Sie hier draußen auf mich.»

«Was ist, wenn Sie mich brauchen?»

«Dann brüll ich nach Ihnen.»

«Okay.»

Während ich über die Auffahrt in Richtung Haus ging, spürte ich die wachsamen Fernsehkameras auf mir. Bevor ich auf die Klingel drücken konnte, öffnete sich die Eingangstür.

Eine breitschultrige, vierschrötige Tunte musterte mich. Mit dem Daumen wies der Kerl über die Schulter zurück zum Wohnzimmer. «Die Party ist da drin.»

Aus einer eingebauten Stereo-Anlage dröhnte Musik, und im Raum roch es nach Hasch und Amphetamin. Das Licht war so stark gedämpft, daß ich ein oder zwei Sekunden brauchte, um meine Augen daran zu gewöhnen. Im Zimmer befanden sich fünf oder sechs Schwule, zwei in Frauenkleidern, die übrigen in Lederkluft. Bobby konnte ich nirgends entdecken.

Einer von denen in Frauenkleidern kam auf mich zu. Er sah aus wie Mae West – aufgeschwemmter Typ mit knalliger Blondperücke. Seine Lippen waren grell purpurn geschminkt, und über den dicken Augenlidern mit den falschen Wimpern lagen dunkle Schatten mit Flitterglanz.

Die Stimme, eigentlich ein rauher Bariton, versuchte angestrengt, sich als Sopran zu geben. «Ich bin Kitty», sagte er. «Nehmen Sie einen Drink.»

14

Ich folgte ihm zur Bar. «Whisky mit Eis», sagte ich zu dem kleinen Filipino im weißen Jackett. Aufmerksam beobachtete ich, wie er einschenkte, und nahm ihm das Glas aus der Hand. Es war mehr als ratsam, hier nichts zu riskieren. Für einen Knockout-Drink hatte ich wahrhaftig keine Verwendung.

«Prost», sagte ich und drehte mich wieder Kitty zu. Der Whisky schmeckte sauber. «Wo ist Bobby?»

Kitty lächelte. «Sie sind wirklich eigensinnig. Sie sehen doch selbst, daß er nicht hier ist.»

Ich stellte mich dumm. «Das verstehe ich nicht. Er hat mir doch gesagt, daß ich ihn hier treffen soll.»

«Wann hat er Ihnen das gesagt?»

«Als ich nach Hause kam, lag ein Zettel von ihm für mich da. Ich war bei meiner Mutter zum Abendessen.»

«Der beste Freund eines Jungen ist seine Mutter», sagte er.

Ich hob mein Glas. «Darauf will ich trinken.»

Kittys Blick war auf meine Hände gerichtet. «Warum ziehen Sie Ihre Handschuhe nicht aus?»

«Ich leide an einer Pilzkrankheit», sagte ich. «Ansteckende Sache. Man könnte es fast eine Art Vaginitis der Hände nennen.»

Kitty lachte. «Ist immerhin was Neues. Kommen Sie, ich möchte Sie den anderen vorstellen.» Er drehte sich um. «Girls, das ist Gareth. Er ist hergekommen, um hier nach seinem Sklaven zu suchen.»

Sie kicherten, und einer der Leder-Boys trat auf uns zu. «Er ist süß», flötete er. «Ich hätte gar nichts dagegen, sein Sklave zu sein.»

«Du bist zu groß», sagte ich zu ihm. «Ich hätte Angst vor dir. Ich steh auf zarte, sanfte Typen.»

«Ich kann sanft sein», lispelte er und legte eine Hand auf meinen

Arm. Wie stählerne Krallen gruben sich seine Finger ein. «Ich werde dir nicht sehr weh tun.»

Ich lächelte, packte ihn bei der Gurgel. Zwischen Daumen und Zeigefinger quetschte ich seinen Adamsapfel. «Ich werde dir auch nicht sehr weh tun», sagte ich und beobachtete, wie er purpurfarben anlief, während er nach Luft rang. Schlaff glitt seine Hand von meinem Arm.

Kittys Stimme klang sachlich. «Er bekommt nicht genug Luft.»

«Ganz recht», erwiderte ich im gleichen Tonfall. Doch ich ließ nicht los.

«Vorsicht. Er hat ein schwaches Herz.»

Jetzt löste ich meinen Griff. Der Lederne sank keuchend auf die Knie. «Mit einem schwachen Herzen sollte man keine anstrengenden Spielchen spielen», sagte ich.

Der Leder-Boy starrte zu mir hoch. «War wunderschön», ächzte er. «Ich hatte einen superphantastischen Orgasmus. Ich dachte, ich müßte sterben.»

Ich wandte mich zu Kitty. «Bildschön haben Sie's hier.»

Er lächelte selbstzufrieden. «Danke.»

Ich trat zu einem zierlichen Tisch bei der Couch. «Ein wunderschönes Stück.»

«Kaum zu bezahlen, echt Chippendale.» Aus seiner Stimme klang Stolz. «Ich habe zwei davon. Auf jeder Seite der Couch einen.»

«Wirklich?» Mit einem Karateschlag ließ ich meine Hand herabsausen. Der Tisch zersplitterte, und ich bewegte mich auf den anderen zu.

Kitty stieß einen Schrei aus. «Was tun Sie denn da!?»

«Hat Bobby Ihnen das nicht erzählt? Mobiliar zertrümmern – das ist meine Masche.»

Wieder hob ich die Hand.

«Stoppt ihn doch – irgendeiner!» schrie Kitty. «Jeder der Tische ist dreißigtausend Dollar wert.»

Im Türrahmen tauchte der bullige Typ auf, der mich eingelassen hatte. Einen Augenblick blieb er stehen, nahm die Szene in sich auf. Dann stürmte er auf mich zu. Ohne mich vom Tisch zu entfernen, ließ ich mein Bein hochschwingen: traf ihn mit dem Fuß voll im Gesicht. Er taumelte zurück, krachte zu Boden. Aus Nase und Mund stürzte Blut.

«Mein weißer Teppich!» schrie Kitty. «Ich werde ohnmächtig!»

«Lieber nicht», sagte ich. «Denn wenn du wieder aufwachst, findest du im ganzen Haus kein heiles Möbelstück mehr.»

«Du mußt den Jungen wirklich sehr lieben.»

«Darauf kannst du Gift nehmen», sagte ich grimmig.

«Okay. Komm mit. Ich führe dich zu ihm.»

«Zuerst muß die Vordertür geöffnet werden.»

Kitty nickte. Die andere Tunte in den Frauenkleidern stöckelte zum Ausgang, machte die Tür auf.

«Bill!» brüllte ich.

Kaum hatte ich seinen Namen ausgesprochen, erschien auch schon die massige Gestalt des Collectors im Türrahmen. Er sah den bulligen Typ auf dem Fußboden und grinste breit. Hell glänzten die weißen Zähne im schwarzen Gesicht. «Richtiges Fest hier, wie?»

«Behalte die andern im Auge. Ich gehe mit Kitty, um den Jungen zu holen.»

Plötzlich hielt er eine Magnum 357 in der Hand. «Okay, Gentlemen – oder Ladies oder was immer ihr seid –, auf den Fußboden mit euch, Gesicht nach unten, Hände hinter den Kopf.»

Sekunden später lagen sie alle ausgestreckt auf dem Teppich. Er nickte zufrieden. «Richtig cool ist das, Mann.»

Ich folgte Kitty durch einen Korridor zu einer Treppe, die zum Keller führte. Am Fuß der Treppe befand sich ein Raum – ein besonderer Raum.

Die Wände waren ledergepolstert. Von einer Unzahl von Haken hing das größte Arsenal von Peitschen, Handschellen und Beinfesseln, das mir denkbar schien. In der Mitte des Raums befanden sich zwei Gegenstände, von denen ich schon gehört, die ich jedoch noch nie gesehen hatte. Der eine war ein Gefangenenblock, wie ihn vor Zeiten einmal die Puritaner benutzt hatten – oder doch so etwas Ähnliches. Bei diesem Block mußte das Opfer allerdings niederknien, um seine Arme und Beine durch die Löcher zu stecken. Unten am Block sah ich Fetzen von Lederkleidung, und in der Nähe lag ein Paar Schuhe.

Der zweite Gegenstand war eine Folterleiter, auch Streckbett genannt. Darauf lag Bobby, völlig nackt und mit langgestreckten Gliedern. Eine der Sprossen drückte seinen Unterleib stark heraus, ein tief obszöner Anblick. Der Kopf hing ihm auf die Brust, und ich sah, daß seine Augen geschlossen waren.

«Bobby», sagte ich.

Er hob den Kopf und versuchte, die Augen zu öffnen. «Gareth», kam es kaum hörbar über seine geschwollenen Lippen, «du bist auch zur Party gekommen.» Dann sackte sein Kopf nach vorn.

An den Wandhaken sah ich, was ich suchte – ein Hundehalsband, ein sogenanntes Stachelhalsband. Dazu gehörte eine kurze Leine.

«An die Wand!» sagte ich.

Zum ersten Mal klang aus Kittys Stimme Furcht. «Was willst du mit mir machen?»

Doch er gehorchte, drehte sich mit dem Gesicht zur Wand. Ich stemmte eine Hand zwischen seine Schulterblätter, hielt ihn so an Ort und Stelle. Mit der freien Hand nahm ich das Stachelhalsband vom Haken, stülpte es Kitty über den Kopf, zog es mit kurzem Ruck strammer.

Er schrie vor Schmerz, fuhr sich mit krallengleichen Fingern an die Kehle.

Bobby versuchte ein Lächeln. «Gut, du spielst auch mit», flüsterte er.

Ich zerrte kurz an der Leine, zog Kitty hinüber zur Folterleiter. «Binde ihn los.»

Mit hektischen Bewegungen befreite Kitty meinen Freund von den Fuß- und Handfesseln. Bobby sackte herab, doch ich stand schon bereit, um ihn aufzufangen. Schlaff hing er über meine Schulter.

Wieder zog ich mit kurzem Ruck an der Leine. «Nach oben.»

Der Collector grinste, als er Kitty mit dem Stachelhalsband sah. «Hast dir einen neuen Köter zugelegt?»

«Gehen wir», sagte ich. Wir bewegten uns zur offenen Tür. Kitty zog ich mit mir. «Öffne das Tor», befahl ich ihm.

Er griff nach einem Telefon bei der Tür und drückte auf zwei Knöpfe. Plötzlich konnte man auf einem Bildschirm erkennen, daß die Torflügel langsam aufschwangen.

Ich ließ mir vom Collector die Pistole geben. «Bring Bobby ins Auto», sagte ich.

Er nahm den Geschundenen so behutsam, als handle es sich um eine zerbrechliche Porzellanfigur. Ich blickte wieder zu Kitty. «Was habt ihr ihm gegeben?»

«Nichts. Er hat das freiwillig gemacht, war mit allem einverstanden.»

Ich zerrte an der Leine. Er begann zu husten. «Verdammtes Lügenmaul!» fuhr ich ihn an. «Aber du machst mir nichts vor. Ich habe seine Augen gesehen.»

Er krallte die Finger ins Halsband, lockerte es. «Engelsstaub und Acid.»

Einen Augenblick starrte ich ihn noch an. Dann.ließ ich die Leine los und ging hinaus.

Kitty rief hinter mir her. «Kannst ihn gern haben. Viel ist mit ihm wirklich nicht los . . .»

Noch befand ich mich bei der Tür, war erst ein ganz kurzes Stück von ihm entfernt. Ohne mich auch nur umzudrehen, traf ich ihn voll: traf ihn mit einem Rückwärts-Kick. Deutlich konnte ich spüren, wie mein Schuhabsatz gegen seinen Unterkiefer schmetterte. Als ich zurückblickte, sah ich, daß sich sein Kinn ziemlich unmittelbar unter seiner Nase befand und daß aus seinem Mund Blut hervorzuschießen begann. «Schweinehund!» sagte ich.

Der Collector saß am Steuer. Ich schob mich neben ihn. «Hast du gesehen, wie der Rücken von dem Jungen aussieht?» fragte er.

Ich drehte mich um und sah nach hinten. Der Collector hatte Bobby auf den Rücksitz des Wagens gelegt, und der Junge lag auf dem Bauch. Von den Schultern bis zum Hintern schien er nur aus rohem Fleisch zu bestehen. Die Kerle hatten offenbar nichts bei ihm ausgelassen, außer vielleicht ihm die Haut bei lebendigem Leibe abzuziehen.

«Wir werden ihn zu einer Unfallstation bringen, Bill.»

Das Tor lag inzwischen hinter uns. «Dann hast du die Bullen auf dem Hals. Und die stellen Fragen.»

«Der Junge braucht einen Arzt.»

«Ich weiß da was, wo man keine Fragen stellt.»

Es handelte sich um ein kleines Privatkrankenhaus in West Los Angeles, und das Personal dort verstand sich auf sein Fach. Ich wartete, bis der Arzt aus dem Behandlungszimmer auftauchte.

«Wie geht es ihm?»

«Er wird wieder in Ordnung kommen. Aber drei Wochen muß er mindestens hierbleiben.»

«Daß es so schlimm ist, habe ich nicht gedacht.»

«Die Drogen fallen nicht weiter ins Gewicht. Auch der Rücken ist nicht so schlimm, wie er aussieht. Aber die inneren Verletzungen.»

Er hob die Hand, und ich sah, daß er darin einen faustdicken Dildo hielt, der etwa fünfundzwanzig Zentimeter lang war. «Dieses Ding hat man ganz in ihn hineingestoßen – und dort fanden wir es auch.»

Ich spürte die aufsteigende Übelkeit, unterdrückte sie. «Ich werde mich mit seinem Vater in Verbindung setzen», sagte ich.

Der Arzt nickte mit ernstem Gesicht. «Sie können Reverend Sam versichern, daß er auf unsere Diskretion zählen kann.»

«Sie kennen den Jungen?» fragte ich überrascht.

«Nein. Aber Mr. Lonergan hat angerufen und uns mitgeteilt, daß Sie womöglich zu uns kommen würden.»

Lonergan schien immer an alles zu denken. Ob er auch wußte, wie ich einem Vater, der mir seinen Sohn anvertraut hatte, das Vorgefallene möglichst schonend beibrachte? Und ihm also eingestand, daß ich versagt hatte?

15

Im Wartezimmer sah ich den Collector am Münzfernsprecher. «Lonergan – für dich», sagte er.

Die Stimme meines Onkels klang ruhig. «Wie geht es dem Jungen?»

«Er ist übel verletzt. Aber er wird durchkommen. Ich wollte gerade seinen Vater anrufen.»

«Das habe ich bereits getan. Er ist schon auf dem Weg. Ich schicke einen Wagen, der dich nach Hause bringt.»

«Ich habe den Rolls hier.»

«Die Polizei sucht dich. Laß die Schlüssel dort, für Reverend Sam, und mach, daß du fortkommst.»

«Ich hätte nicht gedacht, daß die so dumm sind, die Polizei zu verständigen.»

«Du hast zwei Männer krankenhausreif geschlagen», sagte er trokken. «Und die Polizei will ja immer alles ganz genau wissen. Ihren Fragen geht man besser aus dem Wege. Für den Augenblick hast du allerdings nichts weiter zu befürchten. Deinen Namen hat niemand genannt.»

Mein Onkel verstand es immer wieder, mich zu verblüffen. Er schien überall Ohren zu haben.

«Wenn du nach Hause kommst, dann bleibe dort, bis du von mir hörst. In der Frühe werde ich über diese Angelegenheit genauer im Bilde sein.»

«Ich muß mit Reverend Sam sprechen und ihm erklären, was geschehen ist.»

«Das kannst du morgen tun. Verschwinde jetzt dort von der Bildfläche.»

Ein Klicken: Seine Stimme war fort. Plötzlich hatte sie ganz und gar nicht mehr ruhig und gelassen geklungen – und das kam sonst bei ihm so gut wie nie vor.

Der Collector streckte mir seine Hand hin. «Gib mir die Autoschlüssel.»

Ich tat es und folgte ihm zum Pult, wo er die Schlüssel einer Krankenschwester gab. Wir verließen das Gebäude.

«An der Ecke ist eine Cafeteria, die die ganze Nacht geöffnet hat», sagte er. «Dort werden wir abgeholt.»

Wortlos schritten wir die Straße entlang. Nichts war zu hören als das leise Scharren unserer Füße auf dem Gehsteig und, dann und wann, ein Auto auf dem Fahrdamm. Wir betraten das Restaurant. Die Uhr hinter der Theke zeigte auf Viertel nach vier.

Der Kellner stellte dampfende Kaffeetassen vor uns hin. «Was darf's denn sein, Leute?»

«Sandwich mit Schinken und Ei», sagte der Collector. Er sah mich fragend an.

Ich schüttelte den Kopf. «Nichts.»

Der Kaffee war siedend heiß. Ich kramte in meinen Taschen, suchte nach einer Zigarette. Der Collector hielt mir ein Päckchen hin. Ich nahm eine, steckte sie mir an.

Hungrig griff der Collector nach dem Sandwich, das der Kellner ihm brachte. Er biß ein Riesenstück ab, sprach mit vollem Mund. «Hast du all den Scheiß in der Army gelernt?»

«Was für einen Scheiß?»

«Den Judokram. Das mit dem Fußtritt, diesem Rückwärtskick, und so.» Aus seiner Stimme klang ein Hauch von Bewunderung.

«Das ist kein Judo. Und so etwas lernt man auch nicht in der Army.»

«Kein Judo? Was dann?»

«Savate. Eine französische Sache. Das habe ich mir von einem Ex-Sergeanten der Fremdenlegion beibringen lassen. Er war nach dem Abzug der Franzosen in Saigon geblieben.»

Er biß wieder in sein Sandwich. In seiner Kehle war ein leises Glucksen. «Mann, ich wünschte, ich könnte das auch. Sah richtig graziös aus, wie bei einem Ballettänzer. Lonergan hat mir gesagt, daß die drei Stunden brauchen werden, bis sie ihm den Unterkiefer mit Draht zurechtgeflickt haben. Und mindestens ein Vierteljahr lang wird er durch einen Strohhalm Suppen schlürfen müssen, oder sowas Ähnliches.»

«Der Schweinehund kann von Glück sagen, daß ich ihn nicht umgebracht habe.»

Der Collector musterte mich ein oder zwei Sekunden stumm. Dann sagte er: «Du bist mir schon ein Typ, Gareth. Aus dir werde ich einfach nicht schlau. Die ganze Zeit schon bin ich bei dir total auf dem Holzweg gewesen. Konnte nie kapieren, weshalb Lonergan soviel persönliches Interesse für dich zeigte.»

«Jetzt weißt du's. Ich bin sein Neffe.»

«Es ist nicht nur das. Familie und so, alles gut und schön, aber deswegen schmeißt Lonergan sich nun wirklich nicht gleich weg. Das ist bei dir noch was anderes für ihn.» Er blickte zum Fenster; stand dann auf, warf zwei Dollar auf die Theke. «Das Auto ist da. Gehen wir.»

Als ich vor der Wohnungstür stand, fühlte ich mich knochenmüde. Schon wollte ich die Schlüssel hervorholen, doch dann sah ich, daß die Tür einen Spalt geöffnet war. Ich ließ sie aufschwingen.

Denise, noch immer in Zofentracht, war auf der Couch eingeschlafen. Zum Schutz gegen das Licht hatte sie den rechten Unterarm über die Augen gelegt.

Ich holte eine Decke aus dem Schlafzimmer und deckte sie damit zu. Sie bewegte sich nicht. Ich schüttelte den Kopf. Die Arglosen, die Unerfahrenen. So klug kamen sie sich vor. Doch sie wußten nichts.

Denise war achtzehn, Bobby neunzehn. Für beide war das Leben noch ein Traum, eine Idealvorstellung, erfüllt von Schönheit und menschlichem Anstand.

Scheiße. Ich ging wieder ins Schlafzimmer, schüttelte mir die Schuhe von den Füßen und ließ mich aufs Bett fallen. So arglos, so unerfahren, so unschuldig war auch ich einmal gewesen . . . war gewesen . . . gewesen . . . Ich schloß die Augen.

Aus der Vergangenheit kamen Stimmen hoch, hallten durch mein Gehirn. Mein Onkel sprach, ich stand wie angewurzelt hinter der Tür der Bibliothek. «Du wirst es ihm sagen müssen.»

Die Stimme meiner Mutter antwortete. Gedämpft drang sie durch das dicke Holz der Tür, und ich hörte den Schmerz. «Ich kann nicht, John, ich kann nicht.»

«Früher oder später wird er es ohnehin herausfinden. Du mußt es ihm sagen.»

«Nein, John, nein.»

Dann hörte ich hinter mir die Schritte meines Vaters und drehte mich herum. Und ich machte dabei genügend Lärm: Die beiden in der Bibliothek verstummten.

Ich wollte nicht, daß man meinem Vater weh tat. Ich wollte ihm jeden Schmerz ersparen. Ich war so klug. Ich war so unerfahren. Ich war sechzehn. Und ich irrte mich so sehr. Die Stimmen verklangen, und ich schlief.

Dann spürte ich eine Hand auf meiner Schulter. «Gareth! Gareth! Wach auf!»

Das war keine Stimme aus einem Traum. Ich öffnete die Augen. Denise schüttelte mich. «Was? Was?» murmelte ich.

«Du hast gerufen und geschrien.»

Benommen schüttelte ich den Kopf. «Nein.»

«Du hast einen bösen Traum gehabt.»

«Entschuldige.» Ich setzte mich auf, suchte nach einer Zigarette, fand sie. Meine Hände zitterten.

«Wie fühlst du dich?»

«Gut», sagte ich. «Gut.»

«Hast du Bobby gefunden?»

«Ja.» Die Zigarette half mir. «Er hatte Verletzungen. Ich brachte ihn in ein Krankenhaus.» Beunruhigt sah sie mich an, und ich fügte hastig hinzu: «Er wird wieder in Ordnung kommen.»

«Was haben die denn mit ihm angestellt?»

«Unter Drogen gesetzt und gefoltert und vergewaltigt.» Plötzlich brannten in meinen Augen Tränen. Ich versuchte, sie zurückzuhalten; vergeblich.

Sie richtete sich auf. «Ich bringe dir eine Tasse warme Milch.»

Als ich reagierte, war sie bereits an der Tür. «Halt!» sagte ich. «Ich bin alt genug für einen Whisky.»

«Wir werden ihn mit der Milch mixen. Zieh inzwischen deine Sachen aus.»

Nach einiger Zeit erschien sie wieder. Auf einem Tablett brachte sie eine Tasse mit warmer Milch. Daneben stand eine Flasche Whisky. Tadelnd betrachtete Denise mein Hemd und meine Jeans, die beim Bett auf dem Fußboden lagen. «Also, ordentlich bist du wirklich nicht», sagte sie, während sie das Tablett absetzte.

«Hab ich auch nie behauptet.»

Sie hob meine Sachen auf und trug sie zum Schrank. Ich nahm einen Schluck von der Milch, in die sie Whisky getan hatte. Einfach scheußlich. Ich stellte die Tasse aus der Hand und trank direkt aus der Flasche.

«Mogeln gilt nicht», sagte sie über die Schulter. «Trink die Milch.»

Ich betrachtete sie. Ihr Kleid war stark verknittert. «Sag mal», fragte ich, «willst du diese Kluft überhaupt nicht mehr ausziehen?»

«Versuch nicht, das Thema zu wechseln. Trink die Milch.»

Ich leerte die Tasse. «Okay. Und jetzt schäl dich aus den Klamotten und komm ins Bett.»

Sie zögerte einen Augenblick. Dann setzte sie sich nicht weit vom Fußende des Bettes auf einen Stuhl. Die Augen fast starr auf mich gerichtet, beugte sie sich vor und öffnete die Schnallen ihrer Pumps. Sie streifte sich die Schuhe von den Füßen. Die schwarze Strumpfhose folgte. Säuberlich legte sie sie über die Rückenlehne des Stuhls. Während ihre Hände nach dem Reißverschluß auf ihrem Rücken tasteten, sagte sie: «Mach das Licht aus. Ich möchte nicht, daß dich das aufreizt. Ich möchte, daß du schläfst.»

«Zu spät. Ich bin schon so wild, daß ich jeden Augenblick kommen könnte.»

«Mach das Licht aus», wiederholte sie und blieb bewegungslos sitzen.

Ich tat's. Dann hörte ich ein Rascheln, von ihrem Kleid offenbar, und gleich darauf spürte ich auf dem Bett ihr Gewicht. Ich streckte die Hände nach ihr.

Sie wehrte mich ab. «Nein», sagte sie mit Nachdruck. «Du bist innerlich zu sehr angespannt. Ich möchte ja, daß du mich liebst, aber nicht bloß so – als Ventil für deine Nervenanspannung, meine ich.»

«Was ist daran denn verkehrt? Weißt du was Besseres, um die Anspannung loszuwerden?»

«Ja. Die Übung der fünften Ebene.»

«Was, zum Teufel, ist denn das? Irgendein Mumpitz, den man dir im Workshop beigebracht hat?»

«Tu, was ich sage», beharrte sie. «Leg dich flach auf den Rücken, die Hände an den Seiten, und schließ die Augen. Löse deinen Körper aus aller Verkrampfung, laß ihn *los*. Und öffne dich von innen, ganz weit. Ich werde dich an verschiedenen Stellen gleichzeitig mit beiden Händen berühren. Meine rechte Hand wird der Yin-Kontakt sein und meine linke Hand der Yang-Kontakt. Die Strömungen deines Körpers werden durch mich hindurchfließen und ihr natürliches Gleichgewicht zurückgewinnen. Jedes Mal, wenn ich dich berühre, werde ich dich fragen, ob du mich fühlst; spürst du beide Hände, dann sag ja. Verstanden?»

«Ja.»

Sie legte mir eine Hand flach auf die Brust und drückte mich sacht zurück. Als ich dann lang ausgestreckt lag, zog sie das Kissen unter meinem Kopf weg und schob mir die zusammengerollte Decke unter die Füße. «Ist's so bequem?»

«Ja.»

«Mach die Augen zu, und wir fangen an.»

Sanft und leicht wie Federn berührten mich ihre Finger an den Schläfen. «Fühlst du mich?»

«Ja.»

An meinen Wangen. An meinen Füßen. An meinen Knien. An meinen Schultern. An meinen Brustwarzen. An meinen Armen. «Fühlst du mich?»

«Ja.»

An meinen Rippen. An meinen Hüften. An meinem Kinn. An meinen Waden. An meinen Schenkeln. Ich lachte leise.

Ihre Stimme klang geduldig. «Warum lachst du?»

«Ich warte darauf, daß du meine Eier berührst.»

Sie schwieg. Ich fühlte ihr Hände wieder an meinen Schläfen; und dann, als sie sich über mich beugte, die Wärme ihrer Brüste auf meinem Gesicht. «Fühlst du mich?»

«Ja.» Mir kam ein Gedanke. «Wenn deine Hände Yin und Yang sind, müßten deine Brüste dann nicht auch Yin und Yang sein?»

Sie überlegte einen Augenblick. «Vielleicht.»

«Nun?»

«Du bist ein schwieriger Fall», sagte sie. Dann ließ sie sich neben mich gleiten, zog meinen Kopf zu ihren Brüsten. «Ist es so besser?»

«Ja.» Sie waren warm, so warm. Ich vergrub mein Gesicht zwischen ihnen.

«Versuch zu schlafen», sagte sie leise.

Ich schloß die Augen. Ein Gefühl absoluter Geborgenheit hüllte mich ein. In meinem Magen lösten sich die Knoten, und meine Muskeln, ja, selbst die Knochen schienen weich und schlaff zu werden. Ich preßte die Lippen seitlich gegen ihre Brust. So müde war ich, daß es mich viel Mühe kostete, auch nur den Mund aufzumachen. «Weißt du, daß du wunderschöne Brüste hast?»

Ich glaubte, ihre Antwort zu hören„ ein leises «Danke.» Doch sicher konnte ich da nicht sein. Denn ich lag bereits im Schlaf.

16

Es klopfte an die Tür. Durch Dunkelheit versuchte ich emporzutauchen. «Herein.»

Sonnenhelle fiel durch die geöffnete Tür, eine wahre Flut, wie mir schien. Ich blinzelte benommen. Denise trat ein. Sie trug ein Tablett mit Orangensaft und Kaffee, das sie wortlos aufs Bett stellte. Hinter ihr kam Verita.

«Tut mir leid, dich aufzuwecken», sagte sie, und ihr leichter mexikanischer Akzent klang wegen ihrer Erregung stärker durch als sonst. «Aber Persky meint, es sei sehr wichtig.»

Meine Augen gewöhnten sich an das Licht. «Wie spät ist es?»

«Elf.»

Ich stand auf und ging mit bloßen Füßen ins Bad, wo ich den Klosettdeckel hochklappte. «Worum dreht sich's denn?» rief ich.

«Mr. Ronzi ist unten. Er muß dich unbedingt sehen, sagt er.»

«Okay, in zehn Minuten bin ich unten, sag ihm das.» Ich trat unter die Dusche, drehte sie voll auf. Als ich ins Schlafzimmer zurückkehrte, war Verita verschwunden, aber Denise war noch dort.

Sie hielt mir das Glas Orangensaft hin. «Trink.»

Ich nippte. Der Saft war eiskalt und frisch ausgepreßt. «Wie lange willst du diese alberne Zofentracht denn noch tragen?» fragte ich.

«Sie gefällt dir nicht?»

«Das hat nichts damit zu tun. Doch, sie gefällt mir. Bloß – sie dreht mich dauernd an. Französische Zofentracht, das wirkt bei mir so wie ein Fetisch.»

Sie verstand nicht. «Wie kommt man denn zu sowas?»

Ich lachte. «Als ich noch ein Junge war, hatten wir eine französische Zofe. Ich stellte mich immer unten an die Treppe und versuchte, ihr unter den Rock zu linsen. Und dann ging ich auf mein Zimmer und hab's mir selbst gemacht.»

Sie lächelte nicht. «Das ist dumm.»

«Vielleicht. Aber es ist so ziemlich das übliche.» Ich unterbrach mich. «Läßt sich womöglich mal für eine Nummer verwenden, erinnere mich dran.»

Sie nahm das leere Glas, reichte mir den Kaffee. «Da waren ein paar

Anrufe für dich.» Sie hielt mir einen Zettel hin.

Ich setzte mich aufs Bett und schlürfte den Kaffee. «Lies mal vor. Meine Augen sind noch nicht ganz klar.»

Sie blickte auf das Papier. «Miß Sheridan möchte wissen, ob vierzehn Uhr für heute noch recht ist. Mr. Lonergan will sich später wieder melden. Dann deine Mutter. Ruf sie heute abend an.»

«Nichts von Reverend Sam?»

Sie schüttelte den Kopf.

Die Sache gefiel mir nicht. «Versuch, ihn für mich an den Apparat zu bekommen.» Sie ging zum Telefon, und ich begann, mich anzuziehen. Nach einiger Zeit legte sie den Hörer aus der Hand.

«Er ist nicht zu Hause, nicht in der Kirche, nicht im Workshop», sagte sie.

«Versuch's im Krankenhaus.»

Ich war in Jeans und Schuhen und hatte mir gerade das Hemd zugeknöpft, als sie mir den Hörer hinhielt. «Er kommt an den Apparat.»

Alle Kraft schien aus seiner Stimme entschwunden zu sein. «Gareth?»

«Ja, Sir. Wie geht's Bobby?»

«Man hat ihn wieder in den Operationssaal gebracht.»

«Ich dachte –»

Er unterbrach mich. «Die Blutungen hörten nicht auf, und ohne einen Eingriff scheint man nicht feststellen zu können, woher sie kommen.»

«Ich fahre sofort zum Krankenhaus.»

«Nein.» Seine Stimme klang kräftiger. «Sie können hier nichts tun. Er wird zwei Stunden im Operationssaal sein. Und ich, ich bin ja hier. Sobald ich etwas weiß, rufe ich Sie an.»

«Es tut mir so leid. Ich wußte ja nicht, was er vorhatte. Hätte ich's gewußt, hätte ich ihn zurückgehalten.»

Seine Stimme war sanft. «Machen Sie sich keine Vorwürfe. Sie haben alles getan, was Sie tun konnten. Schließlich muß am Ende jeder die Verantwortung für sich selbst übernehmen und akzeptieren.»

Ganz konnte ich mich von meinem Schuldgefühl nicht befreien, doch was Reverend Sam da sagte, war ein gewichtiges Argument. Bobby neigte nun einmal zur Unterwürfigkeit, und von seiner gewöhnlichen Passivität bis zum ausgewachsenen Masochismus war es kein allzu großer Sprung. Außerdem war er immer noch naiv genug zu glauben, es handle sich um Spiel und Spaß.

«Wie geht es ihm?» fragte Denise.

«Man hat ihn gerade wieder in den Operationssaal geschafft», sagte ich mit schwerer Stimme. «Man will herausfinden, wodurch die Blutungen verursacht werden – damit man sie endlich zum Stillstand bringen kann.»

Sie griff nach meiner Hand. «Ich werde für ihn beten.»

Ich blickte ihr in die ernsten Augen. «Tu das», sagte ich und wandte mich zur Tür.

Ihre Frage ließ mich mitten in der Bewegung innehalten. «Du glaubst nicht an Gott, nicht wahr?»

Ich dachte an all die Brutalität und Gewalttätigkeit, die Zerstörung und Vernichtung, die ich in meinem Leben gesehen hatte. «Nein», erwiderte ich.

Ihre Stimme klang sehr sanft. «Ich fühle eine große Sorge um dich.»

Ich sah die Tränen in ihren Augen. Nur die Unschuldigen können an Gott glauben. «Mit mir brauchst du kein Mitleid zu empfinden», sagte ich. «Nein, ich brauch dir wirklich nicht leid zu tun. Ich bin ja nicht verletzt worden, ich habe keine Schmerzen.»

Ihre Augen schienen mir in die Seele zu blicken. «Versuche nicht, mir etwas vorzumachen. Du bist tief verletzt, und du hast immer Schmerzen. Niemand, den ich kenne, leidet so wie du.»

«Liefern Sie mir noch tausend Stück, bis Montag kann ich sie absetzen», sagte Ronzi.

«Ist nicht drin.»

«Seien Sie doch kein Idiot. Sie haben da eine heiße Sache. Nützen Sie die Chance. Wie wollen Sie wissen, ob die nächste Nummer auch so gut ist?»

«Sie wird besser sein. Und wenn Sie smart sind, dann ordern Sie davon gleich fünfundsiebzigtausend auf einmal.»

«Sie sind übergeschnappt. Das hat's noch nie gegeben, daß eins von diesen Blättern in so hoher Auflage rausgekommen und auch verkauft worden ist. Nicht mal über fünfzigtausend hatten wir bisher, war einfach nicht drin.»

«Wenn ich noch zehntausend drucken würde, könnten wir's schon diesmal schaffen. Es ist also drin.»

Er schwieg.

Ich ließ nicht locker. «Das wären sechzigtausend gewesen. Bei dem, was ich in der nächsten Nummer bringe, gehen fünfundsiebzigtausend weg wie nichts.»

«Wieso, was soll's denn da geben?»

«Umschlag und Faltbild innen vierfarbig.»

«Mann, das können Sie sich nicht leisten. Da machen Sie Pleite. Denn mehr als fünfunddreißig Cents spuckt Ihnen kein Kunde für ein Heft aus.»

«Ronzi», sagte ich, «versuchen Sie doch nicht, mich vollzuscheißen. Sie haben den Preis ja schon auf fünfzig Cents erhöht. Und das ist jetzt *mein* neuer Preis.»

Er blickte zu Persky. «Der Kerl ist doch meschugge.»

Persky gab keine Antwort.

Ich winkte Verita. «Bitte, die Farbabzüge von dem Mädchen, das wir nächste Woche bringen.»

Sie kam und breitete die Fotos auf meinem Schreibtisch aus. Das Mädchen war eine bildhübsche Eurasierin mit fast endlos langem Haar. Als Hintergrund diente eine Flughafenszene. Ich schob Ronzi die Bilder zu, hübsch eins nach dem anderen und genau in der richtigen Sequenz: vom Augenblick, wo sie aus dem Flugzeug stieg, bis zu jenem Moment, wo sie im Schlafzimmer nackt auf einem Bett lag, die Arme um die leicht angewinkelten Beine geschlungen.

«Das können Sie doch nicht bringen», sagte Ronzi. «Da sieht man ja ihren Schlitz.»

«Ist bereits im Druck.»

«Damit kriegen Sie Ärger.»

«Das ist mein Problem.»

«Das ist auch meins. Ich mach den Vertrieb. Und ich habe so schon genug Ärger am Hals.»

«Wollen Sie aussteigen?»

«Hab ich nicht gesagt», erklärte er hastig.

«Ich dränge Sie nicht. Überlegen Sie sich die Sache in aller Ruhe. Wenn Sie nicht mehr wollen, kann ich bestimmt die von Ace oder von Curtis für den Vertrieb interessieren.»

Er sah mich giftig an. «Scheißkerl – okay, ich akzeptiere.»

«Fünfundsiebzigtausend», sagte ich.

Er nickte. «Fünfundsiebzigtausend.» Sein Blick glitt kurz zu Persky. «Können wir uns irgendwo unter vier Augen unterhalten?» fragte er mich.

«Was Sie sagen wollen, können Sie auch hier sagen.»

«Nichts Geschäftliches. Was Persönliches.»

Er folgte mir die Treppe hinauf, zur Wohnung. Denise öffnete die Tür. Statt der Zofentracht trug sie jetzt wieder Jeans und ein Hemd. Das stand ihr doch besser. Ich führte Ronzi ins Schlafzimmer und schloß hinter uns die Tür.

Dann deutete ich auf einen Stuhl. Er nahm Platz. Ich setzte mich auf den Bettrand. «Okay. Was Persönliches. Und was wäre das?»

«Ich habe mich mit meinen Kontaktleuten im Osten in Verbindung gesetzt. Wir sind der Meinung, daß Sie in diesem Gewerbe eine große Zukunft haben.»

«Besten Dank für das Vertrauen. Aber was soll das Ganze bedeuten?»

«Es bedeutet, daß wir einsteigen wollen. Lonergan ist ein kleiner Fisch. Mit unserer Hilfe können Sie ganz groß herauskommen. Nicht nur im Bereich von Los Angeles oder in ganz Kalifornien. Nein – von Küste zu Küste. Und das bedeutet echt großes Geld. Riesenkohlen.»

«Keine Partner. Ich bleibe lieber mein eigener Herr.»

«Nun kommen Sie schon, Gareth. Wir wissen doch, daß Lonergan bei Ihnen mit drin ist.»

«Irrtum. Ich habe mit ihm nur einen Vertrag über Anzeigen. Weiter nichts. Das habe ich Ihnen wohl nicht richtig klargemacht.»

«Okay, um so besser. Das macht die Sache nur leichter. Wir blättern Ihnen hunderttausend hin und sind dafür mit fünfzig Prozent beteiligt. Sie kümmern sich um Ihr Blatt, und wir sorgen für den Vertrieb im ganzen Land.»

«Nein.»

«Seien Sie kein Idiot. Wir würden Sie zum Millionär machen.»

«Geben Sie mir jetzt eine Million für das halbe Blatt, und Sie überzeugen mich.»

Er explodierte. «Sie sind besoffen. Wie kommen Sie darauf, daß Ihr Scheißblatt eine Million wert ist?»

«Auf den Gedanken haben Sie mich ja gebracht.»

«Aber das gilt doch nur, wenn Sie bundesweit vertrieben werden.»

«Genau das ist meine Absicht.»

«Mann, das schaffen Sie nie, nicht ohne uns. Wir haben für Sie den exklusiven Vertrieb, und wenn wir das nicht bundesweit aufziehen, ist da niemand weiter – dann ist für Sie die Luft raus.»

«Unsere Abmachung gilt nur für ein Jahr.»

«Aber bis dahin haben Sie überall Nachahmer gefunden. Da hat man Ihr Rezept garantiert überall kopiert. Bundesweit hat das dann keine Durchschlagskraft mehr.»

Ich blieb stumm. Verdammt, er hatte recht. Ohne ihn kam ich nicht weiter. Ich saß fest. «Muß ich mir durch den Kopf gehen lassen», sagte ich.

«Wieviel Bedenkzeit wollen Sie?»

«Einen Monat.»

«Vierzehn Tage haben Sie. Länger kann ich die nicht hinhalten.» Er stand auf und ging zur Tür; blickte sich von dort noch einmal zu mir um. «Ganz ehrlich, Gareth – Sie sind wirklich ein sonderbarer Vogel. Vor ein paar Wochen sind Sie fast auf dem Zahnfleisch gekrochen und mußten froh sein, wenn Sie mit den Schecks von der Arbeitslosenfürsorge irgendwie über die Runden kamen. Jetzt biete ich Ihnen glatte Hunderttausend, und Sie wollen Bedenkzeit. Was ist mit Ihnen? Haben Sie keine Lust, reich zu werden?»

«Sie lassen einen wichtigen Punkt außer acht, Ronzi.»

«Nämlich?»

Ich lächelte ihn an. «Soviel bedeutet Geld mir nicht. Ich bin reich zur Welt gekommen.»

17

«Wir stecken in der Klemme», sagte Persky. «Der Drucker hat mir gerade mitgeteilt, daß wir noch vier Seiten Text brauchen.»

«Wie, zum Teufel, ist denn das passiert? Wieviel Zeit bleibt uns noch?»

«Ein Tag. Er braucht's bis Montag früh, wenn er die fünfundsiebzigtausend Stück schaffen soll.»

«Verdammt.» Ich starrte auf die Schreibtischplatte. Wie sollte ich das schaffen? Auch für die folgenden Nummern mußte vorgesorgt werden.

«Er will die Antwort sofort. Nur dann kann er die Nummer rechtzeitig fertig haben.»

«Sagen Sie ihm, daß er bis Montag früh seinen Text hat.»

Persky ging zu seinem Schreibtisch zurück. Ich blickte zu Eileen, die vor wenigen Minuten gekommen war und mir jetzt gegenübersaß. Auf ihrem Gesicht sah ich ein leichtes Lächeln. «Habt ihr damit bei euerm Blatt auch Ärger?» fragte ich.

«Nein, bei uns ist das durchs allgemeine Programm praktisch von vornherein festgelegt.» Sie erhob sich. «Ich glaube, ich gehe besser. Du steckst bis über beide Ohren in der Arbeit. Wir können uns ja ein andermal unterhalten.»

«Du brauchst nicht zu gehen», versicherte ich hastig. «So schlimm ist es nun auch wieder nicht. Alles in allem bleiben mir noch sechsunddreißig Stunden.»

«Du brauchst ein paar Autoren, Gareth. Du kannst das nicht alles selber erledigen.»

«Darum werde ich mich nächste Woche kümmern. Im Augenblick sitze ich in der Klemme.» Ich betrachtete sie aufmerksam. «Vielleicht könntest du mir helfen. Ich habe da eine Idee, meine jedoch, daß besser eine Frau über das Thema schreiben sollte.»

«Ich habe nicht viel Zeit. Im College gibt's für mich eine Menge zu tun.»

«Okay. War nur so ein Gedanke. Würde dich wahrscheinlich sowieso nicht interessieren.»

Sie setzte sich wieder. «Erzähl mir trotzdem.»

«Bisher kümmern sich all diese Magazine nur um Männer und ihre sexuellen Phantasien. Ich glaube, ein Artikel über weibliche Sexualphantasien könnte sich sehr interessant lesen.»

Sie überlegte einen Augenblick. «Ja. vielleicht.»

«Meinst du, du könntest sowas schreiben?»

«Nicht so eilig. Was weiß ich denn schon über das Thema? Ich bin kein Experte.»

«Ich auch nicht. Ich meine, ich habe nicht den blassesten Dunst, wie man eine Zeitung oder ein Magazin macht, und trotzdem werde ich jede Woche mein Blatt zusammenstoppeln.»

«Das ist nicht das gleiche.»

Ich lächelte. «Hast du sexuelle Phantasien?»

«Das ist eine alberne Frage. Natürlich habe ich welche. Wie alle Menschen.»

«Dann bist du eine Expertin. Vor allem, wenn du über deine eigenen Phantasien schreibst.»

«Aber das ist doch etwas Privates, ist ganz und gar *meine* Intimsphäre», protestierte sie.

«Das bleibt auch ganz unter uns. Niemand sonst erfährt etwas davon. Wir gebrauchen fiktive Namen. Für den Leser werden das die Phantasien von Mary X., Jane Y. und Susan Z. sein.»

Sie lachte. «Klingt, als ob's ein Kinderspiel wäre.»

«Nun, es könnte jedenfalls Spaß machen.»

«Du wirst vielleicht entdecken, daß ich eine sehr schmutzige Phantasie besitze.»

«Geistige Masturbation ist auch nicht so übel. Also was meinst du?»

«Ich könnt's ja mal versuchen. Aber fest versprechen tu ich nichts.»

«Da drüben sind ein freier Schreibtisch und eine Schreibmaschine.»

«Du meinst, ich soll mich so Hals über Kopf dranmachen?»

«Uns bleiben nur sechsunddreißig Stunden.» Als ich einen Blick auf die Layouts für die nächsten Nummern warf, wurde mir klar, daß dies erst ein Anfang war: der Anfang eines ständigen erbitterten Kampfes gegen Termine, die auf Gedeih und Verderb eingehalten werden mußten. Ich hob den Kopf, blickte wieder zu Eileen. «Du hast hundertprozentig recht. Ich brauche Autoren. Wärst du bereit, Textredakteur bei mir zu werden?»

«Bist du nicht ein bißchen vorschnell? Du weißt ja nicht mal, ob ich überhaupt was tauge.»

«Wenn deine Phantasie so schmutzig ist, wie du meinst, dann bist du für mich gut genug.»

Sie lachte. Irgendwie schien ihr das zu schmeicheln. «Warten wir, bis ich mit dem Artikel fertig bin», sagte sie. «Dann werden wir uns entscheiden.»

«Abgemacht.» Ich hielt ihr meine Hand hin.

«Wie du mich dazu überredet hast, weiß ich immer noch nicht», erklärte sie, als wir uns die Hände schüttelten.

«Die letzten Worte einer Jungfrau», sagte ich und ging zur Tür, wo ich mich noch einmal umdrehte. Sie saß bereits am Schreibtisch, den Blick auf ein leeres Blatt Papier gerichtet.

Ich stieg die Treppe hinauf. Eine kalte Dusche würde mir jetzt guttun. Viel geschlafen hatte ich letzte Nacht ja wirklich nicht, und ich spürte, wie ich immer müder wurde.

Als ich aus dem Bad kam, wartete Verita auf mich. «Ich habe da ein paar Schecks, die du unterschreiben mußt.»

«Okay.»

Sie folgte mir in die Küche und legte die Unterschriftenmappe vor mir auf den Tisch.

«Wie stehen wir?» fragte ich, während ich unterschrieb.

Aus ihrer Stimme klang Zufriedenheit. «Nicht übel. Die Auflage von fünfundsiebzigtausend in der nächsten Woche bringt uns elftausendzweihundertfünfzig Dollar ein – die Anzeigen nicht gerechnet. Alles in allem kämen wir auf fünfzehntausend Dollar.»

«Netto?»

«Netto.» Sie lächelte.

Ronzi war alles andere als ein Dummkopf, gar keine Frage. Hunderttausend Dollar für eine Dreiviertelmillion im Jahr, ein prachtvolles Geschäft. Für ihn. Er war mir in der Kalkulation ein gutes Stück voraus gewesen, verdammt.

Ich drehte den Kopf, sah Verita an. «Vielleicht kündigst du jetzt bei deiner Dienststelle, hm?»

«Habe ich bereits getan, gestern.»

«Gut. Ab nächste Woche bekommst du hundert Dollar mehr.»

«Das ist nicht nötig, das brauchst du nicht zu tun.»

«Ohne dich wäre die ganze Sache überhaupt nicht in Gang gekommen. Da wäre ich aufgeschmissen gewesen, das weißt du. Und wenn ich's schaffe, dann du auch.»

«Es ist nicht das Geld, Gary», sagte sie sehr ernst. «Das wirst du doch wissen.»

«Das weiß ich auch.» Ich beugte mich zu ihr, küßte sie auf die Wange. «Heute abend feiern wir. Ich fahre mit dir zum *La Cantina*, wo wir uns das beste mexikanische Essen vorsetzen lassen, das es in der ganzen Stadt gibt. Danach fahren wir wieder her und drehen auf.»

«Das würde mir echt gefallen.»

Doch daraus wurde überhaupt nichts. Eine halbe Stunde später erhielt ich aus dem Krankenhaus einen Anruf. Bobby wollte mich sehen. Ich griff nach den Schlüsseln für Veritas Auto und rannte los.

Als ich den Parkplatz erreichte, sah ich, daß der Rolls noch immer dort stand, wo ich ihn gelassen hatte. Unmittelbar hinter der Eingangstür des Krankenhauses wartete Reverend Sam auf mich.

«Wie geht es ihm?» fragte ich.

Sein Gesicht war grau und müde. «Man hat die Blutungen endlich gestoppt.»

«Gut.»

«Für eine Weile stand es auf Messers Schneide. Die Blutungen waren so stark, daß man mit den Transfusionen gar nicht mehr nachkam.» Er nahm meine Hand. «Jetzt besteht er darauf, Sie erst zu sehen, ehe er einschläft.»

«Nun, ich bin ja hier.»

Reverend Sam öffnete die Tür zu Bobbys Zimmer, und wir gingen hinein. Bobby hing am «Tropf», eine Sonde in der Nase.

Auf einem Stuhl saß eine Krankenschwester. Sie erhob sich. Mißbilligend musterte sie mich. «Daß Sie mir aber ja nicht zu lange bleiben», sagte sie und ging hinaus.

Wir traten ans Bett. «Bobby», sagte Reverend Sam.

Er rührte sich nicht.

«Bobby, Gareth ist hier.»

Langsam öffnete er die Augen. Und erkannte mich. Auf seinen blutleeren Lippen erschien ein schwaches Lächeln und verschwand sofort wieder. Seine Stimme war nur ein Flüstern. «Gareth, bist du nicht böse auf mich?»

«Natürlich nicht.»

«Ich hatte solche Angst, daß du . . . böse auf mich bist.»

Er blinkte leicht mit den Augen. Ich nahm seine Hand, drückte sie. «Ich hab mir dabei doch . . . gar nichts weiter gedacht. Ich meinte halt, es würde Spaß machen.»

«Es ist vorbei», sagte ich. «Denk nicht mehr dran.»

«Mein Job – ich möchte ihn nicht verlieren.»

«Du wirst ihn auch nicht verlieren. Werde nur wieder gesund. Wenn du aus dem Krankenhaus kommst, ist dein Job für dich da.»

«Aber daß du auch wirklich nicht böse auf mich bist.»

«Bin ich doch nicht. Sieh du nur zu, daß du wieder gesund wirst. Wir brauchen dich sehr für unser Blatt. Dein Foto-Layout war ja der Grund dafür, daß die Startnummer weggegangen ist wie warme Semmeln.»

Auf seinen Lippen erschien wieder das schwache Lächeln. «Wirklich?»

«Wirklich. Ronzi will, daß wir von der nächsten Nummer fünfundsiebzigtausend Stück auflegen.»

«Wie schön.» Er blickte zu seinem Vater. «Tut mir leid, Dad.»

«Ist gut, Sohn. Mach nur, was Gareth sagt, und werde wieder gesund. Das ist mein einziger Wunsch.»

«Ich liebe dich, Vater. Ich habe dich immer geliebt. Das weißt du.»

«Und ich liebe dich. Weißt du das, Sohn?»

«Ja, ich weiß es, Vater. Aber ich war nie das, was du wolltest.»

Reverend Sam blickte zu mir. Ich sah den Schmerz und die Tränen in seinen Augen. Dann beugte er sich über Bobby und küßte ihn auf die Wange. «Du bist mein Sohn. Wir lieben einander. Das ist alles, was ich will.»

Geschäftig trat die Krankenschwester wieder ein. «Das war lange genug», befand sie streng. «Jetzt braucht er Ruhe.»

Draußen auf dem Korridor sagte ich zu Bobbys Vater: «Sie brauchen auch unbedingt Ruhe. Sonst machen Sie uns noch schlapp und werden hier gleichfalls Patient.»

Ein erschöpftes Lächeln glitt über seine Lippen. «Ich weiß nicht, wie ich Ihnen danken soll.»

«Ist auch überflüssig. Denn dafür sind Freunde ja da. Außerdem ist Bobby ein ganz besonderer Junge.»

«Sie glauben das wirklich?»

«Ja. Was er braucht, ist Zeit. Er wird sich selbst finden.»

Müde schüttelte er den Kopf. «Was ich immer noch nicht verstehe – wie können Menschen nur so etwas tun.»

«Es sind kranke Menschen», sagte ich.

«Ich wußte gar nicht, daß es so etwas überhaupt gibt. Man müßte da etwas unternehmen. Bobby wird doch kaum der einzige sein, mit dem sie sowas gemacht haben.»

«Nein, wahrscheinlich nicht.»

Er musterte mich mit einem merkwürdigen Blick. «Lonergan hat mich gebeten, mich nicht an die Polizei zu wenden. Er meint, das würde Sie in Schwierigkeiten bringen.»

«Ich habe zwei von denen krankenhausreif geschlagen, und sie haben mich angezeigt», erklärte ich. «Die Polizei sucht nach mir. Jedes Wort von Ihnen könnte die Beamten direkt zu mir führen.»

«Aber welcher Richter würde Sie denn verurteilen, wenn er hört, was wirklich vorgefallen ist? Keiner.»

«Vielleicht. Aber ganz so sicher bin ich da nicht. Schließlich ist Bobby freiwillig hingegangen, während ich dann so etwas wie Hausfriedensbruch verübt habe und gewalttätig geworden bin. Im übrigen dürften Gerichte einem Homosexuellen, der sich selbst in eine Lage gebracht hat, wo er vergewaltigt werden konnte, kaum viel Verständnis entgegenbringen. Nein, irgendwelche Sympathie würde man bestimmt nicht zeigen.»

Reverend Sam schwieg einen Augenblick. «Dann handelt es sich wohl um keinen Ausnahmefall?»

«Nein, wirklich nicht. So etwas passiert allein in dieser Stadt im Jahr so etwa zehntausend Mal.»

«Gott.» Er atmete tief.

Ich legte eine Hand auf seine Schulter. «Fahren Sie jetzt nach Hause und schlafen Sie erst einmal. Wir können uns morgen weiterunterhalten.»

Als wir schon beim Ausgang waren, erklang hinter uns plötzlich eine Stimme. «Mr. Brendan.» Es war jemand von der Aufnahme.

«Ja?»

«Ich habe einen Anruf für Sie.»

«Warten Sie nicht auf mich, Reverend Sam», sagte ich. «Wir sehen uns morgen.»

Als ich den Telefonhörer nahm, sah ich, wie die massige Gestalt in den Mercedes stieg und davonfuhr. «Hallo», sagte ich.

«Ich habe Mr. Lonergan für Sie», meldete eine Frauenstimme.

Ein Klicken; dann erklang seine Stimme. «Gareth, wo bist du jetzt?»

«Im Krankenhaus. Noch immer dort, wo mich deine Sekretärin erreicht hat.»

«Gut. Fahre auf keinen Fall zu deinem Büro zurück.»

«Auf mich wartet Arbeit. Ich muß die Nummer für die nächste Woche abschließen.»

«Vom Friedhof aus wirst du dein Blatt kaum noch redigieren können», sagte er mit seiner flachen, ausdruckslosen Stimme. «Ich habe gerade erfahren, daß man ein paar Killertypen auf dich angesetzt hat.»

«Das soll wohl ein Witz sein.»

«Über so etwas mache ich keine Witze», erwiderte er leicht gereizt. «Das Pflaster hier ist für dich jedenfalls zu heiß. Mach, daß du aus der Stadt kommst – bis ich die Sache wieder ins Lot gebracht habe.»

«Die wollen mich umlegen lassen? Ja, glauben sie denn, damit durchzukommen?»

«Deine Freunde von dieser Schwulen-Party besitzen eine Menge Einfluß. Die können sich so manche Extratour leisten. Nun, ich werde die Sache schon in Ordnung bringen, doch es kann einige Zeit dauern. Und ich möchte nicht, daß du inzwischen umgelegt wirst.»

«Scheiße.»

«Sorge dafür, daß niemand weiß, wo du untergetaucht bist. Menschen reden nun mal, ob sie wollen oder nicht. Ein falsches Wort, und dein Begräbnis könnte fällig sein.»

Plötzlich war ich wütend. «Ich laß mich nicht so herumstoßen. Ich fahr zu dem Haus beim Mulholland Drive und bring das Schwein um.»

«Damit würdest du's denen leicht machen. Noch bevor du bei der Tür wärst, hätten die dich abgeknallt. Tu also, was ich dir sage.»

Ich schwieg.

«Hast du gehört?»

«Ja.»

«Und wirst du tun, was ich dir sage?»

«Bleibt mir eine Wahl?»

«Nein.»

«Dann werde ich's tun.»

Ich vernahm, wie er kaum hörbar einatmete. Ob es ein Seufzer der Erleichterung war, ließ sich nicht sagen. Doch seine Stimme hatte jetzt mehr Nachdruck. «Sieh zu, daß du schleunigst da rauskommst, hörst du? Und rufe mich morgen abend um sechs an. Ich setze dich dann genau ins Bild.»

«Okay.»

«Und sei vorsichtig», warnte er. «Es sind Profis, die sie auf dich angesetzt haben. Riskiere also nichts. Für die ist das ein Job, und da meinen sie es gottverdammt ernst.»

Er brach ab. Ein Klicken zeigte, daß er aufgelegt hatte. Einige Sekunden hielt ich den Hörer noch in der Hand.

«Irgendwas nicht in Ordnung?» fragte die Schwester von der Aufnahme.

«Oh, alles bestens, danke», sagte ich und verließ das Gebäude.

18

Als ich den Parkplatz betrat und die beiden Männer neben dem Rolls sah, wußte ich sofort, daß ich einen Fehler gemacht hatte. Nächstes Mal würde ich bestimmt auf Lonergan hören, wenn er mir riet, vorsichtig zu sein. Ich wäre ja losgerannt, nur: Im selben Augenblick, als ich die beiden sah, sahen die beiden auch mich. Rennen hätte eine Kugel in den Rücken bedeutet. Und so ging ich weiter. Allerdings nicht zum Rolls, sondern zum Valiant. Die beiden beobachteten, wie ich in das kleine Auto einstieg und den Zündschlüssel hervorholte.

Der größere der beiden Männer kam um den Rolls herum und legte seine Hand auf den Rand der Fensterscheibe des Valiant, die halb heruntergekurbelt war. «Wissen Sie, wem der Rolls gehört?»

«Nein.»

«Wir suchen einen ziemlich großen Mann – müßte so etwa Ihre Größe haben –, der dieses Auto gefahren hat. Haben Sie im Krankenhaus jemand gesehen, auf den die Beschreibung paßt?»

«Seid ihr beiden von der Polizei?»

«Privatdetektive. Der Kerl ist mit seinen Raten im Rückstand.»

Ich blickte zum Rolls, dann wieder zu ihm. «Hör mal», sagte ich. «Wenn ihr zwanzig Dollar ausspuckt, laß ich euch den Schlitten mit'm Draht an.»

Er funkelte mich böse an. «Spar dir solche Sprüche, verstanden! Also – hast du den Fahrer nun gesehen oder nicht?»

«Hab ich nicht. Nein, so 'nen Typ bestimmt nicht.»

Er nahm seine Hand vom Fenster. «Okay. Dann verschwinde.»

Ich legte den Rückwärtsgang ein und stieß zurück. «Augenblick mal!» rief der Mann, der auf der anderen Seite des Rolls stand.

Für den Bruchteil einer Sekunde spielte ich mit dem Gedanken, Gas zu geben und davonzujagen. Doch in der Hand des Mannes sah ich das Glänzen von Metall: eine Magnum 357, silberblau, mit Schalldämpfer. Einer Pistolenkugel konnte ich auch durch einen Blitzstart nicht entkommen. Ich bremste.

Jetzt erst sah ich, daß neben dem Rolls – auf der anderen Seite – eine Limousine geparkt war. Der Mann trat zur hinteren Tür, riß sie auf. Eine Gestalt war zu erkennen. Sie lag auf dem Boden vor dem Rücksitz. «Du!» befahl der Mann. «Steh auf!»

Die Person gehorchte. Langsam erhob sie sich. Als ich sah, wer es war, vergaß ich für einen Augenblick zu atmen. Doch ich versuchte, mir nichts anmerken zu lassen. Mit unbewegter Miene blickte ich Denise ins Gesicht und betete.

«Kennst du diesen Kerl?» knurrte er.

Sie betrachtete mich aus geschwollenen Augen. Auf ihrer Wange sah ich eine dunkel angelaufene Stelle, offenbar die Spur eines Faustschlags. Ich packte das Lenkrad fester, so daß niemand das Zittern in meinen Händen sehen konnte.

«Nein», erwiderte Denise, und ich sah, daß auch ihre Lippen geschwollen waren.

Der Mann drehte mir sein Gesicht zu. Ich hielt den Atem an. Dann nickte er. «Hau ab mit deiner Karre», sagte er zu mir.

Ich legte wieder den Rückwärtsgang ein, und während ich zurückstieß, konnte ich beobachten, wie der Kerl Denise in die Limousine stieß und die Tür hinter ihr zuknallte.

Im Rückspiegel sah ich, daß die beiden Männer, jetzt wieder beim Rolls, aufmerksam hinter mir herblickten, bis ich am anderen Ende des Parkplatzes in die Ausfahrt einbog. Dann wandten sie sich ab. Wahrscheinlich wäre ich weitergefahren, aber dann sah ich durch die Heckscheibe der Limousine das Gesicht von Denise.

Das schaffte mich. Bitterer Gallensaft stieg mir in die Kehle. Die Unschuldigen. Warum bloß immer die Unschuldigen? Mir war genauso zumute wie an jenem Tag in Vietnam, an dem wir in das Dorf vorgedrungen waren und ich dort in den Trümmern die verstümmelten, teilweise völlig zerfetzten Leichen der Frauen und Kinder gesehen hatte, Folge des Artilleriebeschusses von unserer Seite.

Ich war fast aus der Ausfahrt heraus, als es passierte. Eine reine Reflexhandlung. Ohne zu überlegen bog ich in die Einfahrtsspur, schaltete runter und trat voll aufs Gaspedal. Der kleine Valiant schoß mit einem Satz vorwärts.

Der Kerl mit der Pistole war der erste, der mich kommen sah. Er hob die Hand mit der Waffe. Während ich wie wild das Lenkrad drehte, erkannte ich deutlich sein verblüfftes Gesicht. Ich erwischte ihn, ihn und seinen Kumpel: Mit der Seitenwand des kleinen Autos erwischte ich beide und nagelte sie gleichsam gegen den Rolls.

Ich fühlte den Aufprall, hörte das Krachen. Dann wurde der Valiant, einem Autoscooter auf einem Rummelplatz ähnlich, ein Stück zurückgeschleudert. Wieder drehte ich wie wild das Lenkrad, manövrierte den Valiant völlig herum, bremste, hielt, sprang heraus.

Die beiden Männer lagen auf dem Boden. Ihre Beine, offenbar gebrochen, wirkten eigentümlich verdreht, wie aus den Gelenken gerenkt. Der mit der Pistole war bewußtlos und lag mit dem Kopf unter dem einen Stoßdämpfer des Rolls. Der andere klammerte sich halb sitzend an der Stoßstange fest. Sein Gesicht war kalkweiß, und er schwitzte vor Schmerz. Seine Pistole lag neben ihm auf dem Boden.

Ich hob sie auf. Im selben Augenblick stieg Denise aus der Limousine. Sie weinte. «Los, ins Auto!» sagte ich zu ihr, bevor sie sprechen konnte.

Sie schien erstarrt zu sein. Ich gab ihr einen harten Stoß. «Alles in Ordnung. Los, ins Auto!»

Noch immer rührte sie sich nicht. Ich beugte mich zu dem Mann. «Für wen arbeitet ihr?»

«Zum Henker mit dir, du verrücktes Schwein!»

Ich entsicherte die Pistole, schoß. Zwischen seinen Beinen schlug die Kugel in den Boden. «Die nächste kriegst du in die Eier.»

Er preßte die Lippen zusammen.

Ich schob die Mündung der Pistole zwischen seine Oberschenkel. Er schrie fast: «Das weiß ich nicht!»

«Du lügst!» Ich krümmte den rechten Zeigefinger, schien im Begriff, abzudrücken.

«Nein!» kreischte er. «Der Auftrag ist von der Ostküste gekommen. Einen Riesen sollen wir kriegen, wenn wir dir eins verpassen.»

Ich starrte ihm ins Gesicht. Einen Mann, der lügt, wenn man ihm eine Pistole gegen die Eier drückt, den gibt es wohl nicht.

«Johnny wollte dir gleich eins verpassen, als du auf den Parkplatz kamst. Aber ich hab zu ihm gesagt: ‹Warte!›»

«Das stimmt, Gareth», sagte Denise plötzlich. «Ich hab's gehört.»

«Steig ins Auto», befahl ich wieder, ohne ihn auch nur eine Sekunde aus den Augen zu lassen.

«Ich hab dir das Leben gerettet», sagte er schrill. «Und ihr auch.»

Ich richtete mich auf, sicherte die Pistole. «Ich schick dir ein Dankschreiben», versicherte ich.

Dann nahm ich Denise beim Arm und schob sie zum Valiant. Die Türen auf der Beifahrerseite waren völlig eingedrückt. Daher bugsierte ich Denise am Lenkrad vorbei und stieg hinter ihr ein. Im Krankenhaus schien inzwischen Alarm geschlagen worden zu sein. Den Krach des Zusammenpralls hätten wohl auch nur Tote überhören können.

Doch man hatte sich, vorsichtshalber vermutlich, mit irgendwelchen Aktionen Zeit gelassen. Als jetzt aus der Vordertür ein Männerkopf auftauchte, waren wir praktisch schon vom Parkplatz.

Ein Stück weit fuhren wir wortlos. Dann fragte ich: «Wie haben die Kerle dich geschnappt?»

«Die hatten ihre Limousine vor dem Büro geparkt. Als ich auf die Straße trat, stieg der größere aus und fragte mich, ob du noch im Büro seist. Nein, sagte ich, du seist zum Krankenhaus gefahren. Ob du noch den Rolls hättest, wollte er wissen. Dummerweise sagte ich ja. Dann fragte er, welches Krankenhaus. Das wüßte ich nicht, sagte ich. Und da zerrte er mich dann ins Auto und schlug mich.» Sie begann zu weinen. «Ich wollte ihnen nichts sagen, aber er schlug und schlug.»

Ich legte einen Arm um ihre Schultern und zog ihren Kopf an mich. «Ist schon gut. Ist schon gut.»

Nach einigen Augenblicken hörte sie auf zu weinen. «Wer sind die Männer? Warum sind sie hinter dir her?»

«Bobbys Ex-Freunde wollen's mir heimzahlen. Was ich gestern nacht getan habe, gefällt ihnen nicht.»

«Was du heute nacht getan hast, wird ihnen auch nicht gefallen.»

Ich warf ihr einen raschen Blick zu. Es klang ironisch, fast zynisch. Doch ich begriff, daß sie es in aller Naivität sagte. Ich lächelte. «Da dürftest du recht haben.»

«Was wirst du jetzt tun?»

«Ich muß für eine Weile aus der Stadt verschwinden. Lonergan sagt, er braucht Zeit, um diese Sache in Ordnung zu bringen. Wo ich untertauchen werde, habe ich mir noch nicht genau überlegt.»

«Ich weiß da was», sagte sie. «Dort werden sie uns nie finden.»

«Uns?»

«Ja. Ohne mich kommst du dort nicht rein. Aufgenommen wird nur jemand, den ein Mitglied mitbringt.»

«Was ist denn das? Worum handelt sich's überhaupt?»

«Um Reverend Sams Farm in Fullerton.»

«Leben da nicht auch welche von den Jungs, die beim Renovieren des Büros mitgeholfen haben?»

«Ja.»

«Dann scheidet das aus. Ich muß etwas finden, wo mich niemand kennt.»

Sie betrachtete mich aufmerksam. «Wenn du dir die Haare schwarz färbst, würde dich nicht mal deine eigene Mutter erkennen.»

Am Abend um sieben Uhr saß ich nicht weit von der Schnellstraße in einem Motelzimmer: das Gesicht mit Hilfe eines Schnellbräunungsmittels dunkler getönt und über dem nassen Haar eine Plastikkappe. Als ich im Büro anrief, meldete sich Verita.

«Wo bist du?» fragte sie. «Wir haben im Krankenhaus angerufen, aber dort sagte man uns, du seist schon vor fast zwei Stunden fort.»

«Es hat plötzlich ein Problem gegeben. Lonergan meinte, ich sollte lieber für ein paar Tage aus der Stadt verschwinden. Am Telefon kann ich dir nichts Genaueres darüber sagen, doch es kommt alles wieder in Ordnung.»

«Bist du sicher?»

«Ja. Aber du wirst dafür sorgen müssen, daß das Blatt termingerecht rauskommt. Sind Persky und Eileen da?»

«Ja.»

«Sollen sich an die anderen Apparate hängen und zuhören.» Ich vernahm das Klicken, als sie sich einschalteten. «Eileen, dich muß ich um einen besonderen Gefallen bitten. Du wirst den Text für die nächste Nummer beschaffen müssen.»

«Gareth, ich weiß nicht, was ich schreiben soll.»

«Mir egal, wie du's machst. Drucke, was du willst. Leserbriefe, Reklametexte, ganz egal was – Hauptsache, die Seiten werden irgendwie voll, bis ich wieder da bin. Es ist unheimlich wichtig, daß wir auch nicht mit einer einzigen Nummer ausfallen. Verstehst du?»

«Ja, ich verstehe.»

«Danke. Wie kommst du mit dem Artikel voran?»

«In dem Thema steckt viel mehr, als ich anfangs dachte.»

«Gut. Streck's. Vielleicht machen wir eine Artikelserie draus. Persky?»

«Ja, Gareth.»

«Bleiben Sie dem Drucker im Nacken. Sorgen Sie dafür, daß Ronzi die fünfundsiebzigtausend Exemplare bekommt.»

«Er hat sich gerade gemeldet. Sie sollen ihn sofort anrufen. Ich glaube, die Bestellung macht ihm Kummer.»

«Ich werde ihn anrufen, sobald wir mit diesem Gespräch fertig sind. Die Hauptsache ist, daß alles weiterläuft. Wenn uns eine Nummer platzt, gehen wir baden.»

«Ist es dir recht, wenn ich mir vom College ein paar Autoren beschaffe?» fragte Eileen.

«Du tust, was du für richtig hältst. Während meiner Abwesenheit bist du die Chefredakteurin. Das Blatt ist dein Baby.»

«Wie wird das mit den Rechnungen?» fragte Verita.

«Die bezahlst du. Die Bank hat ja deine Unterschrift.» Ich sah auf. Denise gestikulierte. Es wurde Zeit, das Färbungsmittel aus den Haaren zu spülen. «Übrigens solltest du dich besser nach einem anderen Auto umsehen. Deinen alten Valiant habe ich ziemlich zu Schrott gefahren.»

«Du bist doch nicht verletzt?» fragte sie hastig.

«Nein, keine Sorge. Alles in Ordnung. Wenn wir die nächste Nummer rausbringen, können wir's uns leisten, dir einen neuen Wagen zu kaufen.» Denise hüpfte ungeduldig vor mir auf und ab und deutete auf meinen Kopf. «Ich muß jetzt Schluß machen. Ich rufe in ein paar Tagen wieder an.»

Ich drückte auf die Gabel. «Nur noch ein Anruf», sagte ich zu Denise. Dann wählte ich Ronzis Nummer.

«Gareth», sagte ich, als er sich meldete. «Was ist los?»

«Was los ist? Nun, meine Kontakte im Osten haben mir da was gemeldet. Scheint, daß Sie's geschafft haben, ein paar hochwichtige Leute gegen sich aufzubringen.»

«Und?»

«Die sind so stinkwütend, daß man Killer auf Sie angesetzt hat.»

«Das weiß ich. Aber Lonergan bringt das schon wieder in Ordnung. Alles nur ein Irrtum.»

«Irrtümer spielen keine Rolle mehr, wenn Sie tot sind.»

«Worauf wollen Sie hinaus?»

«Meine Freunde haben mir versichert, wenn wir Partner sind, passiert Ihnen nichts. Sich mit der ‹Familie› anlegen, das wagt keiner.»

«Wieviel Zeit lassen Sie mir, bis Sie die Antwort von mir haben wollen?»

«Vierundzwanzig Stunden.»

«Ich melde mich wieder bei Ihnen. Inzwischen läuft jedoch unsere Abmachung über die fünfundsiebzigtausend Exemplare weiter, oder?»

«Ja. An Abmachungen halten wir uns. Da gibt's keinen Rückzieher.»

«Das wollte ich hören», sagte ich und legte auf. Ich blickte zu Denise. «Was tun wir jetzt?»

«Dir die Haare ausspülen», sagte sie und streifte sich ein Paar Plastikhandschuhe über.

Ich ging ins Bad und beugte den Kopf übers Waschbecken. Zweimal wusch sie mir die Haare mit Shampoo durch, und als ich mich schließlich aufrichtete und in den Spiegel blickte, mußte ich zugeben, daß sie recht gehabt hatte.

Nicht nur meine Mutter würde mich nicht erkennen. Ich erkannte mich nicht einmal selbst.

19

Als wir endlich auf dem Feldweg vor dem Farmhaus hielten, war es bereits nach Mitternacht. Nirgends hinter den Fenstern zeigte sich Licht, und alles war sehr still. Ich schaltete den Motor und die Scheinwerfer aus, blickte zu Denise. «Da scheint alles zu schlafen.»

«Das macht nichts», sagte sie und stieg aus. «Die Zimmer für die Gäste sind nicht abgeschlossen.»

Ich folgte ihr die Stufen zur Veranda hinauf und dann in eine Tür. Das einzige Geräusch war das Knarren der Fußbodenbretter unter unseren Füßen. Ich stieß gegen einen Stuhl.

«Nimm meine Hand», sagte sie.

Es war, als spielten wir Blindekuh. Ich konnte nicht sehen, wohin sie mich führte; sie jedoch schien genau zu wissen, wo sie sich befand. Ich rannte nicht gegen die Wand und fiel nicht mehr über Möbel.

Wir erreichten eine Tür, und sie klopfte leise. «Nur für den Fall, daß schon jemand drin ist», flüsterte sie.

Niemand antwortete. Sie öffnete die Tür, ließ mich eintreten, zog die Tür leise hinter uns zu. «Hast du ein Streichholz?» fragte sie.

Ich zog eine Schachtel hervor, gab sie ihr. Sie riß ein Streichholz an. Rasch sah ich mich im Zimmer um. An der gegenüberliegenden Wand befanden sich ein schmales Bett und eine Kommode, auf der eine Porzellanschüssel und ein Wasserkrug standen. Über der Kommode hing ein Spiegel. An der anderen Wand sah ich ein Holzspind, ganz in der Nähe gab es ein kleines Flügelfenster. Das brennende Streichholz flackerte heftig, erlosch.

Im Dunkeln hörte ich, wie Denise das Zimmer durchquerte. Sie schien eine Schublade aufzuziehen. Sekunden später riß sie wieder ein Streichholz an. Sie nahm eine Kerze aus der Schublade, hielt die Flamme an den Docht. Dann steckte sie die Kerze in einen Kerzenhalter, den sie neben die Waschschüssel auf der Kommode stellte.

Ich blickte zur Zimmerdecke, an der eine Lampe hing. «Warum knipst du nicht einfach das Licht an?» fragte ich.

«Der Strom schaltet automatisch um neun Uhr ab, um zu sparen. Außerdem ist abends nach neun kaum noch jemand von uns auf. Schließlich beginnt der Arbeitstag für uns auch schon früh um fünf.»

«Wieviel Leute sind denn hier?»

«Dreißig, manchmal vierzig. Das kommt drauf an.»

«Worauf kommt es an?»

«Ob sie hier sein wollen oder nicht. In der Hauptsache handelt es sich um Jugendliche, die von irgendeiner Sucht loszukommen versuchen.»

«Drogen.»

«Und Alkohol.»

«Was tun sie?»

«Arbeiten auf der Farm. Beten. Holen sich Rat.»

«Was baut ihr hier an?»

«Menschen, sagt Reverend Sam.»

Ich schwieg einen Augenblick. Dann nickte ich. Vielleicht hatte er recht. Zumindest versuchte man es. Ich zog eine Zigarette hervor, steckte sie an der Kerze an. Als ich mich wieder umdrehte, hatte Denise ihre Schuhe ausgezogen und lag auf dem Bett. «Müde?» fragte ich.

Sie nickte, sah mich an.

«Ich auch», sagte ich und zog mein Jackett aus. «Meinst du, daß wir auf dem schmalen Ding beide Platz haben, ohne daß einer irgendwann rausfällt?»

Sie starrte mich an, gab keine Antwort. Wie ein Zittern überlief es sie, und ich sah Tränen in ihren Augen.

«Was ist denn?» fragte ich. Dann begriff ich: Sie hatte die Pistole gesehen, die in meinem Gürtel steckte. Ich zog die Waffe heraus und legte sie auf die Kommode.

«Ich habe Angst», flüsterte Denise, offenbar buchstäblich von Furcht geschüttelt.

Ich setzte mich auf den Bettrand und zog ihren Kopf an meine Brust. «Es ist vorbei. Du brauchst jetzt keine Angst zu haben.»

«Die wollten dich umbringen.»

«Das ist ihnen nicht gelungen.»

«Man wird es wieder versuchen.»

«In ein paar Tagen hat Lonergan die Sache bestimmt bereinigt. Dann ist unser Leben wieder normal.»

Sie sah zu mir auf, betrachtete mein Gesicht. «Hättest du den Mann umgebracht, wenn ich nicht für ihn eingetreten wäre?»

«Weiß ich nicht. Als ich aus Vietnam zurückkam, war mir jeder Gedanke an Gewalttätigkeit verhaßt. Ich konnte das einfach nicht mehr ertragen. Doch dort auf dem Parkplatz, als ich dein Gesicht sah, da – ich dachte nicht mehr, ich fühlte nur noch Wut.» Ich strich ihr mit einem Finger über die Wange. «Morgen wirst du wohl ein ganz gewaltiges Veilchen haben», sagte ich.

Sie musterte mich verständnislos.

«Ein blaues Auge», erklärte ich.

Schon war sie aus dem Bett und stand vor dem Spiegel. «Igitt! Sieht ja scheußlich aus!»

Ich lächelte. «Da habe ich schon Schlimmeres gesehen.»

«Kann man denn nichts dagegen tun?»

«Ein Beefsteak dagegen pressen.»

«So etwas haben wir doch nicht.»

«Kalte Kompressen. Eis.»

«Haben wir auch nicht.»

«Dann hast du dein blaues Auge.»

«Das fürchte ich auch. Sehe ich komisch aus?»

Ich unterdrückte ein Lächeln. «Nein.»

Plötzlich blies sie die Kerze aus. «So, jetzt brauchst du dir's nicht mehr anzusehen.»

«Hat mich auch nicht weiter gestört.»

«Aber mich stört's. Ich mag nicht so komisch aussehen.»

Ich zog an meiner Zigarette. Das brennende Ende glühte in der Dunkelheit, und ich sah, wie sich Denise das Hemd aufzuknöpfen begann. Stoff raschelte, und dann kroch sie an mir vorbei ins Bett. Als ich die Hand nach ihr ausstreckte, lag sie bereits unter der Wolldecke.

Ich stand auf, drückte im Kerzenhalter meine Zigarette aus, wollte mir das Hemd über den Kopf ziehen.

«Gareth.»

«Ja?»

«Darf ich dich ausziehen?» Ohne meine Antwort abzuwarten, erhob sie sich auf die Knie, knöpfte mein Hemd auf, streifte es mir vom Körper, ließ es auf den Fußboden fallen. Ihre Finger strichen mir sacht über die Brustwarzen. «Ist dir kalt?»

«Nein.» Ich zog sie an mich.

Sanft wehrte sie mich ab. «Noch nicht.» Mit Lippen, Zunge und Zähnen liebkoste sie meine Brustwarzen, während ihre Finger meinen Gürtel aufschnallten und den Reißverschluß meiner Hose öffneten. Meine Jeans rutschten tiefer, und Denise wölbte ihre Hände um meine Hoden.

«Die sind ja so groß und geschwollen», sagte sie leise, und ich spürte, wie ihre Wange über meinen Bauch glitt, tiefer. Ihr Mund suchte meinen Schwanz, ihre Zähne berührten sacht meine Eier.

«Okay. Das ist genug», sagte ich und schob sie sacht von mir fort.

Ihre Stimme klang gekränkt. «Was ist denn, Gareth? Magst du das nicht?»

«Doch, sehr sogar.» Ich lachte. «Aber wenn ich nicht endlich die Jeans von den Beinen bekomme, fall ich noch auf die Nase.»

Fürs Ficken war's ein Prachtbett, schmal und fest, doch schlafen konnten wir darauf zusammen nur nach der «Löffelmethode». Ich lag mit dem Rücken zur Wand und schob einen Arm unter ihren Kopf, während sie sich rückwärts an mich schmiegte. «Bequem so?» fragte ich.

«Mm-hmm.»

Ich schloß die Augen.

«War's schön für dich?»

Da spielte das Alter offenbar nicht die geringste Rolle: Das fragten sie alle. «Es war wunderschön.»

Sie schwieg einen Augenblick, sagte dann: «Du wirst wieder steif, ich kann's spüren.»

«Versuchen wir, zu schlafen. Das gibt sich schon wieder.»

Sie scheuerte ihr Hinterteil gegen mich.

«Herrgott, Denise, in der Stellung ist das doch nichts.»

«Steck ihn in mich rein», flüsterte sie erregt. «So möchte ich schlafen – wenn du in mir bist.» Sie bewegte sich sacht, und ich drang so mühelos in sie ein, wie ein heißes Messer in Butter gleitet. Dann streckte sie eine Hand zwischen ihre Beine, nach meinen Eiern. «Wie gut sich das anfühlt. Ich wünschte, die könntest du auch noch in mich reinstecken.»

Ruhig lagen wir da, und ich begann, vor mich hinzudösen.

«Ich möchte, daß du mit mir alles machst, was du mit anderen gemacht hast», flüsterte Denise.

«Fangen wir gleich damit an. Schlafen wir.» Ich war hundemüde.

«Ich möchte alles sein, wonach du dich je gesehnt hast. Ich liebe dich, Gareth. Du bist ein wunderbarer Mann. Und du nimmst andere Menschen ernst. Du machst dir viel mehr Gedanken und Sorgen als irgend jemand sonst, den ich kenne.»

Damit schlief sie ein, während ich jetzt hellwach war. Leise stand ich auf und zog mich an. Dann steckte ich die Pistole in meinen Gürtel und tastete in der Dunkelheit, bis ich die Tür zur Veranda fand.

Ich öffnete sie und trat hinaus. Im Osten schimmerte bereits die erste Morgenhelle. Ich stellte mich ans Geländer und steckte mir eine Zigarette an. Die Luft war kalt, und ich hüllte mich fester in mein Jakkett. Dann hörte ich, wie hinter mir der Holzfußboden knarrte. Ich fuhr herum, die Pistole in der Hand.

Der Mann war groß und hatte einen Bart. Er trug ein kariertes Holzfällerhemd und verwaschene Arbeitsjeans. Seine dunklen Augen blickten auf die Waffe in meiner Hand. Seine Stimme klang ruhig. «Du kannst die Pistole wegstecken. Du bist hier willkommen. Ich bin Bruder Jonathan.»

Er lächelte. Und die Wärme seines Lächelns ließ seine Worte sehr mild klingen. «Übrigens – wenn du dir das nächste Mal das Haar färbst, dann solltest du dir auch die Augenbrauen entsprechend färben.»

20

Ich schob die Pistole in meinen Gürtel zurück. Er stellte sich neben mich. «Ist das dein Auto?»

«Ja.»

«Es sieht aus, als wäre es von einem Laster angefahren worden.»

Ich gab keine Antwort.

«Stell's lieber dort drüben in der Scheune unter. Jeden Morgen gegen acht kommt die Highway-Streife hier vorbei.» Er sah mich an. «Versteckst du dich vor der Polizei?»

«Nein.» Das war wenigstens die Wahrheit.

«Aber du versteckst dich vor jemandem?»

«Ja.» Ich schleuderte den Rest meiner Zigarette über das Geländer. Ein Funkenregen sprühte, erlosch. Ich überlegte hastig. Nein, das hier war nicht der richtige Unterschlupf. Je mehr der Tag heraufdämmerte, desto offener und ungeschützter wirkte hier alles. «Würden Sie Denise bitte etwas von mir ausrichten?»

«Ihr etwas ausrichten?» Seine Stimme klang verwundert.

«Sagen Sie ihr, daß ich's für besser halte, von hier zu verschwinden. Sie soll mit dem Büro in Verbindung bleiben. Sobald die Lage klar ist, lasse ich mich wieder sehen.» Ich begann, die Stufen hinabzusteigen.

«Du brauchst nicht fortzugehen, Gareth. Du bist hier sicher.»

Abrupt blieb ich stehen. «Woher kennen Sie meinen Namen?»

Er lachte leise. «Keine Sorge. Ich bin kein Gedankenleser. Denise hat mich aus einem Motel angerufen, als ihr auf dem Weg hierher wart. Sie sagte mir, daß sie dich zur Farm bringen wollte und daß niemand wissen soll, wer du bist.»

«Das hätte sie nicht tun dürfen.»

«Sei nicht zornig auf sie. So oder so hätte sie mir die Wahrheit ja doch sagen müssen. Wir halten nichts davon, einander anzulügen.»

«Je mehr Leute wissen, wer ich bin, desto gefährlicher wird es für mich. Und nicht nur für mich. Für alle. Es ist besser, wenn ich verschwinde.»

«Der einzige ‹Name›, den du hier irgend jemandem nennen mußt, ist Bruder. Bei uns ist dein Geheimnis gut aufgehoben.»

Ich schwieg.

«Wo wolltest du jetzt schon hin?» fragte er. «Du siehst erschöpft aus. Hast du denn in dieser Nacht überhaupt nicht geschlafen?»

Ich sah ihn an. «In dem schmalen Bett?»

«Schmales Bett?» Einen Augenblick starrte er mich verständnislos an, dann spielte ein breites Lächeln um seine Lippen. «Du warst in einem ganz kleinen Zimmer? In dem sich nichts weiter befand als das schmale Bett – und eine Kommode und ein Spind?»

Ich nickte. Er begann zu lachen. «Was ist denn so komisch?» fragte ich.

«Das kleine Luder.» Er gluckste. «Ich habe ihr gesagt, sie soll das große Zimmer nehmen. Das mit den zwei Betten.»

Jetzt war ich es, der einen Augenblick verständnislos starrte. Dann stimmte ich in sein Lachen ein. Eine Frau war nun einmal eine Frau. Ob jung oder alt: in allen steckte ein gut Stück raffiniertes Weibchen.

«Komm», sagte er, «ich mach dir mal eine Tasse Kaffee, und dann gehst du ins Bett. So allmählich beginne ich zu ahnen, weshalb du so müde aussiehst.»

Zunächst stellte ich das Auto in der Scheune unter, dann folgte ich ihm in die Küche. Es war ein großer Raum im hinteren Teil des Hauses. Auf einem altmodischen Herd, wie man ihn früher in Gaststätten benutzt hatte, brodelte bereits ein Kessel mit Wasser. Bruder Jonathan goß zwei Tassen Kaffee auf, und wir setzten uns an den Holztisch.

«Du wirst dich in unseren Tagesablauf einfügen müssen», erklärte er, «denn sonst – »

«Okay, kapiert», sagte ich. «Auffallen darf und will ich auf gar keinen Fall.»

«Wecken um fünf, Andacht um halb sechs. Um sechs sind wir draußen auf den Feldern bei der Arbeit. Mittagessen gibt's um elf, dann wird wieder gearbeitet, bis um halb vier. Danach ist Freizeit bis zum Abendessen um sechs, und dann hast du wieder frei, bis um neun, wenn's Licht ausgeht.»

«Klingt nach einem sehr gesunden Leben.»

«Ist es auch. Wie lange willst du bleiben?»

«Ich weiß nicht. Allerhöchstens vierzehn Tage, vielleicht aber auch nur ein oder zwei.»

«Ich muß dich bitten, mir die Pistole zu geben. Wenn du gehst, erhältst du sie natürlich wieder zurück.»

Ich gab sie ihm, und er prüfte, ob sie gesichert war, und legte sie dann auf den Tisch. «Das ist ein häßliches kleines Spielzeug.»

«Sie kennen sich mit Pistolen aus?»

«Ich war früher einmal Polizist. Als ich dann pensioniert wurde, erkannte ich, wie leer und sinnlos mein Leben war – bis ich Reverend Sam traf und religiös wurde. Jetzt *hat* mein Leben wieder einen Sinn.» Er musterte mich. «Glaubst du an Gott?»

Ich hielt seinem forschenden Blick stand. «Nein, eigentlich nicht.»

Aus seiner Stimme klang Bedauern. «Schade. Wirklich schade. Du läßt dir da etwas Gutes entgehen.»

Ich schwieg.

Er warf einen Blick auf seine Armbanduhr. «Es ist fast fünf. Ich bring dich besser vor dem allgemeinen Wecken auf dein Zimmer, sonst kommst du überhaupt nicht zum Schlafen. Wenn du wach wirst, such nach mir. Ich bin bestimmt irgendwo in der Nähe.»

Als ich aufwachte, war es Nachmittag, bereits halb vier vorbei. Meine Jeans und die anderen Sachen fand ich nicht, dafür jedoch ein Holzfällerhemd und Arbeitsjeans, wie Bruder Jonathan sie getragen hatte. Alles war säuberlich auf einen Stuhl gelegt worden.

Ich stand auf, ging ins Bad, stellte mich unter die Dusche. Warmes Wasser gab es nicht, und der kalte Strahl machte mich sehr schnell richtig wach. Mit klappernden Zähnen rieb ich mich trocken. Dann ging ich ins Zimmer zurück. Ich hatte mir gerade die Jeans angezogen, als sich die Tür öffnete.

Denise kam herein, lächelte. «Du bist schon wach?»

Ich nickte.

«Als ich vor ungefähr einer Stunde hereinschaute, hast du noch ganz fest geschlafen. Bruder Jonathan schickt dir diesen Rasierapparat und einen Augenbrauenstift.»

Ich sagte nichts.

«Bist du böse auf mich?»

«Nein.»

«Aber warum sagst du dann nichts?»

«Weil's nichts weiter zu sagen gibt.» Ich nahm den Rasierapparat und den Augenbrauenstift und ging wieder ins Bad. Sie stellte sich an die Tür und sah zu, wie ich mich rasierte. Im Spiegel betrachtete ich ihr Gesicht. «Dein blaues Auge ist gar nicht so schlimm geworden, wie ich erwartet habe.»

«Ganz furchtbar ist's», sagte sie. «Aber ich habe eine Menge Make-up draufgeknallt.» Sie trat zu mir. «Soll ich dir die Augenbrauen machen?»

Ich nickte. Wir gingen ins Schlafzimmer, und ich setzte mich auf die Bettkante. Denise stand vor mir. Sacht fuhr sie mir mit dem Stift über eine Braue. Ich spürte die Wärme ihres Körpers und legte meine Hände auf ihre Hüften. «Warum hast du uns nicht zu diesem Zimmer geführt?»

Sie hielt inne, blickte mir ins Gesicht. «Ich begann zu fürchten, daß du mich nie lieben würdest – daß du meintest, ich sei noch zu sehr Kind.»

«Bist du bei allen so – bei allen, die du haben willst?» fragte ich.

«Es hat noch nie jemanden gegeben, bei dem ich so empfunden habe wie bei dir.»

«Und warum ich? Was ist an mir?»

Sie befeuchtete den Stift mit der Zunge und strich mir dann wieder über die Braue. «Das weiß ich nicht. Aber immer wenn ich in deine Nähe komme, werde ich so wild, daß ich unten ganz feucht bin.»

«Jetzt auch?»

Sie nickte. «Findest du mich schrecklich?»

«Nein. Ich versteh's nur nicht, das ist alles.»

«Dann hast du vielleicht noch nie jemanden richtig geliebt.» Sie legte den Augenbrauenstift aus der Hand. «Ich glaube, so ist's gut. Sieh dir das mal im Spiegel an.»

«Ja, in Ordnung», sagte ich, als ich mein sonderbares Spiegelbild betrachtete.

«Bruder Jonathan würde sich freuen, wenn du heute nachmittag zu ihm in die Versammlung der fünften Ebene kämst.»

«Wann ist denn das?»

«Um vier.»

«Und wie lange dauert's? Um sechs Uhr muß ich Lonergan anrufen.»

«Ungefähr eine Stunde.»

«Okay.»

Sie lächelte plötzlich. «Ich freue mich. Und jetzt werde ich dir etwas zu essen besorgen. Dann gehen wir zusammen zu dem Meeting.»

Der fensterlose Raum mochte etwa vier mal fünf Meter groß sein und hatte eine unverschalte Dachbalkendecke. Als wir eintraten, waren bereits sechs andere Personen da, drei Männer und drei Frauen, die paarweise dort saßen, die Augen auf eine Wand mit einem hohen, hölzernen Kreuz gerichtet.

Genau wie Denise hatte ich mir schon vor der Tür die Schuhe ausgezogen. Jetzt setzten wir uns nebeneinander auf einen freien Flecken auf dem kahlen Fußboden. Die anderen beachteten uns nicht weiter. Sekunden später hörte ich von der Tür ein Geräusch. Ich blickte über die Schulter zurück und sah Bruder Jonathan, der in einer braunen Soutane eintrat. Schweigend schloß er hinter sich die Tür, ging dann mit bloßen Füßen zur Mitte des Raums, wo er sich auf den Fußboden sinken ließ. Das einzige Licht kam von den Altarkerzen, die vor dem Kreuz standen.

Sekundenlang herrschte absolutes Schweigen. Dann begann Bruder Jonathan zu sprechen.

«Vor zweitausend Jahren wandelte Er unter uns. Ein Mensch unter Menschen. Aber Er war auch Gottes Sohn, und Er kam zur Erde, um für unsere Sünden zu büßen und uns von unseren Ängsten zu befreien. Und unserer Sünden und unserer Ängste wegen gab Er Sein Leben am Kreuz dahin. Seine Gruft befand sich in einer kleinen Pyramide, die von den Juden vor Tausenden von Jahren bei ihrer Flucht aus Ägypten erbaut worden war. Und durch die Spitze dieser Pyramide gab Gott Seinem einzigen Sohn das Leben zurück, und Jesus erhob sich aus Seinem Grab und brachte uns diese Botschaft: Ich habe für euch mein Leben dahingegeben, auf daß ihr mit mir das ewige Leben teilen könnt. Gebt ihr mir eure Sünden und euren Glauben, und ihr werdet für alle Zeit bei mir im Himmelreich sein.»

Leise klang es im Chor: «Amen.»

Bruder Jonathan fuhr fort: «Seit jener Zeit hat der Mensch immer wieder versucht, die Stufen der Pyramide zum Himmel zu erklimmen, doch seine eigene Schwäche ließ ihn nie ans Ziel gelangen. Immer wieder mußte er auf halbem Wege aufgeben. Erst als Reverend Sam das Prinzip der Sieben Ebenen entdeckte, wurde die Wahrheit offenbar. Der Mensch kann nicht zu Gott gelangen, wenn er sich zuvor nicht von den Sieben Todsünden befreit hat – Stolz, Geiz, Unkeuschheit, Neid, Unmäßigkeit, Zorn und Trägheit. Je mehr Sünden ein Mensch hat, desto niedriger ist die Ebene seiner Existenz und desto weiter ist er von Gott entfernt; je weniger Sünden er hat, desto höher ist die Ebene seiner Existenz und desto näher befindet er sich bei Gott. Und nur von der allerhöchsten Stufe kann ein Mensch emporklimmen zur Spitze der Pyramide und im reinen Licht Gottes stehen. Reverend Sam hat uns gezeigt, daß es jedem von uns möglich ist, dieses Ziel zu erreichen. Helfend reicht er seine Hand zu uns herab, um uns emporzuheben in das reine Licht des Herrn. Möge er weiter in Gottes Gnade stehen. Gelobt sei der Herr Jesus Christus. Amen.»

Raschelnde Geräusche erklangen. Alle bewegten sich sacht und antworteten dann wieder im Chor: «Amen.»

Bruder Jonathans Stimme wirkte sehr sanft. «Alle, die wir hierherkommen, befinden wir uns auf der fünften Ebene der Treppe zum Himmel. Noch haben wir eine ganze Anzahl weiterer Ebenen zu erklimmen, bevor wir hoch oben im reinen Licht stehen können. Wir werden damit beginnen, daß wir uns selbst und einander jene Sünde bekennen, die uns am heftigsten plagt. Wer will es als erster tun?»

Ein kurzes Schweigen, dann erklang die Stimme von Denise. «Ich, Bruder.»

«Und die Sünde, die du bekennst, Schwester?»

Ich ließ die Augen durch den Raum gleiten. Niemand wandte den Kopf, um nach Denise zu blicken. Alle saßen sehr still, die Hände im Schoß gefaltet und die Augen auf den Gekreuzigten an der Wand gerichtet. Auch Denise blickte zum Kruzifix.

«Ich bekenne die Sünde der Unkeuschheit, Bruder.»

Sie schloß die Augen und sprach mit gedämpfter Stimme. «Vor einigen Wochen lernte ich einen Mann kennen, und seit ich ihn kenne, brennt in meinem Körper ein Feuer, und mein Gehirn ist erfüllt von lüsternen Bildern und Begierden. Wenn ich an ihn denke, werden meine Beine schwach und mein Geschlecht fließt über. Ich liege im Bett und masturbiere, und sein Bild steht immerzu vor meinem inneren Auge. In meinem Begehren nach ihm habe ich mit anderen Männern geschlafen und ihre Körper gebraucht, um die Begierde in meinem eigenen zu beschwichtigen. Doch jetzt, da ich mit ihm geschlafen habe, bin ich noch immer nicht befriedigt. Meine Begierde nach ihm bleibt ungestillt. Meine Gedanken gelten einzig dem Sex. Ich bin eine Sklavin meiner Fleischeslust, kann an nichts anderes mehr denken.»

Ihre Stimme verklang, und sie beugte den Kopf. Ich sah, daß sie weinte. Nach einem Augenblick fügte sie leise hinzu: «Ich bekenne meine Sünde und bitte den Herrgott um Rat.»

«Wir wollen uns mit unserer Schwester zum Gebet vereinen», sagte Bruder Jonathan, und sekundenlang klang gedämpftes Gemurmel; dann fuhr Bruder Jonathan fort: «In den Augen Gottes gibt es nur Liebe, Schwester, und Liebe nimmt vielerlei Gestalt an, die körperliche Liebe ebenso wie die unkörperliche. Und manchmal bleibt nur die Möglichkeit, seine Liebe mit dem Körper auszudrücken. Erforsche sorgfältig dein Herz, Schwester. Kann es sein, daß du diesen Mann wahrhaft liebst?»

Ihre Stimme klang noch leiser als zuvor. «Ich weiß es nicht, Bruder. Alles, was ich bisher empfunden habe, war körperlich. Ich weiß, daß er mich nicht so sehr begehrt, wie ich ihn begehre, doch das mindert meine Begierde nicht. Selbst jetzt, in diesem Augenblick, fließt mein Geschlecht über, und ich brenne vor Begierde.»

«Bist du bereit, diese Begierden dem kinetischen Konduktor anzuvertrauen?»

«Ja, Brüder.»

«Dann komm mit mir, Schwester.»

Langsam erhob sich Denise. Ihre Augen waren halbgeschlossen; man hätte meinen können, sie schlafe. Während sie auf Bruder Jonathan zutrat, knöpfte sie sich das Hemd auf. Dann stand sie vor ihm und zog es aus. Gleich darauf folgten ihre Jeans. Nackt legte sie sich vor ihn hin.

«Schwester Mary und Schwester Jean werden Schwester Denise bei den Händen und den Füßen halten. Die anderen werden sich uns zuwenden. Im Gebet werden sie sich mit uns vereinen.»

Zwei der Mädchen standen auf und traten zu Denise. Beide küßten sie auf den Mund. Dann setzte sich die eine mit gekreuzten Beinen dicht zu ihrem Kopf und nahm und hielt ihre Hände. Die andere setzte sich dicht zu den Füßen und griff nach ihren Fußgelenken. Ich blickte zu den anderen. Ihre Gesichter wirkten nicht neugierig, nur nachdenklich. Offenbar war dies etwas, das alle aus eigener Erfahrung kannten.

Bruder Jonathan schien mit irgend etwas zu hantieren. Dann erkannte ich neben ihm einen Gegenstand, der wie ein kleiner Transformator aussah. In der Hand hielt er eine Art Glasstab, knapp dreißig Zentimeter lang. Von diesem Glasstab führte ein schwarzes Kabel zum Transformator; Bruder Jonathan befestigte es gerade daran. Dann hörte man ein Knistern, und wie ein Funken schien es im Glasstab zu irrlichtern, eine Art bläuliches Flämmchen. Gleich darauf roch es schwach nach Ozon. Jetzt leuchtete das Licht im Glasstab gleichmäßiger, es warf eine sonderbar fahle Helle über alle Gesichter. Das Knistern klang nun lauter.

Bruder Jonathan hob den Stab hoch über seinen Kopf. «O Herr! Im Namen Deines Sohnes Jesus Christus flehe ich zu Dir. Lausche der Kommunikation unserer Schwester in Sünde, während sie durch die Kraft jener Energie zu Dir spricht, mit der Du uns Leben gabst.»

«Amen.» Die Stimmen der anderen tönten jetzt kräftiger.

Langsam senkte Bruder Jonathan den Stab. Denise hielt die Augen geschlossen; sie bewegte sich nicht. «Bist du bereit, Schwester?»

Er berührte ihren rechten Arm mit dem Stab. Das Knistern verstärkte sich, für einen Augenblick ging durch den Arm ein Zucken, dann lag sie wieder still. Langsam strich er ihr den Arm entlang bis zur Schulter. Jetzt kam der andere Arm an die Reihe. Ganz allmählich näherte er sich ihren Brüsten, und nun begann sie sich zu bewegen. Zuerst wand sie ihren Körper nur leicht hin und her, dann bäumte sie ihn geradezu ekstatisch empor, dem Stab entgegen. Schließlich begann sie zu stöhnen, und ich wußte, was sie empfand: Genau die gleichen Laute hatte ich von ihr gehört, als wir in der vergangenen Nacht im Bett gewesen waren.

Steif erhoben sich ihre Brustwarzen unter der Berührung des Glasstabs, und wild schleuderte sie ihren Körper hin und her. Jetzt begriff ich, warum die beiden Mädchen dort bei ihr saßen: Mit aller Kraft mußten sie sie festhalten.

«O Gott!» schrie sie. «Ich fange an zu kommen. Ich kann's nicht zurückhalten! Ich komme, ich komme!» Der Stab glitt jetzt über ihren Leib, und sie schleuderte ihm ihre Hüften entgegen, als sei er eine lebendige Kraft. «Ich kann nicht aufhören zu kommen!» schrie sie. Der Stab war jetzt an ihrem Schambein. «Steck ihn in mich rein!» gellte sie. «Fick mich damit! Ich will, daß er mir die Fotze ausglüht!»

Mit unbewegtem Gesicht hielt Bruder Jonathan den Stab über ihrem Schambein. Sie wand sich unaufhörlich und schrie.

«O Gott, ich kann nicht aufhören! Ich kann nicht aufhören!» Ihr Gesicht war wie im Schmerz verzerrt, und ruckhaft drehte, nein, riß sie den Kopf hin und her. «Ich komme! Jesus! Es ist zuviel! Es ist zuviel!» Plötzlich bäumte sie sich wie im Krampf gegen den Stab. «Oh, nein! Alles in mir explodiert!» Ihre Stimme wurde zum schrillen Kreischen; dann sackte sie plötzlich zurück, schlaff, mit blassem Gesicht und geschlossenen Augen.

Stumm bewegte Bruder Jonathan den Stab über ihre Beine bis zu den Füßen. Dann streckte er die Hand nach dem Transformator, berührte ihn. Langsam schwand das Licht aus dem Stab, und Bruder Jonathan legte ihn beiseite. Denise lag sehr still. Das einzige Geräusch im Raum war unser Atem.

Bruder Jonathan blickte zu den beiden Mädchen, und sie gingen zu ihren Plätzen zurück.

Denise schlug die Augen auf. «Ist es vorbei?»

Er nickte. «Ja. Kannst du allein auf dein Zimmer gehen, oder brauchst du Hilfe?»

Sie setzte sich auf, griff nach ihrem Hemd. «Es wird schon gehen.» Während sie sich ihre Jeans anzog, stützte er sie mit ruhiger Hand. «Ich danke dir, Bruder Jonathan», sagte sie. «Und ich danke auch euch, meine Brüder und Schwestern. Ich liebe euch alle.»

«Wir lieben dich», klang es im Chor zurück.

Bruder Jonathan erhob sich, legte ihr die Hände auf die Schultern und küßte sie auf den Mund. «Vergiß nicht, Schwester, der Körper ist nichts als Fleisch. Es ist die Seele, die ihm Leben gibt, und die Liebe, welche beide miteinander verbindet.»

Sie nickte, und ohne mich anzusehen, ging sie ruhig zur Tür, öffnete sie und verließ den Raum.

Bruder Jonathan betrachtete mich mit anteilnehmendem Blick. «Ich danke euch, meine Brüder und Schwestern. Das Meeting ist zu Ende. Frieden und Liebe.»

«Frieden und Liebe», erwiderten sie und gingen einer nach dem anderen hinaus.

Ich erhob mich und wartete, bis alle den Raum verlassen hatten. Bruder Jonathan kniete neben dem Transformator, über den er jetzt eine Hülle deckte.

«Wirkt das Ding tatsächlich?» fragte ich.

«Moses sprach zu dem Herrn durch einen brennenden Dornbusch.»

«Das ist nicht das gleiche.»

Seine Stimme klang geduldig. «Alles, was einem Menschen hilft, mit Gott in Kommunikation zu treten, ist wirksam.»

«Danke, Bruder Jonathan», sagte ich.

«Frieden und Liebe», erwiderte er.

Als ich den Raum verließ, warf ich einen Blick auf meine Armbanduhr. Es war schon fast sechs. Und mir schien es jetzt weniger wichtig, mit Gott zu sprechen als vielmehr mit Lonergan.

21

Lonergans Stimme klang leise und müde an mein Ohr. «Hast du schon mal daran gedacht, in Mexiko zu leben?»

«Ich vertrage das Wasser dort nicht. Da bekomme ich dauernd Durchfall.»

«Du machst es mir wirklich nicht leicht. Die haben es nicht gern, wenn man ihre Leute so zurichtet.»

«Dann sind wir miteinander quitt. Denn mir gefällt nun mal der Gedanke nicht, von denen umgelegt zu werden. Sag's mir ganz offen, Onkel John – kannst du dafür sorgen, daß sie mich in Ruhe lassen, oder kannst du's nicht?»

Ich hörte ein leises Seufzen und begriff, daß er nicht mehr der Onkel John meiner Kindheit war. Immerhin ging er auf die Siebzig zu, und ein langer Tag nahm ihn jetzt wohl härter mit, als er es selbst gern wahrhaben wollte. «Das weiß ich nicht», antwortete er. «Vorher war das für die Killer nur ein Auftrag, jetzt ist's was Persönliches. Einer der Männer wird nie wieder gehen können.»

«Das ist wirklich hart.»

«Ich brauche einen Punkt, wo ich den Hebel ansetzen kann. Irgend etwas, das sich für eine Einigung einhandeln läßt.» Er lachte trocken. «Außer dir, meine ich.»

«Ronzi meinte, die würden mich in Ruhe lassen, wenn ich mich mit einer Partnerschaft einverstanden erkläre.»

«Das war gestern», sagte er, «als sie noch nicht wußten, was auf dem Parkplatz passiert war. Ronzi rief mich dann heute morgen an. Ich soll dir ausrichten, daß das Angebot nicht mehr gilt.»

«Ich sollte ihn heute abend anrufen.»

«Tu's nicht. Wahrscheinlich hat er eine elektronische Wanze an der Leitung.»

«Was soll ich also tun?»

«Nichts weiter. Hauptsache, du bleibst von der Bildfläche verschwunden. Vielleicht beruhigen sie sich in ein oder zwei Wochen, und ich kann mit ihnen reden.»

«Aber was soll mit dem Blatt werden? Nach dieser Nummer geht es in die Binsen.»

«Nun, dann geht es eben in die Binsen. Du kannst die ja bitten, dich darin einzuwickeln, bevor sie dich verscharren.»

Ich schwieg.

«Gareth.»

«Ja?»

«Tu nichts Törichtes. Gib mir nur etwas Zeit.»

«Du hast all die Zeit, die du brauchst, Onkel John. Aber ich nicht. Wenn das Blatt zwei Wochen nicht erscheint, dann bin ich wieder dort, wo ich war – ein Nichts auf der Straße.»

«Aber wenigstens ein lebendiges Nichts. Glaub mir – du wirst andere Spiele zum Spielen finden.»

«Sicher.» Ich hängte auf und hörte, wie die Münzen in den Apparat fielen. Als ich mich umdrehte, sah ich wenige Meter von mir entfernt Denise.

«Ich wollte dich zum Abendessen holen.»

Ich nickte, und wir gingen Seite an Seite.

«Tut mir leid», sagte sie.

«Was tut dir leid?»

«Ich hab's für dich nur schlimmer gemacht. Ich hätte ihnen nicht sagen dürfen, wo du warst.»

«Es ist nicht deine Schuld.»

Sie legte eine Hand auf meinen Arm. Unwillkürlich blieb ich stehen. «Ich wirke in deinen Augen wohl – lächerlich?»

«Wieso meinst du das?»

«Nun, ich – » Sie brach ab, sagte dann: «Diesmal hat der Glasstab nicht geholfen, zum ersten Mal nicht. Bruder Jonathan meint, daß wir das noch mehrmals wiederholen müssen, ehe ich von dieser Sünde befreit sein kann.»

«Bist du denn sicher, daß es eine Sünde ist?»

«Ich verstehe nicht.»

«Lehrt Reverend Sam nicht, daß Liebe keine Sünde ist? Daß es gut ist, einander zu lieben? Liebe kann auch etwas sehr Körperliches sein.»

«Das hat ja auch Bruder Jonathan gesagt. Aber ich weiß nicht. So wie jetzt habe ich noch niemals empfunden. Ich will dich haben, immerzu. Das ist das Einzige, woran ich denken kann.» Wir waren weitergegangen, standen nun am Eingang zum Eßraum. «Die ganze Zeit spreche ich darüber, was ich für dich empfinde. Was aber fühlst du für mich? Wie wirke ich auf dich?»

«Ich finde dich wunderschön.»

«Das meine ich nicht», sagte sie hastig. «Aber meine Gefühle – wie soll ich damit bloß fertigwerden?»

Ich lächelte sie an. «Gewöhne dich dran, Baby. Das passiert dir ohnehin nur, solange du jung bist. Das wird sowieso bald vorbei sein.»

Ihre Stimme klang gekränkt. «Glaubst du das wirklich?»

Ich gab keine Antwort.

«Ich möchte, daß du mir die Wahrheit sagst», beharrte sie.

Und so sagte ich ihr die Wahrheit, meine Wahrheit. «Im Augenblick habe ich mehr, um drüber nachzudenken, als mir lieb ist. Vögeln kommt dabei als Letztes.»

Abrupt machte sie kehrt, lief den Korridor entlang und ließ mich allein an der Tür zum Eßraum zurück. Ich warf einen Blick hinein und sah, daß mich Bruder Jonathan beobachtete. Mit der Hand wies er auf einen leeren Sitz an seiner Seite.

An seinem Tisch saßen noch sechs junge Männer. Sie nickten mir nur wortlos zu und ließen sich bei ihrer Mahlzeit nicht weiter stören.

«Hier langt jeder nach Herzenslust zu», erklärte Bruder Jonathan und deutete auf eine Schüssel in der Mitte des Tisches.

Es gab einen Eintopf aus Rindfleisch, Möhren und Kartoffeln, ein einfaches, doch herzhaftes Essen. Ich nahm mir auch ein Stück Brot. Da es keine Butter dazu gab, tunkte ich es ein. Aus einem Krug goß ich mir Milch in ein Glas. Sie war angenehm kühl und sehr erfrischend.

Schweigend aßen alle. Nach Beendigung der Mahlzeit stand einer nach dem anderen auf und sagte: «Frieden und Liebe.» Sie ließen Bruder Jonathan und mich allein am Tisch zurück.

Ich blickte mich im Raum um. Als ich gekommen war, hatten hier rund vierzig Leute gesessen. Jetzt waren nur noch einige da, welche die Tische abräumten.

«Kaffee habe ich in meinem Büro», sagte Bruder Jonathan. «Möchtest du welchen?»

«Ja, gern.»

Sein Büro befand sich in einem kleinen Raum unmittelbar an der Eingangsdiele. Er zog die Tür hinter sich zu, und wenige Minuten später stellte er eine Tasse vor mich hin.

«Whisky habe ich auch», sagte er.

«Ich dachte, das sei gegen die Hausordnung.»

Er lächelte. «Ist auch nur für rein medizinische Zwecke.»

Ich nickte. «Ich bin auch gar nicht so richtig auf dem Damm.»

Er füllte zwei Gläser. «Frieden und Liebe», sagte er.

«Frieden und Liebe», erwiderte ich.

Er leerte sein Glas fast auf einen Zug, und als meines noch halbvoll war, goß er sich schon wieder nach. Dann sah er mich an. «Du kannst nicht hierbleiben», sagte er. «Das weißt du.»

«Weshalb nicht? Wegen Denise?»

«Nein, damit werden wir schon fertig. Aber du selbst – hinter dir sind sie her. Auf deinen Kopf steht ein Preis, und in wenigen Tagen würden die dich hier aufstöbern.»

«Wer hat Ihnen das gesagt? Denise?»

«Nein.»

«Wie haben Sie's dann herausgefunden?»

«Ich habe dir doch gesagt, daß ich Polizist war. Und ich verfüge noch immer über ein paar Kontakte. Daß du mit Denise davon bist, ist inzwischen kein Geheimnis mehr. Und die werden nicht allzu lange tüfteln müssen, bis ihnen klar wird, wohin sie mit dir gegangen sein könnte.»

Ich schwieg.

«Tut mir leid», versicherte er, «aber ich kann das Risiko nicht eingehen. Hier wären zu viele Menschen gefährdet.»

«Und was ist, wenn die Kerle Denise finden?»

«Sie werden sie hier nicht finden. Ich schicke sie fort. Morgen abend wird sie bereits über tausend Kilometer von hier entfernt sein.»

Ich trank meinen Whisky aus. «Wann soll ich die Farm verlassen?»

«Heute nacht, wenn alle schlafen. Ich werde kommen und dich holen. Benutze das Zimmer, in dem du gestern nacht mit Denise gewesen bist. Deine Kleider sind übrigens schon dort.»

Ich stand auf. «Danke, Bruder Jonathan.»

«Wie steht's bei dir mit Geld? Kommst du zurecht?»

«Ich glaube schon.»
«Frieden und Liebe.»
«Frieden und Liebe», sagte ich und verließ das Büro.

Ich fand meine Sachen in tadellosem Zustand vor. Sie hingen auf einem Bügel an der Tür. Rasch zog ich mich aus und ging ins Bad. Während ich noch beim Duschen war, erlosch plötzlich das Licht. Ich fluchte laut. Dann fiel mir ein, daß dies die automatische Stromschaltung war. In ein großes Badetuch gehüllt, suchte ich nach einer Kerze. Ich fand sie, steckte sie an – und erst jetzt sah ich, daß Denise im Raum war.

Wie verloren saß sie auf dem Rand des schmalen Bettes. An ihren Augen sah ich verschmiertes Make-up. Das blaugeschlagene Auge war noch immer stark verfärbt. «Du gehst fort», sagte sie.

Mit dem Tuch rieb ich mir den Kopf trocken, gab keine Antwort.

«Ich wußte es sofort, als Bruder Jonathan deine Sachen herbringen ließ.»

Ich war mit dem Trocknen fertig und griff nach meinem Hemd.

«Ich möchte mit dir kommen.»

«Das geht nicht», sagte ich schroff.

«Warum nicht?» Es klang fast wie die Frage eines Kindes.

«Weil das lebensgefährlich wäre, deshalb. Und Bruder Jonathan möchte nicht, daß dir oder auch mir etwas passiert.»

«Passiert? – Ach, das ist mir alles egal – wenn ich nur bei dir sein kann.»

Ich schlüpfte in meine Jeans und setzte mich dann auf einen Stuhl, um mir Socken und Schuhe anzuziehen.

Sie erhob sich vom Bett und kniete vor mir nieder. «Bitte nimm mich doch mit. Ich liebe dich.»

«Es geht nicht. Tut mir leid.»

Sie schlug die Hände vors Gesicht und begann zu weinen. Ihre Stimme war wie ein einziger gedämpfter Klagelaut. «Nie mache ich etwas richtig. Ich dachte, hier würde es gut sein – hier würden wir sicher sein.»

Ich strich ihr übers Haar. Sie griff nach meiner Hand und preßte sie an ihre Lippen. «Wenn ich hier bliebe», sagte ich, «wäre niemand sicher. Du nicht, Bruder Jonathan nicht und auch niemand sonst. Und gerade diese jungen Menschen – die wußten doch von überhaupt nichts.»

«Ich bitte ja nicht für alle Zeit», flüsterte sie, und ich fühlte ihren Atem an meinen Fingern. «Ich weiß, daß ich nicht gut genug für dich bin. Nur eine kleine Weile möchte ich mit dir zusammensein. Wenn du dann willst, daß ich gehe, dann gehe ich auch.»

Ich schob eine Hand unter ihr Kinn und hob ihr Gesicht zu mir empor. «Das ist es doch nicht, Baby. Das ist es ganz und gar nicht. Bei dieser Sache sind schon genug Leute zu Schaden gekommen, und ich will auf gar keinen Fall, daß einem von euch etwas passiert.»

Sie schwieg. Dann sah ich, daß sie die Innenseite meiner Hand betrachtete. «Weißt du, daß du zwei Lebenslinien hast?» fragte sie.

Für einen kurzen Augenblick begriff ich nicht, wovon sie sprach. «Nein», erwiderte ich dann.

Mit einem Finger zog sie eine Linie nach, die von meiner Handwurzel bis zum Ansatz meines Zeigefingers führte. «Dir wird nichts zustoßen. Du hast ein langes Leben vor dir.»

«Da ist mir doch gleich wohler», sagte ich.

«Doch gerade jetzt verlaufen deine Lebenslinien parallel zueinander.» Ihr Finger berührte meinen Handteller fast genau in der Mitte. «Und die erste Lebenslinie hört ungefähr hier auf.»

«Ist das gut oder schlecht?»

Der Ausdruck ihrer Augen wirkte sehr ernst. «Das weiß ich nicht. Aber es bedeutet, daß eines deiner Leben bald zu Ende sein wird.»

«Na, hoffentlich nicht das, das mit meinem Atem zu tun hat.»

«Ich mach keine Witze», fuhr sie gereizt auf.

Ich schwieg.

«Ich verstehe mich auf die Handlesekunst. Ich bin da sogar sehr gut.»

«Ich glaube dir ja», versicherte ich.

«Nein, das tust du nicht», sagte sie verdrossen.

Ich lächelte ihr zu. «Wird es dich erleichtern, wenn wir uns zanken?»

Ihre Lippen zitterten. «Ich will mich nicht mit dir zanken. Nicht am letzten Abend, an dem wir zusammen sind.»

«Dann versuche, ruhig zu bleiben.»

«Wann gehst du?»

«Bruder Jonathan sagte, er würde mich holen.»

«Das wird wahrscheinlich so gegen Mitternacht sein, wenn er kommt, um seine letzte Runde zu machen. Dann bleibt uns noch Zeit für einen Abschiedsfick.»

Ich lachte laut auf. «Du machst wirklich Witze.»

«Oh, nein!» Sie erhob sich und begann, ihr Hemd aufzuknöpfen. «Nur davon, daß ich deine Hand gehalten habe, ist meine Fotze ganz naß geworden, und dann vergiß nicht, daß du mir versprochen hast, mich in den Arsch zu ficken, was noch nie einer vor dir getan hat.»

Ich griff nach ihren Händen, hielt sie fest. «Baby», sagte ich, «das schaff ich nie. Ich meine, im Augenblick geht mir soviel anderes durch den Kopf, daß ich ihn bestimmt nicht hochbekomme.»

«Das laß nur meine Sorge sein.»

«Und selbst, wenn ich ihn hochkriege – kommen kann ich sicher nicht.»

Ich sollte recht behalten. Doch das spielte weiter keine Rolle. Denn sie kam so ungeheuer oft, daß sie das sozusagen gleich für mich mit übernahm. Als schließlich Bruder Jonathan an die Tür klopfte, waren wir wieder vollständig angezogen.

Seine erfahrenen Augen betrachteten die Szene. Das zerwühlte Bett entging ihnen nicht.

Ich blickte zu Denise. «Es ist Zeit.»

«Ich begleite dich hinaus zum Auto», sagte sie.

Schweigend verließen wir das Gebäude und gingen zur Scheune. Bruder Jonathan ließ die Torflügel aufschwingen. Sie knarrten laut. Wir traten ein, und ich stieg ins Auto. Der alte Valiant war robust wie eh und je. Er zeigte nicht die geringsten Mucken. Ohne jede Verzögerung sprang der Motor an.

Durch das offene Fenster reichte mir Bruder Jonathan die Hand. «Alles Gute, Gareth. Frieden und Liebe.»

Er drehte sich um und verließ die Scheune. Denise blieb zurück. Sie beugte sich durch das Fenster und küßte mich. «Wenn du zurückkommst, rufst du mich dann an?»

«Das weißt du doch.»

«Ich werde hier auf dich warten.»

Erst jetzt fiel mir ein, daß Bruder Jonathan ja gesagt hatte, er werde sie weit fortschicken. Offenbar wußte sie noch gar nichts davon. Nun, ich würde es ihr besser auch nicht verraten. Und so nickte ich nur.

«Ich liebe dich», sagte sie und küßte mich wieder. Dann trat sie einen Schritt zurück. «Frieden und Liebe.»

«Frieden und Liebe», sagte ich, legte den ersten Gang ein und fuhr hinaus. Als ich den lehmigen Fahrweg entlangrollte, sah ich im Rückspiegel, daß Bruder Jonathan seinen Arm um ihre Schultern gelegt hatte und mit ihr zum Haus zurückging. Ich bog um eine Kurve, und hinter mir war nichts weiter als dunkle Nacht.

22

Erst als ich von der Autobahn nach San Francisco in eine Tankstelle einbog, bemerkte ich den braunen Umschlag auf dem Sitz neben mir. Durchs Fenster steckte der Tankwart seinen Kopf zu mir herein.

«Volltanken», sagte ich.

Während er hinter das Auto ging, öffnete ich den braunen Umschlag. Er enthielt tausend Dollar in Hundert-Dollar-Scheinen und ein zusammengefaltetes Blatt Papier, auf dem stand: «Deine Pistole habe ich verschwinden lassen. Fahre zu Reverend Sams Frieden-und-Liebe-Mission in San Francisco und frage nach Bruder Harry. Er hat für Dich ein Flugticket nach Honolulu für morgen, und auch Informationen über Deinen Kontakt dort. Frieden und Liebe.»

Eine Unterschrift fand sich nicht. Aber sie wäre auch überflüssig gewesen. Ich steckte das Geld ein, überlas die Sätze noch einmal, zerriß das Papier sodann. Dann stieg ich aus und warf die Fetzen in die Abfalltonne.

«Soll ich mir Ihren Wagen mal etwas genauer ansehen?» fragte der Tankwart.

«Ja, sehen Sie nur alles nach», sagte ich und verschwand in Richtung Toilette.

Als ich zurückkam, wartete er mit der Rechnung auf mich. «Ein Liter Öl hat gefehlt. Außerdem habe ich Ihre Heizung und Ihre Batterie in Ordnung gebracht. Sechs fünfzehn.»

Ich gab ihm sieben Dollar und stieg wieder ein. Es war jetzt halb sechs, und immer stärker dämmerte der neue Tag herauf. Am Ende von North Beach erreichte ich die Mission, ein altes, graues Gebäude, das eher wie ein Lagerhaus aussah als wie eine Mission.

Ich trat auf die Eingangstür zu, doch bevor ich klopfen konnte, wurde sie von einem Mann mittlerer Größe geöffnet, der einen braunen Anzug anhatte. «Bruder Gareth?» fragte er mit farbloser Stimme.

Ich nickte.

«Ich bin Bruder Harry», sagte er und reichte mir die Hand. «Frieden und Liebe.»

«Frieden und Liebe», erwiderte ich. Sein Händedruck war schlaff.

«Komm herein. Seit vier Uhr warte ich bereits auf dich. Ich begann, mir Sorgen zu machen.»

Ich lächelte ihn an. «Der Valiant ist nun mal nicht gerade das allerschnellste Auto.»

«Du bist hier. Nur das ist jetzt wichtig», sagte er, während er mich einen Gang entlangführte. «Ein Zimmer ist für dich schon bereit. Dort kannst du dich ausruhen, bis du zum Flugplatz mußt.»

«Wann fliegt die Maschine?»

«Um fünfzehn Uhr fünfundvierzig. Aber mach dir keine Sorgen. Ich bin ja da und kümmere mich darum, daß du zur Zeit hinkommst. Kann ich deine Autoschlüssel haben?»

Ich sah ihn verständnislos an.

«Man hat mir gesagt, daß dein Auto ‹heiß› ist. Da wird es wohl besser sein, wenn wir's nicht auf unserem Grundstück herumstehen, sondern möglichst schnell verschwinden lassen.»

Ich gab ihm die Schlüssel. «Was soll mit dem Auto werden?»

«Es wird verschrottet.»

Ich schwieg. Was hätte ich auch sagen sollen? Wenn man ein Auto wirklich spurlos verschwinden lassen will, so ist das die beste Methode. Trotzdem gab's mir einen Stich. Irgendwie war mir die kleine alte Karre ans Herz gewachsen.

Das Zimmer, in das er mich führte, war einfach möbliert: Bett,

Stuhl, Kommode. Durch ein schmales Fenster fiel Licht. Plötzlich fühlte ich mich so erschöpft, daß ich kaum noch eines Gedankens fähig war. Nur schlafen wollte ich noch, schlafen.

«In ein paar Stunden bin ich wieder da», sagte er. «Mit deinem Frühstück. Ich halte es für besser, wenn du hier im Zimmer bleibst. Wir wollen nicht, daß dich jemand sieht und vielleicht erkennt.»

Ich nickte. Sprechen war zu anstrengend. Er schloß die Tür hinter sich, und ich streckte mich angezogen auf dem Bett aus. Ich hatte nur noch genug Kraft, um mir die Schuhe von den Füßen zu streifen. Und dann war ich weg – fiel wie in ein pechschwarzes Loch.

Zum Frühstück wurde ich nicht wach, doch Bruder Harry weckte mich zum Mittagessen. «Du mußt eine Stunde vor Abflug auf dem Flugplatz sein», sagte er fast entschuldigend, als er das Tablett vor mir auf den Stuhl stellte.

«Okay.» Ich blickte aufs Tablett. Eintopf. Hätte ich mir denken können. «Eigentlich habe ich gar keinen richtigen Hunger», sagte ich. «Ich werde später auf dem Flugplatz was essen.»

«Das Badezimmer ist dort drüben. Rasier dich lieber noch. Blonde Bartstoppeln passen nicht zu schwarzen Haaren.» Mit einer Handbewegung wies er zur anderen Tür. «Im Arzneischränkchen findest du einen Rasierapparat.»

Ich duschte und rasierte mich. Allmählich fühlte ich mich frischer. Als ich wieder aus dem Bad kam, wartete Bruder Harry auf mich. Der Eintopf auch. Aber meinen Gaumen konnte er auch jetzt nicht kitzeln. «Eigentlich könnte ich doch gleich zum Flugplatz fahren», sagte ich. «Oder sprechen irgendwelche Gründe dagegen?»

«Nicht, daß ich wüßte», erklärte er und vergewisserte sich noch einmal: «Also gleich?»

«Ja», bestätigte ich und fühlte, daß ich plötzlich genug hatte von winzigen Zimmern mit überschmalen Betten und Fenstern, die kaum mehr als Löcher waren.

Wir fuhren mit seinem alten Ford und hielten vor dem Abfluggebäude. Er zog einen Umschlag hervor, den er mir reichte. «Hier ist dein Ticket drin», sagte er. «In Honolulu wird Bruder Robert auf dich warten. Er bringt dich zur Mission.»

«Wie erkenne ich ihn?»

«Er findet dich.»

«Danke.»

«Schon gut», sagte er. «Frieden und Liebe.»

«Frieden und – » Ich brach ab. «Darf ich etwas fragen?»

«Natürlich.»

«Warum nehmt ihr meinetwegen soviel Mühe auf euch? Ich bin nicht einmal Mitglied eurer Kirche. Und doch genügte schon ein Wort von Bruder Jonathan.»

«Oh, nein», sagte er rasch. «Das war nicht Bruder Jonathan. Soviel Autorität besitzt er nicht.»

«Wer besitzt sie dann?» Eine überflüssige Frage. Noch bevor sie heraus war, kannte ich die Antwort.

«Reverend Sam», erklärte er mit respektvoll gedämpfter Stimme. «In der Kirche geschieht nichts ohne sein Wissen. Er trägt Sorge für uns alle. Gott segne ihn. Frieden und Liebe.»

«Frieden und Liebe.» Ich stieg aus und sah ihm einen Augenblick nach. Sein Wagen tauchte in den Verkehrsstrom ein, der sich in Richtung City bewegte. Im Flughafengebäude überprüfte ich die Tafel mit den Abflugzeiten. Es war jetzt erst halb drei, was nichts anderes hieß, als daß ich noch einundeineviertel Stunde warten mußte. Ich steuerte auf die nächste Bar zu.

An der Theke war kein Platz frei, und so setzte ich mich an einen der kleinen Tische. Im Handumdrehen war die Kellnerin mit dem Bestellten wieder da – einem doppelten Whisky mit Eis.

Wahrscheinlich, überlegte ich, hatte Bruder Jonathan sofort Reverend Sam angerufen, als ich auf der Farm aufgetaucht war. Ja, natürlich. Jonathan hätte von sich aus all diese Arrangements nicht getroffen. Die Sache war von A bis Z durchorganisiert.

Nun gut. Aber weshalb war Reverend Sam der Ansicht, daß ich Schutz brauchte?

«Noch einen doppelten, Sir?»

Überrascht blickte ich auf. Mir war nicht bewußt gewesen, daß ich mein Glas schon ausgetrunken hatte. Dabei spürte ich überhaupt nichts. Die schienen ihren Whisky ganz kräftig zu wässern.

Ich nickte, und sie kam mit dem zweiten Drink. Hinter der Theke sah ich eine Uhr: Dreiviertel drei. «Gibt's hier ein Telefon?» fragte ich.

«Gleich draußen vorm Eingang, Sir.»

Ich bezahlte. «Bin bald wieder da», sagte ich und ließ den Drink auf dem Tisch stehen. Von der Kasse holte ich mir einen Haufen Vierteldollarstücke. Dann machte ich mich daran, mit Reverend Sam telefonisch Verbindung zu bekommen.

Ich erreichte ihn zu Hause. «Wie geht's Bobby?» fragte ich.

«Viel besser. Die Ärzte hoffen, ihn gegen Ende der Woche auf normale Kost setzen zu können.» Er senkte seine Stimme. «Wo sind Sie jetzt?»

«San Francisco International.»

Aus seiner Stimme klang unverkennbar Erleichterung. «Dann fliegen Sie also nach Honolulu?»

«Die Maschine startet in einer Stunde.»

«Gut. Als Lonergan mir sagte, wie schlimm es stand, war mir klar, daß ich etwas tun mußte.»

«War es Lonergans Idee, mich sozusagen ins Exil zu schicken?»

«Nein. Aber als ich ihm sagte, was wir tun könnten, fand er, das sei eine gute Lösung.»

Ich schwieg.

«Ich habe alle Arrangements getroffen. Man wird sich gut um Sie kümmern.»

«Danke», sagte ich.

«Sie brauchen mir nicht zu danken. Schließlich sind Sie Bobbys wegen in diese Lage geraten.» Er zögerte einen Augenblick. «Wenn Sie irgend etwas brauchen, rufen Sie mich nur an.»

«Soweit ist alles in Ordnung.»

«Dann machen Sie sich keine Sorgen. Ich bin sicher, daß Lonergan schon bald alles ins Lot bringt, und dann können Sie wieder zurückkommen.»

«Sicher.»

«Guten Flug. Möge Gott Sie schützen.»

«Frieden und Liebe», sagte ich und hängte auf.

Dann versuchte ich mit einer Reihe von Anrufen Lonergan zu erreichen, doch vergeblich. Zu Hause war er nicht, und in seinem Büro oder im Silver Stud wußte auch niemand, wo er sich befand. Nicht mal, als ich's übers Autotelefon in seinem Wagen versuchte, meldete sich jemand.

Ich fühlte mich beunruhigt. Die Sache gefiel mir nicht. Nein, ganz und gar nicht. Das sah mir alles sehr nach Absicht aus, nach Regie. Lonergan wußte, daß ich nicht wegwollte. Doch immer weiter entfernte ich mich vom Schauplatz des Geschehens. Verdammt nochmal: Ich wußte nicht mal, ob der Drucker rechtzeitig mit der Arbeit hatte anfangen können. Wieder warf ich 25 Cents ein. Gleich darauf war die Verbindung mit der Redaktion hergestellt.

«*Hollywood Express*.» Ich erkannte Veritas Stimme.

Da sie ihrerseits zweifellos meine Stimme erkennen würde, unterließ ich es, meinen Namen zu nennen. «Bei dir alles in Ordnung?»

«Ja. Und bei dir?»

«Auch. Kannst du sprechen? Irgend jemand dort?»

«Ich bin allein. Sind schon alle fort.»

«Hat der Drucker alles rechtzeitig bekommen? Wie war das mit dem fehlenden Text?»

«Keine Sorge. Deine Freundin hat sich bewährt. Die ganze Nacht hat sie durchgearbeitet, um damit fertig zu werden.»

«Gut.»

«Kommst du zurück?»

«Natürlich komme ich zurück. Weshalb fragst du?»

«Weil Lonergan sagte, daß du nicht zurückkommen wirst, nicht hierher. Er war zusammen mit Ronzi hier. Oben in der Wohnung hatten sie ein Gespräch, bei dem auch Persky anwesend war. Als sie wieder herunterkamen, sagte Lonergan, daß du das Blatt an Ronzi verkaufst und daß Persky die Leitung übernimmt. Lonergan und Ronzi gingen dann, und Persky sagte zu mir, ab nächste Woche würde ich nicht mehr gebraucht.»

Ich fühlte, wie kalte Wut in mir hochstieg. Mein Onkel zog seine übliche Nummer ab. Spielte Gott. «Blech», sagte ich. «Das wird nicht passieren.»

«Was kannst du tun? Wenn du zurückkommst, finden sie dich und bringen dich um. Diese Kerle, die Killertypen, das sind wirklich üble, ganz üble Burschen.»

«Fahr nach Hause und warte dort, bis du von mir hörst.» Ich hängte auf und ging zur Abflugtafel. Um halb vier startete eine Maschine nach Los Angeles.

Und in der saß ich dann.

23

Der Gebrauchtwagenhändler, ganz auf biederer Geschäftsmann getrimmt, kniff die Augen gegen die tiefstehende Spätnachmittagssonne zusammen. «Und hier unser Sonderangebot für diese Woche. Die Fernsehwerbung für die Marke läuft auch heute wieder auf vollen Touren.»

Ich faßte das Corvair-Cabrio genauer ins Auge. Das schwarze Dach und die Vinyl-Sitze wirkten frischpoliert, buchstäblich auf Hochglanz gequält, und die gelbe, gleichfalls glänzende Karosserie schien einer «Wachskur» unterzogen worden zu sein. «Wieviel wollen Sie dafür haben?»

«Achthundert, inklusive. Und ehrlich – das ist direkt geschenkt. '65 hat der Wagen knapp zweieinhalbtausend gekostet. Ist noch wie neu, kaum gefahren.»

«Wieviel?»

«Überzeugen Sie sich selbst, da auf dem Tacho.»

Ich öffnete die Tür, warf einen Blick drauf. Rund dreißigtausend. Ich sah wieder zu ihm hin.

Er nickte. «Na, was sag ich. Ist doch praktisch nichts. Seine Hunderttausend macht der glatt. Hab ihn selbst ausprobiert. Die wahre Wonne, da am Steuer zu sitzen. Mit dem Wagen fährt man ruhig und sicher wie – wie in Abrahams Schoß.»

Ich hob die Motorhaube hoch. Der Motor machte soweit einen ganz ordentlichen Eindruck. Schien einigermaßen gründlich gesäubert worden zu sein. Was die Reifen betraf – sie hatten noch eine ganze Menge Profil drauf, sahen nicht sehr abgefahren aus. Ich ging zum vorderen Teil des Autos und öffnete den Kofferraum. Beim Corvair war alles andersherum: der Motor hinten, der Kofferraum vorn.

Ich besah mir den Reservereifen. Hier fand sich aber auch nicht mehr die Spur von Profil. Stellenweise war der Reifen so stark abgefahren, daß durch den schwarzen Gummi kahle Flecken schimmerten.

Ich schaute meinen biederen Geschäftsmann auffordernd an. Er hatte die Antwort schon bereit. «Sie wissen ja, wie manche Leute sind. Drehen jeden Cent dreimal rum. Für einen Reservereifen wollen die am liebsten überhaupt nichts hinblättern.»

«Na schön. Kann ich mit dem Wagen eine Probefahrt machen?»

«Nicht nötig. Für den Fall, daß Sie nicht zufrieden sein sollten, haben Sie ja unsere Rückerstattungsgarantie. Reklamieren Sie innerhalb von drei Monaten, rechnen wir Ihnen den Preis voll auf jedes andere Auto an, das Sie wählen.»

«Trotzdem würde ich's gern erst ausprobieren. Nur um zu sehen, ob ich mich auch wohlfühle.»

«Na, gar keine Frage. Natürlich fühlen Sie sich da drin wohl. Sie brauchen nur das Verdeck runterzuklappen, und schon fühlen Sie sich wohler als je in Ihrem Leben. Denn da fangen sofort die Bienen an, um Sie rumzuschwirren, wenn Sie verstehen, was ich meine.»

«Na, bestens. Im Augenblick wüßte ich allerdings gern, ob er auch fährt.»

Ein oder zwei Sekunden starrte er mich stumm an, dann nickte er. «Okay.» Er drehte sich um und winkte einen Mann herbei. «He, Chico, fahr mal mit dem hier mit.»

Der Mexikaner hatte gerade an einem Auto herumgeputzt. Er ließ seinen Lappen fallen und trat zu uns. Ich stieg ein und drehte den Zündschlüssel. Dem Geräusch nach lief der Motor einwandfrei. Ich schaltete das Radio ein, Rockmusik dröhnte auf. Der Reihe nach überprüfte ich alles. Auf Knopfdruck glitt das Verdeck ohne jede Schwierigkeit herunter. Die Scheibenwischer funktionierten tadellos. Ich schaltete die Scheinwerfer an, stieg dann aus und ging im Bogen um das Auto herum. Auch in diesem Punkt war alles einwandfrei.

Vor dem Wagen stehend, rief ich: «Fernlicht an!»

Der Mexikaner verstand. Gleich darauf flammte das Fernlicht auf. Alles bestens.

«Jetzt die Richtscheinwerfer.»

Sie schwenkten nach rechts, nach links. Gleichfalls in Ordnung. Ich stieg wieder ein. Der Biedermann beobachtete mich mit einem sonderbaren Gesichtsausdruck. «Möchte nur alles prüfen», sagte ich.

«Ist schon okay.»

Ich lenkte das Auto vom Platz, fuhr eine kurze Strecke. Die Bremsen waren gut, die Gänge inklusive Rückwärtsgang nicht zu beanstanden, und auch die Steuerung konnte als recht ordentlich gelten.

Ich fuhr auf den Platz zurück, und der Mexikaner stieg aus und machte sich wieder an seine Arbeit. Der Biedermann kam herbei und lehnte sich gegen die Tür. Ich war am Steuer sitzen geblieben.

«Na, was meinen Sie?» fragte er.

«Ist okay», sagte ich. «Sechshundert.»

Er lachte.

Ich zog das Geldbündel hervor, so daß er erst mal Witterung nehmen konnte. «Bargeld lacht», sagte ich.

Er blickte auf die Scheine, dann zu mir. «Siebenhundertfünfzig.»

Ich strich mit dem Daumen über das knisternde Papier. «Sechshundertfünfundzwanzig.»

«Sieben.»

«Sechsfünfundsiebzig, und wir schließen ab.»

«Okay, das Auto gehört Ihnen. Kommen Sie ins Büro, damit wir die Papiere ausfüllen können.»

«In Ordnung.» Ich schaltete den Motor aus. Als ich wieder hochschaute, sah ich auf seinem Gesicht erneut jenen sonderbaren Ausdruck.

«Sind Sie Rockmusiker?» fragte er.

«Wie kommen Sie denn darauf?»

«Na, die machen sich ja meistens ziemlich irre zurecht. Ich habe sonst jedenfalls noch nie jemanden mit orangefarbenen Haaren gesehen.»

Ich betrachtete mich im Rückspiegel. Tatsächlich: Meine Haare hatten eine höchst merkwürdige Orange-Tönung angenommen. Scheiße. Was für ein Färbemittel mochte Denise da nur benutzt haben?

«Hatte Ihre Mutter vielleicht orangefarbene Haare?»

«Nein.»

«Oder Ihr Vater?»

Ich grinste ihn an. «Weiß ich nicht. Ich hab ihn nie ohne Hut gesehen.»

«Sieht wirklich komisch aus.»

«Das kann man laut sagen», stimmte ich zu.

Ich meldete den Wagen unter Lonergans Namen und nannte seine Büroadresse. Nachdem wir die ausgefüllte Registrierkarte mit Klebeband an der Windschutzscheibe befestigt hatten, fuhr ich zu einem Geschäft für Büroartikel und kaufte dort vier Liter Gummilösung. Dann ging ich zu einem Telefon und rief Verita zu Hause an.

«Hallo.» Ihre Stimme klang nervös. Als sie erkannte, wer am Apparat war, atmete sie vor Erleichterung hörbar auf. «Oh, Gary, ich habe mir deinetwegen ja solche Sorgen gemacht. Wo bist du?»

«In der Stadt.»

«Zwei Männer sind mir in einem schwarzen Buick vom Büro nach Hause gefolgt. Jetzt steht das Auto auf der anderen Straßenseite, und sie sitzen drin.»

Überraschen konnte das kaum. Es war klar, daß sie früher oder später jeden beschatten würden, mit dem ich Verbindung aufnehmen mochte. Bloß – *wer* waren sie eigentlich? «Sehen sie aus wie Bullen?»

«Ich weiß nicht. Aber nach dem Nummernschild sind sie nicht von hier, sondern aus Nevada.»

Das war wirklich eine Hilfe. Um Bullen handelte es sich nicht. Wer die Kerle auch sein mochten – sie waren mir immer noch lieber als die losgelassene Bullenmeute von Los Angeles auf der Suche nach mir.

«Mach dir keine Sorgen», sagte ich. «Die werden dir nichts tun. Sie wollen was von mir.»

«Das ist mir klar. Aber ich möchte dich sehen.»

«Wirst du auch. Könntest du für mich mit deinem Vetter Julio Vasquez Verbindung aufnehmen? Wir waren zusammen in Vietnam.»

«Er ist ein gefährlicher Mann, Gary.»

«Das weiß ich.» Julio Vasquez war der König der Chicano-Unterwelt. Dort geschah praktisch nichts ohne sein Wissen und ohne seinen Willen. «Aber die Männer, mit denen wir's zu tun haben, sind gleichfalls gefährlich.»

«Ich werde ihn anrufen.»

«Versuche, ein Treffen für mich zu vereinbaren.» Ich warf einen Blick auf meine Armbanduhr. «Für neun, falls möglich.» Jetzt war es ungefähr halb sieben.

«Gut, ich versuch's.»

«Okay. In einer Stunde melde ich mich wieder.» Um ein Haar hätte ich hinzugefügt: «Frieden und Liebe.» Schien verflixt ansteckend zu wirken.

In einem nahen Schnellrestaurant stärkte ich mich mit einem Steak und Pommes frites. Die Stunde schleppte sich hin. Doch endlich hing ich wieder am Apparat.

«Er sagt, er kann sich erst um zehn mit dir treffen», erklärte Verita, und ihr leichter Akzent klang stärker durch als sonst: Zeichen für ihre innere Anspannung.

«Na gut. Wo?»

«Er sagt, ich soll dich zur Garage bringen.»

«Sag mir, wo die ist. Dann kann ich allein hinfinden.»

«Das geht nicht. Ich habe ihm versprechen müssen, das niemandem zu sagen, auch dir nicht.»

«Hast du ihm von den beiden Männern vor deinem Haus erzählt?»

«Nein.»

«Dann ruf ihn noch einmal an und hol das nach. Ich melde mich in einer Viertelstunde wieder.»

Nach einer in Ruhe genossenen zweiten Tasse Kaffee wählte ich abermals ihre Nummer. «Was hat er gesagt?»

«Er hat gesagt, nur keine Sorge. Er wird sich drum kümmern.»

«Okay.»

«Du sollst mit deinem Auto zu mir kommen, aber nicht direkt vor dem Haus parken, sondern um die Ecke. Um halb zehn verlasse ich die Wohnung, um dich unten zu treffen. Er will übrigens wissen, was für einen Wagen du fährst.»

«Ein gelbes Corvair-Cabrio mit schwarzem Verdeck.»

«Gemietet?»

«Gekauft.»

«Großer Fehler», sagte sie. «Es wird behauptet, daß der Wagen nicht sicher ist.»

Ich lachte. «Allmählich gewöhne ich mich daran, gefährlich zu leben.»

Als ich, wie sie's mir aufgetragen hatte, ein Stück von ihrem Haus entfernt «um die Ecke» hielt, sah ich einen hochgewachsenen Chicano in einer Lederjacke, der an einem Laternenpfahl lehnte. Es war genau fünfundzwanzig Minuten nach neun. Er trat zu mir ans offene Fenster. Über seiner rechten Brusttasche sah ich Buchstaben, die Initialen und einen Namen ergaben: J. V. Kings.

«Señor Brendan?» fragte er.

«Ja.»

«Setzen Sie sich auf den Rücksitz. Ich werde fahren.»

Das tat ich, und er schob sich hinters Lenkrad. Ohne den Kopf zu drehen, sagte er: «Am besten legen Sie sich gleich auf den Boden vor den Sitz.»

Übermäßig bequem war's dort unten nicht. Ich nahm die Dosen mit der Gummilösung und stellte sie auf den Sitz.

Etwa eine Minute später hörte ich Veritas Stimme. «*Qué pasa?*»

Er sagte hastig etwas, gleichfalls auf spanisch. Auf der Beifahrerseite schwang die Tür auf. Verita nahm Platz, und ich spürte, wie sich die Rückenlehne ihres Sitzes leicht nach hinten wölbte. Jetzt sagte sie wieder etwas auf spanisch zu ihm. Das einzige Wort, das ich verstand, war «Buick».

«Okay», erwiderte er und ließ den Motor an. Dann legte er einen Gang ein. Wir waren höchstens hundert oder hundertfünfzig Meter gefahren, als ich hinter uns ein lautes Krachen hörte. Gedankenlos hob ich den Kopf und warf einen Blick durch die Heckscheibe.

Am Laternenpfahl bei der Ecke «hing» ein Buick. Ein Zweitonner hatte ihn dort festgeklemmt.

«Runter!» fauchte der Chicano.

Ich drehte mich um und sah, daß Verita mich anstarrte. «Hi, Baby», sagte ich grinsend und legte mich wieder auf den Boden.

«Gary!» rief sie entsetzt. «Was hast du mit deinen Haaren gemacht? Die sind ja orange.»

24

Nichts verriet mir, wo wir uns befanden. Das einzige, was ich vom Fußboden aus sah, waren die vorüberhuschenden Lichter der Straßenlaternen. Ungefähr zehn Minuten später bog der Chicano offenbar auf eine Rampe ein. Das Neonlicht, das jetzt hereinfiel, schien darauf hinzudeuten, daß wir in einem Parkhochhaus waren. Höher und höher ging es hinauf. Schließlich hielt der Wagen.

Der Chicano stieg aus. «Sie können jetzt aufstehen.»

Ich stemmte mich auf den Rücksitz hoch und saß dort einen Augenblick, um die verkrampften Muskeln zu lockern. Dann stieg ich aus. Verita warf sich in meine Arme.

«Ich habe mir um dich solche Sorgen gemacht», sagte sie.

Ich küßte sie auf die Wange. «Mit mir ist alles in Ordnung. Und mit dir?»

«Jetzt, wo ich dich sehe, fühle ich mich wieder besser.»

«Kommt», sagte der Chicano.

Er führte uns zum Aufzug. Auf einem Schild neben der Tür stand: 5. Parketage. Wir stiegen ein, er drückte auf den Knopf, und rasch ging es hinunter zum Tiefparterre. Wir folgten ihm durch einen schlecht beleuchteten Gang zu einer Tür, die sich in einen hellerleuchteten Raum öffnete.

Ein paar Chicanos, alle in Lederjacken, genau wie unser Fahrer, hockten hingerissen vor einem Farbfernseher. Für uns hatten sie kaum einen Blick.

Unser Fahrer durchquerte den Raum und öffnete eine zweite Tür. Er sagte etwas auf spanisch, erhielt eine Antwort, kam zurück und sagte: «Ihr sollt reinkommen.»

Wir traten ein, und der Fahrer schloß hinter uns die Tür; er selbst blieb draußen. Julio saß hinter einem Schreibtisch. Vor ihm lagen irgendwelche Papiere und eine 9 mm Automatic, ein häßliches, bläulich schimmerndes Ding. Er erhob sich, kam hinter dem Schreibtisch hervor, hielt mir die Hand hin. Obwohl er keineswegs groß war, besaß er einen sehr kräftigen Händedruck. «Hallo, Lieutenant.»

«Hallo, Sergeant», sagte ich und schüttelte ihm gleichfalls kräftig die Hand.

Die Zähne, die unter seinem Schnurrbart sichtbar wurden, wirkten sehr weiß. «Sie sehen ja so anders aus.» Er musterte mich verwundert. «Ihre Haare sind ja orange.»

«Scheiße», sagte ich.

Er trat auf Verita zu und umarmte sie. Rasch wechselten sie miteinander ein paar spanische Worte. Dann setzte er sich wieder hinter seinen Schreibtisch und forderte uns mit einer Handbewegung auf, auf den Stühlen davor Platz zu nehmen.

«Wir sind zwar eng miteinander verwandt, aber ich bekomme von der Familie nicht allzuviel zu sehen. Ist auch eine sehr große Familie. Manchmal glaube ich schon fast, daß es hier bei uns keinen einzigen gibt, mit dem ich *nicht* verwandt wäre.»

Ich nickte nur.

Er fuhr fort: «Wir sind sehr stolz auf sie. Sie hat an vielen Schulen und Universitäten studiert.»

«Julio!» rief sie und sprach dann spanisch.

Er lächelte. «Meine Kusine ist bescheiden. Sie mag es nicht, wenn ich sie rühme.» Sein Gesicht wurde ernst. «Sie sitzen schwer in der Klemme, Mann.»

«Das ist das Problem meines ganzen Lebens. Wenn ich nicht in der einen Scheiße sitze, dann in der anderen.»

«Na, diesmal stecken Sie jedenfalls besonders tief drin.»

Ich musterte ihn. Er schien ziemlich genau im Bilde zu sein. «Ja, allerdings», sagte ich

Das Telefon klingelte. Er nahm ab, lauschte einen Augenblick, legte wieder auf. «Die beiden Männer aus dem Buick», sagte er, «die sind jetzt im Gefängnishospital. Die Polizei fand zwei Blasters und ein automatisches Gewehr in ihrem Wagen. Es sind Syndikatsmänner aus Vegas.» Er zündete sich ein Zigarillo an. «Offenbar ist man wirklich scharf darauf, Sie umzulegen, wenn man soviel schwere Artillerie herschickt.»

Ich grinste. «Die werden nicht sehr begeistert sein, wenn sie hören, daß es Ihr Laster war, der die Kerle mattgesetzt hat.»

«In meinem Revier haben die nichts zu suchen, wenn sie mich nicht vorher um Erlaubnis bitten.»

«Und hätten Sie ihnen dann Ihr Okay gegeben?»

Unsere Blicke trafen sich. «Um Sie zu schnappen, ja. Aber Verita hatten sie auf jeden Fall in Ruhe zu lassen.»

Ich schwieg. Er begriff sicher, woran ich dachte. Beide wußten wir, was ein Blaster anrichten konnte. Das hatten wir in Vietnam erlebt. Wäre Verita im Ernstfall in meiner Nähe gewesen, nur einen halben oder einen ganzen Meter von mir entfernt, so wäre sie genauso in zwei Teile geteilt worden wie ich.

«Warum wollen Sie mich sprechen?» fragte er.

«Ich glaube, das wissen Sie.»

Er schwieg einen Augenblick. «Es ist nicht mein Krieg.»

«In Vietnam, das war auch nicht unser Krieg. Und doch waren wir beide dort.»

Er wußte, was ich meinte. Damals war er vom Vietcong in einem mörderischen Kreuzfeuer festgenagelt worden. Die einzige Deckung, die es für ihn gab, bestand darin, unter Leichen zu kriechen: unter die Gefallenen seines eigenen Zuges. Doch es war nur eine Frage der Zeit, wann die Geschosse das tote Fleisch über ihm zerfetzen und ihren Weg zu ihm finden würden. Ich holte ihn heraus.

«Ich bin Ihnen eins schuldig, Lieutenant», sagte er, als ich ihn zum Verbandsplatz schleppte. Eine Kugel hatte ihn im Schenkel erwischt. Er wurde nach Saigon zurücktransportiert, und er verstand es dann, sich im Vorratslager des Lazaretts einen Job zu verschaffen. Als ich ihn ein paar Monate später wiedersah, war er bereits der größte Drogen-Dealer in der Army.

Er hörte, daß ich Urlaub hatte, und suchte mich sofort auf. Während der nächsten vier Tage glaubte ich, in einer Phantasiewelt zu leben. Als erstes holte er mich aus dem Loch raus, in dem ich einquartiert war, und sorgte dafür, daß ich im besten Hotel eine Suite bekam. Und dann ging's richtig los, eine Party ohne Ende: Whisky, Champagner und Drogen aller Art, außerdem Delikatessen in Hülle und Fülle und jede Menge Mädchen. Er beschaffte mir sogar Papiere, die mich dazu berechtigt hätten, in Saigon zu bleiben. Aber damals gehörte ich noch zu den Beschränkten. Ich kehrte zu meiner Einheit zurück.

Ich erinnere mich noch, wie wir, unmittelbar bevor ich ins Flugzeug stieg, zusammen an der Startbahn standen. «Mann, das war zu viel», hatte ich gesagt. «Wie wollen Sie sich nur eingewöhnen, wenn Sie wieder zu Hause sind?»

Er lächelte, doch hinter dieser Maske war er sehr ernst. «Ich bin reich, Lieutenant», sagte er, «und ich habe hier draußen viel gelernt. Wenn ich wieder zu Hause bin, dann wird mir die Stadt gehören. Scheint ohnehin an der Zeit, daß die Mexikaner sie zurückerobern.»

Später erfuhr ich, daß er bei seiner Rückkehr nach Los Angeles nicht nur über ein Schweizer Bankkonto verfügte, sondern auch rund zehn Kilo über seinem Normalgewicht wog. Rings um seinen Körper hatte er, von den Achselhöhlen bis zu den Hüften, Zellophanbeutel mit purem, unverschnittenen Schnee gebunden. Später, in den Städten des Ostens, auf ein Zwanzigstel verschnitten, besaß diese Menge einen Straßenverkaufswert von zehn Millionen Dollar.

Dorthin, so hörte ich, war es von ihm auch sehr bewußt gelenkt worden. «Sollen die Nigger und die Spaghettifresser es doch haben», hatte er gesagt. «Für Mexikaner ist das nichts. Die sniffen und snorten und smoken zwar, und sie fressen und saufen, aber wenn sie eine Nadel in sich reinstecken müßten, kneifen sie, weil sie alle Feiglinge sind und ihr eigenes Blut nicht sehen können.»

So lautete eine Version. Eine andere besagte allerdings, er habe das Zeug verwandt, um mit dem Syndikat zu einer Abmachung zu gelangen: Indem er den Schnee für ein Zehntel des wirklichen Werts hergab, sicherte er sich die Herrschaft in seinem Revier.

Ob die erste oder die zweite Version der Wahrheit entsprach, oder ob diese ganz anders aussah, ich wußte es nicht. Tatsache war allerdings: Es war wirklich sein Revier. Seit er im mexikanischen Viertel die Oberhand hatte, ging es dort ruhiger zu. Selbst der Schulbesuch sollte sich gebessert haben.

Ich blickte zu Verita. «Ich will mit deinem Vetter über bestimmte Dinge sprechen. Ich möchte nicht, daß du darin verwickelt wirst.»

«Ich stecke bereits drin. Ich habe dich hergebracht.»

«Du bist Juristin. Du weißt, was ich meine. Solange du von nichts weißt, gibt es für dich auch keine Mitwisser- oder Mittäterschaft.»

Sie blieb stumm, doch der Ausdruck von Trotz auf ihrem Gesicht war unverkennbar.

Julio sagte etwas auf spanisch, im Stakkato-Ton. Seine Stimme klang scharf, befehlend. Wortlos stand sie auf und ging hinaus.

Er sah mich an. «Also –»

«Sie braucht für alle Fälle Schutz», begann ich. «Und ich meine, Sie sollten–»

«Schon erledigt», unterbrach er mich. «Gleich nachdem sie mich anrief und mir von den beiden Männern erzählte.»

«Gut. Ich brauche für die nächsten zwölf Stunden sechs von Ihren Leuten.»

«Pistoleros?»

«Nein. Eine Schießerei wird es nicht geben. Aber ich brauche zähe Jungs, die nicht auf den Kopf gefallen sind und rasch und umsichtig handeln können.»

Er grübelte einen Augenblick. «Warum kommen Sie zu mir? Weshalb gehen Sie nicht zu Lonergan? Der ist doch Ihr Partner.»

«Er ist nicht mein Partner. Er ist mein Onkel, und ich trau ihm nicht. Dank seiner Manipulation war ich schon halb auf dem Weg nach Hawaii, während er mich verkaufte. Wenn ich dem noch weiter die Zügel lasse, dann sitze ich im Nu total pleite auf dem Arsch.»

«Mag sein. Aber Sie wären endgültig aus der Schußlinie und lebendig.»

«Ja. Bloß was für ein Leben? Davon habe ich endgültig die Schnauze voll. Ich bin fest entschlossen, auch mal vom guten Leben zu kosten. Und zwar richtig. Die Lektion hätte ich schon vor langer Zeit lernen können und müssen – damals von Ihnen, bei dem Wochenende in Saigon. Aber dazu war ich ganz einfach zu dumm, damals.»

Seine Augen wirkten ausdruckslos, ohne ein Lächeln oder was immer. «Was erwarten Sie denn, was bei der Sache herauskommt? Für Sie? Ihnen muß doch klar sein, daß Sie nicht gewinnen können. Die Burschen behalten das bessere Ende für sich, und das wissen Sie auch.»

«Es ist wieder ganz wie in Vietnam, nur ist es diesmal mein Krieg, und ich kämpfe für mich selbst. Wenn ich mit denen fertig bin, werden sie glauben, ich hätte eine ganze Armee und nicht nur sechs Mann. Welches Ziel ich bei alldem verfolge? Ich brauche eine bessere Ausgangsbasis für Friedensverhandlungen. Das Blatt ist mir scheißegal

Das können sie haben. Ich will nur, daß bei der Sache für mich genügend Geld herausspringt, um etwas anderes aufbauen zu können.»

«Was denn zum Beispiel?»

«Ein Magazin, ein richtiges Magazin. Im Augenblick hat *Playboy* den Markt ganz für sich allein. Ich könnte was Besseres aufziehen. Und ich würde, nein, ich werde damit Geld verdienen, unheimlich viel Geld.»

«Was die Finanzierung angeht, die wäre doch sicher kein Problem. Lonergan würde die nötige Summe bestimmt hinlegen, ich übrigens auch. Und es gibt wohl Dutzende von Leuten, an die Sie sich da wenden könnten.»

«Ich will keine Partner. Ich will ganz und gar mein eigener Herr sein.»

«Jeder hat Partner.»

«Sie auch?»

Er schwieg einen Augenblick. «Ich möchte nicht, daß meinen Jungs was passiert.»

«Es wird ihnen nichts passieren.»

«Und wenn jemand auf sie schießt?»

Ich blieb stumm.

Er nahm die 9 mm vom Schreibtisch und stand auf. «Kommen Sie mit», sagte er.

Durch die zweite Tür gelangten wir in einen Korridor. Julio schaltete das Licht an. Am Ende des Korridors befand sich ein schalldichter Schießstand. «Sie waren doch mal ein ganz guter Schütze», sagte er und reichte mir die Pistole.

Ich nahm die Waffe, entsicherte sie und schoß dann das ganze Magazin leer. Nachdem ich die Pistole gesenkt hatte, ging er zur Zielscheibe und kam sogleich, die Scheibe in der Hand, wieder zurück. Das Schwarze in der Mitte war praktisch völlig zerfetzt, kaum mehr als ein klaffendes Loch.

«Die haben alle im Schwarzen gesessen», sagte er. «Sie sind noch immer gut.»

Ich gab keine Antwort.

«Sie sind der Pistolero. Sie haben die Verantwortung für meine Jungs.»

«Okay.»

Wir gingen zu seinem Büro zurück, und er gab mir einen frischen Ladestreifen mit Patronen. Ich lud und vergewisserte mich dann, daß die Waffe gesichert war. Jetzt steckte ich sie in meinen Gürtel.

«Okay», sagte er, «dann wollen wir mal zum geschäftlichen Teil kommen. Was ist für mich drin?»

Ich lächelte ihn an. «Ich fliege mit Ihnen für vier Tage nach Saigon, und wir sind quitt.»

Einen Augenblick starrte er mich stumm an, dann brach er in Gelächter aus. «Das war damals wirklich ein verrücktes Wochenende», sagte er.

25

Ich sah, wie sie vorn in den Kofferraum des Corvair den letzten Sandsack packten. Weitere Sandsäcke waren bereits seitlich und außerdem hinten verstaut. Ich kniete mich hin und blickte unter den Wagen, um mich davon zu überzeugen, daß die Räder durch nichts behindert wurden. Vorn hatten wir extrastarke Stoßdämpfer anmontiert. Schien soweit alles in Ordnung zu sein.

Ich stieg ein und ließ den Motor an. Im Garagenraum fuhr ich mit dem Auto umher. Es war leicht zu manövrieren, irgendwelche Schwierigkeiten mit der Lenkung gab es nicht. Ich schaltete den Motor ab und stieg aus.

Der Chicano, der mich zum Parkhaus gefahren hatte, trat auf mich zu. «Wir haben den Sturzhelm und die Schulterpolster.»

«Dann mal her damit», sagte ich. «Werd' die Sachen gleich mal anprobieren.»

Es handelte sich um einen Sturzhelm und Schulterpolster, wie sie zur Ausrüstung eines Footballspielers gehören. Ich setzte den Helm auf, schob den Kinnschutz an Ort und Stelle, zog das Visier herab. Paßte alles wie angegossen. Ich nahm den Helm wieder ab und warf ihn auf den Vordersitz des Corvair. Dann zog ich mein Hemd aus und legte mir die Schulterpolster an. Jetzt versuchte ich, mein Hemd darüber zu ziehen. Doch kaum bewegte ich mich, so platzte es auch schon.

«Im Spind des Mechanikers ist ein größeres Hemd», sagte der Chicano.

«Danke. Ich bin unten im Büro zu finden.»

«Die Schriftmaler sind fertig. Wollen Sie sich das noch ansehen, bevor Sie runterfahren?»

«Okay.» Ich folgte ihm zur anderen Seite hinüber. Stramm war über Holz weißes Tuch gespannt.

Der Chicano gestikulierte. «Haltet das so», sagte er zu den Leuten, «daß er's am Lieferwagen richtig sehen kann.»

Die Männer hoben die Bretter mit dem darübergespannten Tuch hoch und befestigten das Ganze seitlich am Lieferwagen. Die Buchstaben, in glänzendem Schwarz, bildeten einen sacht gewölbten Bogen. DIE BLUMENFARM stand dort und darunter, in Kleinbuchstaben: beverly hills. Es sah albern genug aus, um echtes Beverly Hills zu sein.

«Gut», sagte ich. «Packt das jetzt in den Lieferwagen. Ich verständige euch dann, wenn ihr's endgültig anbringen sollt.»

Ich fuhr nach unten. Julio sprach mit Verita und wandte sich dann zu mir. «Alles okay, Lieutenant?»

«Könnte nicht besser sein.»

«Dein Hemd ist geplatzt», sagte Verita.

«Ich besorge mir ein anderes.»

«Wann willst du etwas wegen deinen Haaren unternehmen?»

«Gegen halb elf sollte ich wieder hier sein. Dann werden wir uns darum kümmern.»

«Ich werde sehen, daß ich was dafür besorge. Komm zu meiner Wohnung.»

«Nein, du bleibst hier. Wir haben's nicht mit Kindern zu tun. Wenn die hören, was ihren Leuten passiert ist, werden sie vielleicht versuchen, dich zu schnappen, und ich möchte nicht, daß *dir* etwas passiert.»

«Ich nehme sie mit in mein Haus», sagte Julio. «Meine Mutter wird sich freuen, sie zu sehen.»

Der Chicano trat ein. Er brachte ein blaues, verwaschenes Mechanikerhemd, das ich mir sofort anzog. Von meiner Statur hätten zwei hineingepaßt. Ich ließ es über die Jeans herabhängen.

Dann warf ich einen Blick auf meine Armbanduhr. Es war jetzt Viertel vor drei morgens. «Zeit zum Start», sagte ich.

Verita stand auf. «Gib gut auf dich acht.»

Ich küßte sie auf die Wange. «Natürlich.» Ich blickte zu Julio. «Danke.»

Sein Gesicht wirkte ernst. «Schon gut. Ich komm schon auf meine Kosten.»

«Trotzdem vielen Dank.»

«Passen Sie ja gut auf meine Jungs auf.»

«Darauf können Sie sich verlassen.»

Ich fuhr zum Garagenraum hoch, trat ans Auto. «Habt ihr die Matratze beschafft?»

«Ist auf dem Rücksitz, genau wie Sie's gesagt haben.»

«Gut.» Ich warf einen Blick in den Wagen. Obwohl zusammengeklappt, nahm die Matratze den Rücksitz in seiner gesamten Breite ein. «Einer von euch kann mit mir fahren. Die übrigen folgen im Lieferwagen.»

«Ich werde mit Ihnen fahren», sagte er.

Weder in den Wohnvierteln noch auf der Schnellstraße gab es um diese Zeit Verkehr. Zwanzig Minuten nach drei bremste ich in Encino vor Ronzis Lagerhaus. Hinter mir hielt der Lieferwagen.

Das nächste Gebäude war ein weiteres Lagerhaus am Ende der Straße, die leer zu sein schien. Ich stieg aus. Der Chicano folgte mir, und einer der Männer aus dem Lieferwagen stieß zu uns.

«Wartet hier», sagte ich. «Ich will mal nach dem Nachtwächter sehen. Falls ihr irgendwelchen Lärm hört, dann wartet nicht lange, sondern macht, daß ihr fortkommt.»

Ich überquerte die Straße, schwang mich die Laderampe hoch und blickte ins Fenster. Vom Büro im hinteren Teil des Lagerhauses kam Licht, doch ich konnte nicht sehen, ob sich dort irgend jemand befand. Ich sprang von der Laderampe herunter, ging zur Rückseite des Gebäudes und stieg die Eingangsstufen rauf. Durchs Fenster konnte ich ins Büro schauen. Es war leer.

Damit hatte ich gerechnet, und darauf hatte ich gebaut. Bei den Verbindungen, über die er verfügte, fühlte Ronzi sich verdammt sicher, *zu* verdammt sicher. Offenbar war er fest davon überzeugt, daß niemand es wagen würde, sich in die Höhle des Löwen zu begeben.

Ich stieg die Eingangsstufen wieder runter, ging seitlich um das Gebäude herum zum Parkplatz und zählte die Lieferwagen, die dort standen. Es waren vierzehn. Ich ging über die Straße zurück.

«Alles klar», sagte ich und holte die Dosen mit der Gummilösung aus dem Corvair. Die Jungens versammelten sich um mich. «Ich möchte, daß ihr bei jedem der Lieferwagen dort etwa ein Viertel vom Inhalt dieser Dosen in den Benzintank tut.»

«Und was wird dann?» wollte einer wissen. «Fliegt der Motor in die Luft?»

«Nein. Aber den Motoren wird sozusagen die Luft ausgehen.»

«Man kann sie nicht mehr anlassen?»

«Doch, das kann man schon. Aber so fünf oder zehn Kilometer von hier fangen sie an zu stottern und haben sich bald ausgestottert.»

Sie lachten. «Mann! Da werden die Fahrer nur so schäumen.»

«Los jetzt», sagte ich und öffnete eine Dose. «In zehn Minuten will ich von hier weg sein.» Ich wandte mich an den Chicano. «Ich möchte, daß in jedem unserer Autos einer von den Jungens am Steuer sitzt, damit wir sofort losfahren können, wenn wir zurückkommen.»

Er nickte und sagte kurz etwas auf spanisch. Aus der Gruppe löste sich einer und ging zum Lieferwagen. Er schien untröstlich, weil ihm nun der Spaß entgehen würde. Ein zweiter stieg in mein Auto und setzte sich dort hinters Steuer. Wir übrigen rannten über die Straße zum Parkplatz. «Teamarbeit», rief ich den anderen leise zu. «Immer zu zweit – einer macht den Tank auf, der andere schüttet das Zeug rein.»

Alles klappte so reibungslos, als hätten wir's zuvor tagelang eingeübt. In nicht einmal einer Viertelstunde waren wir fertig und schon wieder davon.

Um vier Uhr waren wir wieder in Los Angeles und fuhren an der Silver Stud Bar vorbei. Unmittelbar dahinter bog ich in die Seitenstraße ein, und der Lieferwagen folgte mir. Hundert Meter weiter hielt ich.

«Okay», sagte ich zu dem Chicano.

Er nickte. Was er zu tun hatte, wußte er. Während ich mir den Sturzhelm aufsetzte, ging er zum Lieferwagen und stieg dort ein. Der kleine Laster setzte sich in Bewegung. Wenig später hielt er nicht weit von der Silver Stud Bar.

Jetzt nahm ich die Matratze vom Rücksitz und baute sie vorn vor dem Beifahrersitz auf. Ich schob mich dahinter, zog die Sicherheitsweste an und schnallte sie fest. Das Auto vom Beifahrersitz aus zu steuern, zumal unter so erschwerten Umständen, würde alles andere als leicht sein, aber was half's. Ich beugte mich seitlich über das Lenkrad und signalisierte mit meiner Taschenlampe.

Vom Lieferwagen kam sofort Antwort, ein kurzes Aufblitzen. Sie waren bereit. Ich stellte den linken Fuß auf die Bremse und legte den ersten Gang ein. Noch immer zur Seite gebeugt, um das Lenkrad halten zu können, wartete ich.

Eine Stunde schien zu vergehen, doch sicher waren es höchstens fünfzehn Minuten. Endlich kam das Signal. Die Scheinwerfer des Lieferwagens leuchteten zweimal kurz nacheinander auf. Die Straße war frei, so daß ich mit dem Corvair quer über die Fahrbahn fahren konnte. Was jetzt folgte, war eine Sache von nur wenigen Sekunden.

Ich nahm den Fuß von der Bremse, trat aufs Gaspedal. Der Start war gut, die Beschleunigung enorm. Im Bogen lenkte ich den Wagen über den Bürgersteig und dann direkt, quer über die Fahrbahn hinweg, auf die Silver Stud Bar zu. Wenigstens fünfzig bis sechzig Sachen hatte ich jetzt drauf. Mir blieb gerade noch genügend Zeit, die Matratze über mich zu zerren, bevor das Auto gegen die Eingangstür prallte und sie mit ohrenbetäubendem Krachen durchbrach. Holz splitterte, Glas klirrte, dann schrillte die Alarmanlage. Das kleine Auto pflügte in den Saloon und durch die Theke. Erst nachdem der Wandspiegel dahinter zersplittert war, kam es zum Stillstand.

Einen Augenblick saß ich benommen. Dann streckte ich automatisch die Hand nach dem Schlüssel, um den Motor abzustellen. Der Saloon glich einem Trümmerfeld. Mobiliar lag wild durcheinander. Rasch befreite ich mich von der Schutzweste. Mit beiden Füßen stieß ich die verklemmte Tür auf und stieg aus. Ich warf noch einen letzten Blick zurück, auf den Corvair.

Von wegen der hielt nichts aus! Nicht mal die Windschutzscheibe war zu Bruch gegangen. Ich rannte hinaus und sprang in den Lieferwagen, der sich bereits in Bewegung setzte.

«Einfach toll, Mann!»

«War wirklich die Wucht!»

«Er ist ein echter *bracero!*»

«*Silencio!*» rief der Chicano, der am Steuer saß, und schaute mich fragend an. «Was jetzt?»

Meine Armbanduhr zeigte halb fünf. Bis zur nächsten Aktion mußten wir vier Stunden warten. «Suchen wir uns ein Restaurant», sagte ich. «Ich glaube, wir können jetzt was vertragen.»

Als ich mit dem Lieferwagen vor dem Grundstück beim Mulholland Drive hielt, war es zehn vor neun. Ich beugte mich hinaus und drückte auf den Signalknopf.

Am leisen Surren hörte ich, daß die Überwachungskamera in Gang gesetzt worden war. Dann erklang eine Stimme: «Wer ist da?»

«Blumenlieferung.»

Ich sah, wie sich die Kamera bewegte und den Lieferwagen abtastete. Keine Frage, daß man drinnen im Haus die Aufschrift auf der Seitenwand las. «Okay», sagte die Stimme.

Die Torflügel schwangen auf, und ich fuhr bis zum Haus und stieg aus. Dann ging ich nach hinten, öffnete die Ladetür des Lieferwagens und nahm den riesigen Korb mit den Blumen heraus. Die Jungens beobachteten mich aufmerksam. Jetzt ging ich zum Hauseingang.

Noch bevor ich auf die Klingel drücken konnte, öffnete sich die Tür. Ich sah einen vierschrötigen Mann vor mir. Sofort schob ich ihm den großen Blumenkorb entgegen. Automatisch griff er mit beiden Händen danach. Und starrte dann, völlig überrumpelt, auf meine Pistole.

«Kein Wort!» sagte ich leise und hielt ihm den Lauf dicht vors Gesicht. Ich schob ihn ins Haus zurück. Gleich darauf waren die Jungens hinter mir versammelt, Baseballschläger in den Händen. Der Chicano gab mir meinen Sturzhelm, und ich stülpte ihn mir über den Schädel.

Das Gesicht des Mannes war kreideweiß. Es spiegelte nackte Furcht. In unseren Sturzhelmen mit heruntergelassenem Visier boten wir sicher keinen sehr friedfertigen Anblick.

«Dir wird nichts passieren», beschwichtigte ich ihn. «Jedenfalls nicht, wenn du lieb und brav bist. Stell den Blumenkorb hin und mach ja keinen Lärm.»

Er stellte den Korb auf den Fußboden.

«Wo ist das Hauptschlafzimmer?» fragte ich.

«Oben.»

«Okay. Dann leg dich hier lang hin, Gesicht zum Fußboden.»

In wenigen Sekunden war er gefesselt und hatte einen Klebstreifen über dem Mund.

Ich blickte zum Chicano. «Einer von euch bleibt hier, die übrigen kommen mit.»

Er nickte. Ich lief die Treppe hinauf und sah, daß es im oberen Stockwerk nur zwei Türen gab. Ich öffnete die erste. Der Raum dahinter war offenbar eine Art Arbeitszimmer. Es war leer.

Ich fand ihn im anderen Zimmer. Er saß im Bett und schlürfte Orangensaft: durch einen Strohhalm, der in einer Öffnung seines noch immer bandagierten Gesichts steckte. «Was, zum Teufel», murmelte er und streckte die Hand nach dem Knopf neben sich.

Ich richtete die 9 mm auf ihn. «Nur zu», sagte ich. «Im selben Moment, wo Sie auf den Knopf da drücken, fahren Sie zur Hölle.»

Seine Hand zuckte zurück, als fürchte er, sich an einem rot glühenden Eisen zu verbrennen. «Was wollen Sie?» fragte er mit zitternder Stimme.

Mit einem kurzen Nicken gab ich dem Chicano das Zeichen. Die Jungens wußten, was sie zu tun hatten. Einer ging ins Bad, die übrigen – mit Ausnahme des Chicano – verteilten sich im Haus. Sekunden später erklangen unverkennbare Geräusche. Krachen und Splittern verriet, daß dort die Fetzen flogen.

Ich trat auf das Bett zu und brachte die elektronische Alarmvorrichtung außerhalb seiner Reichweite.

«Hier ist weder Geld noch Schmuck», versicherte er.

«Interessiert uns auch gar nicht», erklärte ich.

«Was – was wollen Sie dann?»

Auf dem Tisch neben dem Bett sah ich eine Schere. Ich gab dem Chicano meine Pistole. «Halt sie auf ihn gerichtet», sagte ich und griff nach der Schere. Dann beugte ich mich über ihn und begann, ihm die Bandage vom Gesicht zu schneiden.

«Was tun Sie da!?» rief er schrill.

«Möcht' nur mal sehen, ob sie dir auch das Gesicht hübsch zurechtgeflickt haben, Kitty.»

Er stutzte. Offenbar begriff er erst jetzt, was sich überhaupt abspielte. «Du!?»

Ich schob das Visier hoch. «Hallo. Überrascht?»

Er starrte mich an, brachte kein Wort hervor.

Auch der letzte Fetzen der Bandage war jetzt herunter. Ich betrachtete seinen Unterkiefer. «Ich frage mich», sagte ich, «was wohl passieren würde, wenn es irgend jemandem plötzlich einfiele, diese Drähte da herauszuziehen.»

Er schrak vor mir zurück. Einer nach dem anderen kamen die Jungens wieder ins Schlafzimmer, und der Chicano sagte: «Sie sind fertig.»

Ich nahm die Pistole aus seiner Hand. «Okay. Laßt mich mit ihm allein. Geht nach unten, ich komme nach.»

«Jetzt wird er umgelegt, wie?» fragte einer.

Ich gab keine Antwort.

«*Vamos!*» sagte der Chicano.

Ich wartete, bis alle draußen waren. Dann sagte ich: «Das sollte dir nur beweisen, daß ich Freunde habe. Bis heute abend um sechs hast du Zeit, mir im Klartext mitzuteilen, daß du die Killer zurückgepfiffen und den Kontrakt mit ihnen widerrufen hast. Tust du das nicht, bist du ein toter Mann. Sollte mir vor Ablauf der Frist etwas passieren, bist du gleichfalls geliefert. Am besten fängst du gleich an zu beten, daß ich hübsch gesund und munter bleibe.»

Ich hob die Pistole, drückte ab. Über ihm schlug die Kugel ins Kopfbrett. «Wir verstehen uns doch?»

Es wäre Unsinn gewesen, auf eine Antwort zu warten. Kitty war längst in Ohnmacht gesunken.

Ich verließ das Schlafzimmer und ging hinunter. Im ganzen Haus lagen Trümmer, Scherben und Splitter herum. Nichts schien heil geblieben zu sein.

Zusammen gingen wir raus zum Lieferwagen. Während der Rückfahrt zur Stadt waren die Jungens sehr schweigsam. Doch schließlich konnte einer von ihnen die Frage nicht länger zurückhalten.

«Haben Sie ihn umgelegt?»

«Nein. Aber eine Mordsangst habe ich ihm eingejagt.»

Er schwieg einen Augenblick. «Wissen Sie, so ein Haus hab ich noch nie gesehen. Da war alles so hübsch, daß es mir richtig leid tat, sowas zu zerschlagen.»

26

In Julios Büro ließ ich mich auf die Couch fallen. Als ich die Augen wieder öffnete, war es bereits halb drei am Nachmittag. Julio saß hinter seinem Schreibtisch und beobachtete mich. Ich rollte herum, setzte mich hoch.

Er erhob sich, trat zu einem Schrank, öffnete ihn. Aus einer elektrischen Kaffeekanne, die auf einem kleinen Kühlfach stand, goß er Kaffee in eine Tasse und brachte sie mir.

Die schwarze, sehr heiße Flüssigkeit schien mir buchstäblich Leben einzuhauchen. «Danke», sagte ich.

«*De nada*», war seine Antwort. Er setzte sich wieder an seinen Schreibtisch. «Lonergan sucht überall wie verrückt nach Ihnen.»

«Was will er?»

Er hob die Schultern, «*Quién sabe?* Lonergan vertraut sich keinem an.»

Ich trank wieder einen Schluck Kaffee. «Ich glaube, ich sollte ihn mal anrufen. Darf ich Ihr Telefon benutzen?»

«Nur zu.»

Die Mädchenstimme, die sich am anderen Ende der Leitung meldete, versicherte mir, er sei momentan nicht zu erreichen. Als ich dann meinen Namen nannte, hatte ich ihn jedoch Sekunden später am Apparat.

«Wo bist du?» fragte er.

«Nicht in Hawaii, soviel steht fest. Ich höre, daß du nach mir suchst.»

Seine Stimme behielt ihren neutralen Ausdruck. «Bist du verrückt geworden? Was hast du dir da in den Kopf gesetzt? Was soll das Ganze?»

«Nun, eins hab ich in Vietnam immerhin gelernt – wer in der Schlacht zu türmen versucht, kriegt eine Kugel in den Rücken.»

«Bin ich deshalb vorige Nacht auf deine Schwarze Liste geraten?»

«Kaum war ich – wie du jedenfalls annahmst – auf dem Weg nach Hawaii, da sahst du deine Chance, hinter meinem Rücken mein Blatt zu verscheuern.»

«Das war ein Handel, um –»

«Feiner Handel!»

«– um dein Leben zu retten», fuhr er unbeirrt fort.

«Hat nur nichts genützt», sagte ich. «Jedenfalls kann ich nicht behaupten, daß mich deine Verhandlungskünste sehr begeistern – wo vor dem Haus meiner Freundin die Killer auf mich warteten, bis an die Zähne bewaffnet. Die waren offenbar *nicht* zurückgepfiffen worden.»

Er schwieg einen Augenblick. «Das wußte ich nicht.»

«Du scheinst nicht mehr ganz auf Ballhöhe zu sein, Onkel John. Ich dachte, es ist deine Devise, immer alles zu wissen.»

«Kitty hat den Kontrakt inzwischen aufgehoben, von da droht also keine Gefahr mehr. Aber denen im Osten liegst du immer noch gewaltig im Magen, und Ronzi sagt, wenn er dich sieht, will er dich höchstpersönlich auseinandernehmen.»

«Du kannst Ronzi sagen, daß er gestern nacht mehr als glimpflich davongekommen ist. Ich hätte sein ganzes Lagerhaus bequem in die Luft jagen können, wenn das meine Absicht gewesen wäre. Er und seine gelackten Hintermänner sollen mal schön cool bleiben und die Sache genau durchkalkulieren. Wenn sie meinen, ich lasse mich so einfach ausbooten, dann sind sie gewaltig auf dem Holzweg, das sollte ihnen allmählich aufgehen. Bei einem *echten* Handel springt für beide Teile mehr heraus.»

«Du klingst ganz schön rotzig», sagte Lonergan.

«Ich habe sie in der Schußlinie, und sie können praktisch nirgends in Deckung gehen. Ich kann zuschlagen, wann's mir paßt. Bevor die reagieren können, bin ich schon wieder weg.»

«Und du glaubst wirklich, daß du damit durchkommst?»

«Nun, ich habe in Reverend Sams Mission etwas gelernt. Die Schwerter der Gerechten sind mächtig. Und ich bin auf Gottes Seite.»

«Was soll das heißen? Hast du die Mission hinter dir – oder was?»

Ich lachte. «Das fragst du doch nicht im Ernst, Onkel John. Du weißt doch, wie deren Wahlspruch lautet: Frieden und Liebe.»

«Wie sehen deine Forderungen also aus?»

«Sage Ronzi, daß ich sein letztes Angebot akzeptiere. Einhunderttausend Dollar, und das Blatt gehört ihm. Ich werde dann ganz brav und leise vom Schauplatz verschwinden.»

«Ruf mich in einer Stunde wieder an.»

Ich legte auf und blickte zu Julio.

«Sie haben *cojones*, Lieutenant», sagte er. «In dem Augenblick, wo Sie von hier fortgehen, sind Sie ein toter Mann.»

«Wieviel Zeit bleibt mir?»

«Wann rufen Sie ihn wieder an?»

«In einer Stunde.»

«Bis dann.»

Die Tür ging auf, und einer der Burschen trat ein. Er stellte ein Tablett auf den Schreibtisch und verschwand wieder. Julio entfernte das Tuch, mit dem es zugedeckt war, und ich sah Tortillas, Enchiladas, Hamburgitas und Teller mit heißem Chili. «Hungrig?» fragte er.

Ich nickte. Sprechen konnte ich nicht, denn wie mit einem Schwall lief mir im Mund das Wasser zusammen. Während ich einen Stuhl näher zum Schreibtisch rückte, schob Julio mir das Tablett hin. Der Verurteilte aß eine sehr herzhafte Henkersmahlzeit.

«Ronzi sagt, er will sich erst mit dir treffen, sonst wird aus dem Handel nichts», berichtete Lonergan.

Ich überlegte einen Augenblick. Konnte sein, daß sie mir eine Falle stellten. Doch eine Wahl hatte ich nicht. Die Trickkiste war leer, da lief im Augenblick nichts. Also . . .

«Okay», sagte ich. «Heute abend um zehn in der Redaktion.»

«Wir sehen dich dann», erwiderte er und legte auf.

Meine Augen suchten Julio. «Ich gehe jetzt. Vielen Dank für alles.»

Er nickte mit ausdruckslosem Gesicht. «Ist okay.»

«Nur eine Bitte habe ich noch. Sorgen Sie dafür, daß Verita geschützt bleibt, bis Sie etwas von mir – oder über mich – hören.»

«Genau das war meine Absicht.»

Als ich bereits an der Tür war, hörte ich hinter mir seine Stimme. «Lieutenant.»

Ich drehte mich zu ihm um.

«Ihre Haare», sagte er, «dieses Orange, einfach scheußlich. Sie sollten dagegen schleunigst was unternehmen. Muß doch jeder glauben, daß Sie 'n Warmer sind.»

Ich lachte. «Gut, ich werde mich drum kümmern.»

Er grinste, stand dann auf und trat mit ausgestreckter Hand auf mich zu. «Hals- und Beinbruch, Lieutenant.»

Ich spürte seinen kräftigen Händedruck. «Danke.»

«Und falls Sie sich's am Ende doch noch anders überlegen sollten – das mit einer Partnerschaft, meine ich –, dann können Sie von mir jede Summe bekommen.»

«Werd ich nicht vergessen, Julio.» Ich öffnete die Tür.

«*Vaya con Dios*, Lieutenant.»

Die Straße war jetzt, am Nachmittag, voller Leute, die Einkäufe machen wollten oder bereits gemacht hatten. Viele Frauen schleppten sich mit Tragbeuteln ab und zerrten ihre Kinder hinter sich her. Sehr bald wurde mir bewußt, daß die meisten geradezu mißtrauisch mein Haar anstarrten. Ich kam mir vor wie die allerneueste Zirkusattraktion in der Stadt.

In einem Schaufenster sah ich mein Spiegelbild. Julio hatte recht. Allerdings schien sich die sonderbare Tönung ein wenig abgewandelt zu haben: Das war nicht mehr die Farbe einer Orange, sondern einer Mandarine – einfach lächerlich.

Auf der anderen Straßenseite entdeckte ich einen Unisex-Schönheitssalon. Ich gab mir einen Ruck, ging hinüber und trat ein. Das Geschäft war durch eine Zwischenwand in zwei Hälften geteilt, eine für Frauen, eine für Männer.

Ein Typ in violetter Jacke tänzelte auf mich zu. «Was kann ich für Sie tun, Sir?»

«Können Sie meinen Haaren wieder ihre normale Farbe geben?»

«Was für eine Farbe ist das?»

Ich öffnete mein Hemd, so daß er die Haare auf meiner Brust sehen konnte.

Seine Stimme hob sich zu einem nahezu schrillen Schrei. «Sie sind ja *natur*blond! Wie konnten Sie sich so etwas nur antun?»

«War gar nicht so leicht.»

«Oh – das wird einige Zeit in Anspruch nehmen. Wir müssen es entfärben, konditionieren –»

Ich unterbrach ihn. «Ich habe Zeit.»

Er führte mich zu einem Bedienungsstuhl. Prüfend glitten seine Finger durch meine Haare. Dann hüllte er mich sorgfältig in einen Umhang ein. «Wäre vielleicht auch Maniküren genehm?»

«Alles, was dazu gehört – von A bis Z», sagte ich.

«Von A bis Z» dauerte drei Stunden. Als ich mich endlich aus dem Sessel erheben konnte, war es sieben Uhr, und inzwischen kannte ich die Geschichte seines Lebens auswendig.

Er zog mir noch einmal den Kamm durch die Haare und strich mit der Hand sacht über die Seite. «Das wär's dann wohl. Wie gefällt es Ihnen?»

Ich betrachtete mich im Spiegel. So kurze Haare hatte ich seit meiner Schulzeit nicht mehr gehabt. Immerhin: Die Farbe kam meiner natürlichen Haarfarbe recht nahe.

«Gut», sagte ich.

«Macht Sie jünger, finden Sie nicht?»

Ich nickte und stand auf.

«Wieviel?»

«Dreißig fürs Haar. Zwei fürs Rasieren und zwei fürs Maniküren. Vierunddreißig Dollar.»

Ich gab ihm zwei Zwanzig-Dollar-Scheine. «Behalten Sie fünf Dollar für sich und geben Sie einen der Maniküre.»

«Vielen Dank.» Er begleitete mich zur Tür. «Wenn Sie das nächste Mal kommen wollen, rufen Sie mich doch vorher an. Fragen Sie nach Charles. Dann kann ich mich darauf einrichten und Ihnen jederzeit zur Verfügung stehen.»

«In Ordnung. Danke, Charles.»

Die Straße war menschenleer. Ich steckte den Schlüssel ins Schloß, wollte ihn umdrehen. Plötzlich warf das Nachtlicht einen Schatten quer über die Glastür, einen strichdünnen Schatten, wie von einem Draht. Irgendein Instinkt ließ mich Gefahr wittern. Ich spürte, wie sich mir im Nacken die Haare sträubten. Ohne auch nur eine Sekunde zu zögern, warf ich mich der Länge nach aufs Trottoir, Gesicht nach unten. Im selben Augenblick gab es ein ohrenbetäubendes Krachen, und die ganze Vorderfront des Hauses, in dem sich die Redaktion befand, schien einzustürzen.

Ich lag noch auf dem Gehsteig, die Hände zum Schutz über dem Hinterkopf verschränkt, als ich aus den Augenwinkeln beobachtete, wie Lonergans Auto zum Rinnstein gerollt kam. Während ich mich hochraffte, schwang die Tür auf.

Er stieg jedoch nicht aus, sondern beugte nur den Oberkörper vor. «Ist dir auch nichts passiert, Gareth?»

Ich blickte zum Haus. Die Mauer vor dem Redaktionsraum – einfach weg, wie fortgeblasen. «Nein, mir ist nichts passiert», versicherte ich.

«Du legst sicher keinen Wert darauf, hier zu sein, wenn die Polizei kommt», sagte er. «Steig ein.»

Ich tat's und zog die Tür hinter mir zu. Das Auto fuhr los und bog dann um die Ecke. Ich lehnte mich auf dem Sitz zurück und besah mir Lonergan. Auf seinen Lippen lag ein leises Lächeln. «Was ist denn so lustig?» knurrte ich.

«Kinder sollten nicht versuchen, Erwachsenenspiele zu spielen.»

«Verdammt, ich hätte draufgehen können!» sagte ich wütend.

«Dann wärst du weniger smart gewesen, als ich angenommen hatte», meinte er gelassen. «Aber du hast noch immer viel zu lernen.»

Ich starrte ihn mürrisch an.

Plötzlich besaß seine Stimme die Schärfe eines Messers. «Wie lange, glaubst du wohl, wärst du am Leben geblieben, wenn ich dich nicht beschützt hätte? Zuerst mit Reverend Sam, später dann mit Julio Vasquez. Zwei Minuten nachdem dein Mädchen bei ihm angerufen hatte, setzte er sich mit mir in Verbindung. Hätte ich nicht mein Okay gegeben, wärst du den Wölfen zum Fraß vorgeworfen worden.»

Einen Augenblick starrte ich ihn wortlos an. Dann nickte ich. «Okay, Onkel John. Ich entschuldige mich. Was tun wir jetzt?»

«Das ist schon besser, Gareth.» Er lächelte und lehnte sich ins Polster zurück. «Zuerst verhandeln wir mit Ronzi wegen des Blattes. Mit dem Verkauf dürfte alles klargehen. Ich hatte für den billigen Fetzen ja nie viel übrig, aber als eine Art Startloch für dich hat er seine Schuldigkeit ja wohl getan.»

«Und was tue ich dann, Onkel John?»

Seine Augen begegneten ruhig meinem forschenden Blick. «Das ist ganz und gar deine Sache. Von jetzt an sind die Entscheidungen, die du triffst, wirklich deine eigenen Entscheidungen.»

Ich schwieg.

«Natürlich würde ich mich freuen, wenn du dich entschließen könntest, zu mir zu kommen – mit einzusteigen.»

«Solche Spiele sind nichts für mich, Onkel John», sagte ich fast leise. «Das hast du gerade selbst betont.»

In seinen Augen zeigte sich ein nachdenklicher Ausdruck. «Weißt du denn, was du am liebsten tun würdest?»

«Ja, Onkel John. Ich glaube schon.»

Zweites Buch
Die obere Seite

27

Der Pilot ging mit der Lear auf tausend Meter herunter und zog eine weite Schleife, so daß wir die ganze Küste von Mazatlán überblicken konnten. Blaugrün schlug das Wasser des Pazifik an Sandstrände von geradezu funkelndem Weiß. Murtagh beugte sich über den Tisch vor und wies mit dem Finger durchs Fenster. «Wir werden's gleich sehen können, Mr. Brendan.»

Mein Blick folgte der Richtung, in die sein Finger zeigte. Zuerst sah ich nichts als grünen Dschungel. Dann tauchte plötzlich die Landebahn auf, ein schmaler Streifen inmitten der Bäume, und weiter dahinter das Hotel.

Auf den ersten Blick wirkte das elf Stockwerke hohe Gebäude, eine moderne Konstruktion aus Beton, Metall und Glas, wie ein Fremdkörper in dieser Wildnis. Doch der Eindruck wandelte sich, als ich die Bungalows mit den schilf- oder strohgedeckten Dächern sah und die einzelnen Swimmingpools und die Tennisplätze und die weiten Golfplätze. Näher am Strand gab es Cabanas und einen Pool von olympischem Ausmaß. In einer Art Hafen lagen, eines neben dem anderen festgemacht, Sportfischerboote. Wie Möwen schienen sie auf den Wellen zu reiten, und ich begriff, daß diese Hotelanlage eine Welt für sich war.

«Wo würde das Kasino hinkommen?» fragte ich.

«In die unmittelbare Nähe des Hotels», erwiderte Murtagh.

Inzwischen lag das Hotel weit hinter uns. In der Ferne konnten wir die Häuser von Puerto Vallarta erkennen und hinter uns, wie eine Art Gebilde aus Staubdunst, La Paz. Der Pilot zog die Maschine ganz herum und hielt, tiefergehend, auf den Landestreifen zu. Er fuhr das Fahrgestell aus, und ich spürte, wie ein leichter Ruck durch die Lear ging. Wenig später setzten wir auch schon auf. Als der Pilot die Fahrt abbremste, wurden wir für einen Augenblick gegen unsere Sitzgurte gedrückt. Dann rollte die Maschine mit mäßiger Geschwindigkeit auf ein kleines Gebäude zu.

Lonergan saß mit ausdruckslosem Gesicht neben mir. Auf der anderen Seite des Passagierraums saßen Verita und Bobby, die ihre Gurte jetzt lösten. Hinter ihnen schwatzten Bobbys vier Modelle, und seine beiden Assistenten waren bereits dabei, ihre Ausrüstung und ihr Gepäck für den Ausstieg bereitzustellen.

Bobby stand auf. «Wenn wir uns beeilen, können wir wenigstens noch eine Serie schießen, bevor's dunkel wird. Müßte doch ein paar Superschüsse geben – im Sonnenuntergang am Strand.»

«Wir werden alles bereit machen», erwiderte einer der Assistenten.

Bobby sah mich an. «Was hast du vor?»

«Mich erwarten Meetings. Mach du nur. Wir sehen uns alle beim Dinner.»

Sie waren von Bord und in Richtung Strand verschwunden, noch ehe Murtagh uns mit der Gruppe bekannt gemacht hatte, die zu unserem offiziellen Empfang erschienen war.

Zu den sechs Leuten gehörte auch der Bürgermeister der Stadt. Alle waren klein, mit einer Ausnahme. Dieser Mann, blond, blauäugig, mit sonnengebräuntem Gesicht und blendend weißen Zähnen, maß mindestens einsachtzig. Er hieß Dieter von Halsbach, war zwar in Mexiko geboren, aber als Sohn deutscher Eltern, die nach dem 2. Weltkrieg nach Mexiko ausgewandert waren. Er war hier der *jefe*. Als wir einander die Hände schüttelten, spürte ich untrüglich etwas, wovon in den vertraulichen Berichten über ihn nichts gestanden hatte – er war schwul.

Lonergan und ich stiegen mit ihm in eine weiße Cadillac Limousine. Verita, Murtagh und die anderen folgten in einem zweiten Auto.

«Ich habe Ihnen drei Bungalows reserviert, Mr. Brendan», sagte Dieter von Halsbach.

«Danke», erwiderte ich. Seine Erklärung klang recht pompös. Nach allem, was ich bisher gesehen hatte, stand zu erwarten, daß wir die einzigen Gäste sein würden. Durch das Fenster betrachtete ich die gepflegten Gärten, an denen wir während der Fahrt zum Hotel vorüberkamen. «Da haben Sie wirklich großartige Arbeit geleistet.»

«Nun, wir haben auch weder Kosten noch Mühe gescheut. Vater und ich sind der Ansicht, daß man eine Sache richtig machen muß.»

Ich musterte Lonergan mit einem kurzen Seitenblick. Falls er beeindruckt war, so ließ er sich davon nichts anmerken. Das Auto fuhr am Hoteleingang vorbei und bog dann in eine Straße ein, die in Richtung Strand führte. Wenig später hielten wir vor einem Bungalow.

Durch das schmiedeeiserne Tor folgten wir Dieter in den Patio, wo sich ein Swimmingpool befand. Orangen- und Zitronenbäume voller Früchte verbreiteten einen sanften Duft, der sich belebend mit dem salzigen Hauch vermischte, der vom Meer herüberstrich. Ein livrierter Butler und ein Zimmermädchen öffneten uns die Tür.

Im Wohnzimmer befand sich eine volleingerichtete Bar. «Machen Sie's sich bequem, Gentlemen», sagte Dieter. «Nach den Reisestrapazen werden Sie sich, wie mein Vater und ich annehmen, vorerst ausruhen wollen. Wenn es Ihnen recht ist, treffen wir uns dann um zehn beim Abendessen.»

Er verschwand in seiner Limousine. Das Personal war mit unserem Gepäck beschäftigt. Ich blickte zu Lonergan. «Nun?» fragte ich.

Er wußte, was ich meinte. «Achtzehn Millionen ist zuviel», war seine prompte Antwort.

«Sie haben dreißig Millionen in die Anlage reingesteckt.»

«Das ist ihr Pech. Warum hat er uns übrigens nicht ins Hotel geführt? Er will wohl nicht, daß wir sehen, wie das Personal in der Halle Murmeln spielt.»

Ich lachte. «Langsam will mir scheinen, daß du ein sehr mißtrauischer Mensch bist, Onkel John.»

«Im ersten Jahr nach der Eröffnung gerieten sie mit sechs Millionen in die roten Zahlen. Vergangenes Jahr waren es vier Millionen. Macht zehn Millionen in nur zwei Jahren.»

«Sie haben's verkehrt aufgezogen. Sie wollten daraus ein Paradies für Jet-Setter machen. Aber die kommen einfach nicht hierher.»

Er gestattete sich ein flüchtiges Lächeln. «Du bist sicher, hier etwas auf die Beine stellen zu können?»

«Allerdings. Sonst wäre ich nicht hier.»

«Achtzehn Millionen ist jedenfalls zuviel.»

«Da werden wir schon klarkommen.»

«Bloß nichts überstürzen. Bevor es zu irgendwelchen Verhandlungen kommt, wird man alles sehr genau unter die Lupe nehmen müssen.»

Ich ging zur Bar. «Möchtest du einen Drink?»

«Nein, danke. Ich werde lieber den Rat des jungen Mannes befolgen und mich ein bißchen hinlegen.»

Er ging in sein Zimmer, und ich machte mir einen Whisky mit Eis. Das Glas in der Hand, blickte ich durchs Fenster zum Meer. Der Sand war sehr hell und das Wasser verlockend blau. Ich verließ den Bungalow und schlenderte zum nahen Strand. Dort blieb ich stehen und schlürfte meinen Whisky. Der Anblick des Wassers war unwiderstehlich. Mit den Augen suchte ich den Strand ab. Niemand war zu sehen. Ich stellte das Glas auf den Boden, zog mich rasch aus und watete nackt ins Meer.

Das Wasser war angenehm warm. Sanft streichelte es meinen Körper. Ich schwamm eine größere Strecke, machte dann kehrt und blickte, wassertretend, zum Ufer. Den gesamten Strand konnte ich sehen. Das Hotel bildete optisch eine Art Trennmarke: Zur anderen Seite hin machte das Ufer eine Biegung.

Auf der entgegengesetzten Strandseite, vielleicht einen halben Kilometer vom Hotel entfernt, sah ich Bobby und seine Leute, die ihre letzten Vorbereitungen für die Aufnahmen trafen. Sie vergeudeten keine Zeit. Bobby war es ernst, als er sagte, daß er vor Einbruch der Dunkelheit noch eine Serie «schießen» wolle.

In ruhigem Tempo kraulte ich zu meiner Uferstelle zurück. Auf meinem Rücken spürte ich die Wärme der Sonnenstrahlen, und ich fühlte mich rundum wohl und zufrieden. Gar keine Frage: Die Halsbachs hatten hier etwas, woraus sich eine runde Sache machen ließ. Nur eines hatte Vater und Sohn offenbar nie richtig begriffen: daß so was allen Leuten zugänglich sein mußte, und nicht nur ein paar Auserwählten.

Als ich aus dem Wasser kam, stand neben meinen Kleidern ein Mädchen mit ausgebreitetem Badetuch. Wortlos ließ ich es mir umlegen.

«Ich bin Marissa», sagte sie. «Graf Dieter hat mich Ihnen als Dolmetscherin zugeteilt.»

Sie hatte langes schwarzes Haar, dunkle Augen und hohe Backenknochen – der Name Marissa schien mir zu ihrem Typ wenig zu passen. Ebensowenig wie die lose geschnittene Bauernbluse und der weichfallende mexikanische Rock.

«Das ist kein mexikanischer Name», sagte ich.

Sie lächelte und ließ ihre weißen, ebenmäßigen Zähne sehen. «Meine Mutter ist Mexikanerin, mein Vater Österreicher. Ich wurde nach seiner Mutter benannt.»

«Sind Sie mit Dieter verwandt?»

«Er ist mein Vetter.» Sie hob meine Sachen vom Boden auf. «Wollen wir zum Bungalow zurückgehen? Das Personal spricht kein Englisch. Vielleicht kann ich Ihnen also helfen, falls Sie irgend etwas von ihnen wollen.»

«Gut, gehen wir zurück», erwiderte ich. Am Eingang zum Bungalow blieb ich stehen und nahm meine Sachen, die sie noch in den Händen hielt. «Ich brauche keine Dolmetscherin», erklärte ich. «Meine Assistentin spricht Spanisch.»

Sie zögerte einen Augenblick, nickte dann. Aus ihrer Stimme klang Enttäuschung. «Wie Sie wollen. Doch falls Sie sonst irgendwelche Wünsche haben sollten, so stehe ich Ihnen zur Verfügung. Ich werde im Hotel, im Büro für Gästebetreuung, zu finden sein.»

«Danke», sagte ich und lächelte. «Sehe ich Sie beim Abendessen?»

«Wenn Sie das möchten?»

«Ich würde mich freuen.»

«Bis nachher also.»

28

Das Klingeln des Telefons weckte mich. Es war Bobby. «Kann ich dich einen Augenblick sehen? Ich habe eine großartige Idee.»

«Komm nur rüber», sagte ich und stand sofort auf. In einen Bademantel gehüllt, ging ich ins Wohnzimmer. Es war leer. Ich warf einen Blick in Lonergans Zimmer, dessen Tür einen Spalt offenstand. Auch dort war er nicht. Er war offenbar überhaupt nicht im Bungalow.

Durch die Fenster fiel Tageslicht herein: Obwohl es bereits nach acht Uhr war, konnte von Dunkelheit noch nicht die Rede sein.

Der Butler trat ein. Seine weißen Zähne blitzten. *«Sí, Señor?»*

«Whisky mit Eis», sagte ich, probeweise.

Ich hatte Glück. Soviel Englisch verstand er immerhin. Er ging zur Bar, machte mir meinen Drink. Ich nahm das Glas und trat hinaus in den Patio. Die Sonne schien zwar nicht mehr, doch die Luft war immer noch recht warm.

Ich fühlte mich prächtig. Sehr entspannt, von innen her richtig locker. Dieser Ort hatte ganz entschieden was für sich. Gar kein Vergleich mit Los Angeles, wo mir die gesamte Welt unablässig in den Ohren schrillte. Herrgott, hier war ich wirklich mal aus alldem heraus.

Im schmiedeeisernen Tor tauchte Bobby auf. «Die verstehen hier wirklich zu arrangieren», sagte er. «Das mit den Bungalows haut hundertprozentig hin. Meine Jungens und ich sind in einem, und die Mädchen sind gleich nebenan.»

«Wie ist's bei euch denn gelaufen?»

«Na, so leidlich. Ein paar gute Schüsse habe ich ja gemacht, aber die Mädchen waren nicht richtig einsatzbereit.»

«Wieso denn das?»

«Ich hatte vergessen, sie zurechttrimmen zu lassen.»

Ich lachte.

«Eigentlich sollte man doch meinen, daß die selbst dafür sorgen würden», sagte er verdrossen. «Die wußten doch, daß sie hierherkommen, um *rosa* zu zeigen. Da hätten sie sich da unten doch ruhig ein bißchen die Wolle scheren können. Doch außer bei der Blonden ist es, als ob man mit der Kamera durch einen Urwald hindurchschießt.»

«Und nun?»

«Ich habe sie zum Muschi-Frisör abkommandiert. Morgen werden sie einsatzbereit sein.»

«Hoffentlich schafft er's», sagte ich. Der Muschi-Frisör war einer von Bobbys Gehilfen. Sein Job bestand darin, das Schamhaar zurechtzustutzen, sämtliche Härchen zu entfernen, die sich zwischen den Hinterbacken finden mochten, und – vor den Aufnahmen – für das Make-up zu sorgen.

«Ich will's ihm geraten haben», sagte Bobby mit Nachdruck.

«Deine großartige Idee, Bobby – worum geht's dabei?»

«Ich würde gern King Dong herholen für ein Dschungel-Layout mit ein paar von den Mädchen. Den Aufhänger für die Story denke ich mir so: Die Girls sind wie weiße Jäger gekleidet, und sie stoßen auf ihn, der nur einen Lendenschurz trägt, wo aber unten sein Dong – sein Ding – zu sehen ist. Das dreht sie an, und sie versuchen, ihn zu zivilisieren. Er dreht den Spieß um, und am Ende ist er der Louis Nummer Eins in der Stadt.»

«Hübsche Idee, wirklich ganz lustig», sagte ich. «Wird aber nicht leicht zu machen sein. Als wir ihn das letzte Mal im Heft hatten, haben wir eine Menge Zunder bekommen – schlechte Publicity.»

«Die kam doch nur von den Knilchen, die ihn um seinen Riemen beneidet haben. Aber die Ausgabe hat hunderttausend mehr verkauft als jede andere, und die Nummer ist als Rarität nach wie vor heißbegehrt.»

«Also, ich weiß nicht recht ...» Mir war nicht ganz wohl bei dem Gedanken. Der in jeder Beziehung riesige Neger und die weißen Frauen – das brachte immer alle möglichen Miesmacher in Rage. Bobby faßte mich am Arm.

«Laß mich mal machen. Wenn wir die Bilder haben, kannst du ja immer noch deine Entscheidung treffen.»

«Okay.» Ich lachte. «Ist vielleicht ganz originell. Gib mir Bescheid, wenn du schießt. Ich würde gern sehen, was passiert.»

«Okay, wann gibt's Abendessen?»

«Um zehn.»

«Dann werde ich mich duschen und umziehen.»

Er verschwand. Wenig später tauchten Lonergan und Verita auf. «Möchtet ihr einen Drink?» fragte ich, als der Butler erschien.

«Einen trockenen Martini», sagte Lonergan.

«Tequila», sagte Verita.

Ich warf ihr einen kurzen Blick zu. «Nanu. Ich dachte, du bist auf Whisky eingeschworen.»

«Wir sind in Mexiko.» Sie lächelte. «Ich bin jetzt zu Hause.»

Der Butler brachte die Drinks und verschwand. Lonergan nahm mir gegenüber Platz, Verita setzte sich in den Sessel neben ihm. «Wir haben einen Spaziergang gemacht und uns dabei ein bißchen umgesehen.» Lonergan nickte bekräftigend.

«Und was für einen Eindruck hast du, Onkel John?» fragte ich.

«Die haben das Geld hier wirklich reingesteckt», erwiderte er. «Da gibt's gar keinen Zweifel. Aber Verita hat etwas Interessantes herausgefunden, und ich meine, du solltest es hören.»

Ich sah sie an. «Ja?»

«Ich habe mich den ganzen Nachmittag mit dem Personal unterhalten. Auf diese Weise erfährt man mehr. Die Leute wissen so manches, wovon nicht einmal die Besitzer eine Ahnung haben.»

Ich nickte.

«Die Leute haben so ihre Ansicht, weshalb hier der Erfolg ausgeblieben ist.»

«Nämlich?»

«Dieter hatte seinen internationalen Set hergeholt. Die übernahmen dann praktisch das Kommando. Als er ihnen schließlich sagte, sie sollten mal ein bißchen langsamer treten, da verkehrten sich plötzlich die Fronten, und sie stellten sich gegen ihn – belegten das Hotel sogar mit einer Art Bannfluch. Und du kennst diese Leute ja. Die beherrschen praktisch den Jet Set. Sagen sie okay, so kommt die Society gerannt, siehe Capri, siehe Acapulco, siehe Südfrankreich. Sagen sie, es ist nicht mehr ‹in›, so ist man erledigt, siehe Patinos Besitz unten an der Küste oder auch Porto Cervo, Aga Khans Anlage auf Sardinien.»

«So ungeheuer plausibel finde ich das nicht», sagte ich. «Ich meine, so leicht überwirft man sich ja nicht, und weshalb sollte Dieter es zum Bruch mit seinen Freunden kommen lassen, denn das waren sie doch?»

«Nach der einen Version hat ihm irgendeine reiche Tunte seinen festen Freund abspenstig gemacht.» Von ihrem Handrücken leckte sie etwas Salz ab, dann nippte sie an ihrem Tequila. «Nach der anderen Version hat sein Vater von ihm verlangt, daß er sie rauswirft. Er will nämlich, daß Dieter heiratet und für einen Stammhalter sorgt. Die Frau hat er seinem Sohn auch schon ausgesucht, eine Kusine zweiten Grades oder so.»

«Heißt sie Marissa?»

Verita nickte. «Das ist der Name, den er erwähnte. Sie arbeitet im Büro. Hast du sie kennengelernt?»

«Ja. Dieter hatte sie für mich als Dolmetscherin abbeordert. Ich erklärte ihr, daß ich ja dich habe und sie nicht brauche. Aber ich habe sie gebeten, mit uns zu Abend zu essen.»

«Ich dachte, du hast geschlafen», sagte Lonergan.

Ich lachte. «Das war, bevor ich mich ein bißchen langlegte. Ich ging schwimmen, und als ich aus dem Wasser kam, war sie da.»

«Die Reichen und die Schwerreichen bekommst du jetzt bestimmt nicht mehr her», sagte Lonergan.

«Das ist gut so», erwiderte ich. «Denn das bedeutet, daß Halsbach praktisch gar keine Wahl bleibt. Wir sind die einzigen Interessenten weit und breit, und wenn wir abspringen, dann ist für sie Feierabend.» Ich trat hinter die Bar und schenkte mir nach. «Soeben ist das Angebot, das ich ihnen machen wollte, um fünfzig Prozent geschrumpft.»

«Du wolltest neun Millionen bieten?»

«Nein. Das wäre ja die Hälfte von dem, was sie verlangt haben. Zwölf Millionen wollte ich bieten. Jetzt sind's nur noch sechs.»

«Da ist noch etwas, was du wissen solltest», sagte Lonergan.

«Und das wäre?»

«Eine neue Information aus meinem Büro. Es heißt, daß Julio hier unten seine Hand mit im Spiel hat, und zwar beträchtlich.»

«Gibt es dafür Beweise?»

Er hob die Schultern. «Nun – immerhin ist die Start- und Landebahn kaum mehr als einen Katzensprung von Culiacán entfernt.»

Ich wußte, worauf er hinauswollte. Culiacán war das Rauschgiftzentrum von Mexiko. Was immer an Drogen aus Mexiko in die Vereinigten Staaten gelangte, hatte Culiacán als Start- oder aber als Umschlagplatz. «Und unsere Gastgeber, hängen die womöglich mit drin?» fragte ich.

«Darüber bin ich nicht im Bilde.»

Ich trank einen Schluck und blickte zu Verita. «Gehst du morgen die Bücher durch?»

«Murtagh sagte, es würde alles für mich bereit sein.»

«Okay. Halte Augen und Ohren offen. Wenn dir irgend etwas aufstößt, selbst wenn es noch so trivial erscheint, dann sag mir Bescheid.»

Als wir das Hauptgebäude betraten, warteten Dieter und sein Vater bei der Bar. Der alte Graf, Anfang sechzig, war schlank und kaum kleiner als sein Sohn. Er hatte kurzgestutztes, eisengraues Haar, scharfe und harte blaue Augen und auf der linken Wange eine Narbe, vermutlich ein «Schmiß» aus Studententagen. Hätte er ein Monokel getragen, so wäre er einer jener Gestalten, wie man sie aus den Filmen der 40er Jahre kannte, zum Verwechseln ähnlich gewesen.

«Ich freue mich sehr, Sie kennenzulernen, Mr. Brendan», sagte er. «Ich habe schon viel von Ihnen gehört.»

«Gutes, hoffe ich.»

Er lächelte. «Natürlich. Hier hören wir nur auf das Gute, das man uns über andere erzählt.»

«Nur so läßt sich leben», sagte ich. Meine Bemerkung schien für ihn verloren. Zumindest reagierte er nicht darauf. «Im übrigen vielen Dank. Die Unterbringung ist ganz vorzüglich und der Service offenbar auch.»

«Das Vergnügen ist auf unserer Seite. Ich hoffe nur, daß Sie genügend Zeit haben werden, um alles ausgiebig genießen zu können.»

«Ich werde mich bemühen.»

Marissa trat auf uns zu, und ich sah, daß seine Augen aufglänzten. Das indianisch aussehende Mädchen, das ich am Nachmittag kennengelernt hatte, schien sich aufgelöst zu haben, und an ihre Stelle war eine hochgewachsene, aristokratisch wirkende Dame in einem langen, enganliegenden weißen Kleid getreten, zu dem die braune Haut und das über die Schultern fallende schwarze Haar überaus wirkungsvoll kontrastierten.

Sie küßte ihn auf die Wange. «Meine Nichte, die Baroneß Marissa», sagte er stolz.

«Wir haben uns bereits kennengelernt», informierte sie ihn und reichte mir die Hand. «Mr. Brendan.»

«Baroneß», sagte ich lächelnd.

Sie ließ meine Hand los und wandte sich den anderen zu. Wenig später folgten wir dem Grafen hinaus in den Patio, wo unter einem großen Baum eine gedeckte Tafel auf uns wartete. Marissa saß zwischen dem Grafen und mir, und ich war nicht ganz sicher, ob der Duft, den ich roch, von ihr kam oder aber vom nahen Garten.

Das Essen war in seiner Art recht europäisch, sehr förmlich und sehr langweilig. Man machte Konversation. Im Gegensatz zu uns, die wir vor lauter Steifheit fast umkamen, hatten Bobby, seine Gehilfen und die Mädchen offenbar ihren Mordsspaß. Von ihrem Tisch, der ein Stück entfernt stand, klang lautes Gelächter herüber.

Lonergan und der alte Graf schienen ausgezeichnet miteinander zurechtzukommen. Vielleicht war ihr Alter ein gemeinsames Band. Lonergan jedenfalls genoß unverkennbar das Essen und auch die Geschichten, die der Graf zu erzählen wußte. Ich meinerseits langweilte mich so, daß ich es schließlich nicht mehr aushielt und mich, Kopfschmerzen vorschützend, in den Bungalow zurückzog.

Dort setzte ich mich in den Patio und blickte zum Nachthimmel empor. Noch nie, so schien mir, hatte ich so viele Sterne gesehen.

Ich hörte ein leises Quietschen. Es kam vom schmiedeeisernen Tor. Wie eine sanfte Wolke schwebte Marissas weißes Kleid durch die Dunkelheit. «Ich komme, um zu sehen, wie es Ihnen geht», sagte sie.

«Ich wußte nicht, daß Sie eine Baroneß sind.»

«Bin ich eigentlich auch nicht. Doch es bereitet meinem Onkel nun einmal großes Vergnügen, mich als Baroneß vorzustellen. Mein Onkel ist sehr altmodisch.»

«Wie ist er in diese Sache hineingeraten? Scheint zu einem Mann seines Typs so ganz und gar nicht zu passen.»

«Er hatte das Gefühl, daß er irgend etwas unternehmen mußte. Alles Land hier gehört ihm. Und die Regierung drohte dauernd damit, ihn zu enteignen und das Land unter den *campesinos* aufzuteilen, falls nicht irgend etwas sonst geschähe.»

«Das ist doch noch kein Grund, dreißig Millionen Dollar quasi den Hunden zum Fraß vorzuwerfen.»

«Nun, er selbst investierte das Land und ungefähr sechs Millionen. Die Behörden brachten zehn Millionen auf, und der Rest kam von privaten Investoren.»

«Wer sind die?»

«Das weiß ich nicht.»

«Mexikaner oder Ausländer?»

«Auch das weiß ich nicht.»

«Er hätte sich vielleicht lieber ein paar Leute aus Las Vegas holen sollen.»

Sie schwieg.

Ich deutete auf den Sessel neben mir. «Kommen Sie, setzen Sie sich doch.»

Sie rührte sich nicht von der Stelle.

«Sind Sie aus freien Stücken gekommen, oder hat Dieter Sie hergeschickt?»

Sie zögerte einen Augenblick. «Dieter hat mich geschickt.»

«Hat er Ihnen vielleicht auch noch gesagt, daß es zu Ihrem Job gehört, mit mir zu schlafen?»

Wieder blieb sie stumm.

«Was passiert, wenn aus seinem Handel mit mir nichts wird?»

«Die Behörden haben damit gedroht, Sie zu enteignen, Sie würden alles verlieren.»

«Und um den Handel möglichst unter Dach und Fach zu bringen, schickt man also Sie zu mir. Wirklich nicht fair, Ihnen eine solche Verantwortung aufzubürden.»

Sie hob die Arme, fingerte dann im Nacken unter dem langen schwarzen Haar. Als sie die Arme wieder senkte, glitt das Kleid an ih- rem Körper herunter. Sie löste sich daraus, stand nackt vor mir. Jetz wußte ich plötzlich, woher jener Duft stammte, den ich vorhin an de Tafel wahrgenommen hatte.

Ich betrachtete sie, ohne mich ihr auch nur einen Zentimeter z nähern. «Sie sind schön», sagte ich. Und sie war es wirklich.

«Was soll ich tun?»

Ich beugte mich vor, hob das Kleid vom Boden auf und reichte e ihr. «Wenn Sie vielleicht zwei Aspirin für mich finden könnten . . ich habe wirklich Kopfschmerzen.»

Sie nahm das Kleid, drückte es gegen ihre Brüste. Aus ihre Stimme klang Unglauben, Verwirrung. «Sie wollen also nicht –»

Ich lachte. «Wollen schon, oh ja. Aber das wäre so, als würde ic mir unter Vorspiegelung falscher Tatsachen Geld erschwindeln. Ir Augenblick bin ich noch keineswegs zu einem Handel entschlosser

Und wenn wir ficken und ich kaufe dann nicht, so hätten Sie einen Fick völlig umsonst vergeudet.»

Zum ersten Mal lachte sie. Dann ließ sie ihr Kleid wieder zu Boden fallen. «Wer will schon so kleinlich sein – bei einem Fick unter Freunden?» fragte sie.

29

Um acht Uhr morgens klingelte das Telefon. Ich streckte die Hand nach dem Hörer aus. Durch den geöffneten Eingang zum Bad sah ich, hinter der Glastür der Duschkabine, Marissas Silhouette. Wasser plätscherte, spritzte, strömte.

«Unh», grunzte ich in den Hörer.

«Klingt, als hättest du eine tolle Nacht hinter dir», sagte Eileen.

«Jaah. Was gibt's denn?»

«Während du dich da unten so prachtvoll amüsierst, möchte ich dich wissen lassen, daß es in der Organisation noch ein paar Leute gibt, die arbeiten.»

«Das müssen wir schleunigst ändern», sagte ich. «Das versaut uns unser ganzes Image. Die Welt glaubt, für uns sei das ganze Leben eine einzige Party.»

«Ich werde mich am besten gleich in die nächste Maschine setzen», sagte sie scherzend. «Allerdings kann ich mir denken, daß du erst mal Ohren für ein paar gute Neuigkeiten hast.»

«Als da wären?»

«Wir haben gerade die Verkaufszahlen für Januar und Februar bekommen. Wir haben die dreieinhalb Millionen-Grenze überschritten.»

«Na, was sagt man!»

«Aber das ist noch nicht alles. *Lifestyle Digest* hat's auf 1,1 Millionen gebracht. Nicht übel, würde ich sagen.»

«Tscha, was machen wir bloß verkehrt?»

«Das weiß ich nicht. Aber wir sollten unbedingt dafür sorgen, daß wir es auch weiterhin tun.»

Ich lachte.

«Wie ist's denn so dort unten?» fragte sie.

«Genaueres kann ich dir noch nicht sagen. Verita steigt heute in die Bücher, und ich gehe auf große Besichtigungstour.»

«Warum du dir eine solche Hotelanlage für Urlauber zulegen willst, verstehe ich einfach nicht. Die beiden Magazine sind doch die reinen Geldmaschinen.»

«Bevor ich in die Sache mit den Clubs einstieg, mußte ich das gleichfalls von verschiedener Seite hören: Wozu eigentlich? Inzwischen wirft allein der Londoner Club pro Jahr sechs Millionen ab.»

«Was auf das Konto der Spielbank geht. Dort, wo es eine solche Lizenz nicht gibt – in New York, Chicago und Los Angeles –, sind die Clubs froh, wenn sie ohne Verlust wirtschaften.»

«Wir brauchen sie. Für unser Image. Im neuen Club in Atlantic City wird auch um Geld gespielt werden, und hier gibt's auch eine Lizenz dafür.»

«Wenn's das ist, worauf du aus bist, warum bist du dann nicht in Las Vegas eingestiegen?»

«Ich rechne mir gerade hier eine sehr gute Chance aus. Und bis das Ganze richtig läuft, könnte man erst mal den Urlaubsbetrieb gehörig ankurbeln – per Einzel- und Pauschalreisen. Und das ließe sich wohl ausschließlich über unser eigenes Reisebüro abwickeln.»

«Und du meinst, da gäbe es keine Transportschwierigkeiten, bei nur zwei Linienflügen pro Tag?»

«Wir werden halt Charterflüge organisieren. Von Los Angeles direkt hierher zur Küste. Außerdem werden die Maschinen von Princess Lines hier zwischenlanden.»

«Aber unterm Strich, Gareth, sind das doch alles kleine Fische – verglichen mit dem, was die Magazine einbringen: immerhin fast drei Millionen pro Monat.»

Ich schwieg.

Sie hakte nach. «Wozu also, Gareth? Ich meine, warum tust du das überhaupt?»

Ich überlegte einen Augenblick. «Nun eben – um was zu tun, um was zu unternehmen. Es ist die *action*, die mir Spaß macht.»

«Ich glaube nicht, daß es *das* ist», sagte sie. «Aber falls du irgend wann mal etwas Zeit haben solltest, können wir uns ja darüber unterhalten.» Unvermittelt klang ihre Stimme sehr weich. «Du fehlst mir.»

Ehe ich antworten konnte, hatte sie aufgelegt. Wirklich ausgezeichnet: Die Dame verstand sich auf ihr Fach. Von einem Drängen oder gar von Druck ihrerseits konnte wahrhaftig nicht die Rede sein. Sie ließ das in aller Ruhe heranreifen. Und die Zeit arbeitete für sie. Das wußten wir beide. Früher oder später würde ich garantiert verfügbar sein.

Marissa kam aus dem Bad. Sie war in ein riesiges Badetuch gehüllt, das ihr als eine Art Sarong diente. «Guten Morgen», sagte sie.

«Guten Morgen.»

«Gut geschlafen?»

«Glaub schon.»

«Das freut mich.» Sie ging zum Toilettentisch und öffnete die Handtasche, die sie mitgebracht hatte. Sekunden später trug sie einen winzigen Bikini. Im Spiegel sah sie, daß ich sie beobachtete. «Würde ziemlich albern aussehen, wenn ich in meinem Abendkleid zum Hauptgebäude zurückginge», sagte sie.

Ich nickte.

«Irgendwelche Wünsche?» fragte sie.

«Nun, etwas Kaffee könnte mir jetzt guttun.»

«Sofort.» Sie drückte auf einen Knopf bei der Tür. «Sonst noch irgend etwas?»

Ich schwang mich aus dem Bett und ging zur Badezimmertür. Dort blieb ich einen Augenblick stehen und drehte mich um. «Bloß nicht so förmlich, Baroneß. Ich dachte, wir sind Freunde. Oder soll das vielleicht heißen, es sei für dich nur ein Job gewesen? Da wäre ich aber verdammt sauer.»

Als ich wieder aus dem Bad kam, sah ich, daß man inzwischen einen kleinen Tisch auf die Terrasse hinausgerollt hatte. Er war recht hübsch gedeckt: weißes Tischtuch, gelbe Stoffservietten, in einer silbernen Kelchvase eine einzige gelbe Rose. Das Frühstück war das, was man Kontinental-Frühstück zu nennen pflegt – Orangensaft, Kaffee, Brötchen, Hörnchen.

Marissa stand draußen am Geländer und blickte zum Meer. Als sie meine Schritte hörte, drehte sie sich um. «Ich möchte dich um Entschuldigung bitten», sagte sie.

«Schon gut.»

«Nein, das ist es nicht. Ich meine, ich wollte gar nicht so förmlich sein, nur – ich hab so etwas noch nie zuvor gemacht, und da – da fühlte ich mich so verlegen, so verklemmt. Ich wußte nicht, was ich sagen sollte.»

«Du hast ja nichts Falsches gesagt. Hauptsache ist jedenfalls, daß wir Freunde bleiben.»

Sie lächelte. «Wir sind Freunde. Kaffee?»

«Schwarz, bitte.»

Ich nahm die Tasse, die sie mir reichte. Der Kaffee war wirklich stark. «Was steht für heute auf dem Programm?» fragte ich.

«Um zehn Uhr erwartet euch Dieter beim Hauptgebäude zur Besichtigungstour.»

«Kommst du auch mit?»

«Das glaube ich kaum. Auf mich wartet Arbeit. Doch heute abend um sieben gibt es für euch einen Cocktailempfang. Und die hiesigen Honoratioren werden vollständig anwesend sein. Ich übrigens auch.»

«Und was ist mit dem Dinner?»

«Wenn du willst, komme ich.»

«Also, ich will», sagte ich. «Und bring diesmal noch etwas anderes mit, das du dir anziehen kannst, wenn du zum Hotel zurückgehst. Denn ob du am Morgen in deinem Büro im Abendkleid aufkreuzt oder im Bikini, ich finde das eine so albern wie das andere.»

Die Besichtigungstour dauerte bis Mittag. Dann knallte die Sonne so heiß herunter, daß nicht einmal die Brise, die vom Ozean her unter dem Verdeck des Jeep hindurchstrich, Erleichterung bringen konnte. Dieter saß am Steuer; ich saß neben ihm, Lonergan hinten. Ab und zu warf ich einen Blick zu meinem Onkel. Falls er sich unbehaglich fühlte, so ließ er sich davon jedenfalls nichts anmerken. Als einziger von uns trug er einen Anzug und sogar eine Krawatte. Immerhin: Auch er schien recht zufrieden, als wir endlich wieder im Hotel waren – eine gute Klimaanlage hatte doch ganz entschieden etwas für sich.

Wir gingen zur Bar. Wie üblich bestellte Lonergan für sich einen trockenen Martini. Ich nahm Gin und Tonic, Dieter Tequila. Wir hatten ein ganz ansehnliches Pensum hinter uns – zwei Golfplätze – der eine mit achtzehn, der andere mit neun Löchern –, zwölf Tennisplätze, einen Vierzig-Pferde-Reitstall, siebzehn Bungalows. Das einzige, was es noch zu besichtigen gab, war das Hauptgebäude.

«Insgesamt hundertundachtzig Suiten gibt es in diesem Gebäude», erklärte Dieter. «Sie bestehen aus Schlafzimmer, Wohnzimmer, Bar-Küche und zwei Badezimmern. Das Ganze ist auf jeden nur denkbaren Luxus abgestellt, und unsere Kalkulation dabei sah folgendermaßen aus: Der Durchschnittspreis je Suite sollte pro Tag zweihundert Dollar betragen – bei, im Schnitt, vierzig Prozent belegten Suiten schätzten wir, dabei aus dem Schneider zu sein.»

Lonergan nickte. «Ihren Unterlagen zufolge haben Sie es jedoch nur auf einen Schnitt von fünfzehn Prozent gebracht.»

«In Wirklichkeit», erklärte Dieter, «lagen wir sogar noch darunter.»

«Wie groß ist Ihre Gesamtkapazität eigentlich?» fragte ich.

«Bei zwei Personen pro Suite und vier pro Bungalow wären es insgesamt vierhundertundachtundzwanzig Betten.»

«Okay. Rechnet man je Gast hundert Dollar pro Tag, so – nun, Sie glaubten also, mit sechzehntausend Dollar pro Tag klarzukommen?»

Dieter nickte. «Bei Vollpension.»

«Und ohne Mahlzeiten?»

«Da wären es nur noch zehntausend Dollar. Allerdings kommt man nicht darum herum, ein kontinentales Frühstück servieren zu lassen. Das gehört sozusagen zu den Auflagen, die man uns behördlicherseits gemacht hat. Doch sind die Kosten dafür nicht groß und in den zehntausend Dollar drin.»

«Ließen sich die Suiten umbauen? Ich meine, könnte man daraus jeweils zwei voneinander getrennte Doppelzimmer machen?»

«Ja. Wir hatten selbst bereits daran gedacht, nur waren wir nicht in der Lage, noch eine Million hineinzustecken.»

«Verstehe.» Ich gab dem Barkellner das Zeichen, mir noch einen Drink zu machen. «Weshalb», fragte ich Dieter, «hat das Hotel nach Ihrer Meinung nicht so richtig eingeschlagen?»

Seine Antwort kam zu schnell. «Dafür gibt es zwei Gründe. Erstens haben sich die Fluggesellschaften nicht an ihr Wort gehalten, die Anzahl der Flüge nach hier zu erhöhen; und zweitens wollen uns die Behörden das Spielkasino erst nach den Wahlen eröffnen lassen, obwohl sie uns die entsprechende Lizenz bereits voriges Jahr ausgestellt haben.»

«Und wieso sind Sie so sicher, daß man Ihnen nun endgültig die Erlaubnis erteilen wird?»

«Weil man nicht will, daß wir den Laden dichtmachen. Dafür hat man zuviel Geld investiert.»

«Haben Sie die Zusage schriftlich?»

Er lächelte. «Dies ist Mexiko. Da gibt es so etwas nie schriftlich. Und selbst, wenn man es schwarz auf weiß hätte, würde das nicht das geringste bedeuten.»

«Dann könnte man Ihnen die endgültige Erlaubnis also verweigern?»

«Alles ist möglich. Allerdings bezweifle ich, daß es so sein wird. Aber Sie werden selbst urteilen können. Bei der Cocktail-Party heute abend wird auch der Gouverneur des Staates zugegen sein. Und der Finanzminister aus Mexiko City. Bei ihnen liegt die Entscheidung.»

Das Telefon am Ende der Bar klingelte. Der Barkellner nickte Dieter zu. «*Para usted, Excellencia.*»

Dieter nahm den Hörer, sagte ein paar Worte, legte dann auf. «Die offizielle Maschine aus Mexiko City wird bald hier landen, und ich muß zum Empfang der Herren zum Flugplatz. Wenn Sie mich also entschuldigen würden, meine Herren . . .»

«Sicher», sagte ich.

«Ich habe Ihnen fürs Mittagessen im Garten einen Tisch reserviert.»

«Danke.»

Er sah mich an. «Die Baroneß wird jeden Augenblick hier sein, um Sie zu begleiten und dafür zu sorgen, daß Sie sich wohlfühlen.»

«Nochmals besten Dank.»

«Gefällt mir nicht. Irgend etwas ist da nicht in Ordnung», erklärte Lonergan, nachdem der junge Halsbach verschwunden war.

«Was meinst du?»

«Ich meine, daß es mit dem Spielkasino wohl nie was werden wird.

Denn wenn die Sache sicher wäre, würden sich die betreffenden Interessenten hier nur so drängeln und den Halsbachs fast jede gewünschte Summe auf den Tisch legen. Da hätten die mit der Finanzierung keine Probleme.»

«Du könntest recht haben. Aber laß uns das Spielchen ruhig bis zu Ende mitspielen. Morgen werden wir mehr wissen als heute.» Ich sah, wie Marissa die Bar betrat. «Jetzt ist erst mal Zeit zum Mittagessen.»

30

Das Essen war genauso exzellent wie das Dinner am Abend zuvor. Es gab Fisch, im Gewässer beim Hotel gefangen, einen herrlichen Montrachet, an mir eher verschwendet, doch von meinem Onkel um so mehr genossen, sowie frisches Zitroneneis und Kaffee. Die sanfte Brise, die durch die Bäume strich, brachte eine angenehme Kühlung.

Nach dem Essen erhob sich Marissa. «Im Büro wartet einige Arbeit auf mich. Kann ich heute nachmittag irgend etwas für Sie tun?»

Ich blickte zu meinem Onkel. Er schüttelte kaum wahrnehmbar den Kopf. «Nein, danke. Wir werden wohl nur zu unserem Bungalow zurückgehen und uns vor der Cocktailparty ein wenig ausruhen.»

«Okay. Sollten Sie noch irgendwelche Wünsche haben, so wissen Sie ja, wo ich zu erreichen bin.»

Wir hatten uns gleichfalls erhoben. Als sie jetzt ging, blickte ihr mein Onkel anerkennend nach. «Wirklich prächtig», sagte er. «Ein Klasseweib.»

Ich musterte ihn überrascht. Lag es am grellen Sonnenlicht, oder wurde er wirklich rot? Er wechselte rasch das Thema. «Wie wär's mit einem Spaziergang am Strand?»

«Von mir aus gern.»

Als wir zum Wasser kamen, beugte er sich plötzlich vor, zog Schuhe und Socken aus, krempelte seine Hosen ein Stück hoch. Dann watete er, die Schuhe in der Hand, vorsichtig in die Brandung.

Über die Schulter blickte er zu mir zurück. «Es macht dir doch nichts?»

«Woher denn?»

Er war wie ein Kind: hob einen Fuß, ließ ihn gegen das herbeirollende Wasser vorschnellen, hüpfte dann zurück, wie um sich in Sicherheit zu bringen. Auf seinen Lippen lag ein leises Lächeln, in seinen Augen war ein sonderbarer, entrückter Ausdruck. «Das habe ich seit meinen Kindertagen schon immer tun wollen.»

«Soll das heißen, daß du noch nie –»

«Nein, noch nie», sagte er hastig. «Ich mußte ja mit elf Jahren schon arbeiten. Deine Mutter war ein Baby, dein Großvater war tot, und deine Großmutter wusch zu Hause für Fremde die Wäsche, um die Familie zusammenzuhalten.»

«Was hast du gemacht?»

«Ich bekam einen Job in Clancy's Saloon, gegenüber dem Bahnhof in Los Angeles. Dort habe ich ausgefegt und die Spucknäpfe ausgeleert.»

Ich schwieg. Davon hatte ich noch nie etwas gehört. Keiner in der Familie sprach darüber, wie es angefangen hatte.

«Dein Großvater und Clancy waren zusammen bei der Eisenbahn. Dadurch bekam ich den Job.» Er schwieg einige Sekunden, blickte übers Wasser. «Ich erinnere mich noch, wie ich den Union Pacific Güterzug in der Mitte des Santa Monica Boulevard herabrollen sah, neben den Geleisen herlief und meinem Vater und Clancy zuwinkte, die vorn auf der großen Dampflok standen.»

«Vom Santa Monica Boulevard sind wir jetzt beide ziemlich weit weg.»

«Ja», stimmte er zu, «wir beide. Denn auch du hast ja dort praktisch angefangen.»

Ich nickte. Eigentlich schien es kaum glaubhaft: War es wirklich erst fünf Jahre her, daß ich in dem ehemaligen Laden beim Santa Monica Boulevard gestanden und zugesehen hatte, wie Persky die Möbelpacker dirigierte, die das letzte Möbelstück aus dem Büro des *Hollywood Express* hinausschafften?

Persky blickte sich im Raum um und vermied es, mich anzusehen. Bis auf Papierreste auf dem Fußboden war nichts zurückgeblieben. «Das wäre dann wohl alles», sagte er.

Hinter den Möbelpackern ging er hinaus. Draußen auf der Straße war ein Zimmermann dabei, die zerstörte Vorderfront der Ladenfassade wieder zurechtzuflicken. Jetzt probierte er die Tür aus, schwenkte sie hin und her.

Offenbar war er der Meinung, daß sie sich wieder in brauchbarem Zustand befand. «Macht hundert Dollar», sagte er.

«Gib ihm einen Scheck», wies ich Verita an, die neben mir stand.

Er wehrte nachdrücklich ab. «Keinen Scheck. Bar auf die Hand.»

Für einen Augenblick wollte ich aufbrausen. Dann wurde mir klar, wie lächerlich das gewesen wäre. Unter den gegebenen Umständen hätte ich an seiner Stelle zweifellos genauso gehandelt. Ich steckte die Hand in die Tasche, zog ein Geldscheinbündel hervor. Den obersten Schein, eine Hundert-Dollar-Note, reichte ich ihm.

Er war unverkennbar beeindruckt. «Danke», sagte er. «Falls Sie mich noch irgendwie brauchen sollten, Anruf genügt.»

Ich schloß die Tür hinter ihm ab und sagte zu Verita: «Konnte wohl nicht von Dauer sein, wäre ja einfach zu schön gewesen.»

«Es hätte schlimmer ausgehen können. Wir wollen nicht vergessen, daß du noch am Leben bist. Und auch nicht pleite. Beides hätte sehr leicht der Fall sein können. Zusammen mit den Fünfundzwanzigtausend, die du bei dem Handel mit Ronzi bekommen hast, sind das für dich einundachtzigtausend auf der Bank.»

«Und wieviel bleibt mir davon nach Abzug aller Schulden und Verpflichtungen? Das müssen wir erst mal ausrechnen.»

Wir gingen nach oben und setzten uns an den Küchentisch, auf den sie die Geschäftsbücher gelegt hatte. «Zunächst mal die großen Summen», sagte ich. «Wieviel ist von dem, was Reverend Sam an Vorauszahlungen geleistet hat, noch nicht abgedeckt?»

Sie blätterte. «Er hat dir vierzigtausend gegeben. Sechs Anzeigenseiten hast du für ihn gebracht. Demnach hat er noch vierunddreißigtausend gut.»

«Schreib den Scheck aus.» Ich wartete, bis sie fertig war, setzte meine Unterschrift darunter. «Jetzt zu Lonergan.»

«Ihm schuldest du nichts. Er hat mich heute früh angerufen und gesagt, er habe das alles als Investitionsverlust abgeschrieben.»

«Scheiß auf ihn. Ich brauche seine Wohltätigkeit nicht.»

Sie schwieg.

«Haben wir ihm seinen Anteil an den Anzeigeneinnahmen der letzten Nummer gezahlt?»

«Nein.»

«Wieviel war's?»

Sie prüfte mit einem raschen Blick nach. «Dreitausendeinhundert.»

«Addiere das zu den Fünfundzwanzigtausend Vorauszahlung und stell den Scheck aus.»

Sie tat es und reichte ihn mir. Anderes schloß sich an, Rechnungen für die Druckerei etc. Summa summarum zwölftausend Dollar. Dann die Gehälter. Siebzehnhundert Dollar. «Und wieviel ist jetzt noch übrig?» fragte ich.

«Fünftausenddreihundert», lautete die Antwort. Diesmal brauchte Verita nicht erst in irgendwelchen Unterlagen nachzusehen. Sie hatte die Zahl im Kopf.

«Du hast recht», sagte ich. «Ich bin tatsächlich nicht pleite.»

Die Tränen begannen ihr die Wangen herabzulaufen.

«He, hast du mir nicht gesagt, es hätte schlimmer ausgehen können? Vor ein paar Monaten war ich absolut auf dem Nullpunkt. Jetzt habe ich immerhin fünf Mille.»

«Es tut – tut mir so leid, Garry.»

Über den Tisch hinweg griff ich nach ihrer Hand. «Da braucht dir nichts leid zu tun. Solange es lief, hat's ja einen Haufen Spaß gemacht, und es war doch verdammt besser als Schlangestehen bei der Arbeitslosenfürsorge.»

Sie zog ihre Hand fort und blickte vor sich hin. «Ich habe gestern in meinem alten Büro angerufen. Die sagten, am Montag könnte ich wieder anfangen.»

«Hätte ich wieder ein Anrecht auf Unterstützung?»

«Nein.»

«Dann gehst du auch nicht zurück. Wenn ich nicht an deinem Schalter Schlange stehen kann, zu was soll das dann gut sein?»

«Aber ich muß doch arbeiten, Gareth.»

«Du arbeitest ja. Oder habe ich dir etwa gesagt, daß du entlassen bist?»

«Nein – aber.» Sie zögerte. «Ich dachte, das sei alles zu Ende.»

«Zu Ende?» Ich stand auf und holte aus dem Kühlschrank eine Dose Bier. Ich öffnete sie, trank. «Zu Ende?» wiederholte ich. «Ich fange jetzt erst richtig an. Bevor es mit dieser Sache losging, lief ich durch die Gegend wie ein regelrechtes Arschloch, das mit der ganzen Welt zerfallen ist. Doch damit hat sich's. Das ist vorbei. Wenn ich vorher der Meinung war, daß mich die Welt beim Arsch hatte, so weiß ich jetzt, daß es auch Möglichkeiten gibt, die Welt beim Arsch zu kriegen.»

Unwillkürlich fiel sie ins Spanische. «*Usted está muy macho.*»

«Das ist es.» Ich quetschte die leere Bierdose mit der Hand zusammen und warf sie in den Abfalleimer. Dann zog ich Verita vom Stuhl hoch und drückte sie an mich. «Das ist es, wonach ich gesucht habe.»

«*No comprendo.*»

Ich lachte. «*Macho*. Der Name unseres neuen Magazins.»

31

Ein halbes Jahr brauchten wir, bis wir die erste Nummer an den Zeitungsständen hatten, und dann entpuppte sich die Sache auch noch als Pleite. Kurz bevor wir mit der Startnummer von *Macho* herauskamen, war *Penthouse* auf dem amerikanischen Markt erschienen, und es machte Furore.

Verglich man unser *Macho* mit *Playboy* oder mit *Penthouse*, so schnitten wir beim damaligen Stand der Dinge nicht gerade sehr blendend ab. Ebensogut hätte man den *Hollywood Express* mit der *New York Times* vergleichen können.

Penthouse hatte eine neue Masche aufgerissen und zeigte plötzlich schamhaarlos aber geschmackvoll «unten ohne», *Playboy* konterte mit Frontalangriff, allerdings verdeckten wohlfrisierte Schamhaare so ziemlich alles Wesentliche.

Wir lachten, als wir's sahen. Dabei war's für uns alles andere als komisch. Das überrollte uns sozusagen, und uns drohte die Luft auszugehen. Weder mit dem einen noch mit dem anderen Magazin konnten wir's aufnehmen, nicht im Text noch mit den Bildern. Die hatten in jeder Hinsicht die Top-Talente: das Beste, was man für Geld, viel Geld, bekommen kann. Wir mußten uns mit dem zufrieden geben, was halt so übrigblieb.

Die zweite Nummer brachten wir mit einem Monat Verspätung an die Zeitungsstände, damit die mehr Chancen hatten, die erste abzusetzen. Bei der dritten Nummer war's nicht anders. Wieder ein Monat Verspätung. Aber da wußten wir schon, daß wir k. o. waren und daß es sich bestenfalls noch um ein paar Zuckungen handelte. Die Vertriebsfirma kündigte uns den Vertrag, was bedeutete, daß wir unser Magazin selbst an die Zeitungshändler hätten ausliefern müssen. Doch darüber brauchte man gar nicht zu reden. Inzwischen stand ich auch noch mit fast fünfzig Mille in der Kreide, und es gab keine Hoffnung mehr, genügend Kapital zusammenzukratzen, um auch nur noch eine einzige Nummer herauszubringen.

Wir saßen um den Küchentisch und starrten mit trübem Blick auf die Rechnungen, die sich vor uns stapelten. «Sind das alle?» fragte ich.

Verita nickte. «Neunundvierzigtausenddreihundertundsiebenundfünfzig Doller und sechzehn Cent, ohne Gehälter.»

«Und wieviel wäre das noch?»

Sie blickte zu Bobby und Eileen. «Wir haben darüber abgestimmt. Wir verzichten.»

Das war nun schon die zehnte Woche nacheinander, daß sie verzichteten. «Danke», sagte ich. «Wieviel haben wir auf der Bank.»

Verita prüfte in ihrem Buch nach. «Ungefähr siebenhundert.»

«Scheiße. Da werde ich bis an mein Lebensende abstottern können.»

«Das brauchst du nicht», sagte Verita. «Du kannst Konkurs beantragen. Sowohl für dich selbst als auch für die Firma. Dann bist du das alles los. Und wenn du willst, kannst du ganz von vorn anfangen.»

«Was wird mit dem Namen?»

«*Macho?*»

Ich nickte.

«Der geht dir verloren. Ich meine, der gehört dann sozusagen zur restlichen Konkursmasse.»

«Was für eine Konkursmasse denn? Die zweitklassigen Bilder, die Artikel, die niemand will?»

«Mein Vater wäre bereit, dir das Geld zum Weitermachen zu leihen», erklärte Bobby.

«Richte ihm meinen Dank aus, aber das wäre hinausgeworfenes Geld. Wir haben's nun mal nicht geschafft. Wir haben einfach nicht landen können.»

«Vielleicht braucht's nur noch eine Nummer, um richtig anzukommen», meinte Bobby.

«Keine Chance. Jedenfalls nicht, solange wir zu tun versuchen, was die anderen bereits besser machen.» Ich holte eine Zigarette hervor. «Wenn es uns nicht gelingt, die Sache neuartig aufzuziehen, dann sind wir nichts weiter als eine drittklassige Imitation.»

«Neuartig aufziehen? Ja, wie denn?» fragte Bobby. «Es gibt nur soundsoviel Möglichkeiten, Mädchen zu schießen, und die haben wir alle probiert.»

Ich starrte ihn an. Was mich stutzen ließ, war weniger, was er sagte, als vielleicht, wie er es sagte. Irgendwo in meinem Kopf begann sich ein Rädchen zu drehen.

«Und an Sex-Themen haben die im *Playboy* und die vom *Penthouse* auch so ziemlich alles abgehandelt, was es zu beschreiben gibt», sagte Eileen. «Auf dem Sektor können wir auch nicht mehr viel bieten.»

Ein zweites Rädchen begann sich in meinem Kopf zu drehen. «Vielleicht haben wir das Spiel nach ihren Spielregeln gespielt. Vielleicht waren wir mit dem *Express* auf dem richtigen Weg, weil wir die Regeln gar nicht kannten und nur eigenen folgten, die wir je nach Situation für uns aufstellten.»

«Ein Magazin, das auf Bundesebene vertrieben wird, ist etwas ganz anderes als ein Lokalblatt», sagte Eileen.

«Meinst du? Nun, ich glaube das nicht – nicht in *diesem* Punkt. Thema Nummer Eins interessiert überall, ganz gleich ob in Los Angeles oder an der Ostküste oder im Mittelwesten. Es interessiert alle, und es interessiert alle brennend.»

«Mag sein. Aber in Los Angeles ist man liberaler und toleranter als etwa in – in Squeedunk. Man ist ganz einfach offener.»

«Meinst du etwa, in Squeedunk wird nicht gefickt?»

«Sicher, nur spricht man dort nicht drüber.»

«Ob man dort darüber spricht, finde ich nicht so wichtig. Entscheidend ist, daß man dran denkt und gern darüber liest. Und daß man sich die Bildchen beguckt.»

«Nun, *Playboy* und *Penthouse* werden natürlich auch dort gekauft, selbst wenn die Leute so manches hochgestochene Wort nicht verstehen. Das Konzept ist ja doch das gleiche. Es lautet so ungefähr: Die feine Lebensart für jedermann im Schnellverfahren: die ‹richtigen› Weine und alles was gerade ‹in› ist, ob Kleidung, Urlaub, Sport, Filme, Bücher oder Essen. Und so weiter und so fort. Mr. Normalverbraucher weiß nun ganz genau, was er beim nächsten Mal zu seinem Kaviar zu bestellen hat, ob 67er Pommard oder Krimsekt. Und er kann sich in aller Gelassenheit in seinen Aston Martin schwingen, um mit seiner Alten zum nächsten Autokino zu fahren.»

Die Mädchen lachten, doch ich blieb stumm. Mir kam das gar nicht so komisch vor. Es war ein Erfolgsrezept, genau das also, was mir fehlte. Statt dessen stand ich mit fünfzigtausend Dollar in der Kreide. Ein Witz, vielleicht – aber einer auf meine Kosten.

Ich stand auf. «Heute abend kommen wir bestimmt keinen Schritt weiter. Übers Wochenende werde ich mal ein bißchen in Klausur gehen und mir den Schädel zerbrechen. Ich habe nämlich das verdammte Gefühl, daß ich gescheitert bin, weil ich zu blind war, das Auf-der-Hand-Liegende zu sehen.»

«Na, wenn's auf der Hand liegt», fragte Bobby, «was ist es dann?»

«Klingt wirklich dämlich, nicht? Aber es ist echt die Wahrheit: Ich weiß es einfach nicht.»

Kurz nachdem sie gegangen waren, klingelte das Telefon. Lonergans Stimme klang kühl. «Gareth?»

«Ja, Onkel John.»

«Ich möchte dich sehen.»

Seit über vier Monaten hatten wir uns nicht gesehen oder auch nur miteinander gesprochen, doch ein «Wie geht's?» oder «Was gibt's Neues?» konnte er sich offenbar nicht abringen.

Ich hatte für heute die Nase voll. Lonergan hatte mir gerade noch gefehlt. «Du weißt ja, wo ich bin», sagte ich trotzig.

«Kannst du mich um Mitternacht im Silver Stud treffen?»

«Wozu, zum Teufel», knurrte ich.

Er blieb gelassen. «Ich habe einen interessanten Vorschlag für dich.»

«Als ich mich das letzte Mal auf einen ‹interessanten Vorschlag› von dir einließ, wäre ich beinahe draufgegangen.»

«Das war deine eigene Schuld. Du wolltest ja unbedingt auf deine Weise mit bestimmten Problemen fertigwerden, statt mir das zu überlassen. Also um Mitternacht. Ich erwarte dich.»

Ich zögerte einen Augenblick. «Okay», sagte ich dann.

«Gareth.»

«Ja, Onkel John?»

In seiner Stimme klang ein leises Glucksen an. «Tu mir einen Gefallen und parke dein Auto diesmal auf der Straße, ja?»

Bevor ich antworten konnte, hatte er aufgelegt. Nun, in diesem Punkt brauchte er sich bestimmt keine Sorgen zu machen: Ich war bisher noch nicht wieder in die Lage gekommen, mir ein eigenes Auto kaufen zu können. Weit wäre ich damit ohnehin nicht gekommen, und das buchstäblich: Die Finanzierungsfirma, bei der ich in der Kreide stand, hätte garantiert sofort die Hand drauf gelegt.

Als ich das Lokal erreichte, erkannte ich's kaum wieder. Die Fenster glänzten silbrig, nur zwei Ovale waren ausgespart, durch die man die Lichtreklame sah. Von der Straße her konnte man nicht in das Lokal hineinsehen. Innen war noch mehr verändert worden. Statt des früheren Mobiliars aus Holz sah man jetzt überall nur noch Chrom und schwarzen Kunststoff. Von der Decke in der Mitte des Raums hingen vier Filmprojektoren herab und warfen in vier verschiedene Richtungen ihre stummen, doch bewegten Bilder auf Leinwände, samt und sonders eindeutige schwule Streifen. Weiter hinten in der Bar spielte auf einem kleinen Podium ein wild aussehendes schwarzes Mädchen Klavier und sang mit heiserer Stimme dazu. Bei dem allgemeinen Lärm verstand ich den Text erst, als ich schon ziemlich dicht bei ihr war: ausgesprochen «warme» Lyrik, gar kein Zweifel.

Der Collector saß auf seinem Stammplatz am Tisch bei der Treppe.

«Was gibt's hier denn bloß umsonst?» fragte ich.

«Seit dem Umbau ist das immer so. Gerammelt voll. Jede Nacht ist wie Silvester.» Mit einer kurzen Handbewegung forderte er mich auf, bei ihm Platz zu nehmen. Auf dem Tisch stand eine Flasche Whisky. Er nahm ein zweites Glas, tat aus einem Plastikeimer Eiswürfel hinein, füllte es; schob es mir dann hin. «Hier, dein Drink.»

Ich trank einen Schluck. «Wann haben die hier denn umgebaut?»

«Gleich nachdem du deinen Wagen in der Bar geparkt hattest.» Er grinste. «Ich glaube, du hast Lonergan damit wirklich einen Gefallen getan. Die Versicherungsgesellschaft hat alles bezahlt.»

«Scheiße. Ich sollte von Lonergan eigentlich Provision verlangen.»

Der Collector lachte. «Tu's doch.» Er schenkte sich nach. «Was hast du denn so getrieben?»

«Das Übliche.»

«Lonergan wird sich ein bißchen verspäten.» Er blickte über meine Schulter. «Hast du die Puppe am Klavier gesehen?»

«Ja.»

«Sieht ziemlich wild aus, wie?»

«Ja.»

Er senkte die Stimme, als spräche er zu sich selbst. «Mann, mit der würde ich gerne mal.»

«Warum fragst du sie nicht einfach?»

«Hab ich ja. Aber sie ist nicht interessiert. Einfach nichts zu machen.»

«Vielleicht ist sie ein Onkel», sagte ich.

«Ist sie bestimmt nicht», versicherte er hastig. «Ist überhaupt nicht lesbisch. Sie möchte ein Star werden. Shirley Bassey. Aretha Franklin. So in der Art. Sie ist darauf aus, ganz groß zu landen.»

«Dazu wird sie hier kaum Gelegenheit haben.»

«Sag das nicht. Bei der Meute hier kommt sie ganz toll an. Und unter den Warmen sind ja so manche, die einen Haufen Einfluß haben.» Er stand auf. «Sie hat gleich Pause. Ich werde dich mit ihr bekannt machen.»

«Wozu denn das?»

«Teufel, was weiß ich», sagte er und fügte dann hinzu: «Schei-iße, wenn ich mir nicht irgendeinen Trick einfallen ließe, würde sie nicht mal herkommen und sich zu mir setzen.»

Ich sah, daß ihm die Sache wirklich an die Nieren ging. «Okay, bring sie her. Ich werde ihr sagen, du seist der Größte.»

In einem Punkt hatte er jedenfalls recht: Sie brannte nur so vor Ehrgeiz. Kaum saß sie bei uns am Tisch, so steuerte sie auch schon auf ihr Ziel los. «Bill hat mir gesagt, daß Sie Verleger sind. Ich habe da ein paar Songs geschrieben und möchte, daß Sie sich die ansehen.»

«Solch ein Verleger bin ich nicht.»

«So? Was für einer sind Sie denn?»

«Ich mache ein Magazin. *Macho*.»

Ihr Gesicht war plötzlich ausdrucksleer. «Nie von gehört. Was für eine Art Magazin ist es denn?»

«*Playboy. Penthouse*. In der Richtung.»

«Ich posiere nicht nackt vor der Kamera», sagte sie prompt.

Ich fühlte mich provoziert. «Keine Sorge. Ich werde Sie bestimmt nicht bitten. Sie sind zu mager.»

Sie blickte zum Collector. «Wozu verplempere ich meine Zeit mit so einem Knilch?» fragte sie scharf, sprang auf und marschierte davon.

Ich schaute den Collector an. Er war das verkörperte Häufchen Elend. «Genützt habe ich dir wohl nicht gerade», sagte ich.

Er nickte schwer. «Das hast du sicher nicht.» Er füllte unsere Gläser, wir kippten, er füllte wieder nach. Als Lonergan um halb zwei endlich auftauchte, war ich so voll, daß ich's kaum noch die Treppe hinauf schaffte, zu seinem Büro.

32

«Du bist betrunken», sagte er mißbilligend.

«Und was gibt's sonst Neues?» fragte ich mit undeutlicher Stimme.

«In dem Zustand kannst du nichts Geschäftliches besprechen.»

«Stimmt genau.» Ich heftete meinen Blick auf ihn. «Willst du wirklich, daß ich wieder nüchtern werde, Onkel John?»

«Das hier ist wichtig.»

«Okay. Dann laß für mich schwarzen Kaffee kommen. Ich bin gleich wieder da.» Sekunden später stand ich in seinem privaten Badezimmer und steckte mir zwei Finger in den Hals. Eins mußte ich feststellen: In der anderen Richtung hatte der Whisky entschieden besser geschmeckt. Anschließend hielt ich meinen Kopf unters kalte Wasser, bis das Stechen in meinen Schläfen aufhörte. Dann rubbelte ich mich mit einem Handtuch trocken und ging ins Büro zurück.

Lonergan schob mir eine dampfende Tasse hin. «Du siehst aus wie eine ertrunkene Ratte.»

Ich schlürfte die schwarze Flüssigkeit in mich hinein. «Aber es ist eine nüchterne ertrunkene Ratte», sagte ich. «Also – worüber möchtest du mit mir reden?»

«Wie läuft's mit dem Magazin?»

«Das weißt du doch. Warum fragst du also?»

«Ich möchte, daß du es mir sagst.»

«Ich mache den Laden dicht. Ich bin am Ende. Kaputt. Schluß und aus. Sonst noch was, das du wissen möchtest?»

«Ja. Warum ist es aus?»

Ich leerte die Tasse, bevor ich sprach. Viel, sehr viel hatte ich darüber nachgedacht. «Willst du eine Ausrede oder die Wahrheit?» fragte ich.

«Die Wahrheit.»

«Weil ich ein Idiot war. Was mir leider sehr spät aufgegangen ist. Ich versuchte, ein Magazin à la *Playboy* oder *Penthouse* zu machen. Aber das ist nicht meine Stärke.»

«Was ist deine Stärke?»

«Bei mir läuft's am besten über den Straßenverkauf. Deshalb hatte ich auch mit dem *Hollywood Express* Erfolg. Ich spreche den Mann auf der Straße unmittelbar an. Beim versnobten Mittelstand mit gesellschaftlichem Ehrgeiz kann ich dagegen nicht landen. Mein bester Schuß geht unter die Gürtellinie und nicht in den Kopf.»

Er schwieg einen Augenblick. «Glaubst du, du bist immer noch imstande, ein Magazin zu machen, das etwas abwirft?»

«Ja.»

«Was braucht's dazu?»

«Zunächst einmal natürlich Geld. Aber ein ganz wichtiger Faktor ist auch der Vertrieb. Bei den miesen Erfahrungen, die sie gerade mit mir gemacht haben, wird's nicht leicht sein, einen zu finden. Ich müßte versuchen, einen aufzutun, der bereit ist, ein gewisses Risiko einzugehen.»

«Wenn du das Geld und das Magazin hättest, würdest du dann wieder zu Ronzi gehen?»

«Ich mag den Kerl nicht. Außerdem vertreibt der ja nur auf lokaler Ebene. Ich brauch einen Vertrieb auf Bundesebene.»

«Und wenn er nun einen an der Hand hätte?»

Ich war jetzt nüchtern. Lonergan tat nie etwas ohne Grund. «Heraus mit der Sprache, Onkel John. Was ist mit Ronzi?»

«Persky hat mit dem *Express* eine gewaltige Bauchlandung gemacht, und Ronzi mußte ganz schön in die Tasche greifen. Jetzt muß er unbedingt mit was Gutem kommen, um seinen Partnern im Osten zu beweisen, was er eigentlich wert ist.»

«Hat er dich gebeten, dich mit mir in Verbindung zu setzen?»

«Nicht ausdrücklich. Aber er hat durchblicken lassen, daß er einem Handel nicht abgeneigt wäre.»

«Der *Express* ist für mich passé.»

«Du weißt sehr genau, daß es darum nicht mehr geht. Nein, ich spreche vom Magazin. Von deinem neuen Magazin. *Macho*. Das ist etwas, das die Italiener verstehen würden.»

«Ich will keine Partner. Und die Spaghetti kämen schon gar nicht in Frage.»

«Das Magazin gehört dir. Sie hätten nur den Vertrieb.»

Ich überlegte einen Augenblick. «Aber mir würde das nötige Kapital fehlen, um überhaupt eine Nummer herauszubringen. Ich stehe jetzt mit Fünfzigtausend in der Kreide, und meine Gläubiger ziehen nicht weiter mit.»

«Gegen die Zusicherung von zwei Jahren Exklusiv-Vertrieb könnte ich diese Leute vielleicht dazu bringen, dir hunderttausend vorzuschießen.»

«Ein Jahr ist genug. Und keine persönliche Haftung, falls das Magazin eingeht. Dann verlieren sie ihr Geld, Punkt.»

«Für jemanden, der so hart auf dem Arsch gelandet ist –» er musterte mich scharf, «– spuckst du ziemlich große Töne.»

«Warum auch nicht?» fragte ich grinsend. «Was habe ich denn noch zu verlieren?»

«Ich hätte dich betrunken lassen sollen. Dann wäre es leichter gewesen, mit dir zu verhandeln.»

«Warum?» Mir kam ein Gedanke. «Bist du bei Ronzi irgendwie beteiligt?»

«Nein. Aber er glaubt noch immer, daß ich bei dir beteiligt bin. Und daß nur für Italiener Blut dicker ist als Wasser.»

Plötzlich sah ich vieles klar. Was immer Lonergan mir genommen hatte, es war eigentlich sein Eigentum gewesen. Nie hatte er etwas genommen, das mir gehörte. Er hatte mich für seine Zwecke benutzt. Doch genau das gleiche hatte ich mit ihm getan. Und hätte er am Ende nicht schützend die Hand über mich gehalten, so wäre ich nicht heil davongekommen.

Ich sah ihn an. «Onkel John, ich hab's mir gerade anders überlegt.»

«Anders überlegt? Was denn?»

«Das mit dem Partner. Ich will einen. Dich.»

Ich sah, wie sich sein Adamsapfel ruckhaft auf und ab bewegte. Er schluckte hart, zwinkerte heftig, begann seine Brille zu putzen; setzte sie sich wieder auf. «Ich fühle mich geschmeichelt», sagte er mit heiserer Stimme. «Wieviel wird es mich kosten?»

«Fünfzigtausend brauche ich, um aus der Kreide zu kommen. Und danach brauche ich weitere hunderttausend, um das Magazin so aufzuziehen, wie ich mir das vorstelle. Falls Ronzi mir hunderttausend vorstreckt, hänge ich also immer noch mit fünfzigtausend drin. Nun gut – fünfzig Riesen bringen dir zehn Prozent.»

«Zehn Prozent sind für die Katz», sagte er. «Soviel bekommt man ja schon als Finderlohn, und dabei investiert man nichts.»

«Das ist mein Angebot.»

Er musterte mich einen Augenblick. «Ich mache dir ein besseres. Ich gebe dir hunderttausend für zwanzig Prozent. Und du hast das Sagen. Damit bekommst du eine echte Chance.»

«Und wenn die Sache in die Hosen geht und du dein Geld verlierst?»

«Dann werde ich mein Kopfkissen naßweinen. Aber du schuldest mir nichts.»

Ich starrte ihn an. Daß ich ihm die Partnerschaft angeboten hatte, schien mir selbst kaum begreiflich. Nie hätte ich geglaubt, daß ich das je tun würde. Nicht nach dem, was mit meinem Vater geschehen war. Er und Onkel John, sie waren Partner gewesen, und mein Vater hatte sich das Leben genommen, weil Onkel John ihm seine Hilfe verweigert hatte.

Er reagierte, als habe er meine Gedanken gelesen. «Dein Vater war ein schwacher Mann. Er tat etwas, das er nicht hätte tun sollen. Als es herauskam, machte er die Sache noch schlimmer, indem er andere Menschen hineinzog, Menschen, die sich nichts hatten zuschulden kommen lassen. Schließlich wandte er sich an mich und bat um Hilfe, doch es gab nichts mehr, das ich – oder irgend jemand sonst – tun konnte. Ich riet ihm, die Wahrheit zu sagen und die Konsequenzen auf sich zu nehmen. Ich sagte ihm, wenn er wieder herauskäme, würde ich ihm beim Neubeginn helfen. Doch es war ihm unmöglich, der Wahrheit ins Gesicht zu sehen. An seinem Ruf lag ihm mehr als an deiner Mutter und an dir. Und so schrieb er diesen Brief, in dem er alles mir anlastete. Das machte Schlagzeilen, und es gab genügend Leute, denen ich so unsympathisch war, daß sie dem nur zu gern Glauben schenkten. Aber hast du dich auch schon mal gefragt, weshalb ich nicht vor Gericht gestellt wurde, wenn an den Vorwürfen was dran war?»

Ich ließ ihn reden.

«Nun, die Behörden sind weiß Gott jedem Vorwurf auf den Grund gegangen. Und kein einziger traf zu. Denn du kannst mir glauben, hätten sie auch nur den Schatten eines Beweises gegen mich gefunden, so wäre es ihnen ein wahres Vergnügen gewesen, mich am nächsten Baum aufzuknüpfen.» Wieder nahm er seine Brille ab, wieder putzte er die Gläser. «Entschuldige. Ich weiß gar nicht, wie ich darauf gekommen bin. Es war nie meine Absicht, so über deinen Vater zu reden. Aber das hat immer zwischen uns gestanden. Als das damals passierte, warst du noch ein Kind, und du bist sozusagen damit aufgewachsen. Selbst auf deine Einstellung zu deiner Mutter hat das seine Auswirkung gehabt, denn du hast nie verstanden, weshalb die Beziehungen zwischen ihr und mir so ungetrübt blieben, als ob nichts geschehen sei.»

Ich sah ihn wortlos an. Was hätte ich auch sagen sollen? Das gehörte alles der Vergangenheit an und ließ sich nicht mehr ändern. Wieder schien er meine Gedanken zu lesen.

«Es ist lange her. Und es hat nichts mit dem zu tun, worüber wir sprachen.»

Ich nickte.

«Gilt der Handel also?» fragte er ein wenig zögernd, als fürchte er eine Zurückweisung.

Ich hielt ihm meine Hand hin. «Ja, Partner.»

Er nahm meine Hand in seine beiden Hände, und ich spürte den festen Druck. Die Augen hinter den Brillengläsern zwinkerten. «Wir werden Erfolg haben. Du wirst es sehen.»

Auch ich kniff jetzt kurz die Augen zusammen: ein eigentümliches Brennen machte sie so trocken. «Ja, das werden wir», sagte ich. «Und ich werde mich verdammt zusammennehmen, um dich nicht zu enttäuschen.»

«Wo wir jetzt Partner sind, Sohn, werde ich diesem Ithaker erst mal flüstern, daß er wenigstens zweihunderttausend ausspucken muß, wenn er den alleinigen Vertrieb haben will.»

«Onkel John, vergißt du unsere Abmachung? Du hast doch gesagt, daß ich das Sagen habe.»

«Will mich ja gar nicht einmischen», versicherte er hastig. «Aber du wirst genug damit zu tun haben, das Magazin herauszubringen. Und außerdem werde ich mit dem Schweinehund besser fertig als irgend jemand sonst. Er weiß verdammt gut, wie ich's ihm eintränken kann – daß nämlich in den Straßen von Los Angeles kein einziger Laster mehr von ihm fährt.»

Das war ein unwiderlegbares Argument. Er konnte die einzige Sprache sprechen, welche die Spaghetti verstanden. «Okay, Onkel John. Du hast die Sache mit Ronzi angefangen, bringe sie also auch zum Abschluß.» Plötzlich überwältigte mich ein wahrer Bärenhunger. Ich stand auf.

«Wo willst du hin?»

«Ich bin halbverhungert. Es ist jetzt zwei Uhr früh, und seit dem Mittag habe ich nichts mehr gegessen.»

Er steckte die Hand in die Tasche. «Hast du überhaupt Geld?»

Ich lachte. «Ja, habe ich. Daran hat's nicht gefehlt, nur an der nötigen Zeit. Ich hatte einfach zuviel zu tun.»

«Und wo willst du jetzt hin?»

«Zum Bagel-Imbiß in der Fairfax. Die haben noch um diese Zeit geöffnet.»

«Bill soll dich hinfahren und auf dich warten. Dann kann er dich nach Hause bringen. Ich möchte nicht, daß du nachts in den Straßen umherwanderst.»

«Ich bin ein großer Junge, Onkel John, und bisher hast du dir meinetwegen nie Sorgen gemacht.»

«Bisher waren wir auch noch nicht Partner», sagte er. «Jetzt habe ich mehr in dich investiert als Blut.»

33

MACHO – riesige Buchstaben auf königsblauem Samthintergrund.

Auf der linken Seite in kleineren weißen Buchstaben: «Für den maskulinen Mann.» Auf der rechten Seite, im gleichen Schrifttyp: «2. Jahrgang, 1. Nummer.»

Das Bild: ein nacktes Mädchen mit Cowboyhut auf dem Kopf, in der klassischen aggressiven Pose des Revolverhelden, in jeder Hand einen Colt, der auf den Leser gerichtet ist. Ein Zellophanüberzug mit aufgedrucktem weißem Spitzen-Bikini bedeckt Brüste und Geschlecht. Durch die Spitzen hindurch sieht man Brustwarzen und Schamhaare schimmern. Links vom Foto, von oben nach unten verlaufend, der erste Teil der Frage: «Bist du Manns genug?» Auf der rechten Seite, parallel dazu, der zweite Teil: «Mir den Bikini auszuziehen?»

Sonst kein Wort, nicht eine einzige Silbe. Nur ganz oben rechts der Preis: $ 1,25.

Auf der Innenseite der Titelseite in schwarzen Buchstaben: «Unser neues Symbol –» Jetzt riesige rote Buchstaben: *Der Kampfhahn* ! Und das Bild dazu, ganz im Pop-Stil, ein echtes Kunstwerk von prachtvoller Wirkung. Es stellt das Wort «Cock» in seiner vollen Doppelbedeutung dar, als «Hahn» *und* als «Schwanz» – nämlich einen Phallus, ein fast zum Bersten erigiertes Glied, darüber ein Kampfhahn mit geschwollenem roten Kamm, vorgerecktem scharfem Schnabel und Krallen mit Sporen. Der Hahnenkörper besteht aus gewaltigen männlichen Hoden. Der Vogel scheint in der Luft zu schweben – im Begriff, sich auf ein unter ihm liegendes nacktes Mädchen zu stürzen. Text: «Für den maskulinen Mann. Der Mann, der bereit ist, für das zu kämpfen, was er will, bekommt auch, was er will.»

Auf der folgenden Seite dann das Editorial des Verlegers:

Kaufen Sie Dieses Magazin Nicht, Wenn –
Sie Häschen mögen – dann kaufen Sie lieber ein Kaninchen
Sie Schoßtierchen mögen – dann kaufen Sie sich lieber einen Pudel

Kaufen Sie Dieses Magazin, Wenn –
Sie Mädchen mögen – Wir haben sechs in dieser Nummer.
Dreißig Seiten nackte Schönheit in allen Größen, Formen und Farben. Ihnen zur Freude, um Ihnen die Freuden des Lebens zu zeigen
Sie Sex mögen – Wir haben Stories, Artikel, Witze, Cartoons, Fantasien, Fetische, die sich alle um Thema Nummer eins drehen – das Thema, über das Männer mehr sprechen, mehr nachdenken, das sie mehr beschäftigt als jedes andere, Geld eingeschlossen. Sechzig Seiten voll Sex, nichts als Sex. Wir werden Ihnen nicht sagen, welches Auto oder welche Stereo-Anlage sie sich kaufen, oder was Sie anziehen sollen. Wer kann sich superteure Sachen schon leisten? Eins aber können Sie sich leisten: *Spass*. Und Sex ist Spass. Für 1 Dollar und 25 Cents pro Monat werden wir Ihnen mehr Vergnügen bieten, als Sie sich's je haben träumen lassen

Das Verspreche Ich Ihnen.

(Unterschrift) Gareth Brendan, Verleger

P. S. *Besondere Anmerkung des Verlegers:*
In dieser Nummer, wie auch in allen folgenden, werden Sie in der Mitte ein aufklappbares Faltbild finden, in Lebensgröße. Auf 55 mal

80 Zentimetern bringen wir die «Supermöse des Monats»!
Auf dem Riesenfoto zeigen wir nichts als die wunderschöne, einladende rosa Muschi, die jeden Kampfhahn begierig darauf macht, mehr von dem Mädchen zu sehen, dem sie gehört. Blättern Sie also um, und Sie finden zehn weitere Superfotos von der «Supermöse des Monats».
Wenn das nicht wirkt, gibt's nur noch eins:
– Gehen Sie zum Arzt oder
– Stecken Sie das Faltbild mit Ihrem Namen und Ihrer Adresse in einen Umschlag und schicken Sie uns das Ganze, damit wir Ihnen den vollen Kaufpreis des Magazins zurückerstatten. Der Rest des Magazins bleibt Ihr unbestrittenes Eigentum.

(gezeichnet) G. B., Verleger

Drei Monate nach Beginn unserer Partnerschaft standen Lonergan und ich vor der ersten Probenummer: Seite für Seite war sie an die Wand geheftet. Aber erst nach vier Monaten harter Arbeit war das Magazin soweit, daß es in Druck gehen konnte, und an den Verkaufsständen hing es erst im April des folgenden Jahres. Wir stießen auf alle möglichen Reproduktionsprobleme – das Rosa war nicht rosa genug, und die Muschis sahen auf den Fotos häufig aus wie Dörrobst. Wie alles an einer Frau wirkten sie mit Make-up und Frisur eindeutig attraktiver. Und so kam es, daß wir eine ganz neue Art der Schönheitspflege entwickelten.

34

Wir konnten hören, wie Bobby die Modelle anschrie. Lonergan trat vom Wasser auf den Sand, sprang hastig zurück. «Mein Gott, das ist ja glühend heiß!»

«Warte einen Augenblick. Die sollen uns ein Handtuch bringen, damit du dir die Füße trocknen und wieder in die Schuhe schlüpfen kannst.» Ich wölbte meine Hände trichterförmig vor dem Mund und rief der Kamera-Crew zu, daß wir ein Handtuch brauchten.

Gleich darauf kam ein Modell auf uns zugerannt. Sie war völlig nackt und schwenkte das Handtuch. «Ist es das, was Sie haben wollten, Mr. Brendan?»

«Ganz recht.» Ich sah, wie mein Onkel sich von dem Mädchen wegwandte und aufs Meer hinausblickte. Unwillkürlich lächelte ich. «Wie heißen Sie?»

«Samantha Jones.»

«Samantha, wären Sie so nett, Mr. Lonergan die Füße zu trocknen und ihm in seine Schuhe zu helfen?»

«Schon gut», sagte mein Onkel hastig. «Das kann ich auch selbst.»

«Sei nicht albern. Das macht Samantha nichts aus.»

Sie kniete zu seinen Füßen nieder. Starr heftete er seinen Blick auf einen fernen Punkt, während sie seinen rechten Fuß anhob und abzutrocknen begann. Lonergan geriet aus dem Gleichgewicht. «Stützen Sie doch eine Hand auf meine Schulter», sagte Samantha. «Dann ist es sicher leichter.»

«Nein, nein, schon gut», beteuerte er. Und verlor ums Haar wieder das Gleichgewicht.

Sie griff nach seinem Arm, um ihn zu stützen – legte seine Hand dann auf ihre Schulter. «Na, ist das so nicht doch besser?»

Lonergan gab keine Antwort, blieb jedoch auf einem Bein stehen, sein Gesicht dem Meer zugewandt.

«Du befindest dich in guten Händen», sagte ich zu ihm. «Ich werde mal rübergehen, um zu sehen, was dort los ist.»

Bobby schrie noch immer die Modelle an. «Du dämliche Ziege! Du sollst nicht sauer aussehen, sondern scharf! Als ob du's nicht abwarten könntest!»

Das Mädchen war den Tränen nah. «Aber Bobby, das ist so ein komisches Gefühl. Ich hab's noch nie gesehen. Nicht so. Ich meine, so rasiert und frisiert, daß alles vorguckt.»

«Oh, verdammt», brüllte Bobby. «Genauso soll's doch sein! Was denkst du denn, was wir fotografieren? Deine Augäpfel?» Angewidert wandte er sich ab. «Menschenskind . . .» Er sah mich. «Wir werden überhaupt nicht fertig.»

«Mach mal Pause», sagte ich. «Und komm mit.»

«Pause», rief er über die Schulter und ging neben mir den Strand entlang. «Was ist denn?»

Ich betrachtete ihn. Sein Gesicht war vor Hitze stark gerötet, von der Stirn tropfte ihm Schweiß. «Wie lange bist du schon hier in der Sonne?»

«Ungefähr zwei Stunden.»

«Wie fühlst du dich?»

«Heiß ist mir, so heiß wie noch nie.»

«Was glaubst du, wie sich die Mädchen fühlen?»

Ein oder zwei Sekunden blickte er mich stumm an. «Aber wir brauchen die Sonne doch.»

«Wenn du sie noch eine Weile in dieser Glut läßt, dann landet ihr alle im Krankenhaus.»

«Ich werde mit der Serie nie fertig werden.»

«Den Rest kannst du jederzeit im Studio erledigen. Wann kommt King Dong?»

«Mit der Maschine heute nachmittag.»

«Das kannst du dann morgen schießen. Das ist etwas, das sich im Studio nicht machen läßt. Ist wegen der Kostüme alles arrangiert?»

«Die bringt er mit.»

«Na, dann ist ja alles in Ordnung.»

Er nickte. «Ja. Morgen früh um sieben geht's ab zur Klause.»

«Zur Klause?» Ich verstand nicht, was er meinte.

«Die Mission meines Vaters», erklärte er. «Liegt rund dreißig Kilometer von hier am Rand des Dschungels.»

«Hm, Klause», sagte ich. «Na ja, paßt vielleicht zu einer Mission. Wen bekehren sie denn da? Die Indios?»

Er lachte. «So eine Mission ist das nicht. Es ist eher so etwas wie eine Schule oder Hochschule. Dort erhalten die Kandidaten für die zweite Ebene Unterricht, damit sie sich als Lehrer qualifizieren können. Klause wird's genannt, weil man dort keinerlei direkte Kommunikation mit der Außenwelt hat, kein Radio, kein Telefon. Nur die Versorgungslaster erscheinen und verschwinden wieder.»

Sein Gesichtsausdruck veränderte sich plötzlich. Beunruhigt musterte er mich. «War's sehr schlimm mit mir, Gareth?»

«Du hattest ganz einfach zuviel Sonne.»

«Tut mir leid. Ich engagiere mich immer so sehr.»

«Ist ja in Ordnung. Vergiß dabei nur nicht, daß Menschen keine Kameras und Modelle keine Ausrüstungsgegenstände sind.»

Er nickte und ging zu seinen Leuten zurück. Gleich darauf hörte ich seine Stimme. «Packt zusammen. Für heute ist Feierabend. Morgen früh um sieben geht's dann los.»

Während ich in Richtung Bungalow ging, holte mich Lonergan ein. «Das war wirklich nicht nötig», sagte er.

Ich spielte den Begriffsstutzigen. «Was meinst du?»

«Du weißt schon. War wirklich peinlich, mir von einem nackten Mädchen die Füße trocknen zu lassen. Wenn da nun jemand ein Foto geschossen hätte?»

«Verdammt!» sagte ich in gespielter Verärgerung. «Wußte doch, daß ich was vergessen hatte!»

«Ich möchte nur mal wissen, weshalb ich mich überhaupt mit dir abgebe.»

«Das kann ich dir sagen.» Ich hielt die Bungalowtür für ihn auf. «Wüßtest du sonst jemanden, der es möglich macht, daß du dir einen Kindheitstraum verwirklichst und barfuß in die Brandung watest?»

Verita wartete auf mich. «Du hast dir mit dem Rückweg vom Mittagessen viel Zeit gelassen.»

«Lonergan hatte Lust auf einen Strandspaziergang. Er ist sogar in die Brandung gewatet. Und du? Du bist ja sehr schnell fertig geworden.»

«Es war einfach. Murtagh hatte recht. Alles lag schon für mich bereit. Keinerlei Tricks. Alles völlig offen. Die Bücher stützen die Behauptungen der Halsbachs. Sowohl was die Kosten als auch die Verluste betrifft.»

«Trotzdem siehst du mir ziemlich nachdenklich aus.»

«Paßt irgendwie nicht. Daß alles so ordentlich geführt ist. Mexikanisch ist das nun wirklich nicht.» Sie nippte an ihrem Cocktail. «Nachdem ich mit den Büchern fertig war, machte ich einen Spaziergang zum Flugplatz und sprach mit einigen der Mechaniker.»

Der Butler trat ein. Ich ließ mir einen Whisky mit Eis geben, Lonergan hielt sich an seinen gewohnten Martini. Als der Butler wieder verschwunden war, fuhr Verita fort: «Weißt du, daß etwa dreißig

Privatmaschinen jede Woche den Flugplatz benutzen?»

«Nein.»

«Etwa die Hälfte davon gehört Grundbesitzern, die nicht allzu weit von hier wohnen.»

«Und die andere Hälfte?»

«Für die ist das hier nur Zwischenstation. Sie landen, tanken auf, starten wieder. Länger als eine Stunde halten sie sich selten auf.»

«Irgendeine Ahnung, wo sie herkommen?»

«Von der Baja-Halbinsel, sagen die Mechaniker. Aber das ergibt keinen Sinn. La Paz wäre für sie näher. Wir liegen hier hundert Kilometer weiter weg. Noch etwas. Sie fliegen alle immer in eine bestimmte Richtung. Nach Norden. Beim Flug südwärts landet hier nie eine zwischen.»

«Wie steht's mit Unterlagen? Halten die auf dem Flugplatz alles schriftlich fest?»

«Kein Gedanke. Sie handhaben das auf mexikanische Weise. Sie haben eine Kassette, und da tun sie einfach das Geld rein, das sie einnehmen – für den Treibstoff, die Landegebühr und so weiter.»

«Gibt's dort einen Beamten vom mexikanischen Zoll?»

«Nein, nur einen von der örtlichen Polizei. Und der schlief die ganze Zeit, während ich dort war.»

Ich blickte zu Lonergan. «Was hältst du von der Sache?»

«Rauschgift, wahrscheinlich. Aber das heißt noch nicht, daß Halsbachs ihre Finger mit drin haben müssen. Wäre das der Fall, so würden sie kaum so begierig nach Kaufinteressenten Ausschau halten. Das Drogen-Geschäft würde wohl mehr abwerfen als das Hotelgewerbe. Mehr als genug sogar, um irgendwelche Verluste wettzumachen.»

«Wie wollen wir der Sache auf den Grund kommen?»

Er sah Verita an. «Sie hatten auch private Geldgeber. Ist aus den Büchern irgend etwas Genaueres darüber zu ersehen?»

«Nein. Einen Teil des Geldes haben sie selbst aufgebracht. Der Rest kam von einem Syndikat.»

«Läßt sich nicht feststellen, wer zu diesem Syndikat gehört?» fragte ich.

Lonergan hob die Schultern. «Schweizer Banken.»

Ich blickte zu Verita. «Meinst du, daß Julio was wissen könnte?»

Sie leerte ihr Glas. «Du kannst ihn ja fragen, wenn wir wieder in Los Angeles sind.»

Doch so lange brauchte ich nicht zu warten. Beim Empfang am Nachmittag war Julio zur Stelle. Und Eileen auch.

Als sie eintrafen, war die Cocktail-Party allerdings schon fast vorüber. Ich hatte gerade dem Gouverneur für sein Interesse gedankt und für seine Bereitwilligkeit, mir etwas von seiner so kostbaren Zeit zu opfern.

«Nein, Señor Brendan», protestierte er in fast akzentfreiem Englisch. «Wir sind es, die Ihnen für Ihr Interesse Dank schulden. Nach unserer Überzeugung haben wir hier das womöglich schönste Urlaubsterritorium auf der ganzen Welt, und mit Hilfe der Anstrengungen, die Sie und andere Menschen Ihrer Art vielleicht auf sich nehmen werden, mag es sich in ein wahrhaftiges Paradies verwandeln. Ich bitte Sie um Ihre Mitwirkung.»

«Danke, Exzellenz. Im Augenblick habe ich da nur eine Sorge: Wann wird das Spielkasino Eröffnung feiern dürfen? Das ist ein –nein, *der* entscheidende Faktor für den Erfolg eines Unternehmens, wie ich es plane.»

«Nun, soweit es die Einwilligung der lokalen Behörden betrifft, ist alles geregelt. Jetzt müssen wir noch auf die Erlaubnis durch die Bundesregierung warten.»

«Und wie lange, glauben Sie, wird das noch dauern?»

«Wir haben alle nur verfügbaren Hebel in Bewegung gesetzt.»

Ich dachte nicht daran, ihn vom Haken zu lassen. «Ohne ein definitives Datum, Exzellenz, kann ich ein Investment dieser Größenordnung nicht in Angriff nehmen.»

«Ich werde alles in meinen Kräften Stehende tun, um Ihnen eine baldige Antwort zukommen zu lassen», erwiderte er glatt. «Leider muß ich mich nun empfehlen. Ich werde in La Paz bei einem wichtigen Dinner erwartet.»

«Nochmals vielen Dank, Exzellenz.»

Er machte eine Verbeugung und reichte mir die Hand. *«Hasta la vista*, Señor Brendan.» Sein Händeschütteln war das eines Politikers mit genau bemessener – und natürlich vorgetäuschter – Herzlichkeit. Er verbeugte sich ein zweites Mal und durchquerte dann, sich von den anderen verabschiedend, den Raum. Sofort folgten ihm seine beiden Leibwächter. Die engen Anzüge, die sie trugen, ließen die Auswuchtung der Pistolen unter ihren Armen deutlich erkennen.

Ich trat zu Lonergan. «Verpflichtet hat er sich zu nichts», sagte ich als Antwort auf seine unausgesprochene Frage. «Nur einen Haufen Versprechungen hat er gemacht.»

Er schwieg. Seine Augen glitten zur Tür. Ich folgte seinem Blick und sah Eileen und Julio, die gerade eintraten.

Der Gouverneur blieb stehen, offenkundig überrascht. Dann umarmten sich die beiden Männer und schüttelten einander die Hände. Sie wechselten ein paar Worte. Danach trat Julio weiter in den Raum, während der Gouverneur im Korridor verschwand.

Julio schien alle hier zu kennen. Aufmerksam beobachtete ich ihn, als er hier und dort stehenblieb, um ein paar Floskeln zu tauschen. Die Reaktion der Leute war überaus aufschlußreich. Er schien in ihren Augen so etwas wie ein König zu sein. Geradezu untertänig gaben sie sich, wollten möglichst von ihm gesehen werden. Um den Gouverneur hatten sie nicht halb soviel Getue gemacht.

Eileen kam zu mir rüber. Sie beugte sich vor, so daß ich sie auf die Wange küssen konnte. «Überraschung!» flüsterte sie. Ich lachte.

Sie sah Lonergan. «Hallo, Onkel John.»

Er lächelte und küßte sie auf die Wange. «Meine Liebe.»

Ihre Augen saugten sich an Marissa fest, die sich gerade mit Dieter und zwei Mexikanern unterhielt. «Ist das deine neue Eroberung?» fragte sie leise.

«He!» sagte ich. «Du kennst die Spielregeln doch. Du fragst mich nicht, ich frage dich nicht.»

«Sie ist schön.»

Der Ausdruck auf ihrem Gesicht, den kannte ich. Ab und zu gab es für sie ein Mädchen, das . . . so wie jetzt. Sie war einfach hingerissen.

Ich stöhnte. «Doch nicht schon wieder! Warum muß es immer eine von meinen sein?»

Sie lächelte. «Das habe ich dir ja schon gesagt. Wir haben den gleichen Geschmack.»

Ich deutete auf Julio, der noch inmitten einer Gruppe stand. «Wann hast du herausgefunden, daß er herkommt?»

«Erst im Flugzeug.»

«Und was erzählte er dir so?»

«Nicht allzuviel. Wußtest du, daß er von hier stammt? Und daß seine ganze Familie immer noch hier lebt?»

«Nein.»

«Merkwürdig. Ich meine, Verita hätte es doch erwähnen können.»

«Das Thema ist nie aufs Tapet gekommen.»

Sie nahm mich beim Arm. «Deine Freundin schaut zu uns herüber Meinst du nicht, es ist Zeit, uns miteinander bekannt zu machen?»

35

Ich saß im warmen Wasser der Badewanne, Schaum bis zur Nase un wundersame Gedanken im Kopf, als Eileen eintrat. «Zeit zum Abendessen kann's doch noch nicht sein. Wir sind ja gerade erst mi der Cocktail-Party fertig.»

«Du hast Besuch. Julio und die Halsbachs, *père et fils*.»

«Scheiße. Ich hab wirklich keine Lust, die jetzt zu sehen.» Ich gli tiefer in die Wanne. «Sage ihnen, daß ich sie beim Essen treffe.»

Sie nickte und ging hinaus. Gleich darauf war sie wieder da. «Juli sagt, es sei sehr wichtig.»

«Verdammt.» Ich raffte mich hoch. «Finde bitte heraus, ob Onke John dabei sein kann. Ich bin in einer Minute soweit.»

Ich stellte mich unter den Strahl der kalten Dusche, rubbelte mic trocken, schlüpfte in einen Bademantel und ging ins Wohnzimmer.

Onkel John war vollständig angekleidet und nippte gerade an se nem Martini. Die anderen tranken Tequila. Ich ging hinter die Ba und goß mir Eiswasser in ein Glas. Eileen war verschwunden. Ic lehnte mich auf die Bar. «Okay, Julio, was ist denn so wichtig?»

«Verita hat mir gesagt, daß sie mit der Prüfung der Bücher berei fertig ist und daß es nach ihrer Meinung da nichts zu beanstande gibt.»

«Das stimmt.»

«Und was halten Sie davon?»

«Wovon?»

«Von dem Projekt.»

«Ich bin noch am Überlegen.»

«Sie haben alle Informationen. Was wollen Sie noch wissen?»

Ich schaute zu Lonergan rüber. Sein Gesicht wirkte ausdruckslos. «Nichts eigentlich. Allerdings kann ich eine gewisse Neugier nicht verhehlen. Wie passen Sie in dieses Bild?»

Julios Stimme klang geradezu sanft. «Ich bin die Schweizer Bank.»

Ich nickte.

«Sie scheinen nicht überrascht zu sein.»

«Es ließ sich denken. Allerdings war ich mir nicht ganz sicher, daß Sie über Kapital in dieser Größenordnung verfügen.»

«Ich arbeite hart.»

«Und warum verbuttern Sie Ihr Geld ausgerechnet hier unten?»

Ich sah einen Hauch von Röte in sein Gesicht steigen. «Meine Familie stammt von hier. Alles arme *campesinos*. Es war eine Gelegenheit, hier Erwerbsmöglichkeiten zu schaffen und den Leuten etwas Gutes zu tun.»

«Es wäre billiger gewesen, jedem pro Monat hundert Dollar zu schicken.»

«Unsereins hat seinen Stolz», sagte er. «Wohltätigkeit wollen wir nicht.»

«Bei der eigenen Familie ist's keine Wohltätigkeit», erklärte ich und trank mein Eiswasser. «Ich bekomme allmählich das Gefühl, daß die Sache für meinen Geschmack zu größenwahnsinnig sein könnte.»

«Wenn's mit dem Spielkasino erst mal läuft, ist das hier eine Goldmine.»

«Julio, wir kennen uns schon sehr lange. Habe ich Sie je beschissen?»

«Nein, Lieutenant, nie.»

«Also bescheißen Sie mich auch nicht. Wir wissen doch beide, daß die Sache mit dem Spielkasino hier nicht laufen wird. Jedenfalls nicht, bevor man sowas nicht in ganz Mexiko gestattet. Oder meinen Sie, daß Acapulco das stillschweigend hinnehmen und irgendeiner Konkurrenz den Vortritt lassen würde?»

«Wir haben Zusagen. Von den höchsten Stellen.»

«Das sind Versprechungen, weiter nichts. Da muß schon was Konkretes kommen, bevor ich daran glaube. Der Gouverneur hat mir ja selbst gesagt, daß die offizielle Erlaubnis durch die Bundesregierung noch aussteht.» Wieder trank ich einen Schluck Eiswasser. «Und ohne die Erlaubnis zur Eröffnung des Spielkasinos ist die ganze Anlage hier nicht einmal wert, niedergebrannt zu werden.»

Julio schwieg.

Zum ersten Mal ließ sich der alte Graf vernehmen. «Mit Hilfe Ihrer Pläne zur touristischen Erschließung, von denen Sie mir erzählt haben, könnte die Sache doch profitabel werden.»

«Vorausgesetzt, sie ließen sich verwirklichen. Allerdings – so wie es jetzt mit den Kosten aussieht, würde selbst das nicht viel helfen. Günstigstenfalls käme ich gerade aus dem Schneider.»

«Wollen Sie damit sagen, daß Sie nicht interessiert sind?»

«Damit will ich sagen, daß ich mir die Sache noch durch den Kopf gehen lasse. Sollten Sie andere Kaufinteressenten haben, so steht es Ihnen natürlich frei, mit ihnen zu verhandeln.»

Der alte Graf erhob sich. «Ich danke Ihnen, daß Sie so offen gesprochen haben, Mr. Brendan. Wir werden uns wieder treffen, wenn Sie zu einem Entschluß gelangt sind.»

«Ja.»

Dieter stand auf und folgte seinem Vater zur Tür. Julio blieb sitzen. «Ich komme später nach», sagte er und wartete, bis sich die Tür hinter den beiden schloß. Dann wandte er sich zu mir herum. «Okay, Lieutenant, jetzt können wir uns unterhalten.»

«Dieses Blech über die Familie kaufe ich Ihnen nicht ab, Julio. Bei den vier Millionen, die Sie hier reingesteckt haben, gab's für Sie bestimmt bessere Gründe.»

«Zum Beispiel?»

«Zum Beispiel fünfzehn Privatmaschinen pro Woche. Die alle nach Norden fliegen.»

Er schwieg. Dann hob er sein Glas, trank einen Schluck Tequila. Auf seinen Lippen lag ein Lächeln, doch seine Augen blickten kalt.

«Wo haben Sie das gehört?»

«Man kann die Leute nicht am Reden hindern.»

«Solches Gerede könnte manchen Kopf und Kragen kosten.»

«Solches Gerede könnte mich das Geschäft kosten, falls ich mich in diesen Komplex einkaufe.»

«Das Hotel hat mit dem Flugplatz nichts zu schaffen. Er gehört ihm ja nicht einmal.»

«Wem gehört er denn?»

«Der lokalen Verwaltung.»

Ich lachte. «Dann kriegen die Halsbachs von der fetten Wurst also nicht mal den kleinsten Bissen? Gehen völlig leer aus?»

«Sie haben das Hotel gebaut, nicht ich.»

«Und wer hat sie in dem Glauben gewiegt, sie würden das Spielkasino aufziehen können? Sie haben hier viele Freunde, Julio. Das konnte ich auf der Cocktail-Party ja selbst sehen.»

«Wenn's nicht zu diesem Knall mit Dieters schwulen Freunden gekommen wäre, hätte die Sache mit dem Hotel bestens laufen können.»

«Daran ist nun nichts mehr zu ändern.»

Julio blickte zu meinem Onkel. Seine Stimme klang sehr respektvoll. «Wo liegen Ihre Interessen hierbei, Mr. Lonergan?»

«Ich bin nur ein Beobachter. Was Ihr Busineß betrifft, so interessiert es mich nicht. Sie wissen, daß ich nicht deale.»

Julio wandte sich wieder zu mir. «Falls Sie das hier kaufen, wo komme ich dann ins Spiel?»

«Überhaupt nicht. Das heißt, gegen die ‹Schweizer Bank› habe ich nichts, aber diese Privatmaschinen dürfen sich hier nirgends mehr blicken lassen.»

«Da hängt für mich ein Haufen Geld mit drin, und der Verlust . . .»

Ich unterbrach ihn. «Sie werden Ihre Entscheidung treffen müssen, bevor ich meine treffe.»

Julio erhob sich. «Wir haben beide eine Menge zu überlegen.»

«Allerdings.» Nachdem er verschwunden war, fragte ich meinen Onkel: «Nun?»

«Ich weiß nicht recht», sagte Lonergan. «Bei dem, was der wöchentlich so umsetzt, würde ich auf ganz beträchtliche Gesamtbeträge tippen, wenigstens in Höhe von einer Million. Und darauf verzichtet der bestimmt nicht so leicht.»

«Julio ist sehr beunruhigt», sagte Verita beim Abendessen zu mir. «Er hat das Gefühl, daß du ihn nicht magst.»

«Ich mag ihn sogar sehr gern. Aber von seinem Busineß will ich nichts, aber auch gar nichts in meiner Nähe haben.»

«Du hast ihn nicht zum Essen eingeladen.»

Plötzlich begriff ich. Das Gesicht wahren, darauf kam es ganz entscheidend an. Schließlich waren wir alte Freunde, waren zusammen in der Army gewesen. «Wo ist er?»

«In seinem Zimmer.»

«Ruf ihn an und bitte ihn, herunterzukommen. Sag ihm, ich hätte ihn nicht ausdrücklich eingeladen, weil es für mich selbstverständlich war, daß er mit uns ißt.»

Sie nickte und verließ die Tafel.

Eileen sah mich an. «Was ist denn?»

«Nichts!»

Sie schaute auf Lonergan. «Warum sagst du ihm nicht, daß er sich nur um die Magazine kümmern soll, Onkel John? All das braucht er doch gar nicht.»

«Er hat noch nie auf mich gehört, auch nicht, als er jung war. Weshalb sollte er jetzt damit anfangen?»

Verita kam zurück. «Er wird gleich unten sein. Er freut sich sehr.»

Fünf Minuten später erschien er, in prachtvollem weißem Tropenanzug, übers ganze Gesicht strahlend. «Entschuldigt, daß ich mich verspätet habe», sagte er.

Bald darauf kamen auch Dieter und Marissa. Das Essen war wiederum exzellent, und als wir uns von der Tafel erhoben, wirkten alle äußerst zufrieden.

«Heute abend gibt es am Strand noch eine Mariachi-Schau und folkloristische Tänze», sagte Dieter. «Falls Sie also Lust haben, sich das anzusehen . . .»

«Ich bin nicht mehr so jung wie ihr anderen», erklärte Lonergan. «Ich werde mich also besser in mein Bett verfügen.»

Ich sah ihn an. In Los Angeles ging er vor fünf Uhr früh nie zu Bett.

Und jetzt war es noch ein Stück vor Mitternacht. «Fühlst du dich nicht wohl?» fragte ich ihn.

«Doch, doch, ausgezeichnet. Nur den vielen Sonnenschein und all die frische Luft bin ich nicht gewohnt.» Er sagte gute Nacht und entschwand.

Wir folgten Dieter. Bald waren wir am Strand. Eine Art Lagerfeuer flammte, und auf dem Boden lagen Wolldecken. In der Nähe des Feuers spielte eine fünf Mann starke Band «La Cucaracha». Wir nahmen ein paar Decken, legten sie zusammen, setzten uns. Nach und nach erschienen weitere Gäste am Strand.

Dieter zog ein goldenes Zigarettenetui hervor und bot jedem von uns an. «Eine rauchen?»

Es war ein Shit wie Dynamit, und im Handumdrehen war ich high. Ich sah mich nach den Mädchen um. Sie spürten's auch. Dieter ebenfalls. Julio dagegen paffte seinen Joint einfach so weg. Bei ihm schien der Stoff überhaupt keine Wirkung zu haben.

Die Tänzer begannen. Sie waren Amateure, gehörten wohl fast alle zum Hotelpersonal. Aber sie hatten ihren Spaß dran, tanzten voll Hingabe und Leidenschaft. Der heiße Rhythmus packte auch uns. Plötzlich sprang Marissa auf und tanzte mit. Gleich darauf folgte Verita und, nach kurzem Zögern, auch Eileen. Lächelnd beobachtete Julio beide. Verita beugte sich vor und zog ihn hoch.

Julio und Verita waren so ausgezeichnet, daß nach einer Weile alle zu tanzen aufhörten, um ihnen zuzusehen. Ich lehnte mich auf die Wolldecke zurück.

Dieter saß mir gegenüber. «Sie müssen uns für sehr dumm halten, Mr. Brendan. Ich meine, weil wir gar nicht wirklich wissen, was hier vor sich geht.»

Ich schwieg.

«Aber wir können nichts daran ändern. Vergessen Sie nicht, daß wir sozusagen Neuankömmlinge sind. Ein böses Wort von entsprechender Seite würde genügen, und – und wir wären unseren Besitz los.».

«Sie sind mexikanische Staatsangehörige. Wenn man mit Ihnen so etwas machen kann, was dann erst mit mir?»

«Das ist nicht das gleiche. Sie sind ein Gringo. Auch wenn man hier Gringos nicht mag, so respektiert man doch das Geld und hofft, daß Sie gutes Busineß herbringen. Nie würde man es wagen, Sie sich wirklich zu Feinden zu machen. Außerdem ist da ja auch noch Ihr Onkel.»

«Was ist mit ihm?»

«Nun, er ist in Los Angeles ein überaus wichtiger Mann, nicht wahr? Ich glaube, er ist der einzige Mann, vor dem Julio Respekt hat. Julio ist hier unten ein sehr wichtiger Mann, aber Ihr Onkel ist noch wichtiger. Wir haben gehört, daß Julio in Los Angeles gar nicht existieren könnte, wenn Ihr Onkel das nicht wollte.»

Ich sah zu Julio hin, der noch immer mit Verita tanzte. Er lächelte und schien sehr glücklich zu sein. Eines fiel mir auf: Irgendwie sahen die Männer, die im Kreis um die Tanzenden standen und zuschauten, genauso aus wie Julio. Er war hier wahrhaft zu Hause.

Unwillkürlich dachte ich an Lonergan. Er war sofort nach dem Essen zu Bett gegangen. Und plötzlich wurde mir bewußt, daß sich seit Julios Auftauchen sein Verhalten fast abrupt verändert hatte. Er hatte sich sofort zurückgezogen. Wie der Boß, der sich mit einem Angestellten nicht gemein machen will. Ich erinnerte mich, daß er einmal gesagt hatte: «Wie lange, glaubst du wohl, wärst du am Leben geblieben, wenn ich dich nicht beschützt hätte? Wie lange hätte Julio dir geholfen, wenn ich ihm nicht einen entsprechenden Wink gegeben hätte? . . .Du wärst den Wölfen zum Fraß vorgeworfen worden.»

Ich betrachtete Dieter. «Wieviel wissen Sie nun wirklich von den Vorgängen hier?» fragte ich schließlich.

«Genug, um Ihnen sagen zu können, daß Julio Ihnen zuliebe bestimmt nicht darauf verzichten wird, seine Maschinen hier auf dem Flugplatz landen zu lassen. Der einzige Mann, der ihn dazu bringen könnte, ist Ihr Onkel.»

36

Ausgestreckt lag ich auf der Wolldecke und ließ mich von der Musik umwirbeln. Der Nachthimmel war purpurschwarz, und die Sterne glichen winzigen flackernden Weihnachtslichtern. Ich schwebte zwischen ihnen hindurch und fragte mich unwillkürlich, ob es wohl wirklich so etwas wie einen Weihnachtsmann gab.

Leise klang Marissas Stimme an mein Ohr. «Deine Freundin ist sehr hübsch.»

«Sie behauptet von dir das gleiche.» Ich rollte herum, auf den Bauch, und hielt ihr meinen Joint hin.

Sie machte einige Züge und gab ihn mir zurück. «Ich bin traurig», sagte sie.

«Weshalb? Das Leben hier unten ist doch wunderschön.»

«Nichts ist, was es zu sein scheint, nicht wahr?»

«Wirklichkeit ist, was immer du siehst. Auch wenn niemand sonst auf der Welt sieht, was du siehst, so ist es deshalb doch um nichts weniger wirklich.»

Sie lächelte. «Du hast auf alles eine Antwort.»

«Ich wünschte, so wär's.» Ich setzte mich auf. «Das Leben wäre einfacher.»

Lautes Gelächter zog unsere Aufmerksamkeit an. Die Modelle, Bobby, die Crew und King Dong waren zu den anderen gestoßen. Immer wilder wirbelte es um das Feuer herum.

Bobby ließ sich neben mir auf die Wolldecke sacken. «Als sie die Musik hörten, konnte ich sie einfach nicht zurückhalten.»

«Ist doch okay. Sollen sie ihren Spaß haben.»

«Die kriege ich doch nie munter für morgen früh um sieben.»

«Relax.» Ich reichte ihm den Joint.

Er sog tief. «Wie läuft's?»

«Okay.»

«Hast du dich schon entschieden?»

«Nein, noch nicht.»

«Wenn's am Geld liegt... von meinem Vater soll ich dir ausrichten, daß er interessiert ist.»

«Es liegt nicht am Geld.»

Er blickte zu Marissa. «Mit Ihnen würde ich gerne eine Serie schießen.»

Sie musterte ihn verwirrt.

«Fotos», erklärte ich.

«Oh.» Sie lächelte. «Das wäre wohl nichts für mich.»

«Sie haben einen prachtvollen Körper», sagte er. «Und ein schönes Gesicht.»

«Ich bin nicht der Typ dafür. Es wäre mir zu peinlich.»

«Mach ihr klar, daß wir sowas ganz cool angehen», sagte Bobby zu mir.

«Ich bin sicher, daß sie das weiß.»

«Eine große Hilfe bist du als Verleger nicht gerade. Ein Centerfold mit ihr, das wär doch das reine Dynamit.»

«Wenn ich mich auf deinen Job so gut verstünde wie auf meinen, könnte ich ihn ja gleich mit übernehmen», sagte ich.

Er machte wieder einen Zug, gab mir den Joint dann zurück. «Dann eben nicht», sagte er und stand auf. «Die Musik ist fantastisch.»

Sie waren jetzt bei einer heißen Salsa. Ich streckte Marissa meine Hand hin. «Komm», sagte ich. Die Musiker spielten schneller und immer schneller, ein Wahnsinnstempo. Eine Stunde später waren wir bis auf den letzten Faden durchgeschwitzt und glichen nassen Lappen. Ich ging zu meiner Wolldecke zurück und setzte mich. Die Kondition von früher besaß ich nicht mehr, Alterserscheinungen offenbar.

Samantha, das Modell, war's, die die Sache in Gang brachte. Plötzlich hielt sie ihren BH in der einen und ihren Rock in der anderen Hand. «Ich halt's einfach nicht mehr aus!» rief sie und lief aufs Wasser zu. «Wer als letzter drin ist, ist ein Stinktier!»

Im Nu waren auch die anderen Modelle nackt, und dann rissen wir uns alle um die Wette die Kleider vom Leib und jagten auf das Wasser zu. Mitten im allgemeinen Trubel hörte die Band auf einmal zu spielen auf, brach urplötzlich ab; und die Stille hatte etwas seltsam Schockierendes.

Ich wandte mich um. Alle, Männer wie Frauen, starrten auf King Dong. Langsam streifte er seine Hose von den Beinen, und seine Nacktheit löste eine eigentümliche, kollektive Reaktion aus: ein leises Keuchen, ein kurzes, hastiges Luftholen.

Ich beobachtete die anderen. Dieter schienen buchstäblich die Augen überzugehen. Julio stand mit offenem Mund. Auch die Mädchen starrten stumm und fasziniert, außerstande, den Blick abzuwenden. Ich ließ meine Augen weitergleiten. Wer immer behauptet, daß Frauen nicht auf einen großen Schwanz ansprechen, hat von der Wirklichkeit nicht den leisesten Schimmer.

Julio durchbrach die Stille. «*El toro*», sagte er.

Alle lachten. «Ich kann's einfach nicht glauben», versicherte er. Aus seiner Stimme klang Bewunderung, wenn nicht Verehrung. Er wollte auf King Dong zugehen, doch dieser hatte sich bereits in Bewegung gesetzt und rannte zum Wasser, in das er mit einem Hechtsprung eintauchte. Die Mädchen sammelten sich um die Stelle, und als er wieder hochkam, ertönte ihr schrilles Gelächter.

Eileen ließ sich neben mir auf die Wolldecke sinken. «Mir sind die Knie schwach geworden.»

Ich lachte. «Hat er dich auch angedreht?»

«Ich bin richtig naß, nur vom Hingucken. Dabei dachte ich, ich hätte schon alles gesehen.»

«Das waren nur Bilder. Das hier ist Wirklichkeit.»

«Wie der wohl ist, wenn er steif wird», sagte sie.

«Das wirst du nie zu sehen kriegen.»

«Wieso nicht?»

«Bevor sein Ding auch nur halbsteif ist, hat's aus seinem Körper alles Blut abgezogen, und er wird bewußtlos», erklärte ich mit völlig ernster Miene.

«Sehr witzig», sagte sie und hob die Hand, als wollte sie mich schlagen. Dann lachte sie.

Ich sah, daß Marissa uns beobachtete. Ihr Gesicht hatte einen eigentümlichen Ausdruck. Ich streckte die Hand nach ihr aus. Sie nahm sie, und ich zog sie auf meine andere Seite. Sie wirkte verspannt, und so beugte ich mich zu ihr und küßte sie. Ihre Lippen waren weich und feucht.

Nach einigen Sekunden löste sie sich von mir. «Ich glaube, ich gehe besser auf mein Zimmer!»

«Ich dachte, du bist mit mir zusammen.»

Ihr Blick suchte Eileen. «Nicht, wenn deine Freundin hier ist.»

«Nichts hat sich geändert. Wir sind doch alle Freunde, oder?»

«Sehr richtig», sagte Eileen leise. «Freunde.» Zart berührte sie Marissas Gesicht mit den Fingern. «Freunde teilen miteinander. Freunde lieben einander.»

Marissas Augen weiteten sich. «Ich weiß nicht. Ich habe noch nie –» Sie brach ab, und wie ein Zittern überlief es sie plötzlich. «All dieses Zeug... ich bin richtig fertig.» Abrupt erhob sie sich. Und stand, schwankend. «Ich werde auf mein Zimmer gehen.» Zwei Schritte machte sie, bevor sie taumelnd zu stürzen begann.

Ich fing sie gerade noch rechtzeitig auf und legte sie sacht auf die Wolldecke. Ihr Gesicht war bleich, auf der Oberlippe standen winzige Schweißperlen. Ich fühlte ihren Puls. Er war in Ordnung.

Eileen sah mich verschreckt an. «Sie ist nur ohnmächtig», beschwichtigte ich sie.

«Kann ich irgend etwas tun?»

«Eine feuchte Kompresse auf ihrer Stirn könnte nicht schaden.»

Eileen griff nach dem Halstuch, das sie noch umgebunden trug. Sie löste es vom Hals, rannte zum Wasser. Viel nützen würde das wohl kaum, doch für Eileen mochte es immerhin eine Beruhigung sein. Das einzige, was Marissa wirklich helfen konnte, war Schlaf.

Gemeinsam brachten wir sie zum Bungalow. Dort legte ich sie auf die Couch. Auf dem kleinen Tisch davor lag ein Zettel: «Gareth – ich dachte, es ist für alle Teile bequemer, wenn ich ins Hauptgebäude umziehe. Bis morgen früh also. L»

«Wir können sie im anderen Schlafzimmer unterbringen», sagte ich. «Onkel John ist ausgezogen.»

Während Eileen die Bewußtlose im Schlafzimmer auskleidete, ging ich ins Wohnzimmer und machte mir einen Drink. Ich fühlte mich nüchtern und hellwach.

Ich nahm den Drink, ging damit hinaus in den Garten und setzte mich in einen Sessel. Aus einiger Entfernung scholl Gelächter. Es kam von den Modellen, die zu ihren Bungalows zurückgingen. Ich hörte Bobbys Stimme: Anweisungen an die Crew für die Arbeit am nächsten Morgen. Dann wieder Stille. Ich trank einen Schluck. Die Party war vorüber.

Eileen kam in den Garten und stand dann neben meinem Sessel. «Sie schläft.»

Ich schwieg.

«Ich fliege mit der Morgenmaschine zurück.»

Ich hob den Kopf, sah sie an.

«Ich hätte nicht herkommen sollen. Ich habe hier nichts zu suchen. Meine Arbeit ist für das Magazin ... *dort* bin ich am richtigen Platz.»

«He», sagte ich, «weshalb denn bloß solche Gefühle?»

«Ich war eifersüchtig. Solange es sich um irgendein Mädchen in Los Angeles dreht, verdaue ich das ja. Aber sobald du fort bist, beginne ich, an einer Art Verfolgungswahn zu leiden. Immer meine ich, du könntest eine finden, bei der du wirklich Sinn und Verstand verlierst.»

«Du solltest wissen, daß du dich auf mich verlassen kannst», sagte ich leichthin. «Ich meine, wenn ich eine finde, bist du bestimmt die erste, die ich's wissen lasse.»

Doch zu Scherzen war sie ganz und gar nicht aufgelegt. «Du Mistkerl!» fauchte sie mich an. «Ich will nicht die erste sein, die es erfährt! Sag's doch lieber deiner Mutter! Sie ist's ja, die mir damit in den Ohren liegt, daß du heiraten solltest. Siebenunddreißig, sagt sie, da wird's wirklich Zeit, daß du eine Familie gründest.»

Ich musterte sie verdutzt. «Damit liegt sie dir in den Ohren?»

«Und ob!» erwiderte sie gereizt.

«Warum sagt sie denn zu mir nie was?»

«Was weiß ich», gab sie zurück. «Deine Mutter hat jedenfalls Angst vor dir. Sie sagt, sie hat noch nie mit dir reden können. Aber wenn sie mir wieder mal damit kommt, werde ich ihr klarmachen, daß es mich einen Dreck angeht, was verdammt nochmal du tust!»

Ich griff nach ihrer Hand. «Nur nicht so aufgebracht», sagte ich.

Plötzlich wirkte sie sehr weich. Ich zog sie zu mir, streichelte ihr Gesicht, fühlte die Tränen auf ihren Wangen. «So schlimm ist es doch gar nicht, Eileen.»

«Oh doch, das ist es», sagte sie und richtete sich wieder auf. «Und diesmal bin ich auch so richtig voll reingesegelt, nicht wahr? Habe gegen sämtliche Spielregeln verstoßen. Habe mich total danebenbenommen.»

Ich legte einen Finger auf ihre Lippen. «Psst!» sagte ich. «Ich wußte gar nicht, daß es Vorschriften gibt, wie Menschen einander zu lieben haben.»

Einen Augenblick starrte sie mich wortlos an. Dann beugte sie sich wieder vor, lehnte ihren Kopf gegen meine Brust. «Gareth», sagte sie leise, «wie ist das alles nur so kompliziert geworden? Weshalb kann das nicht mehr so einfach sein, wie es einmal war?»

Ich antwortete nicht.

Ihre Stimme klang noch leiser. «Weißt du noch, wie es war, als wir damals mit dem Magazin anfingen? Daß der Tag einfach nicht genug Stunden für uns hatte? Und ich zu dir kam, um in der kleinen Wohnung über dem Laden mit dir zu leben? Da gab es nur dich und mich.»

«Ja», sagte ich und strich ihr wieder über die Wange. Doch ich dachte: Es ist wirklich sonderbar mit der Erinnerung. Jeder bewahrt darin nur das auf, was *ihm* wichtig erscheint. Und was *ihm* nicht wichtig vorkommt, tut er als belanglos ab.

Von ihrem Standpunkt aus hatte Eileen wahrscheinlich recht. Es hatte damals nur uns beide gegeben. Eines hatte sie allerdings vergessen. Auch Denise war noch dagewesen.

37

Als Eileen einen Hefter vor mich auf den Küchentisch legte, klang ihre Stimme müde. «Das ist ‹Phantasie-Trips› für die Mai-Ausgabe. Tausend Wörter für ‹seinen Trip›, zwölfhundert für ‹ihren Trip›.»

«Warum kriegt sie mehr Wörter als er?» fragte ich. «Ich weiß zwar, daß Frauen mehr reden, aber –»

Sie war zu erschöpft, um sich provozieren zu lassen. «Weibliche Sexualphantasien gehen mir halt leichter von der Hand als männliche. Doch ob nun das eine oder das andere – ich glaube nicht, daß ich das noch länger hinkriege. Meine Phantasie ist ausgelaugt. Wir brauchen Hilfe.»

Ich öffnete den Hefter. Mit den entsprechenden Illustrationen konnte der Artikel bis auf etwa sechs Seiten gestreckt werden. Ich hob den Kopf und sah sie an. «Bleib erst mal am Ball, Baby. Nächste Woche sind wir an den Verkaufsständen, und wenn's so läuft, wie ich mir das vorstelle, kannst du dir jede Menge Hilfe engagieren.» Ich warf einen Blick auf meine Armbanduhr. Es war bereits nach zwei Uhr morgens. «Fahr nach Hause und schlaf erst einmal. Danach sehen wir dann weiter.»

«Morgen – nein, heute – ist Sonntag.»

Wieder warf ich einen Blick auf meine Uhr. Tatsächlich, sie hatte recht. «Dann bleib im Bett und schlaf dich richtig aus.»

«Ich muß noch vier Artikel schreiben und die dritte Folge der Modernen Fanny Hill», erklärte sie.

«Das hat auch noch bis Montag Zeit.»

«Und was wirst du tun?»

«Bobby hat mir sechs Layouts dagelassen. Ich muß die Fotos auswählen, mich für eine Supermöse entscheiden und einiges an Begleittext aushecken. Mir geht's auch nicht viel anders als dir. Zum Thema Nymphomaninnen will mir nichts mehr einfallen.»

«Müssen's denn dauernd Nymphomaninnen sein?» fragte sie.

Ich lächelte. «Wenn auf jedem Bild zu sehen ist, wie sie an ihrer Muschi rumspielt, woran soll ich sie dann denken lassen – an den Kirchgang am kommenden Sonntag?»

«Es hat so was Verächtliches, Herabsetzendes. Manchmal denke ich –» Sie brach ab und erhob sich.

«Was denkst du?»

«Ist nicht weiter wichtig. Ich bin wohl nur übermüdet.»

«Sag's doch. Wenn du's denkst, sprich's auch aus.»

«Wir lassen alles so billig erscheinen. Als ob es auf der ganzen Welt nichts anderes gäbe als Schwänze und Fotzen. Um so etwas zu verzapfen, hätte ich wahrhaftig kein Studium gebraucht.»

«Du hast die Wahl. Wenn du nicht willst, mußt du ja nicht.»

«Und du, Gareth? Hast du eine Wahl?»

«Nicht mehr. Ich hab's mir mal eingebildet, doch inzwischen weiß ich's besser. Als ich aus Vietnam zurückkam, hatte ich große Träume. Ich wollte allen die Augen öffnen. Wollte ihnen sagen, auf was für einem Scheißkarren wir sitzen. Mächtige Talfahrt, bis es eines Tages urgewaltig kracht. Hörte mir bloß keiner zu. Nur ein paar Politiker polkten sich was raus, für ihre eigenen egoistischen Zwecke. Aber sonst? Den Leuten war das alles scheißegal. Und meine Träume sind – na, was sind sie? Geplatzt oder so. Endgültig. Und jetzt gebe ich den Leuten, was sie wirklich wollen. Und sie werden alles so mit ihren eigenen Illusionen garnieren wie ihre Autos, ihr Bier und ihr Fernsehen.»

«Glaubst du das wirklich?»

«Nein. Ich suche nur eine Rechtfertigung für das, was ich tue.» Ich stand auf. «Aber irgendwie glaube ich, daß ich erwachsen geworden bin. Wenn ich schon nicht gegen die Gesellschaft anstinken und sie umkrempeln kann, wie's meinen Vorstellungen entspräche, dann ist's wohl vernünftiger, ich mische mit und mache das Beste draus. Das Spiel hat einen Namen – Geld. Wenn das hier hinhaut, werde ich eine Menge Geld machen.»

«Wird dich das glücklich machen?»

«Das weiß ich nicht. Aber als ich pleite war, war ich auch nicht glücklich, und es wird sicher wesentlich komfortabler sein, wenn ich mich als reicher Mann unglücklich fühle.»

Sie nickte nachdenklich. «Vielleicht hast du recht.» Ein erschöpftes Seufzen kam über ihre Lippen. «Ich werde deinen Rat befolgen und den ganzen Sonntag im Bett bleiben, um mich richtig auszuschlafen.»

«Gut. Ich bring dich zu deinem Wagen.»

Die Straßen waren fast völlig leer. Während wir zu der Ecke gingen, wo sie ihren Wagen geparkt hatte, kam nur ab und zu ein Auto vorüber.

Sie schloß die Tür auf, stieg ein und kurbelte das Fenster runter. «Allmählich kommt's mir albern vor, immer so spät in der Nacht nach Hause zu fahren und am nächsten Morgen wieder früh zurückzukommen.»

Ich schwieg.

«Gareth, warum sagst du nie, daß ich über Nacht bleiben soll?»

«In der Wohnung? Du weißt doch, was für ein Loch das ist. Überall liegt Papier verstreut wie – wie in einem richtigen Scheißhaus.»

«Du hast schon Mädchen dort gehabt. Warum nicht mich?»

«Du bist anders.»

«Inwiefern?» fragte sie. «Ich ficke auch gern.»

Ich schüttelte den Kopf. «Das ist es nicht.»

«Du siehst in mir immer noch die Unschuld vom Lande. Aber da irrst du dich. Ich weiß schon, worum sich deine Gedanken drehen, und verstehe das. Ich hab's auch schon mit Mädchen gemacht. Also? Das ist nicht wirklich wichtig. Die Beziehung zueinander ist es. Du bist mir alles andere als gleichgültig.»

«Das weiß ich. Nur – mit dir ist das eben nicht so.»

«Sondern?»

«Bei dir wäre das Bindung, Verpflichtung, Verantwortung.»

«Und so etwas willst du nicht?»

«Nicht, bevor ich nicht weiß, wo ich bin und wer ich bin.»

Sie ließ den Motor an, beugte dann den Kopf aus dem Fenster. Ich küßte sie. «Ich weiß, wer du bist, Gareth», sagte sie leise. «Warum du nicht?»

Ich sah, wie das Auto in Richtung Beverly Hills fuhr. Einige Sekunden blickte ich ihm noch nach. Dann drehte ich mich um und ging langsam zum Laden zurück. Als ich die Schlüssel hervorholen wollte, stellte sich heraus, daß ich sie gar nicht brauchte. Offenbar hatte ich vergessen, die Tür abzuschließen. Ich trat ein, sicherte sie von innen, ging die Treppe hinauf zur Wohnung.

Kopfschüttelnd starrte ich auf die Papiere, die über den ganzen Küchentisch verstreut lagen. Im Vergleich zu diesem Magazin war der *Hollywood Express* das reine Kinderspiel gewesen. Buchstäblich alles war da leichter, ob's nun die Zusammenstellung, die Bilder, die Schrifttypen oder den Druck betraf. Bei diesem Magazin dagegen, Herrgott, was schien da *nicht* absolut wichtig zu sein? Das galt sogar für die Klammern, die ein Heft zusammenhielten.

Ich machte mir eine Tasse Kaffee, setzte mich und öffnete den ersten Hefter. Laut lachte ich über den Titel: *Popologie* oder *Was uns der Hintern über den Charakter verrät*. Da wurde allen Ernstes behauptet, daß der Hintern eines Mädchens nicht weniger Aufschluß über ihren Charakter gab als ihr Gesicht. Detailliert wurde dargelegt, was die einzelnen Merkmale jeweils «aussagten», Charakteristiken wie: hoch, niedrig, breit, stramm, hart, weich, schlaff, wabblig, groß, klein, vorstehend, eingezogen; selbst aus einem möglichen

Größenunterschied der beiden Hinterbacken ließ sich, dem Verfasser zufolge, eine bestimmte Bedeutung ablesen. Fünfundzwanzig Dollar hatten wir einem mit Eileen befreundeten College-Studenten für den Artikel bezahlt, und der Junge war das Geld wirklich wert. Er schien sehr eingehende Studien betrieben zu haben.

Ich kippte den Rest des Kaffees in mich hinein. Hinter mir glaubte ich plötzlich das leise Knarren der Schlafzimmertür zu hören. Jetzt hatte ich wohl Halluzinationen. Schließlich war ich allein in der Wohnung.

Dann hörte ich wieder das Knarren und stand auf. Mir blieb der Mund offen stehen. In der offenen Schlafzimmertür stand Denise und zwar in der französischen Zofentracht, die sie seit fast einem Jahr nicht mehr angehabt hatte. «Oh, Scheiße», sagte ich.

Langsam kam sie näher, mit großen Augen. «Gareth», fragte sie leise, «kann ich meinen alten Job wiederhaben?»

Für einen Augenblick blieb ich stumm. Dann begriff ich, daß sie keine Halluzination war. Ich streckte ihr die Arme entgegen. Sie schmiegte sich hinein und lehnte ihr Gesicht gegen meine Brust «He, Baby», sagte ich, «wo hast du denn gesteckt?»

Ich spürte das Zittern in ihrem Körper. Obwohl ihre Stimme gedämpft klang, hörte ich doch den Ausdruck von Verletztheit, ja Schmerz. «Gareth, Gareth», sagte sie, «du hast mich nicht gerufen wie du's doch versprochen hattest.»

38

Wie ein Jockey saß sie auf mir, die Knie angewinkelt, die Schenkel gegen meine Hüften gepreßt. Sacht hob und senkte sich ihr Körper Mein Schwanz schien in warmem Öl zu gleiten. Sie beugte sich vor so daß ihre Brüste meine Brust berührten, und küßte mich. Jetzt lag sie fast flach auf mir, und ich spürte deutlicher den Druck ihres Venushügels. Wieder schüttelte ein Orgasmus ihren Körper. «Oh, Geliebter», sagte sie.

Ich nahm ihr Gesicht zwischen meine Hände, hielt sie so. Nach Se kunden richtete sie ihren Oberkörper auf und sah mich an. Ich war noch in ihr, und sie blieb so sitzen, den Blick immer noch auf mich gerichtet. «Deine Energiepartikel sind zerstreut», sagte sie.

Ich lächelte. «Das glaub' ich gern.» Über ihren Schultern sah ich das durchs Fenster schimmernde Tageslicht. «Wir ficken schon seit Stunden.»

«Das ist nicht der Grund. Ich habe das Gefühl, tausendmal gekommen zu sein; aber du bist nicht ein einziges Mal gekommen. Ich bin jetzt auf der dritten Ebene. Ich weiß über solche Dinge Bescheid.»

«Hatte ich total vergessen», sagte ich. «Frieden und Liebe.»

«Frieden und Liebe», erwiderte sie automatisch. «Ich weiß jetzt viel mehr als letztes Mal, als wir zusammen waren.» Sie hob sich höher und bewegte sich vorwärts, bis sie sich über meinem Gesicht befand. «Trink mich», sagte sie.

Ich wölbte meine Hände um ihre Hinterbacken und zog sie zu mir herab. Sie war Honig und Myrrhe, Granatapfel und Mandarine, Glühwein und Bergtau und alles, wonach Liebe schmeckt. Ich spürte, wie sich ihre Muskeln spannten, als abermals ein Orgasmus sie durchlief, und ich badete in ihrer Süße.

Diesmal glitt sie von mir herab und streckte sich auf den Rücken. Heftig hob und senkte sich ihr Brustkorb. Nach einer Weile setzte sie sich auf und beugte sich über mich. Sanft spannten sich ihre Finger um meinen Schwanz, sie betrachtete ihn. «Er ist schön», sagte sie und küßte ihn. Dann nahm sie die Eichel in den Mund, und ihre Zunge zuckte sanft über die Spitze. Schließlich schmiegte sie meinen Schwanz an ihre Wange. Die Augen hielt sie geschlossen. «Wenn du doch nur kommen könntest, Gareth.»

«Ich hab's dir ja gesagt. Ich hab zuviel um die Ohren.»

Sie öffnete die Augen und sah mich an. «Nein, das ist es nicht.»

«Was ist es dann?»

«Du liebst sie.»

Ich musterte sie verblüfft. «Ich? Wen denn?»

«Eileen.»

«Du bist verrückt.»

«Nein, bin ich nicht», versicherte sie mit ernstem Gesicht. «Ich habe dir ja gesagt, daß ich auf der dritten Ebene bin. Ich sehe Dinge jetzt deutlicher. Als du mit ihr aus dem Haus kamst, war ich auf der anderen Straßenseite. Ihr seid dann zum Auto gegangen, und ich konnte eure Auras sehen. Sie verschmolzen miteinander, in Liebe, und als du sie küßtest, war da genug Licht, um die Nacht in den Tag zu verwandeln.»

Ich schwieg.

«Eins verstehe ich aber nicht», sagte sie mit verwunderter Stimme. «Warum ist sie nicht hier bei dir?»

Ich sah sie an.

«Ich hätte bestimmt nichts dagegen», fuhr sie fort. «Ich liebe dich, und ihr liebt einander, also liebe ich auch sie.»

Als ich aufwachte, war es später Nachmittag. Die Sonne sank dem westlichen Horizont entgegen. Ich setzte mich auf und griff automatisch nach einer Zigarette. Die Schlafzimmertür war geschlossen, doch aus dem anderen Raum hörte ich Radiomusik. Ich steckte die Zigarette an und ging ins Bad. Als ich wieder herauskam, wartete Denise mit einem Tablett auf mich.

«Geh wieder ins Bett», sagte sie.

«Auf mich wartet Arbeit.»

«Geh wieder ins Bett und iß dein Frühstück», sagte sie energisch. «Du arbeitest heute nicht. Du mußt deinen Energiepartikeln Gelegenheit geben, sich wieder zu sammeln.»

Der Geruch des Kaffees und der Eier ließ mir das Wasser im Mund zusammenlaufen. Daß ich so ausgehungert war, hatte ich nicht gewußt. Ich kletterte wieder ins Bett, und sie stellte das Tablett auf meine Oberschenkel.

Während sie Kaffee einschenkte, griff ich nach dem Glas mit dem Orangensaft. «Ich wußte gar nicht, daß wir im Kühlschrank noch was zu essen hatten», sagte ich.

«Während du schliefst, war ich einkaufen», erklärte sie. «Es war überhaupt nichts mehr zu essen da.»

Ich trankden Orangensaft aus und langte kräftig zu. Sie beobachtete mich einen Augenblick, ging dann zur Tür. «Ruf mich, wenn du fertig bist, damit ich das Tablett holen kann. Du schläfst dann weiter.»

«Und was machst du?»

«Aufräumen. Das ist ja eine ganz unglaubliche Unordnung. Hier ist schon seit Monaten nicht mehr saubergemacht worden.»

Sie schloß die Tür hinter sich, und ich machte mich ans Steak. Es war einfach vollkommen, ganz zart, noch rosa. Auch die Eier entsprachen genau meinem Geschmack, weich, doch richtig warm. Ich aß, als hätte ich seit Monaten keinen einzigen Bissen bekommen.

Sie schien so etwas wie einen eingebauten Sensor zu besitzen. Kaum hatte ich zu Ende gegessen und mir eine zweite Tasse Kaffee eingegossen, erschien sie auch schon wieder. Sie griff nach dem Tablett.

«Laß die Kaffeekanne hier», sagte ich.

«Nicht mehr als zwei Tassen. Ich möchte, daß du wieder einschläfst.»

«Aber ich bin doch gar nicht müde.»

Ein Irrtum, wie sich zeigte. Da mir die Augen ein wenig brannten, legte ich mich nochmals hin – und als nächstes war es dann neun Uhr abends. Wieder schien bei Denise so etwas wie ein Sensor in Betrieb zu sein; denn kaum war ich aufgewacht, trat sie auch schon ins Zimmer.

«Was hast du mir bloß in den Kaffee getan?» fragte ich. «Ich bin ja weggekippt wie ein Sack.»

«Nichts. Du hast nur dein Schlafdefizit ausgeglichen. Und jetzt nimm ein schönes heißes Bad, während ich das Bett frisch beziehe. Anschließend kannst du dann in einen bequemen Bademantel schlüpfen und zum Essen kommen. Ich habe ein prächtiges Brathähnchen im Ofen.»

Dagegen war nun wirklich nichts einzuwenden. So gut hatte ich mich schon lange nicht mehr gefühlt. Ich stand auf und küßte sie auf die Nase. «He, warum bist du eigentlich so gut zu mir?»

«Ich habe dir doch gesagt, daß ich dich liebe», erklärte sie in sachlichem Ton. «Und jetzt geh und nimm dein Bad.»

Als ich eine halbe Stunde später aus der Wanne kletterte, besaß die ganze Welt für mich eine Art Strahlenglanz. Während ich mir die Haare kämmte, suchten meine Augen schon den Bademantel. Ich konnte ihn nirgends entdecken. Wieder im Schlafzimmer, sah ich ihn auf dem Bett, frisch gewaschen und gebügelt. Ich schlüpfte hinein und ging ins Wohnzimmer. Und dort blieb ich vor Überraschung wie angewurzelt stehen.

Das ganze Mobiliar war völlig umgestellt. Auf einmal schien der Raum die doppelte Größe zu haben. Der Arbeitsplatz befand sich jetzt neben der Eingangstür, die Couch an der Wand gegenüber, mit einem niedrigen Couchtisch davor. Auch ein Sessel fehlte nicht, und das Ganze bildete eine gemütliche Sitzecke. Der kleine, runde Eßtisch aus der Küche stand vor dem Fenster und war geschmackvoll mit zartrosa Tischtuch, Tellern, Weingläsern und Silberzeug gedeckt. Die Mitte des Tisches nahm eine Kombination aus kristallenem Kerzenhalter und Blumenvase ein, mit einer einzigen Rose und einer roten, brennenden Kerze. Daneben stand eine bereits geöffnete Flasche Château Mouton Rothschild.

Doch was mich buchstäblich sprachlos machte, war der Anblick von Eileen, die mit einem Glas Whisky mit Eis auf mich zukam.

«Gefällt's dir?» fragte sie. «Wir haben den ganzen Nachmittag gearbeitet.»

Ich starrte sie an wie ein Idiot.

Denise kam, sie trug einen Koffer. «Setzt euch und genießt eure Drinks, während ich Eileens Sachen auspacke.»

Ich fand die Sprache wieder. «Was – was hat dich zu dem Entschluß gebracht, hierherzukommen, Eileen?» fragte ich.

Die Antwort gab Denise. «Ich habe sie angerufen und ihr von euren Auras erzählt.»

«Ach was, das ist doch verrücktes Zeug!»

«Meinst du? Du brauchst ja nur euch beide anzusehen. Das Licht, das von euch ausgeht, erhellt das ganze Zimmer.»

Sie ging ins Schlafzimmer, und ich sah Eileen an. «Glaubst du solchen Scheiß?»

«Muß ich ja wohl. Schließlich bin ich hier, oder?»

Ich stellte das Glas ab, und sie glitt in meine Arme. Ihre Lippen waren weich, ihr Mund warm und süß, und der Druck ihres Körpers schien mir etwas zu geben, das mir stets gefehlt hatte: eine Art Gegenbild zu meinem Körper.

Der Tisch war nur für uns beide gedeckt, und als ich Denise aufforderte, sich zu uns zu setzen, lehnte sie ab. «Eure Auras sind für mich noch nicht bereit», sagte sie.

Worüber Eileen und ich sprachen, weiß ich nicht mehr. Das Essen war köstlich, aber ich erinnere mich nicht mehr daran, daß ich etwas aß. Dann war es plötzlich Mitternacht, und Denise war verschwunden. Weder Eileen noch ich hatten sie gehen sehen.

«Wo ist sie hin?»

«Ich weiß nicht.»

Ich nippte am Wein. «Ob sie womöglich Aschenputtel ist?»

Eileen lachte. «Nein. Das bin ich. Und du bist der Prinz.»

Ich nahm die Flasche Wein. «Komm ins Schlafzimmer.»

Ich öffnete die Tür und stand einen Augenblick still. Auch im Schlafzimmer hatte Denise so etwas wie einen Märchenzauber geschaffen. Das Bett war für uns bereit, auf dem Nachttisch brannte eine Kerze; und auf dem Kopfkissen lag ein Zettel.

Eileen trat ans Bett und nahm den Zettel.

«Was steht drauf?» fragte ich.

«Frieden und Liebe», erwiderte sie.

Ich stellte die Weinflasche auf den Nachttisch. «Vorhin», sagte ich, «hast du meine Frage nicht beantwortet. Ich meine, was genau hat Denise dir erzählt, daß du dann hergekommen bist?»

«Sie sagte, ich sei die einzige, bei der du kommen könntest. Nur ich könne bewirken, daß sich deine Energiepartikel wieder zu voller Kraft sammeln.»

«Glaubst du das?»

«Natürlich», erwiderte sie. «Denise hat mir erzählt, daß du die ganze Nacht nicht gekommen bist, kein einziges Mal.» Sie trat zu mir, öffnete meinen Bademantel. Dann beugte sie sich vor und preßte ihre Lippen auf meine Brustwarzen. Während ihre Finger sacht über meinen Körper glitten, tief hinab, sagte sie: «Heute nacht wird das anders sein.»

Ich wußte nicht, wie recht sie hatte. Noch wußte ich es nicht, doch ich entdeckte es bald. Wenn ich in ihr war, dann war das kein Ficken – es war wie eine Heimkehr. Und wenn ich sie trank, dann war das nicht einfach ein Lecken – es war ein wirkliches Trinken, ein Schlucken von Lebenssäften. Saugte ich an ihren Brüsten, so war ich ihr Kind, das sich von der Milch nährte, die sie für mich gemacht hatte; und immer, wenn sie mir gab, nahm sie von mir, denn sie war der ewige Brunnen meines Lebens.

Ich legte mich auf das Kissen zurück. Ihr Kopf ruhte auf meiner Schulter, und sie drehte mir ihr Gesicht zu. «Ich liebe dich», sagte sie.

Ich setzte zu einer Antwort an.

Rasch legte sie einen Finger auf meine Lippen. «Sag nichts. Nicht jetzt. Die Zeit ist noch nicht gekommen.»

Ich schwieg. Ich wußte, daß es noch vieles gab, das ich an mir selbst erkennen mußte.

«Gib mir einen Gutenachtkuß, Liebster. Und dann laß uns schlafen.»

In der frühen Morgendämmerung wurde ich wach. Mein erster Blick fiel auf Eileen. Sie lag noch in tiefem Schlaf, und ihr Gesicht wirkte weich und sehr verletzlich. Ich wollte sie berühren, sie streicheln; doch statt dessen stand ich auf, zog leise die Fenstervorhänge zu, ging aus dem jetzt verdunkelten Raum ins Wohnzimmer, durchquerte es und betrat die Küche. Dort knipste ich das Licht an und begann, die Kaffeemaschine zu füllen.

«Darum werde ich mich kümmern», erklang Denises Stimme hinter mir.

Ich drehte mich um. Nackt stand sie in der Türöffnung. «Wo kommst du denn her?» fragte ich.

«Von dort», erwiderte sie. Mein Blick folgte ihrem ausgestreckten Finger. Und jetzt sah ich das Leintuch, die Decke und das Kissen auf der Couch. «Ich dachte, du seist weggegangen», sagte ich.

«Wie könnte ich so etwas tun?» fragte sie und nahm mir den Kaffeekrug aus der Hand. «Ich arbeite ja hier, nicht?» Mit einem Löffel füllte sie Kaffeepulver ein. «Aber ich dachte mir, es sei gut, euch beide eine Weile allein zu lassen.»

«Das ist nett von dir», sagte ich. «Endgültig fortgegangen bist du also nicht. Aber wann bist du denn wieder zurückgekommen?»

«Gleich nachdem ihr im Wohnzimmer das Licht ausgemacht habt.»

«Dann warst du die ganze Nacht hier?»

«Ja.» Sie lächelte. «Es war schön. Und ich hatte recht, siehst du. Sie hat deine Energiepartikel wieder gesammelt. Viermal bist du gekommen.»

«Ich habe nicht Buch geführt», sagte ich sarkastisch. «Was hast du gemacht? Durchs Schlüsselloch gelinst?»

«Das brauche ich nicht», erwiderte sie ernst. «Ich bin auf deine Aura eingestimmt. Und bei jedem Mal bin ich mit dir gekommen, kinetisch.»

«Ach, Scheiße», sagte ich ärgerlich. «Sowas wie eine Privatsphäre gibt's für mich jetzt wohl überhaupt nicht mehr, wie? Hör mal, das wird einfach nichts.»

«Sei nicht so negativ. Wir sind alle gut füreinander. Alles wird sich wunderbar einspielen.» Sie trat näher und berührte mich. «Siehst du? Ich weiß schon, wovon ich rede. Du hast einen Steifen. Das hab ich an deiner Aura gespürt, als du ins Zimmer kamst.»

Ich starrte sie sprachlos an.

«Hättest du gern einen kleinen Fick, während der Kaffee kocht?» fragte sie mit todernstem Gesicht.

Ich lachte laut auf. In ihrer Miene spiegelte sich Verwirrung. Ich beugte mich vor, küßte sie auf die Haare. «Du bist wirklich schön», sagte ich. «Und ungeheuer verführerisch. Doch im Augenblick – im Augenblick muß ich ganz einfach mal pissen.»

39

In der dritten Aprilwoche lag *Macho* an den Zeitungsständen auf. Am drauffolgenden Montag begann eine großangelegte Werbekampagne in Fernsehen, Rundfunk und Presse. Es war so etwas wie eine Aktion «Feuer aus allen Rohren», die eine ganze Woche laufen sollte; doch es kam anders.

Am Mittwoch waren wir von den Bildschirmen völlig verschwunden, und nur noch ein Drittel der Rundfunksender brachte unsere Spots. Nur noch eine Handvoll Zeitungen akzeptierte unsere Anzeigen. Am Freitag beschlagnahmte die Polizei in einer Reihe von Städten das Magazin an insgesamt dreiundneunzig Verkaufsständen und verhaftete zweiundvierzig Händler. In der rechten Presse lief man Sturm gegen die Tatsache, daß in den Medien überhaupt eine Werbekampagne für ein derartiges Magazin laufen konnte. Daß am Montag und Dienstag die gleichen Zeitungen selbst unsere Anzeigen gebracht hatten, wurde geflissentlich verschwiegen. Am Sonntag wurde mir durch zwei Beamte der Stadtpolizei eine amtliche Vorladung zugestellt: Am kommenden Freitag sollte ich vor Gericht erscheinen, wegen angeblicher öffentlicher Ruhestörung und Erregung öffentlicher Ärgernisse. Eine solche Sache ließen sich weder Rundfunk, Fernsehen noch Presse entgehen: Alle brachten sie entsprechende Meldungen. Am Mittwoch, zwei Tage also, bevor ich vor Gericht erscheinen sollte, schrie Ronzi hysterisch nach Nachschub. Die gesamte Auflage in Höhe einer Million war verkauft. Eine Million-Auflage ausverkauft!

Am Donnerstagabend erschien die Gastgeberin der wichtigsten nationalen Talkschau mit einem riesigen weißen Cowboyhut und in einen Plastiksack mit aufgemaltem gepunkteten Bikini gehüllt am Bildschirm. In jeder Hand hielt sie einen Revolver. Herausfordernd trat sie ganz nah an die Kamera und fragte mit schriller, aufreizender Stimme: «Bist du Manns genug – mir den Bikini auszuziehen?»

Das Publikum überschlug sich fast vor Begeisterung, während im Hintergrund *Pistol Packin' Mama* gespielt wurde.

Wir waren alle um den Fernseher versammelt. Einer der Vertriebsleute im Osten hatte uns rechtzeitig verständigt: Dort war das Programm schon drei Stunden eher über die Bildschirme geflimmert.

«Mann», sagte Ronzi, «wenn das kein Aufhänger ist. Sie müssen unbedingt nachdrucken lassen. Das macht glatt nochmal fünfhunderttausend.»

«Nichts zu wollen», erklärte ich. «Ich habe die Druckerei gerade angewiesen, den Druck der nächsten Nummer anlaufen zu lassen.»

«Dann hätten wir ja über zwei Wochen nichts an den Verkaufsständen.»

«Stimmt genau.»

Er blickte zu Lonergan. «Können Sie ihn nicht dazu bringen, Vernunft anzunehmen?»

Lonergan lächelte. «Er ist der Verleger.»

«Herr des Himmels», jammerte Ronzi, «da halten wir dreihundert Riesen in der Hand – und Sie sorgen dafür, daß uns diese wunderschönen Kohlen durch die Finger gleiten.»

«Das sehe ich etwas anders. Wir werden denen gehörig den Mund wäßrig machen. Auf die nächste Nummer stürzen sie sich dann, bloß um zu sehen, was ihnen bisher entgangen ist.»

«Ich kann einfach nicht gewinnen», sagte Ronzi ärgerlich.

«Sie haben ja schon gewonnen. Bei der ersten Nummer haben Sie sich gleich einen Fünf-Prozent-Bonus verdient.»

«Geben Sie mir den auch bei der nächsten Nummer, und ich sorge dafür, daß Sie wieder eine Million Auflage absetzen.»

Ich lachte laut. «Das war eigentlich eine Sonderprämie, um Ihnen zu zeigen, daß ein solcher Verkaufserfolg unbedingt drin war. Aber ich will Ihnen etwas verraten – mein Auftrag für die Druckerei lautet auf einundeineviertel Million Auflage.»

«Sie müssen wirklich verrückt sein! Wie kommen Sie auf die Idee, daß wir eine solche Auflage an den Mann bringen können?»

«Wie ich drauf komme? Nun, nicht zuletzt durch Sie. Wenn Sie einen Verkaufserfolg nicht für eine todsichere Sache hielten, würden Sie gar nicht erst versuchen, wieder den Bonus auszuhandeln.»

«Was bringen Sie auf dem Titelblatt?»

«Die Grundidee ist dieselbe. Nur dreht uns das Girl diesmal den Rücken zu, die Hände auf die Knie gestützt, den Oberkörper also vorgebeugt. Sie trägt einen roten Minirock, der ihr knapp den Hintern bedeckt und den man wegnehmen kann. Genau wie bei der letzten Nummer den Bikini. Der Text ist praktisch der gleiche: ‹Bist du Manns genug – mir den Rock auszuziehen?›»

Er nickte zufrieden. «Gefällt mir.»

«Danke. Was gibt's Neues über die verhafteten Zeitungshändler?»

«Bis auf zwei sind alle sehr glimpflich davongekommen, zum Teil mit leichten Geldbußen. Elftausend kostet uns die Sache bis jetzt, Anwaltshonorare inklusive.»

«Und die beiden, was ist mit denen?»

«Die haben kommende Woche Gerichtstermin. Doch wir erwarten weiter keine Schwierigkeiten.»

«Gut. Schicken Sie jedem der verhafteten Händler einhundert Dollar. Als Zeichen meiner Anerkennung für ihre Unterstützung.»

«Was soll der Quatsch!? Wenn sich das rumspricht, rennen die Händler überall zu den Bullen und flehen sie an, sie doch ja einzulochen.»

Ich lachte. «Tun Sie's trotzdem.»

«Okay. Ist ja Ihr Geld.»

Nachdem er gegangen war, sagte ich zu Lonergan: «Hoffentlich komme ich morgen auch so glimpflich davon wie die Händler.»

«Du brauchst dir keine Sorgen zu machen», erwiderte er ruhig. «Die Klage wird abgewiesen.»

Und genau das geschah dann auch.

Ich erschien in Begleitung eines Anwalts im Gerichtssaal, doch ich hätte auch allein kommen können: Der Mann kam nicht dazu, auch nur ein einziges Wort zu äußern. Nachdem die Anklage verlesen worden war, wurde ich gar nicht erst gefragt, ob ich auf «schuldig» oder «unschuldig» plädierte; denn der Richter rief den Staatsanwalt und meinen Verteidiger sofort zu sich nach vorn.

Ich beugte mich vor, um besser zu verstehen, was dort gesprochen wurde. Der Anklagevertreter sagte etwas von «Herstellung pornographischer Produkte» sowie «Anstiftung zum Vertrieb derselben.» Von der Antwort des Richters bekam ich nur Bruchstücke mit. «Fällt nicht unter die herangezogenen Paragraphen... öffentliche Ruhestörung... Erregung öffentlichen Ärgernisses.» Er bedeutete den Anwälten, zu ihren Plätzen zurückzugehen. Noch bevor sie diese erreicht hatten, schlug er mit seinem Hammer auf den Richtertisch und verkündete, die Klage sei «wegen Nichtanwendbarkeit der von der Staatsanwaltschaft herangezogenen Paragraphen» abgewiesen.

Als ich aus dem Gerichtssaal kam, warteten im Korridor die Reporter und die Fernsehleute mit den Kameras. Sie umdrängten mich.

«Sind Sie mit der Entscheidung des Richters zufrieden?»

«Natürlich», erwiderte ich.

«Auf welcher Grundlage, glauben Sie, ist der Richter zu seiner Entscheidung gelangt?»

Ich blickte zu meinem Anwalt. Jetzt hatte er endlich Gelegenheit, etwas zu sagen. «Ich glaube, der Richter hat die Klage gegen Mr.

Brendan abgewiesen, weil ihm klar war, daß es sich dabei um eine Art Schikane von seiten der Staatsanwaltschaft handelte. Die Herren zweifelten offenbar von vornherein daran, Mr. Brendan mit Hilfe anderer Paragraphen ein Bein stellen zu können.»

«Wird Ihr Magazin also wieder an den Zeitungsständen zu haben sein?»

«Wir haben uns nie von dort vertreiben lassen», erklärte ich.

«Na, ich habe an einer ganzen Reihe von Ständen versucht, ein Exemplar zu kaufen, aber keins bekommen», sagte der Reporter.

«Dafür gab es einen einfachen Grund. Die gesamte Auflage ist verkauft.»

«Und wenn man noch ein Exemplar haben möchte, wo kann man eins bekommen?»

«Versuchen Sie's doch mal bei Ihrem Nachbarn. Wenn er Ihnen sein Exemplar schon nicht verkauft, vielleicht pumpt er's Ihnen wenigstens.»

«Bringen Sie das Magazin auch weiterhin heraus?»

«Allerdings. Die nächste Nummer befindet sich bereits im Druck und dürfte in etwa zwei Wochen ausgeliefert werden.»

«Wird das Titelblatt der nächsten Nummer auch so aufreizend sein wie das der vorigen?»

«Das Urteil darüber möchte ich Ihnen überlassen», sagte ich und zog aus der Aktenmappe, die ich bei mir hatte, ein Muster. Damit es auch alle deutlich sehen konnten, hielt ich es hoch über meinen Kopf. Sofort zuckten die Blitzlichter der Fotografen, und die TV-Kameras surrten.

Und so war das Titelblatt der nächsten Nummer dann im Fernsehen zu sehen, eine unbezahlbare Reklame: Bereits in der ersten Woche nach ihrem Erscheinen war nirgends mehr ein Exemplar zu haben, und von Monat zu Monat erhöhten wir die Auflage um fünfzig- bis hunderttausend Stück. Ein halbes Jahr später wurden von *Macho* im Schnitt monatlich anderthalb Millionen Exemplare verkauft, und jede Nummer brachte uns über eine halbe Million Dollar Reingewinn.

Im August wurde mir schließlich klar, daß wir uns zu einem Unternehmen von beträchtlichen Ausmaßen entwickelt hatten. Wir begannen, aus allen Nähten zu platzen. Der Laden unter der Wohnung reichte natürlich nicht mehr, und so mieteten wir weitere Ladenräume in der Nähe. Als sich in unmittelbarer Nachbarschaft nichts mehr befand, mußten wir mit Räumlichkeiten vorlieb nehmen, die nicht ganz so günstig lagen. Sie waren mehrere Häuserblocks entfernt.

In unserem ersten Laden brachten wir die Buchhaltung und die Redaktionsräume unter. Verita verfügte in ihrer Abteilung über sieben Buchhalter und zwei Sekretärinnen, Eileen hatte zwölf Redakteure und vier Sekretärinnen. Einen der neugemieteten Läden richteten wir für Bobby als Foto-Studio ein. Ihm standen jetzt vier Fotografen und drei Assistenten zur Seite. Dazu kamen noch ein Requisiteur, ein Fachmann für die Studioaufbauten, ein Kostümbildner, ein Fotoredakteur und zwei Sekretärinnen. Die Herstellung mit insgesamt zwölf Angestellten war in einem weiteren Laden untergebracht. In den zuletzt gemieteten Räumen befanden sich die Abteilungen «Post», «Cartoon» und «Illustration». Die beiden Telefonistinnen mitgerechnet, die mit ihrem Klappenschrank unter der Treppe im alten Gebäude hockten, verfügten wir über insgesamt vierundsechzig Angestellte.

Unter den jetzigen Umständen gab es für Denise auch nicht die leiseste Hoffnung, die Wohnung länger in Ordnung zu halten: Den ganzen Tag über hielten wir dort Sitzungen ab, und oft genug ging das bis spät in die Nacht. So sah es in den Räumen ganz schlicht chaotisch aus, obwohl abends regelmäßig eine Reinigungsequipe erschien.

Die Hitze des Augusttages hatte sich auch zu dieser späten Stunde noch keineswegs gelegt. Trotz der inzwischen eingebauten Klimaanlage war die Luft warm und stickig. Unsere Sitzung näherte sich ihrem Ende. Um neun Uhr abends hatte sie begonnen, inzwischen war es bereits nach Mitternacht. «Gibt's noch was, bevor wir Schluß machen?» fragte ich.

Der junge Schwarze, der für die Postabteilung verantwortlich war, meldete sich. «Ja, Mr. Brendan», sagte er zögernd, «ich hätte da noch was.»

Es war das erste Mal, daß er den Mund auftat in den drei Monaten, seit er an den Sitzungen teilnahm. «Ja, Jack?»

Befangen blickte er sich im Kreis der Anwesenden um. «Ich weiß zwar nicht, ob's zur Sache gehört, aber vielleicht erinnern Sie sich noch an die Artikelserie, die wir vor ein paar Monaten brachten – über Ehehilfen und Aphrodisiaka?»

«Ja.»

«Seit die Artikel erschienen, haben wir pro Woche so fünf- bis sechshundert Briefe bekommen, in denen angefragt wird, wo man solche Sachen kaufen kann.»

«Setzen Sie einen Formbrief auf, in dem Sie den Leuten erklären, daß sie mit ihren Wünschen zum nächsten Sex-Shop gehen sollen», sagte ich.

«Die Briefe kommen fast ausschließlich aus Kleinstädten oder anderen Orten, wo es so etwas wie einen Sex-Shop gar nicht gibt. Die Leute dort kennen sowas einfach nicht, und selbst wenn's irgendwo bei ihnen in der Nähe einen Sex-Shop geben sollte – also ich habe das Gefühl, daß es ihnen zu peinlich wäre, dort hineinzugehen.»

Ich begriff, daß er auf etwas Bestimmtes hinauswollte. «Ja, da ist was dran», sagte ich und nickte, um ihn zu ermutigen. Tatsächlich wirkte er sofort ein wenig selbstbewußter. «Ich hab mir das gründlich durch den Kopf gehen lassen und bin zum Sex-Shop unten beim Pussycat Theater gegangen, um mich mit dem Besitzer zu unterhalten. Er wurde ganz aufgeregt und meinte, er sei bereit, in jeder Ausgabe des Magazins zwei volle Anzeigenseiten zu kaufen. Als ich ihm erklärte, daß wir keine Anzeigen direkt annähmen, machte er das Angebot, eine Versandabteilung einzurichten und uns mit zwanzig Prozent am Großhandelspreis zu beteiligen.»

«Interessant», sagte ich, hatte jedoch das Gefühl, daß er noch nicht fertig war.

«Das fand ich auch», fuhr er fort. «Und so tat ich mich denn noch ein bißchen um. Inzwischen weiß ich, wo man das meiste Zeug kaufen kann. Außerdem stellte sich heraus, daß die Gewinnspannen ganz ungeheuer sind – sie liegen so zwischen zweihundert und tausend Prozent. Die zwanzig Prozent, die der uns auf die Großhandelspreise anbot, sind also der reine Witz.»

«Und – Sie haben eine Idee?»

«Ja, Sir», erwiderte er. «Zu unserem Laden im nächsten Block gehört ein großer Keller. Dort könnte ich die gängigsten Artikel lagern; und wenn wir selbst die Bestellungen aus den Briefen erledigen, können wir pro Monat dreißig- bis vierzigtausend Dollar umsetzen, ungefähr die Hälfte als Reingewinn.»

Ich nickte. Ob wir nun ins Versandgeschäft einstiegen oder nicht, Jack würde bestimmt nicht mehr lange auf seinem jetzigen Posten bleiben. Er hatte bewiesen, daß sein Kopf zu was taugte. «Gut überlegt», sagte ich. «Setzen Sie sich mit Verita zusammen und kalkulieren Sie durch, wie es mit den Kosten dafür aussähe. Sobald wir die Fakten schwarz auf weiß haben, treffe ich die Entscheidung.»

«Danke», sagte er.

Ich ließ den Blick durchs Zimmer gleiten. «Sonst noch was?»

Es gab keinen weiteren Punkt, und so löste sich die Versammlung auf. Nur Bobby, Verita, Eileen, Denise und ich blieben im Zimmer. Eileen und Denise begannen, die Gläser wegzuräumen und die Aschenbecher auszuleeren. «Was hältst du von Jacks Idee?» fragte ich Verita.

«Die Sache ist interessant», erwiderte sie. «Er hat vor ungefähr zwei Wochen mit mir darüber gesprochen, und ich sagte ihm, er solle der Angelegenheit nachgehen.»

«Du hast mir gegenüber nichts davon erwähnt.»

Sie lächelte. «Es war ja seine Idee.»

Eileen und Denise kamen zurück und sanken auf ihre Stühle. «Wie halbe Leichen seht ihr alle aus», sagte Bobby.

«Die Tage haben nie ein Ende», erwiderte Eileen.

«Was schießt du denn morgen?» fragte ich Bobby.

Er grinste. «Diesmal habe ich einen echten Knüller, glaube ich.»

«So?»

«Hast du die Zwillinge drüben im Vertrieb bei Paul Gitlin gesehen? Die neuen Sekretärinnen. So neunzehn oder zwanzig, sehen wirklich klasse aus. Ich hab sie zu einer Sitzung überreden können.»

«Weiß Paul davon?»

«Teufel, nein.» Bobby lachte. «Du kennst ihn doch. Wenn der auch nur was ahnte, also ich glaube, der würde mich glatt umbringen. Die Zwillinge haben vor ihm eine solche Heidenangst, daß ich ihnen versprechen mußte, sie in Verkleidung zu schießen.»

«Wie willst du das anstellen?»

«Für das Layout habe ich eine wilde Idee», erklärte er. «Verrückte Perücken und riesige Sonnenbrillen. Und für das Centerfold schieße ich beide, die eine auf den Knien, die andere auf dem Rücken, mit auseinandergespreizten Beinen. Die ersten Zwillingssupermösen.»

Ich fing an zu lachen. «Wäre ganz lustig, wenn Paul sie trotzdem erkennen würde.»

Er lächelte. «Wenn er das kann, ist er vielleicht doch nicht ganz der Tugendbold, für den wir ihn halten. Erscheint mir allerdings unwahrscheinlich. Ich mußte den Zwillingen versprechen, daß wir ihnen einen anderen Job geben – für den Fall, daß er sie feuert.»

«Sind sie gute Sekretärinnen?» fragte ich.

«Paul sagt, sie sind die besten, die er je hatte.»

«Dann ist das kein Problem. Gute Kräfte können wir gebrauchen. Vielleicht sollten wir ein bißchen nachhelfen, damit er auch wirklich was merkt.»

Bobby erhob sich. «Ich schwirre jetzt ab. Ich möchte noch zur Silver Stud, um zu sehen, was sich dort so tut. Hast du Lust mitzukommen?»

«Nein, danke. Mir langt's für heute.»

«Mir auch», erklärte Verita. «Ich fahre nach Hause und mache, daß ich ins Bett komme. Morgen früh werden wir von den Buchprüfern hören, wie es für uns im ersten halben Jahr gelaufen ist.»

«Wie sieht's denn so aus?» fragte ich.

«Ich hab direkt Angst, dir das zu sagen. Es ist einfach zu gut. Ich kann's selbst nicht ganz glauben.»

«Laß mich wenigstens mal ahnen.»

«Also gut – nach dem augenblicklichen Stand müßtest du dem Fiskus über anderthalb Millionen hinblättern. Kaum zu fassen, nicht? Und es kann durchaus sein, daß du das dem Staat wirklich in den Rachen werfen mußt. Ich wüßte jedenfalls nicht, wie du drum herumkommen könntest.»

«Nun, vielleicht weiß ich's», erklärte ich mit einem Lächeln.

«Dann ist dir ein Kniff für die Abschreibung eingefallen, von dem ich mir noch nichts habe träumen lassen. Also?»

«Ich trage mich mit dem Gedanken an ein weiteres Magazin.»

«Gottverdammt! Jetzt langt's aber!» explodierte Eileen. «Ich packe meine Sachen und ziehe noch heute nacht hier aus.»

«Welche Laus ist dir denn über die Leber gelaufen? Was hast du auf einmal?»

«Du – du Mistkerl!» fauchte sie. «Wir hausen in diesem beschissenen kleinen Loch wie die Schweine, ohne auch nur eine einzige Minute für uns selbst zu haben, und dir geht immer noch nicht auf, daß du reich bist und leben kannst, wie immer du möchtest. Noch nicht einmal ein eigenes Auto hast du dir inzwischen zugelegt. Nach wie vor läßt du dich von anderen mitnehmen, und Zigaretten schnorrst du auch reihum!»

Sie rannte ins Schlafzimmer und knallte die Tür hinter sich zu. Einen Augenblick später stand Denise auf und folgte ihr. Etwas ratlos sah ich Verita an. Bisher hatte ich tatsächlich noch nie darüber nachgedacht. «Stimmt das, was sie sagt? Daß ich reich bin?»

Verita nickte. «Ja, du bist reich.»

«Wie reich?»

Sie holte tief Luft. «Nach Abzug deiner augenblicklichen Steuerschulden besitzt du ungefähr zwei Millionen Dollar, und gegen Ende des Jahres müßten es, beim jetzigen Geschäftsgang, wenigstens doppelt soviel sein.»

«Allmächtiger Himmel», sagte ich und zündete mir eine Zigarette an. Noch lange, nachdem sie gegangen waren, saß ich und rührte mich nicht von der Stelle. Schließlich goß ich mir einen Whisky ein und ging ins Schlafzimmer.

Die Schranktür stand offen, und ihre Kleider lagen über den ganzen Boden verstreut. Die beiden Mädchen saßen auf dem Bettrand, Eileen schluchzend, den Kopf gegen Denise gelehnt.

«He, Baby, tut mir leid», sagte ich.

«Geh doch, geh!» rief Eileen weinend. «Wir hassen dich!»

Gleich am nächsten Tag zogen wir in einen Bungalow im Beverly Hills Hotel.

40

Lifestyle Digest kam an demselben Tag heraus, an dem Denise uns verließ.

Die erste Nummer hatte eine Auflage von einer Viertelmillion. In der Mitte des Heftes befanden sich zehn Seiten Farbfotos mit Mädchen und Männern, und zwar heterosexuelle ebenso wie homosexuelle. Die Artikel, sorgfältig ausgewählt, stammten aus Magazinen aus aller Welt. Erst als ich mich näher damit befaßt hatte, war mir klar geworden, was für enorme Ausmaße das Geschäft mit Männermagazinen inzwischen hatte. Praktisch gab es in jedem Land und in jeder Sprache wenigstens eine derartige Publikation; und wir entdeckten sehr bald, daß Artikel, die natürlich für den Markt des jeweiligen Magazins gedacht waren, durch die Übersetzung ganz eigentümlich an Reiz gewannen. Wir nahmen auch manches über Themen auf, die wir in *Macho*, der dortigen Konzeption entsprechend, nicht brachten: *Lifestyle Digest* befaßte sich ausgiebig mit dem, was für den Normalverbraucher unerfüllbarer Wunschtraum bleiben mußte – superteure Autos, Stereoanlagen von reinem Luxuscharakter, extravagante Urlaubsreisen mit Snob-Appeal. Snob-Appeal war überhaupt das Stichwort. Im übrigen war es kinderleicht, an solche Artikel ranzukommen. Die Spezialmagazine stellten sie uns nahezu kostenlos zu Verfügung. Außerdem gab es dann noch einen Briefkasten für sexuelle und andere Nöte, Ratgeber und Tipspalten, die alles behandelten, von der Geburtenkontrolle bis zum vorzeitigen Samenerguß. Einhundertundfünfzig Seiten für ganze fünfundsiebzig Cent. Der Slogan war einfach: *Lifestyle Digest. Ein Magazin für Menschen, die das Leben genießen*. Das erste Titelblatt zeigte auf hellem, kreisförmigen Untergrund die Silhouetten eines Mannes und einer Frau, deren Lippen einander sacht berührten.

An dem Tag, an dem die erste Nummer erschien, fuhr Eileen schon früh nach Hause, während ich noch bleiben mußte, um Schecks zu unterzeichnen und Papiere durchzusehen. Mein Büro befand sich jetzt in unserer ehemaligen Wohnung, die völlig umgemodelt worden war. Im früheren Schlafzimmer hatte ich jetzt mein Privatbüro, mit kostbarer Holztäfelung und luxuriöser weißer Ledergarnitur.

Das einstige Wohnzimmer war durch eine vom Fußboden bis zur Decke reichende Glaswand in zwei Hälften unterteilt. Die vordere, bei der Eingangstür, bildete das Büro für die Sekretärinnen; die hintere wurde als Konferenzraum benutzt, mit rundem Tisch, Sesseln und Vorhängen, die während einer Sitzung bequem zugezogen werden konnten. Die Küche lag hinter einer Art Schiebewand verborgen, und für die gewünschte Temperatur in sämtlichen Räumen sorgte eine zentral gesteuerte Anlage.

Ich war im Begriff, einen Schreibkrampf zu bekommen, als eine der Bobbsey-Zwillinge mit dem letzten Stoß Schecks eintrat. «Nur noch dieser Rest, Mr. Brendan», sagte sie.

«Danke, Dana.»

Sie lächelte. «Ich bin Shana.»

Die Zwillinge arbeiteten seit einem halben Jahr bei mir. Kaum war Paul Gitlin dahinter gekommen, daß die Mädchen für das Centerfold posiert hatten, rief er mich auch schon an:

«Wehe Ihnen, Sie drucken auch nur ein Wort darüber, um wen es sich bei den Zwillingen handelt! Ich meine, daß es ehemalige Mitarbeiter von mir sind.»

«Haben Sie gesagt, *ehemalige?*» fragte ich.

«Ganz recht, das habe ich!»

Ich legte auf und rief Bobby zu mir. Am nächsten Tag meldeten sich die Zwillinge bei mir im Büro. Inzwischen war, wie gesagt, ein halbes Jahr vergangen, doch auseinanderhalten konnte ich sie immer noch nicht.

«Das müssen wir ändern», erklärte ich jetzt. «Tragen Sie in Zukunft eine Nadel mit dem Anfangsbuchstaben Ihres Vornamens.»

«Ja, Mr. Brendan», erwiderte sie und ging hinaus.

Ich wußte, daß sie sich nicht danach richten würden. Schließlich war es nicht das erste Mal, daß ich die Zwillinge darum bat. Es machte ihnen ganz einfach einen Heidenspaß, mich an der Nase herumzuführen. Manchmal wurde mir das wirklich zuviel, und am liebsten hätte ich sie gefeuert, aber sie waren einfach zu gut. Und zu schön. Blond, blauäugig, und das sozusagen in doppelter, absolut identischer Ausführung – gar kein Zweifel: Sie standen dem Büro verdammt gut zu Gesicht.

Ich unterschrieb den letzten Scheck und drückte auf den Summer. Sie trat wieder ein. Ich schob ihr die Schecks zu. «Die können Sie zur Buchhaltung zurückschicken, Shana.»

Sie nahm die Schecks, lächelte. «Ich bin Dana.»

Es war zwecklos. Sie hatten mich wieder aufs Kreuz gelegt. «Wenn ihr beiden morgens aufwacht – wie wißt ihr eigentlich, welche nun welche ist?» fragte ich sarkastisch.

«Das ist weiter kein Problem, Mr. Brendan», erklärte sie, ohne eine Miene zu verziehen. «Ich schlafe auf der linken Seite des Bettes.»

«Und was passiert, wenn Sie mal auf der rechten Seite schlafen?»

«Dann bin ich an dem Tag Shana», erwiderte sie ernst.

So irrsinnig es auch klingen mochte, es war das erste, was für mich bei dieser Sache einen Sinn ergab: Die beiden waren einfach beliebig austauschbar.

Ich ließ das Thema fallen. «Haben wir soweit alles aufgearbeitet?»

«Ja, Mr. Brendan.»

«Dann bringen Sie mir einen Whisky mit Eis. Und fragen Sie mal bei Bobby, ob er mich zum Hotel mitnehmen kann.» Sie holte mir den Drink von der Hausbar und ging hinaus. Ich trank ein oder zwei kleine Schlucke. Das Telefon klingelte, ich hob ab.

«Mr. Ronzi auf der ersten Leitung», meldete sie.

Ich drückte auf den Knopf. «Ja?»

«Ich will Ihnen nur sagen, daß die ersten Berichte echt gut klingen», erklärte er. «Die Händler haben *Lifestyle* direkt neben *Reader's Digest* placiert.»

«Nicht übel», erwiderte ich.

«Ende der Woche werden wir ein genaueres Bild haben. Aber ich werde Sie auch zwischendurch auf dem laufenden halten.»

«Gut.» Ich drückte auf einen anderen Knopf und wählte Veritas Nummer. «Wieviel haben wir in diese Ausgabe des *Digest* gesteckt?» fragte ich.

«Fünfundfünfzigtausend. Um klarzukommen, müssen wir hundertundsiebzigtausend Stück verkaufen.»

«Das schaffen wir», sagte ich. «Hast du Zeit für einen Drink?»

«Leider nicht. Trotzdem vielen Dank. Ich muß mich beeilen. Ich habe eine Verabredung.»

«Wieder mit dem Richter?»

«Ja.»

«Ich finde ihn sehr sympathisch. Grüß ihn schön von mir.» Ich legte auf, trank wieder ein en Schluck. Jetzt, wo ich mein eigenes Büro hatte, war doch so manches anders als früher. Irgendwie fühlte ich mich isoliert. Die Leute kamen nicht mehr einfach reingestürmt, sie ließen sich einen Termin geben.

Wieder das Telefon: Bobby würde mich in zehn Minuten abholen. Okay. Aber das Herumsitzen in meinem Büro begann mich nervös zu machen. Also ließ ich meinen Drink stehen und ging nach unten in den Laden.

Es waren nur noch wenige Leute da. Ich sah Jack, der gerade mit einem der Buchhalter sprach. Als ich näherkam, richtete er sich auf. «Guten Abend, Mr. Brendan.»

«Wie läuft's denn, Jack?» fragte ich.

«Ganz ausgezeichnet, Mr. Brendan. Vorigen Monat hatten wir einen Umsatz von siebzigtausend, Reingewinn fünfzigtausend.»

«Das ist großartig. Gute Arbeit, Jack.»

«Danke, Mr. Brendan.» Er sah mich an, schien zu zögern. Dann fragte er: «Ob Sie wohl mal die Zeit erübrigen könnten, zu uns herüberzukommen und sich den Betrieb anzusehen?»

«Natürlich. Lassen Sie mir nur ein paar Tage Zeit, bis ich den Start des neuen Magazins einigermaßen hinter mir habe.» Von der Straße her kam eine Autohupe. «Das ist für mich», sagte ich. «Ich muß lossprinten.»

«Ich verstehe. Viel Glück mit dem *Digest*.»

Schon an der Tür, blieb ich plötzlich wieder stehen und drehte mich noch einmal zu ihm um. Jetzt wußte ich, was mir gefehlt hatte. Er war an diesem Tag der erste, der mir mit dem Magazin Glück wünschte. Von den anderen schien kein einziger auch nur einen Gedanken daran verschwendet zu haben. «Danke, Jack», sagte ich. «Mal sehen – vielleicht kann ich's schon morgen einrichten, mich bei Ihnen sehen zu lassen.»

Dann war ich draußen, stieg in den Rolls. Bobby lenkte das Auto in den Verkehrsstrom. «Hast du eine Zigarette?» fragte ich.

«Im Handschuhfach», erwiderte er.

Ich steckte mir eine Zigarette an und schaute zum Fenster raus.

Er musterte mich kurz. «Irgendwas nicht in Ordnung?»

«Wieso? Ich meine, weshalb fragst du?»

«Siehst mir ganz schön down aus.»

«Müde bin ich. Richtig geschafft. Weiter wohl nichts.»

«Na, daß du fertig bist, glaub ich dir gern. Du hast einfach zuviel um die Ohren.»

«Komm ich dir irgendwie verändert vor?»

«Nein», sagte er hastig. Und korrigierte sich dann: «Doch.»

«Auf welche Weise?»

«Du wirkst irgendwie unnahbar.» Er schien nach passenden Worten zu suchen. «Weit weg. Distanziert. Abgesondert.»

«Ich fühle mich genauso wie früher. Ich habe mich nicht verändert.»

«Doch, hast du. Oder eher wohl: Es hat dich verändert. Und es mußte wohl so kommen, ganz allmählich. Ich glaube, zum ersten Mal habe ich das in der Nacht bemerkt, wo Eileen auf dich so wütend wurde. Plötzlich erinnertest du mich an meinen Vater. Du hattest alle Macht. Als wir anfingen, war das anders. Damals arbeiteten wir alle zusammen. Jetzt arbeiten wir alle für dich. Das ist der Unterschied.»

«Aber, Bobby, ich liebe dich genau wie früher.»

«Und ich liebe dich. Doch mein Vater hat mir das erklärt. Jeder Mensch muß seinem eigenen Weg folgen, und wir entwickeln uns alle verschieden – das ist das Ganze.»

Er bremste, der Wagen hielt. «Wir sind da.»

Überrascht sah ich auf. Tatsächlich, wir befanden uns beim Hoteleingang. Der Portier öffnete mir die Tür, und ich stieg aus. Dann sah ich Bobby an. «Willst du nicht mitkommen, auf einen Drink?»

«Nein, danke», erwiderte er. «Ich muß mich noch umziehen. Heute nacht erwartet mich eine große Party. Ich bewerbe mich um den Titel ‹Tunte des Jahres›.»

Ich lachte. «Dann viel Spaß. Und besten Dank, daß du mich hergefahren hast.»

Er winkte kurz und fuhr los. Ich sah ihm nach, während er aus der Ausfahrt bog, dann betrat ich das Hotel, wo ich sofort in die Polo-Lounge ging. Bevor ich den Bungalow aufsuchte, konnte ein Drink wahrhaftig nicht schaden. Aber dann wurden drei Drinks daraus – drei Drinks, bevor ich richtig klarsah.

Nicht ich hatte mich verändert. Ich war immer noch der alte. Sie hatten sich verändert, und zwar in genau der Weise, wie sie das von mir glaubten. Nur – ich konnte überhaupt nichts daran ändern.

Besonders tröstlich erschien mir das nicht, doch immerhin wußte ich nun, woran ich war. Ich setzte meine Unterschrift auf die Rechnung und ging zum Bungalow. Dort klopfte ich an die Tür, öffnete sie dann mit dem Schlüssel.

Eileen saß zusammengesunken auf der Couch, die Augen voller Tränen. «Was ist passiert?» fragte ich.

«Denise ist fort.»

«Fort?»

«Ja.» In ihrer ausgestreckten Hand sah ich ein Stück Papier. «Diesen Brief hat sie für dich hinterlassen. Sie meinte, du würdest verstehen.»

Ich nahm und las.

«Lieber Gareth,
im Leben eines jeden Menschen kommt der Zeitpunkt, wo er Beziehungen lösen muß. Ich bin gerade zu den Unterweisungen für die zweite Ebene gerufen worden. Danach bin ich dann Lehrerin, und später, wenn ich zur ersten Ebene gelange, werde ich würdig für die Schwesternschaft sein. Doch dazu darf ich keine anderen Bindungen haben als die an Gott und an meine Arbeit. Und so muß ich mein inneres Selbst für immer von Dir lösen, um meinen Körper von seinem physischen Bedürfnis nach Dir zu befreien. Ich werde Euch beide niemals vergessen und Euch immer lieben.

Frieden und Liebe, Denise»

«Scheiße», sagte ich. «Konntest du sie denn nicht zurückhalten?»

«Es hatte einfach keinen Zweck, wie du dir wohl denken kannst», erwiderte Eileen. «Versucht habe ich es natürlich, aber es war einfach nicht mit ihr zu reden. Ich liebe sie ja auch. Sie wird mir fehlen.»

Ich setzte mich neben sie. Sie legte ihren Kopf auf meine Schulter. «Eigentlich, sagte sie, tät's ihr nur wegen einer Sache leid, daß sie fort müsse.»

«So? Wegen was denn?»

Auf ihrem Gesicht erschien ein merkwürdiges Lächeln. «Kann ich dir nicht sagen», erklärte sie. Und plötzlich begann sie zu lachen.

«Wenn's so gottverdammt komisch ist, kannst du's mir auch sagen», knurrte ich.

Sie wischte sich die Lachtränen aus den Augen und wartete, bis sie wieder zu Atem kam. «Sie bedauerte nur», sagte sie, «daß sie noch nicht weiß, wie es ist, von dir in den Arsch gefickt zu werden.»

41

Die mexikanische Sonne weckte mich früh. Ich schlüpfte in meine Jeans und ging zum Hauptgebäude, um mit Lonergan zu frühstükken. Eileen schlief noch, und Marissa hatte sich nicht aus ihrem Bett gerührt. Aus der Lobby versuchte ich, Lonergan übers Haustelefon anzurufen.

Doch niemand meldete sich. Ein Blick auf meine Armbanduhr zeigte mir, daß es jetzt acht war. Nun, vermutlich frühstückte er in der Cafeteria. Aber auch das erwies sich als Irrtum. Statt dessen fand ich, an einem Tisch ganz für sich allein, die gute Verita.

«Guten Morgen», sagte ich. «So früh schon auf den Beinen, wie kommt denn das?»

«Ich bin hier fertig. Und da habe ich mir gedacht, daß ich am besten gleich heute vormittag zurückfliege. Die Buchprüfer sind mit ihrem Bericht über die Clubs fertig, und ich möchte ihn durchgehen.»

«Weshalb die Eile?» fragte ich und nahm ihr gegenüber Platz. Ein Kellner kam und stellte eine Tasse Kaffee vor mich hin. «Es ist doch schön hier. Warum bleibst du nicht noch und genießt die Sonne. Die Sache mit den Clubs hat doch wahrhaftig Zeit.»

«Sagst du – aber du brauchst ja auch nicht all diese Zahlen durchzugehen.»

Ich schlürfte den Kaffee. Er war heiß und schwarz und bitter. Ich verzog das Gesicht. «Dieses Gebräu allein genügt, um Gäste zu verscheuchen.»

«Mexikaner mögen ihn nun mal so.»

«Mexikaner wohnen nicht in diesem Hotel, nicht als Gäste.» Ich sah sie an. «Wie gefällt dir der ganze Komplex?»

«Es ist sehr schön. Aber wir brauchen's nicht. Selbst wenn wir Gewinn machen, bringt uns das hier bestimmt einen Haufen Kopfschmerzen.»

«Meinst du, wir könnten Gewinn machen?»

«*Quién sabe?*» Sie hob die Schultern. «Vielleicht – falls sich all deine Ideen realisieren lassen.»

«Meinst du, wir könnten Geld verlieren?»

«Wenn du den Gesamtpreis unter vier Millionen halten kannst, wohl nicht. Alles was darüber liegt, wäre ein großes Fragezeichen.» Sie schlürfte ihren Kaffee. «Die Veränderungen, die du vorhast, kosten wahrscheinlich schon über eine Million. Demnach solltest du ihnen nicht mehr als drei Millionen bieten.»

«Darauf dürften die kaum eingehen.»

«Dann würde ich verzichten.»

«Mit zunehmendem Alter wirst du ja richtig konservativ.»

«Du bezahlst mich ja nicht dafür, va banque zu spielen. Mit deinem Geld zu spekulieren ist dein Privileg, nicht meins. Ich kann nur eines tun – deine Fragen in aller Aufrichtigkeit beantworten.»

«He, nun sei bloß nicht so empfindlich», sagte ich. «Das weiß ich doch.»

Sie schwieg.

«Hast du Lonergan heute morgen schon gesehen?»

«Wenige Minuten bevor du kamst, ist er fort.»

«Weißt du auch, wohin?»

«Nein. Aber ich sah, wie er zusammen mit Julio in ein Auto stieg.»

Verdrossen starrte ich auf meinen Kaffee. Verita bemerkte meinen Gesichtsausdruck und rief dem Kellner zu: «*Café americano por el señor.*»

«Weißt du», sagte sie zu mir, «ich habe das Gefühl, daß Lonergan anfängt, mich ganz sympathisch zu finden.»

«Wie kommst du darauf?»

«Nun, er setzte sich doch wahrhaftig auf eine Tasse Kaffee zu mir. Dann erkundigte er sich nach meiner Meinung über das Hotel, und ich sagte sie ihm.»

«Äußerte er sich dazu?»

Sie schüttelte den Kopf. «Du kennst ihn ja. Er sagt nichts. Er saß nur da und nickte. Ich hatte das Gefühl, daß er mir zustimmte. Und als er dann ging, lächelte er sogar und wünschte mir einen angenehmen Flug.»

Der Kellner kam mit einer Kanne voll heißem Wasser und einer Dose amerikanischem Instant-Kaffee. Ich machte mir eine Tasse und probierte. Schmeckte nicht gerade ideal, aber doch ein Ende besser.

«Was wirst du tun?» fragte sie.

«Weiß ich noch nicht.» In meinen Taschen suchte ich nach Zigaretten. Verita hielt mir ein Päckchen hin. «Hat Lonergan nicht zufällig ein Wort darüber fallen lassen, wo er hinwollte?» fragte ich.

Sie gab mir Feuer. «Nein.»

Mir fiel ein, was Dieter am Tag zuvor gesagt hatte: daß Lonergan der einzige sei, der Julio dazu bringen könne, auf den Flugplatz zu verzichten. Unwillkürlich fragte ich mich, worüber die beiden Männer jetzt wohl sprechen mochten.

«Hattest du Gelegenheit, dich mit Julio zu unterhalten, Verita?»

«Nicht richtig. Aber ich weiß, daß er – wie soll ich sagen? – direkt aufgeregt ist bei dem Gedanken, daß du das Hotel übernimmst. Er ist sicher, daß du viel Erfolg damit haben wirst.»

Ich lachte. «Natürlich, natürlich. Sag mal, stimmt es, daß er hier unten viel Familie hat?»

«*Es verdad*.» Sie nickte. «Irgendwie ist er wohl mit allen verwandt. Und alle profitieren durch das Hotel, denn entweder arbeiten sie hier oder sie liefern Lebensmittel. Sie sind alle Bauern, weißt du. Das Hotel kauft alles, was sie anbauen.»

«Bist du gleichfalls mit ihnen verwandt?»

«Nein. Jedenfalls nicht blutsverwandt. Sie sind alle *campesinos*. Julio ist ein angeheirateter Verwandter. Mein Vater war Dozent an der Universität in Mexiko City. Julio lernte ich erst kennen, als wir nach Los Angeles zogen.»

Murtagh kam herein. Er entdeckte uns sofort und kam zu unserem Tisch. «Wie geht's denn, wie läuft's?» fragte er in seiner herzlichen Vertretermanier.

«Gut», erwiderte ich.

«Bekommen Sie alle Informationen, die Sie wünschen?»

«Ja.»

«Nun, falls Sie noch irgend etwas brauchen sollten, so lassen Sie mich's wissen. Ich kümmere mich dann sofort darum.»

«Ich glaube, ich bin da soweit eingedeckt», erklärte ich.

«Wann, meinen Sie, könnten Sie für ein Meeting mit den Halsbachs bereit sein?»

«Das werde ich Sie heute abend wissen lassen.» Bevor ich irgend etwas unternahm, wollte ich über die Zusammenkunft zwischen Lonergan und Julio im Bilde sein.

«Gut», sagte er. «Dieter ist weggefahren, wird aber nur den Tag über fort sein. Ich soll Ihnen ausrichten, daß er Ihnen heute abend zur Verfügung stehen wird.»

Ich war neugierig. «Wo ist er denn hin?»

«Er erwähnte so nebenbei, daß er zur Klause wollte. Da er begeisterter Amateurfotograf ist, möchte er wohl gern einmal bei den Profis zusehen.»

Er verließ die Cafeteria, und als ich mich wieder Verita zuwandte, sah ich, daß sie lächelte. Ich wußte, was sie dachte. Zwei Tage lang hatte Bobby hier beim Hotel geschossen, und Dieter war kein einziges Mal versucht gewesen, auch nur durchs Fenster zu schauen. «King Dong kommt wieder mal ganz groß an», sagte ich.

Sie lachte und stand auf. «Wenn ich die Maschine erreichen will, muß ich nach oben, um mit dem Packen fertig zu werden.»

«Ich warte und bring dich zum Flugplatz.»

«Aber was ist mit Eileen und Marissa?» erkundigte sie sich im lieblichsten Ton.

Sie wollte auf den Busch klopfen, das war nur allzu deutlich. Ich beschloß, den Versuch ganz einfach zu ignorieren. «Wird dich der Richter vom Flughafen abholen?» fragte ich.

Sie wurde rot.

Ich lächelte. «So ernst ist es?»

«Gareth», sagte sie, «wir sind nur gute Freunde, weiter nichts. Seine Leistungen nötigen mir Respekt ab. Es gibt nicht viele Chicanos, die es so weit gebracht haben wie er.»

«Sicher», neckte ich sie. «Und er seinerseits ist voller Respekt für deinen Intellekt?»

«Ganz recht.»

«Dann gib ihm mal eine Kostprobe von deiner süßen Muschi, und er wird nicht mehr zu halten sein», sagte ich.

«Denkst du eigentlich nie an etwas anderes, Gareth?»

Ich lachte. «Wozu auch? Schließlich bin ich ja in dem Gewerbe, oder?»

Etwa fünfundzwanzig Kilometer vom Hotel entfernt, bogen wir in eine Art Feldweg ein. «Bis zur Klause sind's jetzt noch drei Kilometer», erklärte Marissa. «Sie befindet sich auf der anderen Seite des kleinen Waldes.»

«Ziemlich abgelegen.» Schon während der letzten zehn oder fünfzehn Kilometer hatten wir keinen Menschen mehr gesehen.

«Genau das wollen die ja», fuhr Marissa fort und lenkte das Auto um eine scharfe Kurve. «In der Regenzeit ist diese Straße nicht einmal befahrbar.»

Das glaubte ich gern. Der Wagen holperte über den zerfurchten, steinharten Boden. Ich hielt mich an der Tür fest und blickte über die Schulter zurück zu Eileen. Sehr glücklich sah sie nicht gerade aus.

Sie bemerkte meinen Blick und zog eine Grimasse. «Ist wirklich nicht die richtige Methode, um einen Kater zu behandeln.»

Ich lachte. «Manchmal muß man halt in den sauren Apfel beißen.»

Die Straße durchschnitt den Wald. Auf der anderen Seite empfing uns grelles, gleißendes Sonnenlicht. Vor uns lag das, was man die «Klause» nannte. Die niedrigen Gebäude im amerikanischen Ranch-Stil wirkten irgendwie vertraut. Dann erinnerte ich mich. Das war nahezu ein Duplikat von Reverend Sams Farm in Fullerton. Genau wie dort gab es ein zentrales Gebäude, um das Holzbaracken mit Schlafräumen gruppiert waren. Das Ganze wurde umschlossen von einem ziemlich verwitterten Zaun. Durch ein Tor gelangte man auf das eigentliche Grundstück. Ein Fahrweg führte zum Hauptgebäude.

Doch auch hier war niemand zu sehen. Selbst als wir hielten, ließ sich niemand blicken. Ich stieg aus. Meine Armbanduhr zeigte kurz nach elf. «Wo können die bloß alle sein?» fragte ich.

«Sie arbeiten alle auf den Feldern», erklärte Marissa, die gleichfalls ausgestiegen war. «Ich glaube, sie bleiben sogar während der Mittagspause draußen und essen dort.»

Eileen folgte uns. Sie tupfte sich das Gesicht mit einem Kleenex ab.

Ich stieg die Verandastufen hinauf und versuchte die Tür zu öffnen. Sie war unverschlossen. Wir traten ein. Hier war es kühler. Und alles wirkte auf mich gleichfalls sehr vertraut. In der Tat schien nach dem gleichen Grundplan gebaut worden zu sein wie auf der Fullerton-Farm. Ich ging voraus, in Richtung Büro. Die Tür, ebenfalls unverschlossen, ließ sich mühelos öffnen. Der Mann, der hinter dem Schreibtisch saß, hob den Kopf.

«Frieden und Liebe, Bruder Jonathan», sagte ich.

«Frieden und Liebe», antwortete er automatisch. Dann erschien auf seinem Gesicht ein Ausdruck des Begreifens: Er hatte mich wiedererkannt. «Gareth!» Mit einem Lächeln erhob er sich.

Ich streckte ihm meine Hand entgegen. Sein Händedruck war ebenso fest wie herzlich.

«Also wo Sie überall auftauchen», sagte er in freundlich-scherzhaftem Ton.

«Das läßt sich auch von Ihnen behaupten.» Ich nannte ihm Eileens Namen. Marissa kannte er bereits.

«Was führt Sie hierher?» fragte er.

Ich erklärte, daß ich unten im Hotel wohnte und jetzt hergekommen war, um mir Bobbys Außenaufnahmen anzusehen.

«Oh ja, ich hab die Leute heute morgen gesehen. In der Nähe des alten Indianerdorfes machen sie Aufnahmen.»

«Wo das liegt, weiß ich», sagte Marissa.

«Darf ich Ihnen einen kühlen Drink oder einen Kaffee anbieten?» fragte Bruder Jonathan.

«Wir möchten Ihnen keine Umstände machen. Am besten fahren wir wohl gleich zum Dorf.»

«Von Umständen kann nicht die Rede sein. Zum Eßsaal sind's nur ein paar Schritte.»

Wir folgten ihm. Aus der Küche klangen Arbeitsgeräusche. Kaum hatten wir im Eßsaal an einem Tisch Platz genommen, erschien auch schon ein bärtiger junger Mann. Wir bestellten alle Kaffee.

«Soweit ich gehört habe, geht's Ihnen ja ganz ausgezeichnet», sagte Bruder Jonathan. «Das freut mich wirklich für Sie.»

«Danke.» Der junge Mann kam mit dem Kaffee. «Wie lange sind Sie denn schon hier draußen?»

«Seit zwei Jahren. Ich habe mitgeholfen, das hier hochzuziehen. Das meiste wurde mit Material gebaut, das beim Hotelbau übrigblieb.»

«Haben Sie kein Heimweh?»

«Nein. Mein Heim und meine Heimat sind dort, wohin meine Arbeit mich führt. Wenn Reverend Sam meint, daß ich ihm hier besser dienen kann, dann bin ich es zufrieden.»

Ich probierte den Kaffee. Ein kleiner Schluck genügte. Wortlos stellte ich die Tasse zurück. «Ist dies eine Schule?» fragte ich dann.

«Nun ja, eher wohl ein Seminar. Wir helfen Mitgliedern zur zweiten Ebene, so daß sie eines Tages andere lehren können.»

«Und wie lange dauert das?»

«Das ist sehr verschieden. Manchen fällt es wesentlich schwerer, ihre inneren Bindungen auch wirklich zu lösen. Zwei Jahre, drei Jahre, wer weiß? Wenn sie bereit sind, gehen sie. Eine offizielle zeitliche Begrenzung gibt es bei uns nicht.»

«Was ist mit Denise?»

Er zögerte einen Augenblick mit der Antwort. «Nun ja, sie ist hier.»

«Können wir sie sehen?»

«Das können Sie. Allerdings wäre es mir lieber, wenn Sie darauf verzichteten. Um ihretwillen», fügte er hastig hinzu. «Sie wissen ja, daß ihre Gefühle für Sie sehr intensiv waren. Es ist ihr überaus schwergefallen, diese innere Bindung zu lösen; und ich fürchte, wenn sie Sie wiedersieht, muß man mit einem schlimmen Rückfall rechnen.»

«Das hört sich an, als ob Sie in mir so etwas wie eine ansteckende Krankheit sehen.»

«Tut mir leid, so war das nicht gemeint. Es ist nur, daß sie inzwischen einen weiten Weg zurückgelegt hat, und ich würde es sehr bedauern, wenn sie das gewonnene Terrain wieder verlöre. Sie steht gerade im Begriff, ihren Seelenfrieden zu erlangen.»

«Ich verstehe. Aber wenn der Zeitpunkt dafür richtig ist, könnten Sie ihr dann sagen, daß wir nach ihr gefragt haben?»

Mir schien, daß über sein Gesicht ein Ausdruck der Erleichterung huschte. «Natürlich kann und werde ich das tun.»

«Gut, dann fahren wir jetzt wohl am besten weiter, zum Dorf. Vielen Dank für den Kaffee.»

Er erhob sich. «Ganz mein Vergnügen.»

«Falls es irgend etwas gibt, was ich zu Hause für Sie tun kann – eine Zeile an mich genügt, und es wird erledigt.»

«Vielen Dank. Aber Reverend Sam versorgt uns mit allem, was wir brauchen.»

Er begleitete uns hinaus zum Auto. Durch das offene Fenster winkte ich ihm zu. «Frieden und Liebe.»

Wie zu einer Art Segnung hob er die Hand. «Frieden und Liebe.»

Als das Auto durch das Tor fuhr und dann in die Straße zum Indiodorf einbog, stand er immer noch dort.

42

Die Straße wand sich durch Felder, die zur Klause gehörten. Auf jedem Feld sahen wir vier oder fünf Männer und Frauen bei der Arbeit. Sehr anzustrengen schienen sie sich nicht. Gemächlich, ja träge bewegten sie sich unter der heißen Sonne. Irgendwie wirkten sie eigentümlich schlaff. Sie trugen khakifarbene Hemden und Hosen und breitkrempige Strohhüte. Obwohl sie zweifellos die Geräusche des Autos hörten, als wir an ihnen vorüberfuhren, drehten sie nicht einmal die Köpfe nach uns. Zwei oder drei Kilometer hinter der Klause endeten die Felder. Wir gelangten zu einer Waldung und dann auf eine gras- und baumbewachsene Lichtung.

«Wir befinden uns jetzt auf dem Besitz von Señor Carillo», erklärte Marissa. «Du hast ihn auf dem Empfang kennengelernt. Er ist der größte Grundbesitzer in dieser Gegend und mit dem Gouverneur eng verwandt. Sein Bruder ist der Bürgermeister.»

«Was tut er?»

«Nichts», erwiderte Marissa. «Er ist reich.»

«Ich meine, betreibt er Landwirtschaft? Viehzucht?»

«Ein bißchen von beidem. Doch in der Hauptsache sind es seine Pächter, die das tun. Er kassiert die Pachtgelder. Das Indiodorf befindet sich auch auf seinem Grundbesitz. Er stammt aus der ältesten Familie im Staat.» Aus ihrer Stimme klang leichte Erbitterung, als sie fortfuhr: «Ihm droht man nicht mit Enteignung wie meinem Vetter, und dabei ist sein Besitz viermal so groß.»

Das Dorf, unmittelbar auf der anderen Seite der Lichtung, bestand aus einer Ansammlung uralter und sehr verwitterter Lehm- und Holzhütten. Es wirkte völlig verödet.

«Wo sind denn die Einwohner?» fragte ich.

«Hier lebt schon seit zwanzig Jahren niemand mehr», erwiderte Marissa. «Die letzten Indios sollen in den Hügeln Zuflucht gesucht haben. Doch genau weiß das niemand.»

«Das leuchtet mir nicht ganz ein. Ich meine, Menschen verschwinden doch nicht einfach spurlos. Irgendwelche Kontakte mit der Außenwelt müssen die doch haben.»

«Es bestehen keine.» Sie zögerte einen Augenblick. «Hinter der vorgehaltenen Hand erzählt man sich, daß Carillo sie umgebracht hat. Aber es sind ja nur Indios. Niemand scheint sich auch nur einen Pfifferling um sie zu scheren.»

Wir fuhren die staubige Dorfstraße entlang. Auf der anderen Seite kamen wir wieder zu einer kleinen Waldung, und kurz darauf gelangten wir auf ein offenes Feld. Dort waren die Aufnahmen im Gange.

Das erste, was mir auffiel, waren die uniformierten und bewaffneten Wächter, die überall herumstanden, ihre M-1-Gewehre lässig in der Ellbogenbeuge. Ich sah, wie sie unser Auto kurz ins Auge faßten und sofort wieder wegsahen. Insgesamt waren es mindestens dreißig oder vierzig Mann.

«Polizisten?» fragte ich Marissa.

«Nein. Das sind Carillos private Wächter.»

«Was tun sie hier?»

«Sie beschützen die Gäste. In dieser Gegend gibt es viele Banditen, und es empfiehlt sich nicht, hier allein zu reisen.»

Sie bremste , und wir stiegen aus und gingen auf die Gruppe zu. Bobby sah uns entgegen. Als er uns erkannte, warf er einen Blick auf seine Armbanduhr und hob dann die Hand. «Okay. Mittagspause!» rief er.

«Wie läuft's denn?» fragte ich.

«Soweit ganz gut. Vier Serien habe ich bereits im Kasten. Wenn ich heute nachmittag fünf schaffe, sind wir fertig. Übrigens haben wir uns aus dem Hotel Lunchpakete mitgenommen. Wenn ihr wollt, seid ihr gern eingeladen.»

«Okay, akzeptiert», sagte ich. Als ich mich umdrehte, sah ich gerade noch, wie Eileen und Marissa fasziniert King Dong anstarrten. Er war dabei, in seine Hosen zu schlüpfen, und es brauchte einige Zeit, bis er alles so zurechtgeschoben hatte, daß er die Hose zukriegte. Ich lachte. «Wie steht's mit eurem Appetit, ihr Mädchen. Auf Lunch, meine ich?»

Wir setzten uns in den Schatten der Bäume und ließen uns schmekken, was die Lunchpakete enthielten: Bier und Wein, Huhn, Roastbeef, Fisch in Aspik, Tortillas und französisches Brot.

«Drei Serien haben wir im Dorf geschossen», erzählte Bobby. «Phantastischer Hintergrund. Eine müssen wir noch hier machen. Dann fahren wir zu Carillos Grundstück. Er hat uns die Sondererlaubnis gegeben, in seinen Gärten zu fotografieren. Er soll ja ganze Quadratkilometer voll Blumen haben.»

«Klingt gut», sagte ich und öffnete noch eine Dose Bier. «Hat sich Dieter hier sehen lassen?»

Bobby schüttelte den Kopf. «Keine Spur.»

«Soviel ich weiß, wollte er herkommen.»

«Hab ihn nicht gesehen.»

«Aber vielleicht Lonergan und Julio?»

«Gleichfalls Fehlanzeige.»

Bobbys Assistent trat zu uns. «Wir könnten jetzt weitermachen.»

Bobby stand auf. «Zurück an die Arbeit.»

Ich sah Marissa und Eileen an. «Möchtet ihr Mädchen noch bleiben und zuschauen?»

Eine völlig überflüssige Frage. Eifrig folgten sie Bobby, und ich sah zu, wie sich die Modelle für die nächste Aufnahme fertig machten. King Dong war wieder nackt und lag lang ausgestreckt auf dem Rükken, die Hände und die Füße an Holzpflöcke gefesselt. Die Story lautete, daß die Mädchen ihn gefangengenommen hatten und während sie ihn reizten und quälten, überlegten, was sie nun mit ihm anfangen sollten. Wenn man den Modellen so zusah, hatte man das Gefühl, daß jeden Augenblick Wirklichkeit werden konnte, was nur als Phantasie gedacht war. Offenbar konnten die Mädchen ihre Hände nicht länger von ihm fernhalten, und die Wirkung auf ihn blieb nicht aus. Schließlich hatte er eine fast volle Erektion.

Bobby schrie ihn an. «Ja, Himmelarsch, du bist doch Profi! Du weißt doch ganz genau, daß wir Bilder mit einer vollen Erektion nicht zeigen können. Laß ihn gefälligst runter, du blöder Hund!»

«Kann ich doch nichts dafür, Mr. Bobby», sagte King Dong in klagendem Tonfall. «Die Mädchen sollen aufhören, dran rumzuspielen. Schließlich bin ich auch nur ein Mensch.»

«Also los, Mädchen, hört mit dem Unsinn auf!» befahl Bobby. «Das ist ernste Arbeit.»

«Soll ich vielleicht kaltes Wasser draufkippen?» fragte Bobbys Assistent.

«Das haben wir voriges Mal versucht», erklärte Bobby ärgerlich. «Hat überhaupt nicht gewirkt.»

«Ich weiß gar nicht, weshalb du dich so aufregst, Bobby», sagte Samantha Jones beschwichtigend. «Ich kümmre mich schon drum.»

«Ach, Scheiße. Dafür haben wir keine Zeit.»

«Ehrlich. Ich will ihn nicht ficken oder so. Ich war Krankenschwester, und da gab's einen Trick, den wir im Krankenhaus anwandten. Klappt immer.»

«Okay», sagte Bobby.

Samantha kniete sich neben King Dong auf den Boden. Sacht hob sie sein Glied an, hielt es zwischen drei Fingern steil empor. «Was für ein Gefühl ist das?» fragte sie mit süßem Lächeln.

Auf King Dongs Gesicht lag ein breites Grinsen. «Echt klasse.»

Blitzschnell bewegte sie ihre freie Hand. Ein scharfes, klatschendes Geräusch war zu hören. Das Glied prallte gegen die Hüfte.

«Au!» schrie King Dong.

Samantha erhob sich und sah auf ihn runter. Die Erektion war verschwunden. «Klappt wirklich immer», sagte sie lächelnd.

King Dong musterte sie zornig. «Gemeines Weibsstück!»

«Okay!» rief Bobby. «Wieder an die Arbeit!»

Einige Minuten sah ich noch zu, dann ging ich zum Dorf zurück. Ich hatte nichts dagegen, die Fotos zu betrachten; wie sie gemacht wurden, interessierte mich jedoch nicht sonderlich. Zwei der bewaffneten Wächter folgten mir in einem Abstand von ungefähr zwanzig Metern.

Fenster gab es in den kleinen Hütten nicht mehr, und die Türen hingen windschief in ihren Angeln. Ich blieb stehen und warf einen Blick in eine der Behausungen. Außer ein paar Möbeltrümmern und Schichten von Staub und Sand gab es da drinnen nichts. Als ich mich wieder umdrehte, sah ich, daß die Wächter am Rand der Straße standen.

Die Stimme kam von einem Haus an der Ecke. «Gareth!»

Ich blickte mich um, sah jedoch nichts.

«Hier oben!»

Denise hockte im oberen Stockwerk des Hauses auf einer Fensterbank. «Fang mich auf!» schrie sie.

Im selben Augenblick sprang sie auch schon. Ich reagierte automatisch, und es gelang mir tatsächlich, sie aufzufangen. «Bist du verrückt?» fragte ich wütend.

Sie packte meine Hand. «Schnell! Komm mit!»

Wir rannten die Straße entlang, bogen um eine weitere Ecke und liefen dann über ein Feld auf den Wald zu. Fast fünf Minuten brauchten wir, um zu den Bäumen auf der anderen Seite eines Stacheldrahtzauns zu gelangen.

«Was soll das alles bloß?» fragte ich, noch keuchend.

«Carillos Grund und Boden dürfen wir nicht betreten», erklärte sie.

«Ja, Himmelarsch . . .» begann ich.

«Wirklich», betonte sie. «Deshalb hat er ja die Wachen.»

«Die können einen nur wegjagen. Abknallen können sie doch niemanden.»

«Die können tun, was ihnen paßt. Es ist sein Grund und Boden.»

«Das ist doch verrückt!»

«Wir sind hier in Mexiko.» Sie sah mich an. «Ich wollte dich nicht verlassen. Das weißt du.»

«Niemand hat dich dazu gezwungen.»

«Ich mußte es tun. Aber ich wußte nicht, daß es so sein würde.»

«Ist es schlimm?»

«Du fehlst mir so sehr. Das macht es schlimm.»

«Dann komm zurück.»

«Das kann ich nicht. Wenn ich das tue, dann gelange ich nie auf die zweite Ebene.»

«Was, verdammt nochmal, ist daran denn so wichtig? Wichtiger ist doch, daß du glücklich bist.»

«Bruder Jonathan sagt, ich werde glücklich sein, wenn ich mich von inneren Bindungen freimachen kann. Er meint, manchen falle das halt schwerer als anderen.»

«Er wollte nicht, daß wir uns wiedersehen.»

«Das war zu meinem Schutz.»

«Schutz? Vor wem? Er weiß, daß ich dir nichts tun würde.»

«Vor mir selbst. Aber er brauchte gar nichts zu sagen. Niemand brauchte etwas zu sagen. Ich wußte auch so, daß du hier warst.»

«Woher wußtest du das?»

«Ich spürte deine Aura», sagte sie.

«Wenn du mir das noch oft erzählst, glaub ich's dir irgendwann.»

«Es ist die Wahrheit», versicherte sie. «Nur – irgendwie dachte ich, ich könnte mich vielleicht doch geirrt haben. Vor drei Tagen bestimmte er mich zu einem Bewußtseinstrip.»

«Was ist das?»

«Mit Hilfe von Meskalin wird das Bewußtsein erweitert.» Sie streckte die Hand aus, strich mir mit den Fingerkuppen sacht übers Gesicht. Ihre Pupillen waren vergrößert. «Selbst jetzt bin ich nicht ganz sicher, daß du's auch wirklich bist und daß ich nicht nur einen Trip mache.»

«Ich bin's wirklich.»

«Aber ich bin nicht sicher.» Sie begann zu weinen. «Ich bin bei gar nichts mehr sicher.»

Ich zog ihren Kopf an meine Brust. «Es ist wirklich.»

Sie schwieg einen Augenblick. «Sind Bobby und Eileen mit dir hier?»

«Ja.»

«Das dachte ich mir. Ich habe sie nämlich auch gespürt.» Sie löste sich von mir. «Aber du warst es, der mich zu sich zog. Ich folgte deiner Aura, von der Klause an.»

Ich schwieg.

Aus ihrer Hemdtasche holte sie einen selbstgedrehten Joint in gelbem Papier. Sie steckte ihn an, sog zweimal tief.

«Woher stammt denn das?» fragte ich.

«Das wächst bei der Klause praktisch überall. Ist für einen Süchtigen ein richtiges Paradies. Meskalin, Marihuana und noch vieles andere, wovon ich nicht mal die Namen weiß. Man braucht nur hinauszugehen aufs Feld, und schon kann man sich was pflücken.» Sie drückte den Joint aus und steckte ihn sorgfältig in ihre Hemdtasche zurück.

Einige Sekunden lang sah sie mich stumm an. Dann sagte sie: «Ich muß jetzt wieder zurück. Bevor die Leute auf den Feldern melden können, daß sie gesehen haben, wie ich in diese Richtung gegangen bin.»

«Was für einen Unterschied macht das schon? Wahrscheinlich haben sie gar nichts gemerkt. Als wir vorhin an ihnen vorüberfuhren, haben sie sich nicht einmal zu uns umgedreht.»

«Sie haben euch gesehen. Aber das machte nichts weiter. Sie waren alle high.»

«High? Aber wie konnten sie in dem Zustand arbeiten?»

Sie lachte. «Sie arbeiten ja gar nicht.»

«Aber die Feldbestellung –»

«Das ist alles nur ein großer Witz. Wir bauen da nämlich gar nichts wirklich an. Wir gehen nur hinaus, um zu meditieren. Carillo schickt uns alles, was wir an Lebensmitteln brauchen. Wir haben nichts weiter zu tun, als uns auf die zweite Ebene vorzubereiten.»

«Und alle kiffen?»

«Fast alle. Ein paar Ausnahmen gibt es. Aber die befinden sich bereits auf der zweiten Ebene und brauchen solche Hilfe nicht mehr.

Bruder Jonathan befindet sich auf der ersten Ebene. Er kommt ohne alles aus.»

Ich erinnerte mich an den Whisky, den er damals in seinem Büro in Fullerton versteckt hatte. Kam er wirklich «ohne alles» aus? Das war doch wohl sehr die Frage.

«Komm mit mir nach Hause», sagte ich.

«Ich kann nicht. Ich fange jetzt gerade an, mit den Begierden des Fleisches fertigzuwerden. Und ich weiß, daß ich den ganzen Weg schaffen kann.»

«Welchen ganzen Weg?»

«Den Weg zur Freiheit. Den Weg zu einem Punkt, wo ich körperlos so hoch über die Erde steigen kann, daß meine Seele und mein Geist mit allem und jedem Verbindung aufnehmen können. Auf vielen Planeten werde ich zu Hause sein und auf vielen Bewußtseinsebenen. Ich werde mit dem Universum eins sein.»

Ich schwieg.

Sie beugte sich zu mir. «Du wirst niemandem sagen, daß wir uns getroffen haben?»

«Nein.»

Auf ihren Lippen lag ein leises Lächeln. «Lebwohl, Gareth. Frieden und Liebe.»

«Frieden und Liebe», erwiderte ich.

Doch sie war bereits zwischen den Bäumen verschwunden. Für einen Augenblick schien sich rings um mich alles zu drehen, und ich hob eine Hand und stützte mich gegen einen Baumstamm. Das Ganze kam mir so unwirklich vor. Bildete ich's mir vielleicht tatsächlich nur ein? Halluzinierte ich womöglich? War es die Sonne, die Hitze?

Das Schwindelgefühl verschwand, und ich ging zum Dorf zurück. Die bewaffneten Wachen warteten auf mich. Wortlos ließen sie mich an sich vorüber, dann folgten sie mir im gleichen Abstand wie zuvor zum Auto.

43

Man war bereits dabei, alle Geräte und die ganze Ausrüstung im Bus zu verstauen. King Dong und die Modelle saßen sogar schon auf ihren Plätzen. Es sollte also zu Carillos Gärten gehen.

Bobby sah mich fragend an. «Kommst du mit uns?»

Ich schüttelte den Kopf. «Ich werde zurückfahren.» Mein Blick suchte Eileen und Marissa. «Aber wenn ihr beide mitwollt – ich finde meinen Weg auch allein.»

Eileen antwortete für sich und für Marissa. «Wir fahren mit dir zurück.»

Bobby stieg in den Bus. «Okay. Bis heute abend dann.»

Wir gingen zu unserem Auto. Marissa wendete, und wir fuhren denselben Weg, den wir gekommen waren. Bei der Klause arbeiteten noch immer die Leute auf den Feldern. Diesmal betrachtete ich sie genauer. Sie waren wohl wirklich high. Die eigentümliche Trägheit, mit der sie sich bewegten, ließ darauf schließen, daß sie weniger arbeiteten, als sich nur irgendwie beschäftigten.

Als wir zum Tor der Klause kamen, bat ich Marissa impulsiv, in das Grundstück einzubiegen. «Einen Augenblick Geduld», sagte ich und stieg aus. «Bin gleich wieder zurück.»

Ich trat ein. Bruder Jonathan war nicht in seinem Büro. Ich ging zum Eßsaal, sah dort jedoch niemanden. Aber in der Küche arbeiteten einige Männer und Frauen.

«Frieden und Liebe», sagte ich. «Weiß vielleicht jemand, wo Bruder Jonathan ist?»

«Frieden und Liebe», erwiderten sie wie im Chor meinen Gruß.

Der Mann in meiner unmittelbaren Nähe beantwortete meine Frage mit einer Gegenfrage. «Ist er denn nicht in seinem Büro?»

«Nein.»

Sie wechselten Blicke miteinander. Dann erklärte der junge Mann: «Ich werde ihn für Sie suchen.»

«Ich möchte Sie nicht bei der Arbeit stören. Sagen Sie mir nur, wo ich ihn finden kann.»

«Sie stören nicht. Wahrscheinlich ist er im Labor.»

«Labor?»

Er lächelte. «So nennen wir hier die Kapelle.» Ich folgte ihm in den Eßsaal. «Wenn Sie hier bitte warten wollen», sagte er. «Ich bin gleich wieder da.»

Ich fischte eine Zigarette hervor. Einige Minuten später kam er allein zurück.

«Bruder Jonathan bittet um Entschuldigung, weil er Ihnen nicht zur Verfügung stehen kann», sagte er. «Aber er ist gerade damit beschäftigt, jemanden durch die Umwandlung zu geleiten und kann deshalb nicht kommen.»

«Wie lange wird das dauern?»

«Das weiß man nie», erklärte er. «Manchmal braucht es nur zehn Minuten, aber es kann auch an die drei Tage dauern.»

Ich überlegte einen Augenblick. «Würden Sie mir eine Frage beantworten?»

«Natürlich.» Der junge Mann lächelte. «Wir sind alle hier, um zu helfen und zu dienen.»

«Was geschieht, wenn ein Kandidat es für die zweite Ebene nicht schafft?»

«Nichts weiter. Aber das ist noch nie vorgekommen. Wir sind alle fest entschlossen, unser Ziel zu erreichen.»

«Aber wenn ein Kandidat es sich anders überlegt, kann er dann nach Hause zurückkehren?»

Er lächelte wieder. «Wir sind hier ja keine Gefangenen. Wir sind aus freiem Entschluß hergekommen, und es bleibt ganz uns überlassen, ob wir bleiben oder wieder gehen.» Aus seiner Hemdtasche zog er etwas, das er mir reichte. Ich sah, daß es ein Flugticket war. «Das bekommt jeder von uns nach seiner Ankunft hier. Und er soll es stets bei sich tragen. Damit er sich immer bewußt ist, daß er jederzeit von hier fort und nach Hause fliegen kann.»

Ich warf einen Blick auf das Ticket. Es war für einen Flug nach Chicago ausgestellt, mit offenem Datum. Ich gab es ihm wortlos zurück.

Er steckte es wieder ein. «Keiner von uns hat das Ticket je gebraucht», versicherte er stolz.

«Danke», sagte ich. «Frieden und Liebe.»

«Frieden und Liebe», antwortete er.

Fast schon an der Tür, drehte ich mich noch einmal zu ihm um.

«Beinahe hätte ich's vergessen», sagte ich. «Ich wollte Bruder Jonathan noch um ein paar von den Joints bitten, die ihr hier fabriziert. Die im gelben Papier.»

«Kein Problem.» Er zog drei Joints aus seiner Brusttasche und reichte sie mir. «Genügt das?»

«Ich will Ihnen nicht die letzten wegnehmen», erklärte ich.

«Ich kann jederzeit mehr bekommen. Wir erhalten vier Stück pro Tag.»

Ich steckte die Joints ein. «Nochmals vielen Dank.»

«Gern geschehen. Frieden und Liebe.»

«Frieden und Liebe.» Ich trat hinaus und stieg ins Auto. Kein Wunder, daß es hier nie Abtrünnige gab. Mit vier von diesen Stengeln pro Tag schwebten die auf Wolken. Und wer, der auch nur leidlich bei Troste war, wollte schon den Himmel verlassen?

Marissas Stimme durchbrach meine Gedanken. «Wohin jetzt?»

«Zurück zum Hotel.» Wenn wir wieder in Los Angeles waren, würde dies meine erste Tat sein: die Joints zwecks Analyse in ein Labor schicken. Ich hätte fast meinen Kopf darauf verwetten mögen, daß in den Dingern mehr war als nur Marihuana. Falls ich mit meiner Vermutung recht behielt, würde ich Reverend Sam ins Bild setzen. Er sollte und mußte erfahren, was in dieser seiner Klause vor sich ging.

Als wir im Hotel anlangten, war es bereits vier Uhr vorbei, doch Lonergan hatte sich noch immer nicht sehen lassen. Während wir an der Rezeption standen, fragte ich Marissa: «Schließt du dich uns zu einem Drink an?»

«Ich sehe wohl besser zu, daß ich erst mal hinaufkomme ins Büro», erwiderte sie. «Ich war ja den ganzen Tag fort, und da häuft sich alles immer gleich so an.»

Ich nickte. «Dann heute abend beim Dinner?»

Sie lächelte. «Natürlich.»

Mir kam ein Gedanke. «Könnte ich das Dinner im Bungalow serviert haben? Ich bin's ein bißchen leid, in Gesellschaft so vieler Menschen zu essen.»

«Du kannst alles ganz nach Wunsch haben. Sag mir nur, wann du das Essen möchtest und für wie viele Leute.»

«Nur wir drei», erklärte ich.

«Schon gemacht.»

«Noch etwas. Könntest du dafür sorgen, daß morgen nachmittag um zwei das Flugzeug bereitsteht, um mich nach Los Angeles zurückzufliegen?»

«Kein Problem. Soll ich euch zum Bungalow fahren, bevor ich ins Büro rauf gehe?»

«Nicht nötig. Wir gehen zu Fuß. Ich kann etwas Bewegung gebrauchen.»

Die Sonne brannte immer noch verdammt heiß, und als Eileen und ich den Bungalow erreichten, war ich praktisch durchgeschwitzt. Der kleine Swimmingpool im Patio wirkte sehr einladend. «Wie wär's?» fragte ich.

Gleich an Ort und Stelle zogen wir uns aus und sprangen hinein. Das Wasser war warm und trotzdem erfrischend. Ich hielt mich mit einer Hand am Rand des Beckens fest und rief nach dem Butler.

«*Sí, señor?*» Ohne eine Miene zu verziehen, registrierte er, daß wir nackt waren.

«Planter's Punch?» fragte ich Eileen. Sie nickte. Ich hielt zwei Finger hoch. «*Dos*.»

Er grinste. «*Sí, señor. Dos* Planter's Punch.»

Ich schwamm zu Eileen. «Kein schlechtes Leben, wie?»

«Was hast du auf dem Herzen?»

«Wie kommst du darauf?»

«Ich kenne dich», erwiderte sie prompt. «Was ist es?»

«Ich weiß es nicht», erklärte ich wahrheitsgemäß. «Ich weiß es wirklich nicht.»

Sie beobachtete mich schweigend.

Ich begann zu kraulen, langsam und gemächlich, eine Bahn rauf, eine Bahn runter. Unmittelbar vor Eileen brach ich ab. «Ich wünschte, ich wüßte es. Aber Nachdenken scheint da nicht zu helfen. Es ist der Dschungelinstinkt. Etwas, das ich aus Vietnam mitgebracht habe. Nichts, worauf ich den Finger legen könnte. Aber irgendwie erscheint alles ein bißchen daneben.»

Sie küßte mich. «Ich bin ganz sicher – du wirst herausfinden, was es ist.»

Der Butler brachte die Drinks auf einem silbernen Tablett. Er stellte es an den Beckenrand und ging wieder hinein. Wir griffen nach unseren Gläsern.

«Auf das gute Leben», sagte ich.

«Auf das gute Leben.»

Wir tranken. Die Drinks hatten es wirklich in sich. Mindestens drei Sorten Alkohol mußte er verwendet haben, um diese explosive Kombination zu kreieren. «Whuuu-uu», sagte Eileen mit rauher Stimme. «Da hat man ja das Gefühl, flüssiges Feuer zu schlucken.»

Ich lachte. Sie hatte den Nagel auf den Kopf getroffen. Dieser Drink war so etwas wie ein «Instant-High». «Sag mal», fragte ich, «hat dir schon mal jemand deine Muschi unter Wasser geleckt?»

Sie kicherte, schon ein wenig angetrunken. «Nicht daß ich wüßte.»

Ich nahm ihr das Glas aus der Hand, stellte es neben meines auf den Beckenrand. «Dann sei bereit, allzeit bereit», sagte ich. Und tauchte.

Gegen acht Uhr erschien Bobby. Im Wohnzimmer ließ er sich in einen Sessel sinken. «Mir reicht's», sagte er. «Wenn ich wieder mal mit einer brillanten Idee schwanger gehe, laß sie mir bitte rechtzeitig abtreiben.»

«Fertig geworden?» fragte ich.

Er nickte. «Gerade noch geschafft, bevor's zu dunkel wurde.» Er beugte sich näher zu mir. «Weißt du, wie lang der Schwanz von dem Kerl wirklich ist?»

«Von mir aus kann er so lang sein, wie er will.»

«Dreißig Zentimeter, hat er uns immer erzählt. Aber in Wirklichkeit sind es sechsunddreißig und ein halber.»

«Aber warum sagt er denn, daß sein Ding kürzer ist, als es tatsächlich ist?»

«Das habe ich ihn auch gefragt», erklärte Bobby. «Er sah mich aus seinen traurigen braunen Augen an und erwiderte ganz geknickt: ‹Ich will doch nicht, daß die Leute meinen, ich wär 'ne Mißgeburt.›»

Ich lachte. «Und wie habt ihr die Länge so genau festgestellt?»

«Das war Samantha. Erst brachte sie ihn auf Touren, und als ihm sein Ding stand, hat sie so ein metallenes Meßband drangelegt.» Er stand auf. «Was hast du für heute abend vor?»

«Ruhe. Nur Eileen, Marissa und ich zum Abendessen.»

«Anschließend könntet ihr ja zu uns in den Bungalow kommen», meinte er. «Da wird was los sein. Danny und alle Mädchen haben für zweihundert Dollar Wetten abgeschlossen, weil Danny behauptet hat, er könne mehr von King Dong vertragen als irgendeine von ihnen.»

«Bei der Hitze haben die wohl alle durchgedreht, wie?»

«Das mußte so kommen», sagte Bobby. «Das ist immer so, wenn King Dong dabei ist. Als ich letztes Mal mit ihm fotografiert habe, war's genauso.»

«Er muß das achte Weltwunder sein», sagte ich.

«Er selbst meint das nicht. Er behauptet, sein jüngerer Bruder habe noch einen größeren.»

«Na, das wäre vielleicht ein tolles Layout. Warum schießt du nicht beide zusammen?»

«Geht nicht», erwiderte er. «Der Junge ist erst fünfzehn.» Er ging zur Tür, drehte sich noch einmal um. «Weißt du übrigens, wer echt scharf auf ihn ist?»

Ich sah ihn an.

«Dieter», sagte er. «Er kam gegen Ende der Aufnahmen und bot sich für heute abend als Schiedsrichter an.»

«Was trieb er denn da draußen?»

«Keine Ahnung. Wir schossen gerade in einem Blumenfeld hinter dem Haus, als er rauskam. Als wir fertig waren, verschwand er wieder nach drinnen.»

Ich steckte mir eine Zigarette an und stand auf. «Morgen nachmittag kommt mich die Maschine holen. Möchtest du noch bleiben oder kommst du mit?»

Bobby zögerte keinen Augenblick. «Mir langt's hier. Ich fliege mit dir zurück.»

44

Ich lehnte mich in der Badewanne zurück und beobachtete Eileen, die sich vom Toilettentisch erhob und zur Schranktür ging. «He, du siehst verdammt gut aus», sagte ich.

Und ich meinte es auch. Nackt stand sie da, ungeheuer verführerisch – wie eine Gestalt aus einem feuchten Traum. «Ich weiß nicht, was ich anziehen soll», sagte sie.

«Was kommt's darauf an?» fragte ich. «Sind doch nur wir drei.»

Der Blick, mit dem sie mich maß, sagte überdeutlich, daß ich in ihren Augen fast die verkörperte männliche Dummheit war. Sie nahm ein langes, schwarzes Kleid heraus und hielt es probeweise vor sich hin. «Wie findest du das?»

«Na, ausgezeichnet.»

Sie hängte es zurück, nahm ein anderes heraus. Flutender, fließender Chiffon, Pink-Beige. «Und dieses?»

«Auch ausgezeichnet.»

«Du bist wirklich keine Hilfe», sagte sie ärgerlich. «Ich hätte das weiße Loris Azzaro mitbringen sollen.»

Plötzlich klingelte das Telefon. «Nimmst du bitte ab?» sagte ich.

Sie hob den Hörer hoch. «Ja?» Sie lauschte einen Augenblick, brachte den Apparat dann zur Badewanne. «Es ist Onkel John», erklärte sie.

«Was treibst du?» fragte er.

«Im Augenblick sitze ich in der Badewanne und sehe mir eine Modenschau an.»

Aus seiner Stimme klang Mißbilligung. «Meine Frage war ernst gemeint.»

«Du hast mich doch gefragt, was ich gerade tue.»

«Ich glaube, wir sollten uns treffen.»

«Okay. Wär's dir zum Frühstück recht?»

«Noch heute abend.» Seine Stimme klang ausdruckslos. «Ich glaube, ich habe für unser Problem eine Lösung gefunden. Wie lange brauchst du, um dich fertigzumachen?»

«Ist eine halbe Stunde okay?»

«Komm dann auf mein Zimmer.»

Ich legte auf, kletterte aus der Wanne und strebte zur Duschkabine. «Mit dem Essen könnte es etwas später werden», sagte ich zu Eileen. «Ich muß zum Hotel, zu Lonergan.» Dann stellte ich mich unter die Dusche und drehte voll auf.

«Komm und nimm einen Drink», sagte er, als er mich einließ. «Ich habe mir gerade einen Martini gemacht.»

Ich folgte ihm zur Bar. Während ich mich auf den Hocker schwang, goß er mir einen Whisky ein. Ich trank einen Schluck. «Prost.»

«Prost.» Er kam sofort zur Sache. «Julio hat sich bereit erklärt, auf die Benutzung des Flugplatzes für seine Zwecke zu verzichten.»

«Was hat ihn zum Nachgeben veranlaßt?»

«Nicht weniger als dreiundachtzig seiner Verwandten hier haben durch das Hotel Arbeit und Brot. Entweder stehen sie direkt auf der Lohnliste, oder sie haben sonstwie fürs Hotel zu tun.»

«Könnte für Julio echt ein Grund sein», sagte ich nachdenklich und trank wieder einen Schluck. «Aber weshalb bist du so sicher, daß er sich auch wirklich dran hält?»

«Er hat mir sein Wort gegeben», erwiderte Lonergan kalt.

Und damit hatte sich's. Schluß und Punkt. Lonergans Gesicht wirkte völlig ausdruckslos. Julio – oder wer auch immer sonst – würde gut daran tun, es sich sehr reiflich zu überlegen, falls er je sein Lonergan gegebenes Wort brechen wollte.

«Ich bin mir immer noch nicht sicher, wie ich mich entscheiden soll», sagte ich. «Daß wir die Lizenz für die Spielbank bekommen, glaube ich kaum. Für absehbare Zeit ist da wohl auf nichts zu hoffen. Und ohne Spielbank wären die Kosten ganz einfach zu hoch.»

«Darum habe ich mich auch bereits gekümmert», erklärte Lonergan.

«Du warst wirklich sehr fleißig.»

Er lächelte nicht. «Sie akzeptieren einen Pachtvertrag mit Kaufoption.»

«Das ist interessant. Wieviel?»

«Eine Viertelmillion pro Jahr, dazu zwanzig Prozent vom Gewinn des Hotelbetriebs sowie fünfzig Prozent vom Profit des Kasinos, falls wir's aufmachen dürfen. Der Pachtvertrag würde über fünf Jahre laufen. Während dieser Zeit kannst du das Hotel, wann immer es dir paßt, zu einem Kaufpreis von zehn Millionen Dollar haben. Einzige Auflage dabei: Du mußt garantieren, daß du eine Million Dollar in notwendig gewordene Umbauten steckst, was du ja ohnehin tun müßtest.»

Ich kalkulierte blitzschnell. Pacht-, Personal- und sonstige Kosten, dazu die Amortisation der in die Umbauten zu steckenden Summe: Das machte, alles in allem, erst einmal achthunderttausend pro Jahr.

Lonergan hatte offenbar recht präzise mitkalkuliert. «Bei fünfunddreißig bis vierzig Prozent Nutzung der Bettenkapazität wärst du wohl aus dem Schneider.»

«Trotzdem noch eine harte Nuß.»

«Allerdings.»

«Muß ich mir durch den Kopf gehen lassen. Ich frage mich nur, wieso die zu einem solchen Handel bereit sind?»

«Sie hatten einen akuten Anfall von realistischer Einschätzung. Und keine anderen Interessenten.»

Ich hakte nach. «Was ist mit Señor Carillo?»

Er musterte mich scharf. «Du weißt von ihm?»

«Nur was ich in den Zeitungen gelesen habe.»

«Wir waren heute nachmittag bei ihm. Er garantierte uns die amtliche Zustimmung zu dem Handel.»

«Soviel Macht besitzt er?»

«Es gehört ihm ja praktisch alles in diesem Staat.»

«Wo sind die Indios?» fragte ich.

Lonergan war irritiert. «Ich weiß nicht, wovon du sprichst.»

«Nichts weiter.» Ich lachte. «Wann wollen sie die Antwort haben?»

«Sobald wie möglich.»

«Laß mich erst mal drüber schlafen. Bevor ich morgen ins Flugzeug steige, gebe ich dir die Antwort.»

«Okay.» Er nippte wieder an seinem Martini.

«Eins hast du mir noch nicht gesagt, Onkel John.»

«Und das wäre?»

«Wie du darüber denkst? Hältst du's für ein gutes Geschäft?»

«Ich glaube schon. Ein Risiko bleibt natürlich, und du mußt selbst entscheiden, ob du's wagen willst. Es ist ja dein Geld.»

«Deins auch. Du bist mein Partner.»

«Bisher bin ich bei dir nicht schlecht gefahren. Welche Entscheidung du jetzt auch triffst, mir ist jede recht.» Er begleitete mich zur Tür. «Einen Verlust werde ich weder so noch so zu verbuchen brauchen.»

«Wie meinst du das?»

Er lächelte. «Immerhin», sagte er, «habe ich's geschafft, barfuß in die Brandung zu waten.»

Eileen hatte das schwarze Kleid gewählt, und als sie mich einließ, strahlte sie. «Was war mit Onkel John?»

«Wenn ich will, kann ich einen Handel abschließen», sagte ich.

«Und? Wirst du's tun?»

«Weiß ich noch nicht.»

Ihr Gesicht wurde ernst. «Tu's nicht. Ich habe bei der ganzen Sache so ein ungutes Gefühl.»

«Du könntest recht haben. Aber falls der Laden läuft, könnte das einen Haufen Geld einbringen.»

«Du brauchst das Geld doch nicht, Gareth.»

«Das Geld nicht, nein. Aber die Spekulation macht Spaß.»

«Es wird kein Spaß mehr für dich sein, wenn du dabei verlierst.»

«Ich kann's mir ja leisten.»

Ihre Augen verdunkelten sich. «Vielleicht, wenn du nur verlierst, was du hier reinsteckst. Aber das meine ich nicht.»

«Was meinst du dann?»

«Das weiß ich eben nicht.»

Der Butler brachte die Hors d'oeuvres, winzige Enchiladas, wunderbar dünne Tortillas mit Rindfleisch und Chili als Füllung, außerdem Crackers und Avocado-Tunke. Für mich machte er einen Whisky mit Eis, für Eileen eine Margarita. Mit zufriedener Geste deutete er auf den Eßtisch. Offenbar suchte er unsere Anerkennung.

Er hatte sie sich verdient. Der Tisch war wunderschön gedeckt, für drei Personen. Nichts fehlte, nicht das prachtvolle Leinen, nicht die Kerzen, nicht das Kristall, auch nicht der Dom Pérignon im Sektkühler. «*Muy hermosa*», sagte ich in meinem sehr beschränkten Spanisch.

Er lächelte und machte eine Verbeugung. Mein Lob behagte ihm augenscheinlich. «*Muchas gracias, señor.*»

Es klopfte, und er ging, um zu öffnen. Marissa trug dasselbe weiße Kleid, das sie am ersten Abend angehabt hatte.

«Du siehst einfach hinreißend aus», sagte Eileen.

Marissa lächelte sehr zufrieden. «Du aber auch», versicherte sie.

Ohne erst zu fragen, brachte ihr der Butler eine Margarita.

Ich erhob mein Glas. «Aufs Glücklichsein.»

Wir tranken.

«Eins fehlt hier», sagte Eileen. «Und das ist Musik. Falls du das Hotel übernimmst, mußt du unbedingt dafür sorgen, daß man in jedem Raum Musik empfangen kann.»

«Es gibt ja Musik», erklärte Marissa. «Ich habe wohl vergessen, das zu zeigen.» Sie ging zur Bar und drückte an der Wand daneben auf einen Knopf. Sofort erklang mexikanische Musik. «Aber wir haben auch amerikanische Musik», fügte sie hinzu und drückte wieder auf den Knopf. Jetzt hörten wir eine unverwechselbare Stimme. Frank Sinatra sang *Night and Day*.

«Gefällt mir», sagte ich. «Wie wär's mit einem Tanz?»

«Mit welcher von uns?» fragte Marissa.

«Überflüssige Frage», erwiderte ich und breitete meine Arme. «Mit euch beiden natürlich.»

Ich schlang um jede einen Arm. Eileen legte ihren Kopf auf meine linke Schulter, Marissa lehnte ihr Gesicht an meine rechte Wange. Ihre Parfüms vermischten sich miteinander. Wir bewegten uns sehr langsam, und unsere Körper drängten immer näher zueinander. Es war wunderschön.

Und wunderschön war auch das Dinner. Wir verliebten uns alle drei.

Wie flüssiges Gold fiel, vom Kamin her, das Licht auf ihre nackten Leiber, während sie auf dem Zebrateppich im Schlaf lagen, die Arme umeinandergeschlungen. Ich saß auf dem Fußboden, mit dem Rükken an der Couch, in der Hand den kristallenen Kognakschwenker

Ich schlürfte langsam, genüßlich, kostete den warmen, angenehm prickelnden Geschmack voll aus.

Es war, als seien sie von Goya gemalt: zwei nackte Majas. Der Lichtschein des Feuers überhauchte Eileens helle Haut mit einem goldenen Ton und verwandelte Marissas dunkleren Teint gleichsam in reines Kupfer. Während Eileens Brustwarzen in zartem Kirschrot schimmerten, glichen sie bei Marissa eher purpurfarbenen Trauben. Sie lagen mit einander zugewandten Gesichtern, einen Arm um die Schultern der anderen, eine Hand an der Scham der anderen.

Zuerst war Marissa sehr scheu gewesen. Doch dann spürte sie die Wärme und die Liebe und die gesteigerte Sexualität, bewirkt durch die Mischung von Musik und Tanz, Drinks und Hitze; und sie öffnete sich wie eine Blume. Schließlich zeigte sie sich als die Sinnlichste von uns dreien: Sie verlangte und forderte, sie nahm und kostete, und sie liebte, bis wir alle erschöpft waren.

Und jetzt schliefen sie, während ich mich in jenem hellwachen Zustand befand, der bei mir nach allzuviel Sex stets eintrat. Ich erhob mich und trat hinaus in die von Jasminduft erfüllte Nacht.

Aus Bobbys Bungalow klang noch immer Geschrei und Gelächter. Die ganze Nacht schon hatten sie es wild getrieben. Allerdings hatten wir nach einiger Zeit nicht mehr weiter darauf geachtet. Ich war versucht, hinüberzugehen. Aber dann überlegte ich es mir doch anders und ging wieder in meinen Bungalow zurück. Meine beiden Majas lagen noch genauso da, wie ich sie verlassen hatte. Aus dem Schlafzimmer holte ich eine Wolldecke und breitete sie über die Mädchen. Sie rührten sich nicht. Gerade wollte ich wieder ins Schlafzimmer gehen, als es plötzlich laut an die Eingangstür klopfte. Wütend riß ich sie auf.

Draußen stand Denise. Ihr Gesicht war zerkratzt und verschwollen, die Khaki-Kleidung zerrissen. Taumelnd machte sie einen Schritt auf mich zu, die Augen vor Entsetzen geweitet. Ich fing sie auf, bevor sie stürzen konnte.

«Nimm mich mit nach Hause, Gareth, bitte nimm mich mit nach Hause», sagte sie mit angsterfüllter, halberstickter Stimme. «Sie sind hinter mir her. Bitte laß es nicht zu, daß sie mich zurückholen. Ich möchte nach Hause!»

45

Ich trug sie ins Schlafzimmer und legte sie aufs Bett. Ihre Augen waren fest zusammengepreßt, und sie zitterte vor Angst. Ich deckte sie zu und kniete neben dem Bett nieder. Über ihre Lippen kam ein heiseres Flüstern. «Nein, bitte... ich will nicht wieder in die Umwandlung... nicht mehr... Ich habe ihn wirklich gesehen, ich schwöre es... Ich habe nicht halluziniert... Bitte. Nein.»

Von der offenen Tür hinter mir klang Eileens Stimme. «Was ist denn?»

«Denise, sie ist verletzt. Versuch, einen Arzt herbeizuschaffen.»

Hinter Eileens Schulter tauchte Marissa auf. «Ich werde anrufen», sagte sie.

Eileen zog sich ein Hemd und Jeans an, beugte sich dann über Denise. «Mein Gott!» rief sie. «Was ist mit ihr passiert?»

«Das weiß ich nicht. Hol ein Handtuch und warmes Wasser und versuch, die Kratzwunden zu säubern.»

«Gareth.» Denise streckte die Hand nach mir aus.

Ich setzte mich auf den Bettrand und nahm ihre Hand.

Ihre Finger umklammerten meine. «Sie sagten, du seiest nicht wirklich. Sie sagten, ich halluzinierte nur.»

«Ich bin wirklich», erwiderte ich. «Aber wer ist ‹sie›?»

«Bruder Jonathan. Die anderen. Er war wütend. Ich hatte die Regel durchbrochen: keine Verbindung mit der Außenwelt. Er zwang mich, in die Umwandlung zu gehen. Ich wollte nicht. Aber er zwang mich. Die anderen halfen ihm. Sie schleppten mich ins Labor.»

Wieder schien sie vor Angst hysterisch zu werden. «Es ist gut, jetzt ist es gut», sagte ich beschwichtigend. «Du bist in Sicherheit. Du bist hier bei mir.»

Ihre Finger umklammerten meine Hand noch fester. «Ich halluziniere doch nicht, Gareth, nicht wahr?»

«Nein. Aber wie hat er herausgefunden, daß wir uns gesehen haben? Von mir hat er doch nichts erfahren.»

«Ich habe es ihm gesagt. Wir müssen die Wahrheit sagen. Immer. Das ist die erste Regel. Er wurde wütend und erklärte, was ich da sagte, sei gar nicht die Wahrheit, sondern eine Lüge. Du seiest überhaupt nicht hier. Ich müsse also halluzinieren.» Sie begann wieder zu zittern. «Du läßt doch nicht zu, daß sie mich zurückholen, nicht wahr?»

«Keine Sorge. Du bleibst bei mir. Und kommst mit mir nach Hause.»

«Versprichst du mir das?»

«Das verspreche ich dir.»

Eileen kam mit einem Handtuch und einer Schüssel voll warmem Wasser. Sorgsam begann sie, Denise das Gesicht zu säubern.

«Eileen?» sagte Denise.

«Ja, Liebes?»

« Bist du das auch wirklich?»

«Ja, Liebes.»

Denise hob die Hand, strich Eileen über die Wange. «Ich habe dich immer geliebt. Weißt du das?»

Eileens Stimme war so behutsam wie ihre Hände. «Ich weiß es. Und wir haben dich geliebt.»

«Ich hatte solche Angst», flüsterte Denise. «Die ganze Nacht bin ich im Wald gelaufen. Und da waren Tiere.»

«Du bist jetzt in Sicherheit. Versuche, nicht mehr daran zu denken.»

Wie im Krampf spannte Denise plötzlich ihren ganzen Körper. «Laßt nicht zu, daß sie mich zurückholen! Bitte!»

Eileen drückte sie an sich. «Keine Angst, Kleines. Ich verspreche es dir.»

Marissa erschien in der Türöffnung. «Der Arzt wird in wenigen Minuten hier sein.»

«Gut», sagte ich.

«Im Schrank sind Hemden und Jeans, nimm dir nur», rief Eileen über die Schulter.

Marissa zog sich an, kam dann zu uns zurück. «Kann ich irgend etwas tun?»

«Wer ist das?» fragte Denise ängstlich.

«Marissa», erwiderte ich. «Sie ist unsere Freundin.»

«Ich möchte sie berühren», sagte Denise und streckte ihre Hand aus.

Marissa nahm die Hand, und Denise verharrte so für einen langen Augenblick. Dann ließ sie los, mit einem leisen Seufzen, das wie ein Aufatmen war. «Sie ist ein guter Mensch», flüsterte sie. «Ihre Aura ist erfüllt von Liebe.»

«Hilf mir, sie auszuziehen», sagte Eileen zu Marissa.

Sie beugten sich über Denise, zogen ihr vorsichtig das zerfetzte Hemd und die zerrissenen Hosen aus. Dann begannen sie, den zerkratzten und zerschürften Körper zu säubern.

«Die Wachen!» rief Denise plötzlich. «Sie haben Bruder Jonathan von uns erzählt. Sie haben doch gesehen, wie wir aus dem Dorf gerannt sind.»

«Aber weshalb sollten sie das tun? Sie haben mit der Klause doch nichts weiter zu schaffen.»

«Oh doch!» rief Denise heftig. «Jeden Tag kommen sie mit einem Lastwagen und transportieren rund zwanzig Leute zur Arbeit auf Carillos Besitz.»

«Da seh ich keinen Sinn dahinter», sagte ich.

Doch sie war bereits auf einer anderen Fährte. «Deshalb hat er mir auch, als ich zu ihm kam, sofort gesagt, ich hätte dich gar nicht gesehen. Das sei nur eine Halluzination. Ja, das war noch, bevor ich ihm die Wahrheit sagte.» Sie setzte sich plötzlich auf. «Ihr dürft nicht zulassen, daß sie mich zurückholen! Ganz gleich, was sie zu euch sagen.»

«Keine Angst, Denise, ich werde es nicht zulassen», versicherte ich.

«Tagelang werden sie mich in der Umwandlung behalten.» Ihre Stimme hob sich zum Schrei. «Ich verliere den Verstand, wenn sie das tun. Ich halte es nicht länger aus!»

Es klingelte an der Tür. Mit einem Satz war Denise aus dem Bett. Sie wollte durch das Fenster springen, doch ich hielt sie zurück. Wie besessen wehrte sie sich gegen mich. «Ich geh nicht mit denen!» schrie sie. «Ich will nicht mehr zur Klause!»

Über die Schulter warf ich einen Blick auf den Arzt, einen kleinen Mann mit gepflegtem Schnurrbart und der üblichen schwarzen Tasche. «Niemand ist gekommen, um dich zu holen», sagte ich beschwichtigend. «Es ist nur der Doktor.»

Sie hörte auf, sich zu wehren. Ich führte sie zum Bett, und sie hockte sich darauf und hüllte sich in die Wolldecke. Der Arzt schob eine Hand unter ihr Kinn und blickte ihr in die Augen. Dann sagte er zu Marissa etwas auf spanisch.

«Der Doktor möchte, daß du dich hinlegst», erklärte Marissa.

Denise sah mich an. Ich nickte. Sie streckte sich auf dem Bett aus.

Der Arzt schlug die Wolldecke zurück, betrachtete den zerschundenen Körper. Wieder sagte er etwas, wieder dolmetschte Marissa. «Sie braucht eine Spritze gegen Infektion, hat er gesagt, und er wird uns eine Salbe für ihre Wunden geben. Er sagt auch, sie braucht unbedingt Ruhe, weil sie am Rande eines Nervenzusammenbruchs steht.»

«Ich will keine Spritze!» rief Denise. «Wenn ich schlafe, holen die mich fort!»

«Niemand holt dich fort», sagte ich. «Ich werde dich keine einzige Minute alleinlassen.»

Sie blickte zu Eileen. «Und du? Bleibst du auch?»

Eileen nickte. «Ja, Kleines. Ich bleibe auch.»

«Ich will nicht wieder in die Klause!»

«Wir fliegen zusammen nach Los Angeles zurück, Denise», sagte ich.

Sie sah den Arzt an. «Okay.»

«Leg dich auf den Bauch», dolmetschte Marissa seine Anweisungen.

Denise bekam in jede Hinterbacke eine Spritze. Dann nahm der Arzt aus seiner kleinen schwarzen Tasche eine Tube mit Salbe. Als er mit der Versorgung der Wunden fertig war, schlief Denise schon fest.

«Der Doktor sagt, sie wird sechs bis acht Stunden schlafen. Er sagt, sie braucht Ruhe, und wir sollen sie nicht aufwecken», erklärte Marissa. «Er meint auch, daß es bei ihr da eine schlimme Reaktion auf Meskalin zu geben scheint und daß sie womöglich an einer toxischen Psychose leidet. Vielleicht wird sie noch eine Spezialbehandlung brauchen, weil die Droge in manchen ihrer Formen ins, wie er es nennt, System eindringt und noch lange nach Entzug ihre Nachwirkungen haben kann.»

«Sage dem Doktor, ich werde dafür sorgen, daß man alles Notwendige für sie tut», bat ich sie.

Sie nickte, sprach mit ihm, übersetzte dann wieder für mich: «Er sagt, er will morgen mittag kommen, um nach ihr zu sehen.»

«Vielen Dank. *Muchas gracias*», sagte ich zu dem Arzt.

Er machte eine knappe Verbeugung und ging hinaus. Marissa begleitete ihn zur Eingangstür und kam dann ins Schlafzimmer zurück.

Eileen stand über Denise gebeugt. Sie strich die Decke glatt und knipste das Licht beim Bett aus. Wir gingen ins andere Zimmer.

«Der Arzt erzählte mir, daß es in der Klause schon mehrere solcher Fälle gegeben hat», sagte Marissa. «Zweimal mußte er Patienten in ein Krankenhaus einweisen.»

«Und welche Erklärung hat er?»

«Er meint, dort gebe es wohl keinen, der nicht irgendwelche Drogen nehme. Und manche verlieren dann offenbar völlig die Kontrolle und nehmen zuviel.»

Möglich, dachte ich. Allerdings mochte es auch eine andere Erklärung geben: daß ihnen die Überdosen ohne ihr Wissen verabfolgt wurden. Der junge Mann hatte mir erzählt, die tägliche Pro-Kopf-Zuteilung seien vier Joints. «Kann man um diese Zeit wohl noch eine Tasse Kaffee bekommen?» fragte ich.

Marissa lächelte. «Nichts leichter als das. In der Küche ist amerikanischer Instant-Kaffee. Ich werde Wasser aufsetzen.»

Eileen wartete, bis sie den Raum verlassen hatte. «Was hältst du von der ganzen Geschichte?» fragte sie.

«Ich weiß es nicht», sagte ich. «Ich meine, ich habe nicht die leiseste Idee, was in der Klause eigentlich gespielt wird. Aber du kannst sicher sein, daß ich mit Reverend Sam darüber sprechen werde, wenn ich wieder in Los Angeles bin.»

Unsere Kaffeetassen waren fast leer, als wir von draußen die Geräusche vorfahrender Autos hörten. Gleich darauf klingelte es an der Tür.

Als ich öffnete, sah ich Bruder Jonathan vor mir. In seiner Begleitung befanden sich zwei junge Männer in jener Khakikleidung, die für die Klause charakteristisch war. Hinter ihnen sah ich einige von Carillos Wachen, von denen zwei Dobermänner an der Leine führten.

«Bruder Jonathan», sagte ich. «Frieden und Liebe.»

Er wollte eintreten, aber ich stellte mich ihm in den Weg, blockte den Eingang. Er blieb stehen. «Frieden und Liebe, Gareth», sagte er. «Wir suchen Denise. Haben Sie sie gesehen?»

«Ja.»

«Gott sei Dank!» rief er. «Wir machen uns solche Sorgen um sie. Seit heute abend um acht ist sie verschwunden. Befindet sie sich bei Ihnen?»

«Ja.»

«Gut», sagte er. «Dann können wir sie zurückbringen.»

«Nein», sagte ich.

Aus seiner Stimme klang Verblüffung. «Aber sie ist sehr krank. Sie braucht Hilfe. Sie befindet sich auf einem bösen Trip. Ich werde dafür sorgen, daß sich in der Klause ständig ein Arzt um sie kümmert.»

«Ich hatte bereits einen Arzt hier. Er hat mir dringend geraten, ihre Ruhe unter gar keinen Umständen zu stören.»

Er schwieg einen Augenblick, fragte dann: «Kann ich sie sehen?»

«Sie schläft.»

«Ich werde zwei von meinen Männern hier lassen – als Hilfe bei der Pflege.»

«Nicht nötig», sagte ich. «Ich habe Hilfe.»

«Also gut, okay.» Er zuckte die Achseln. «Sie scheinen soweit ja alles im Griff zu haben. Wir werden morgen früh wiederkommen, um sie abzuholen.»

«Die Fahrt können Sie sich sparen. Sie kehrt nicht in die Klause zurück. Sie fliegt mit mir nach Hause.»

«Das kann sie nicht!»

«Warum nicht, Bruder Jonathan?» fragte ich höflich. «Ich denke, jeder kann die Klause verlassen, wann immer er will.» Ich erkannte einen der hinter ihm stehenden jungen Männer wieder. «Sie waren es doch wohl, der mir sagte, daß Sie alle immer ein Rückflugticket bei sich tragen, nicht wahr?»

Der junge Mann gab keine Antwort. Bruder Jonathans Stimme wurde scharf. «Sie machen es mir sehr schwer. Ich bin Reverend Sam gegenüber für jeden in der Klause persönlich verantwortlich. Ich kann es einfach nicht zulassen, daß sie von hier fortgeht, bevor unsere Ärzte festgestellt haben, daß keinerlei Bedenken bestehen.»

Ich sah, daß Bobby und Dieter auf uns zukamen. Sie befanden sich bereits in Hörweite, als ich sagte: «Dann werde ich mich umgehend mit Reverend Sam in Verbindung setzen und mir sein Okay geben lassen.»

«Worum geht's denn?» fragte Bobby.

«Bruder Jonathan behauptet, daß ich von deinem Vater ein Okay brauche, um Denise nach Hause zu bringen.»

«Ist sie denn hier?» fragte er überrascht.

«Ja. Und sie möchte mit uns nach Los Angeles.»

Bobby blickte zu Bruder Jonathan. «Sie hat das Recht, nach Hause zurückzukehren, wann immer sie will. Da braucht sie niemanden um Erlaubnis zu bitten, auch meinen Vater nicht. Das wissen Sie doch.»

«Aber sie ist krank. Sie weiß ja gar nicht, was sie tut», protestierte Bruder Jonathan.

«Sie kennen die Grundsätze. Eine freie Entscheidung, getroffen von einem freien Willen. Es würde meinem Vater wenig gefallen, wenn dagegen verstoßen wird.»

Bruder Jonathan strich die Flagge. «Wir werden am Morgen zurückkehren. Ich möchte mit ihr reden.»

«Und wenn sie nicht mit Ihnen reden will?» fragte ich.

«Sie *wird* mit mir reden!» sagte er grimmig.

«Bruder Jonathan, es hat immer mehr den Anschein, daß Sie den Exbullen doch nicht verleugnen können.»

Er funkelte mich an und drehte sich um. Kurz sprach er mit den bewaffneten Wachen, auf spanisch. Sie nickten und gingen zu ihren Autos.

«Bruder Jonathan», rief ich, «haben Sie nicht etwas vergessen?»

Er wandte sich zu mir zurück, sah mich fragend an.

«Frieden und Liebe», sagte ich.

46

Ich konnte nicht schlafen. Ich saß draußen im Patio und beobachtete den Sonnenaufgang. Um sieben Uhr kam der Butler. Er lächelte. «*Desayuno?* Frühstück?»

Plötzlich empfand ich einen wahren Wolfshunger. «*Si.*»

Ich war mitten bei Schinken und Ei, als ein Schatten über den Tisch fiel.

Lonergan lächelte. «Du hattest eine sehr geschäftige Nacht.»

Ich schluckte einen Bissen herunter. «Du hast schon gehört?»

Er nickte. «Ich bin heute früh bereits Dieter begegnet.»

«Und was meinst du?»

«Im Grunde hast du dich überhaupt nicht geändert. Spielst immer noch den edlen Ritter, der mit Vorliebe für irgendeine verlorene Sache streitet.»

«Wieso? Ich meine...»

«Das Mädchen ist rauschgiftsüchtig», sagte er nicht ohne Schärfe. «Dieter hat mir erzählt, daß sie schon mehrmals durchgedreht hat.»

«Als sie herkam, war sie jedenfalls nicht süchtig. Falls sie's wirklich ist, kann sie's erst hier geworden sein.»

Er nahm mir gegenüber Platz. Der Butler brachte ihm eine Tasse Kaffee. «Dann wirst du wohl noch nicht allzuviel Zeit gehabt haben, dir die geschäftlichen Probleme durch den Kopf gehen zu lassen.»

«Nein. Nicht direkt.»

«Möchtest du meine Meinung hören?»

«Das wäre mir sehr lieb», versicherte ich und steckte mir wieder ein Stück Schinken in den Mund.

«Nun, ich sehe beim besten Willen nicht, wie du bei diesem Geschäft verlieren kannst. Selbst bei einem theoretischen Plusminus-Null kommst du noch auf deine Kosten.»

«Wieso?»

«Aufgrund der Abschreibungsmöglichkeiten bei der Steuer. Dadurch bist du von vornherein im Vorteil. Arbeitet das Hotel auch noch mit Gewinn, stehst du fabelhaft da.»

«Klingt kinderleicht, wenn du das so sagst. Und was ist, wenn wir in die roten Zahlen rutschen?»

«So tief kannst du gar nicht reinrutschen, daß sich da ein echter Verlust ergibt.»

Ich aß das letzte Stückchen Ei, griff dann nach der Kaffeetasse. «Wollen's hoffen», sagte ich. «Aber da ist noch ein Problem, das Personalproblem. Ich habe in meiner Organisation keinen Hotelfachmann.»

«Dieter ist bereit, zu bleiben. Und ich habe herausgefunden, daß sich der Generalmanager des *Princess* in den Bahamas verändern möchte.»

«Ein guter Mann?»

«Ein sehr guter Mann. Und falls wir die Lizenz fürs Spielkasino bekommen, kann er uns da sehr nützlich sein. Er verfügt über entsprechende Erfahrungen. War früher im *Mayfair* in London tätig. Für sechzigtausend pro Jahr und ein Viertelprozent von dem, was das Hotel abwirft, würde er kommen.»

«Woher weißt du das?»

«Ich habe heute morgen mit ihm telefoniert.»

«Du verlierst wirklich keine Zeit.»

«Kann ich mir auch nicht leisten», sagte er. «Ich werde schließlich nicht jünger.»

Ich stand auf und trat, die Kaffeetasse in der Hand, an den Rand des Patio. Ich schaute über das Meer, dann zurück zum Hotel und schließlich zu den Bergen dahinter. Es war wirklich schön hier, wunderschön. Ich ging wieder zum Tisch. «Du bist also unbedingt dafür?»

«Ja», erwiderte er. «Als ich dich drängte, in die Sache mit den Clubs einzusteigen, lag ich ja auch nicht gerade schief, nicht wahr?»

«Nein.»

«Du sammelst Erfahrungen. Die bisherigen Clubs; dieses Hotel; der neue Club in Atlantic City. Wer weiß? Vielleicht sogar Las Vegas. Man kann nie wissen, wie und wann sich dort eine Chance ergibt. Und dann wird es wirklich Geld.»

«Onkel John, du bist ein gieriger Mensch. Ich glaube, dir kommt's bei allem nur darauf an, daß ich dich reich mache.»

Er lächelte. «Dagegen ist ja nichts einzuwenden.»

Mein Entschluß war gefaßt. «Okay. Dann laß uns mal dran kurbeln.»

«Du akzeptierst also?»

Ich nickte. «Du hast mich überzeugt. Sage den Halsbachs, daß der Handel perfekt gemacht werden kann.»

Er hielt mir seine Hand hin. «Viel Glück.»

Ich nahm sie. «Für uns beide.»

Eileen kam aus dem Bungalow. Als sie Onkel John sah, blieb sie einen Augenblick stehen und zog ihren Morgenmantel enger um sich.

«Gratuliere uns», sagte ich. «Wir sind jetzt im Hotelgewerbe.»

Sie reagierte nicht darauf, schien überhaupt nicht zu hören. Ihre Stimme klang tiefbesorgt. «Ich habe gerade nach Denise gesehen. Sie glüht vor Fieber.»

Wir gingen ins Schlafzimmer. Mit bleichem Gesicht lag Denise auf dem Bett. Von ihrer Stirn rannen Schweißtropfen. Röte zeichnete ihre Wangen, und ihr Körper unter der Decke bebte vor Schüttelfrost. Ich setzte mich auf den Bettrand. «Bring mir ein Tuch und medizinischen Alkohol.»

«Medizinischen Alkohol haben wir nicht», erklärte Eileen.

«Dann muß Leitungswasser genügen. Während ich sie abreibe, rufe den Arzt an.»

Ich arbeitete rasch. In Vietnam hatte ich öfter erlebt, daß bei Soldaten ein solches Fieber ausgebrochen war. Manchmal handelte es sich um Malaria, manchmal um Paratyphus. Ich hörte, wie Eileen im anderen Zimmer mit Marissa sprach; dann begann Marissa zu telefonieren.

Eileen kam ins Schlafzimmer zurück. «Kann ich irgend etwas tun?»

«Ja», sagte ich. «Sorge bitte dafür, daß das Zimmermädchen frische Leintücher bringt.»

Während Eileen und das Mädchen das feuchte Leintuch entfernten und das Bett frisch bezogen, hielt ich die in eine Wolldecke gehüllte Denise in den Armen. Sie wog fast nichts. Erst jetzt wurde mir richtig bewußt, in welch erschreckendem Maße sie abgemagert war.

Nachdem ich sie wieder aufs Bett gelegt hatte, drehte ich mich um und sah, wie Lonergan mich mit undurchdringlichem Gesichtsausdruck beobachtete. «Ich werde zum Hotel gehen und die Halsbachs über deinen Entschluß unterrichten.»

«Okay.» Ich folgte ihm ins Wohnzimmer.

Marissa trat zu uns. «Der Arzt ist bereits auf dem Weg.»

Ich ließ mich in einen Sessel sinken und lehnte mich erschöpft zurück. Der Mangel an Schlaf machte sich jetzt plötzlich stark bemerkbar.

«Wann möchtest du dich mit ihnen treffen?» fragte Lonergan.

Ich schüttelte den Kopf, um die Spinnweben in meinem Schädel loszuwerden. Alles strengte mich auf einmal sehr an. «Übernimm du die Sache», sagte ich. «Ich werde versuchen, sie noch kurz vor meinem Abflug zu sehen.»

Er nickte und ging hinaus. Ich schloß die Augen und war sofort weg. Doch lange konnte ich noch nicht geschlafen haben, als ich eine Hand auf meiner Schulter spürte.

«Gareth.» Eileens Stimme klang sehr behutsam. «Wach auf. Der Arzt möchte dich sprechen.»

Mühsam tauchte ich aus dem Nebel empor. «Ich brauche eine Tasse Kaffee.» Im Handumdrehen war der Butler damit zur Stelle. Ich trank. Es half. Mein Kopf wurde wieder klarer.

Ich ging ins Schlafzimmer. Denise schlief noch. Das Gesicht des Arztes wirkte sehr ernst. Er sagte irgend etwas in rasantem Spanisch, und Marissa übersetzte.

«Sie ist sehr krank. Sie leidet an Unterernährung sowie an einer durch Viren verursachten Diarrhöe, wodurch ein beträchtlicher Flüssigkeitsverlust entstanden ist. Das Fieber könnte von einer Infektion kommen, von einer lokalen oder allgemeinen. Er rät dringend, sie sofort in ein Krankenhaus zu überführen.»

«Wo befindet sich das nächste Krankenhaus?» fragte ich.

«La Paz», erwiderte Marissa. «Er kann ein Ambulanzflugzeug anfordern.»

La Paz war dreihundert Kilometer entfernt. «Wie lange würde das dauern?»

«Das Flugzeug könnte heute nachmittag hier sein», sagte sie.

«Ruf den Flugplatz an und finde heraus, ob meine Maschine zum Abflug bereitsteht.»

Während Marissa telefonierte, setzte ich mich auf den Bettrand. «Gibt es irgend etwas, was ich jetzt tun kann?» fragte ich den Arzt.

Er musterte mich verständnislos. Natürlich, er verstand ja nichts. Marissa kam zurück. «Sie können innerhalb einer Stunde startbereit sein.»

«Okay, dann sollen sie sich dranmachen. Sag ihnen das.»

Sie nickte, ging wieder zum Telefon; kam zurück. «Sie werden abflugbereit sein.»

«Gut. Und jetzt frage den Arzt, ob er im Augenblick irgend etwas für sie tun kann.»

«Er meint, eine Dauerinfusion sei mehr als ratsam. Medikamente will er keine geben, ehe er nicht bestimmte Tests vorgenommen hat.»

Ich nickte.

«Der Doktor fragt, ob im Flugzeug Platz für ihn ist, damit er sie begleiten kann. Er möchte sichergehen, daß sich ihr Zustand nicht verschlechtert.»

«Sage ihm, ich wäre ihm dankbar.»

«Darf ich gleichfalls mitkommen?» fragte sie.

«Natürlich.»

Der Arzt sagte etwas zu Marissa und ging dann hinaus. «Er will aus seiner Praxis ein paar Flaschen mit Kochsalzlösung holen», erklärte Marissa. «Er wird rechtzeitig wieder da sein, um mit uns zum Flugplatz zu fahren.»

«Sorge dafür, daß wir in der großen Limousine hingebracht werden. Ich möchte, daß sich Denise auf dem Rücksitz ausstrecken kann.»

«Okay. Bleibt mir noch Zeit, zum Hotel zu laufen und mich umzuziehen? Ich habe immer noch Eileens Jeans an.»

«Aber beeil dich», sagte ich. Nachdem sie gegangen war, sagte ich zu Eileen: «Du kommst auch mit.»

Zwei oder drei Sekunden lang sah sie mich stumm an. Dann glitten ihre Augen zu Denise. «Was kann mit ihr nur los sein? Hast du irgendeine genauere Vorstellung?»

«Nein. Aber wir werden es herausbekommen.»

«Der Arzt sprach von vierzig Grad Fieber. Das gefällt mir gar nicht. Das ist viel zu hoch.»

«In Vietnam habe ich bei Fällen von Paratyphus erlebt, daß das Fieber noch höher geklettert ist. Doch die Leute haben's überlebt.»

«Zu mexikanischen Krankenhäusern habe ich kein Vertrauen.»

Das hatte ich auch nicht. Als wir dann in der Luft waren, wartete ich, bis der Arzt die Infusion angelegt hatte. Dann erhob ich mich von meinem Sitz, ging nach vorn, befahl dem Piloten, Kurs auf Los Angeles zu nehmen und über Funk eine Ambulanz anzufordern, die uns am Flughafen erwarten sollte.

Als ich wieder Platz nahm, wirkte der Arzt unverkennbar beunruhigt. Er blickte durchs Fenster, redete dann hastig auf Marissa ein.

«Der Doktor sagt, daß La Paz östlich liegt und daß wir den Kurs geändert haben und in nördlicher Richtung fliegen», erklärte sie.

«Das stimmt. Ich hab's mir anders überlegt. Wir fliegen nach Los Angeles.»

Marissas Stimme klang überrascht. «Warum?»

«Ich habe ihr versprochen, sie nach Hause zu bringen», sagte ich.

Fast eine Stunde saßen wir in der Privatstation des UCLA-Medical-Center im Warteraum, ehe Dr. Aldor endlich erschien. Nach der Wanduhr war es bereits eins. Wahrscheinlich befanden sich Marissa und der Arzt inzwischen schon wieder in Mazatlán. Ich hatte den Piloten beauftragt, sie sofort nach dem Wiederauftanken zurückzufliegen.

Ed Aldor winkte von der Tür her. «Suchen wir uns ein Plätzchen, wo wir uns ungestört unterhalten können.»

Eileen und ich folgten ihm durch die belebten Korridore zu einer Tür mit dem Schild PRIVAT – NUR FÜR ÄRZTE.

Wir nahmen an einem Tisch Platz. Mit traurigen braunen Augen sah er uns an. «Sie ist eine sehr kranke junge Dame.»

«Was fehlt ihr?»

«Da sind wir uns noch nicht ganz sicher», erwiderte er. «Ich vermute eine infektiöse Gelbsucht, kompliziert noch durch Unterernährung und schweren Drogenmißbrauch. Bestimmte Anzeichen lassen auf stark beeinträchtigte Funktionen von Leber und Nieren schließen. Sie liegt jetzt auf der Intensivstation, wo sie unter sorgfältiger Beobachtung gehalten wird.»

Nach einer kurzen Pause fuhr er fort: «Sie scheint noch stark unter der Wirkung eines Beruhigungsmittels zu stehen. Ich versuchte, mi ihr zu sprechen, doch sie war nicht in der Lage, auf meine Fragen zu reagieren. Sie tauchte nur gerade lange genug aus ihrem Zustand auf, um mich zu fragen, wo sie hier sei; und als ich es ihr sagte, schlief sie sofort wieder ein.»

«Sie wollte nach Hause», erklärte ich, «zurück nach Los Angeles.»

«Ich brauche ein paar Informationen über sie. Wissen Sie, was für ein Beruhigungsmittel der Arzt ihr im Flugzeug gab?»

«Gar keins, soweit ich weiß», erwiderte ich. «Er hängte sie provisorisch an den Tropf, der wohl Kochsalzlösung enthielt. Das einzige Beruhigungsmittel, von dem ich weiß, war die Spritze gestern nacht. Er sagte, danach würde sie so etwa sechs bis acht Stunden schlafen. Also müßte die Wirkung längst abgeklungen sein.»

Ed überlegte einen Augenblick. «Das ist sonderbar. Sind Sie sicher, daß sich in der Flasche nichts außer der Kochsalzlösung befand?»

Eileen meldete sich zu Wort. «Während des Fluges hat er die erste Flasche einmal gegen eine andere ausgetauscht.»

«Wann war das?» fragte ich sie.

«Als du ins Cockpit gingst, um per Funk mit Dr. Aldor zu sprechen. Er meinte, die erste Flasche sei irgendwie nicht richtig in Ordnung.»

«Um welche Zeit war das?» fragte Ed.

«Wir hatten ungefähr die halbe Strecke hinter uns. Bis Los Angeles war es noch eineinviertel Stunde.»

Ed nickte. «Fünfundsiebzig Minuten ... bei Thorazin könnte das ihre Reaktion recht gut erklären.» Er sah mich an. «Haben Sie eine Ahnung, welche Drogen sie gebrauchte?»

«Also, auf jeden Fall Gras, Meskalin ...» Ich unterbrach mich. Mir war etwas eingefallen. Ich holte den Joint im gelben Papier hervor und legte ihn auf den Tisch. «Vier davon pro Tag, so für den Anfang ... was halten Sie davon?»

Er hielt den Joint zwischen zwei Fingerspitzen und roch daran. «Was ist das?»

«Gras und noch irgendwas. Aber was, weiß ich auch nicht. Vielleicht können die im Labor es herauskriegen.»

«Ich werde das Ding analysieren lassen. Sonst noch etwas, das Sie mir sagen können?»

«Sie wissen jetzt genausoviel darüber wie ich.»

«Noch eine Frage. Wie lange nimmt sie das schon?»

«Wir haben sie zwei Jahre lang nicht gesehen. Vielleicht während der ganzen Zeit.»

Er erhob sich. «Sie sehen beide ziemlich erledigt aus. Fahren Sie jetzt nach Hause und ruhen Sie sich aus. Und keine Sorge – sie ist bei uns in guten Händen.»

«Danke, Ed.» Ich hielt ihm die Hand hin, er schüttelte sie kräftig. Ich lächelte. «Bringen Sie sie wieder auf die Beine», sagte ich, «sie ist ein gutes Mädchen.»

«Es wird vielleicht einige Zeit brauchen, aber ich glaube, wir können zuversichtlich sein. Sie ist jung und widerstandsfähig genug.»

Wir gingen hinaus. In der offenen Tür drehte ich mich noch einmal um. «Ich möchte, daß sie alles hat. Die Kosten spielen keine Rolle. Private Krankenschwestern rund um die Uhr. Die Rechnungen gehen an mein Büro.»

«Okay. Heute abend melde ich mich und berichte, wie's um sie steht.»

«Können wir sie besuchen?»

«Damit würde ich an Ihrer Stelle bis morgen warten. Bis dahin wird sie sicher in der Verfassung sein, sich mit Ihnen zu unterhalten.» Noch einmal drückte er mir die Hand, wir trennten uns.

Als wir ins Freie traten, wartete draußen Lonergans Auto auf uns. Der Chauffeur saß hinter dem Lenkrad, der Collector stand gegen die Motorhaube gelehnt. Als er uns sah, öffnete er die hintere Tür. «Willkommen daheim», sagte er.

«Wie haben Sie herausbekommen, wo wir zu finden sind, Bill?» fragte ich.

«Über Ihr Büro. Lonergan gab uns den Auftrag, Sie abzuholen. Er meinte, Sie seien zu geizig, ein Auto zu nehmen.» Er drückte die Tür zu und setzte sich vorn neben den Chauffeur. «Wir sollen Sie zu ihm bringen.»

«Nichts zu wollen, Bill», sagte ich. «Diesmal nicht. Diesmal fahren wir nach Hause und schlafen erst mal. Busineß kann bis morgen warten.»

47

Die Fahrstühle in den New Century City Bürogebäuden waren die schnellsten in ganz Kalifornien. Dennoch ließen sie sich mit denen in New York oder Chikago kaum vergleichen. Kalifornier sind nun einmal nicht sehr «vertikal orientiert.»

Während wir hinauffuhren, flammten bei den verschiedenen Etagen Lichter auf.

17 – GARETH BRENDAN PUBLICATIONS LTD./Herstellung
18 – GARETH BRENDAN PUBLICATIONS LTD./Verkauf und Buchhaltung
19 – GARETH BRENDAN PUBLICATIONS LTD./Administration

Die Tür öffnete sich, und ich betrat den Empfangsraum. Auf einer großen Tafel standen in glänzenden Goldbuchstaben die Namen der einzelnen Unternehmen.

GARETH BRENDAN PUBLICATIONS LIMITED
Magazine:

Macho	*Macho Buchclub*
Lifestyle Digest	*Lifestyle Press Inc.*
Girls of the World	*Lifestyle Schallplattenclub*
Night People	*Lifestyle Produkte*

Lifestyle Clubs und Hotels:

New York Lifestyle Club	*Mazatlán Lifestyle Hotel*
Chicago Lifestyle Club	*Lifestyle Reisen*
Los Angeles Lifestyle Club	*Lifestyle Charterflüge*
London Lifestyle Club	*Lifestyle Medienproduktionen*

Während ich auf den halbkreisförmigen Empfangstisch zuging, konnte ich den schneebedeckten Gipfel des Mount Baldy sehen: rund sechzig Kilometer von hier entfernt, in östlicher Richtung. Wir hatten einen jener smogfreien Tage, die es in Los Angeles häufiger gibt, als man es an der Ostküste gern wahrhaben möchte.

Ich warf einen Blick auf die Wanduhr. Erst zwanzig nach neun. Offiziell öffnete das Büro nicht vor halb zehn. Von dann an waren am

Empfangstisch ständig drei junge Damen im Dienst. Nie schickte man einen Besucher allein in eines der Büros. Stets wurde er von einer der Empfangsdamen begleitet. Und jede von ihnen sah so aus, daß ein Mann schon mal das Luftholen vergessen konnte. Alle hatten sie bereits zuvor für uns gearbeitet: als Modell für eines unserer Magazine oder in irgendeinem unserer Clubs. Die Mädchen gehörten zu unserer Imagepflege. Sobald man sie sah, wußte man, in welcher Richtung unser Busineß lief.

Acht Leute warteten bereits darauf, zu den Büros gebracht zu werden; wir machten ihnen das Warten so angenehm wie irgend möglich: Bequeme Sessel, Tische mit aufgelegten Zeitschriften, Tee oder Kaffee nach Wunsch, serviert von einem bildhübschen Mädchen in kesser Zofentracht. An den Wänden konnte man Vergrößerungen unserer Titelbilder und Centerfolds betrachten, aus begreiflichen Gründen allerdings etwas retuschiert.

Die junge Dame hinter dem Empfangstisch war neu. Offensichtlich erkannte sie mich nicht, obwohl – zwischen anderen Konterfeis – auch mehrere Fotos von mir an den Wänden hingen. «Guten Morgen. Kann ich Ihnen helfen?» fragte sie.

«Ist Denise schon da?»

«Wenn Sie bitte Platz nehmen wollen – sie müßte in wenigen Minuten hier sein.»

«Nein, danke», sagte ich und reichte ihr die Geschenkschachtel, die ich unter dem Arm getragen hatte. «Würden Sie ihr das bitte geben?»

«Aber gern.» Sie nahm die Schachtel und stellte sie hinter dem Empfangstisch auf den Fußboden.

«Danke.» Während ich in meiner Tasche nach meinem Spezialschlüssel suchte, ging ich auf den Privataufzug zu, der mich zu meinem Büro in der Penthouse-Etage bringen würde.

«Verzeihung, Sir», rief die Empfangsdame hinter mir her. «Die Fahrstühle abwärts befinden sich dort drüben.»

Ich warf einen Blick zu ihr zurück. Ihr Finger lag bereits auf dem Alarmknopf. Nur ein kurzer Druck, und die beiden Hauspolizisten waren in weniger als einer Minute hier. «Das weiß ich», sagte ich.

«Dieser Aufzug ist ausschließlich für die Firmenleitung», erklärte sie mir.

Ich lächelte und hielt den Schlüssel hoch, so daß sie ihn sehen konnte. «Junge Dame», sagte ich, «ich bin die Firma», und damit steckte ich den Schlüssel ins Schloß.

Bevor die Tür des Aufzugs zuging, sah ich noch, wie sie mich mit offenem Mund anstarrte. Ich drückte auf den Knopf und fuhr hinauf zur Penthouse-Etage.

Als ich aus dem Fahrstuhl ins Büro meiner Sekretärin trat, wartete dort die Hauspolizei. Bei meinem Anblick atmeten die Männer erleichtert auf. «Die Neue vom Empfang hat Sie nicht erkannt.»

«Das habe ich gemerkt. Immerhin wissen wir jetzt, daß sie auf dem Posten ist.»

Die Bobbsey-Zwillinge saßen an ihren Schreibtischen, welche die Tür zu meinem Büro flankierten. «Guten Morgen, Mr. Brendan», sagten sie im Chor, während ich an ihnen vorbeiging.

«Guten Morgen», erwiderte ich.

Ich schloß die Tür hinter mir, durchquerte den Raum und setzte mich an meinen Schreibtisch. Ein kurzer Blick auf die Chippendale-Möbel, die zur Einrichtung gehörten, genügte mir wieder einmal. Ärgerlich schüttelte ich den Kopf. Irgendein schwuler Innenarchitekt hatte es verstanden, Eileen für den gesamten Plunder zweihunderttausend abzuknöpfen. Mir war die Ausstattung zuwider, doch Eileen meinte, sie hätte Stil und den richtigen Anstrich von Seriosität.

Ich wirbelte auf meinem Sitz herum und blickte durch das Fenster nach Westen. Wie schon gesagt, war es einer jener Tage, wo von Smog nichts, aber auch gar nichts zu spüren ist. Wie ein Feuerball hing die Sonne am Himmel. Gar kein Zweifel: Heute würde es verdammt heiß werden. Auf dem Wasser des Pazifik funkelten Lichtreflexe, und über dem Flughafen schwebte ein großer Jet ein.

Ich drehte mich wieder zum Schreibtisch und gab den Flughafencode für unsere Charterfluglinie ein. Auf dem Bildschirm erschienen die Ankunfts- und Abflugzeiten für all unsere Charterflüge während der nächsten zwölf Stunden. Unser Lifestyle-Flug von Hawaii war erst um elf Uhr fällig. Ich schaltete das Gerät aus, stand auf und blickte durch das Teleskop, das beim Fenster auf einem Stativ befestigt war, zum Flughafen hinüber. Die einschwebende Maschine war eine Pan Am 747, und ich beobachtete sie, bis sie kurz vor dem Aufsetzen meinem Blick entschwand. Daß es keine von unseren war, tat wenig zur Sache: Es faszinierte mich immer wieder, landende und startende Flugzeuge zu beobachten.

Ich ging wieder zu meinem Schreibtisch, als eine der Zwillinge mit einem silbernen Kaffee-Service eintrat. Sorgsam schenkte sie eine Tasse voll, tat ein Stück Zucker hinein, rührte um und stellte die Tasse vor mich hin.

«Guten Morgen, Dana», sagte ich.

«Guten Morgen, Mr. Brendan.» Sie lachte. «Ich bin –»

«Ja, ja, ich weiß schon. Sie sind Shana.»

«Ganz recht, Mr. Brendan.»

Ich nahm die Tasse, trank einen Schluck. Nach vier Jahren konnte ich die beiden immer noch nicht auseinanderhalten. Und die Verwechslungskomödie dauerte unverändert an.

«Dana wird Ihnen die Post und sonstige Meldungen bringen», sagte sie. «Und die Sitzung der Finanzkommission ist um elf in Ihrem Konferenzraum.»

Ich nickte.

Sie breitete eine Zeitung aus, legte sie auf die Schreibtischplatte: das *Wall Street Journal*. «Wir dachten, es würde Ihnen vielleicht Spaß machen, die Schlagzeile der heutigen Ausgabe zu sehen.»

Der Bericht befand sich auf der Titelseite. Die große Schlagzeile lautete: *«Sex an der Börse – ein Bombenerfolg!»* Darunter, in kleineren Buchstaben: «Anleihe der Brendan Publications aufgelegt – 1000% überzeichnet.»

Der Summer der Gegensprechanlage ertönte. Ich drückte auf den Knopf. «Denise für Sie, auf der Hausleitung.»

Ich hob den Telefonhörer ab. «Herzlichen Glückwunsch zum Jahrestag», sagte ich.

Denise schien vor Freude überzuquellen. «Du hast es nicht vergessen.»

«Wie könnte ich? Du bist mein spezielles Baby.»

«Ich kann gar nicht glauben, daß es schon zwei Jahre her ist», sagte sie. «Mir scheint, ich sei erst gestern zurückgekommen.»

«Vielleicht vergehen die nächsten zwei Jahre genauso schnell und genauso glücklich, Denise.»

«Danke», sagte sie. «Wenn ich nicht wüßte, wie beschäftigt du bist, würde ich hinaufkommen und dich küssen.»

«Wie geht es ihr?» fragte Shana, nachdem ich aufgelegt hatte.

«Soweit ausgezeichnet. Aber alles braucht seine Zeit. Dreimal pro Woche geht sie zu einem Psychoanalytiker. Man hatte in der Klause einen Haufen Mist in sie reingeschaufelt, und es ist nicht leicht, den wieder abzubauen.»

Shana nickte mitfühlend. «Soll ich Dana jetzt hereinrufen?»

«Nein. Dafür ist noch nach der Sitzung Zeit.»

Sie ging hinaus und schloß hinter sich leise die Tür. Denises Worte klangen mir noch im Ohr: «Wenn ich nicht wüßte, wie beschäftigt du bist, würde ich hinaufkommen und dich küssen.»

Scheiße. Noch nie hatte ich's so gut gehabt. Aber warum nur fühlte ich mich, wo ich jetzt doch ganz oben auf dem Thron saß, von allem so abgeschnitten?

Wieder ertönte der Summer der Gegensprechanlage. «Verita auf der Hausleitung.»

«*Buenos dias*», sagte ich.

Sie lachte. «Wenn du nicht zu beschäftigt bist, würde ich dich vor der Sitzung gern noch einen Augenblick sehen.»

«Komm nur rauf.»

Als sie eintrat, hatte sie wie seit eh und je eine Art Hefter bei sich. Aufmerksam beobachtete ich sie, während sie zu meinem Schreibtisch kam. Diese selbstsichere Frau glich in nichts mehr jenem Mädchen von der Arbeitslosenfürsorge, an dessen Schalter ich einmal, inmitten vieler anderer, Schlange gestanden hatte. Das schwarze, sportlich geschnittene Kleid unterschlug ihre weiblichen Reize in keiner Weise, vermittelte jedoch gleichzeitig den Eindruck, daß seine Trägerin absolut «businesslike» war.

«Du siehst gut aus», sagte ich.

«Danke.» Ohne Umschweife kam sie zur Sache. «Ich dachte, es würde dich vielleicht interessieren, dir vor der Sitzung die Ergebnisse des ersten Quartals anzusehen. Wenn du jetzt nicht den ganzen Bericht durchgehen willst, so findest du auf der ersten Seite einen Überblick.»

Es gehörte keine große Kunst dazu, sich rasch zu orientieren. Die

Zahlen bedeuteten ganz einfach: Nettogewinne vor Steuerabzügen.

Ich las:

Publikationsgruppe	$	7.900.000
Lifestyle-Gruppe	$	2.600.000
Alle übrigen	$	1.500.000
Insgesamt	$	12.000.000

«Wir bieten zu billig an», sagte ich.

Sie lächelte. «Die Auflagenhöhe von *Macho* belief sich im Quartal auf vier Millionen einhundertundfünfzigtausend Stück – im Monatsdurchschnitt. *Girls of the World* brachte wieder einen enormen Profit, trotz des neuen Preises von sechs Dollar pro Stück: Fast sieben Millionen haben wir davon abgesetzt.»

«Ich beklage mich nicht», versicherte ich mit einem Lächeln.

«Nach Abzug der Steuern werden ungefähr sieben Millionen Dollar übrigbleiben», fügte sie hinzu.

«Laß diese Unterlagen hier. Ich meine, das könnte für die Finanzkommission von Interesse sein.»

«Für die habe ich bereits Kopien vorbereitet.»

Sie war mir immer ein Stück voraus. Für mich gab es nichts mehr zu tun. An alles war bereits gedacht worden. «Gut», sagte ich.

«Noch zwei Dinge, falls du Zeit dafür hast», erklärte sie rasch.

Da war sie wieder, diese Floskel: «. . .falls du Zeit hast. . . falls du nicht zu beschäftigt bist. . .» Fast wollte mir scheinen, daß im vergangenen Jahr kaum ein Gespräch mit mir *ohne* diese vorsichtige Anfrage über die Bühne gegangen war.

Es gelang mir, meine Verärgerung zu beherrschen. «Ich habe Zeit dafür», erklärte ich.

«Die Buchprüfer berichten, daß sich der Personalstand in den Versorgungsabteilungen der Clubs erhöht hat, und zwar um siebzehn bis zwanzig Leute je Club in den letzten zwei Jahren.»

«Und?»

«Ich finde das merkwürdig. In derRegel braucht man da höchstens zwei Leute.»

«Nun, wenn schon. Bei den Profiten – was für einen Unterschied macht das?»

«So nachlässig darf man die Leitung eines Unternehmens nicht betreiben», sagte sie mißbilligend. «Wenn so etwas auch in den anderen Sparten einreißt, dann wird es eines Tages keine erwähnenswerten Profite mehr geben.»

«Okay. Kümmere dich drum.»

«Bin bereits dabei.»

Wieder war sie mir ein Stück voraus. Und diesmal war in meiner Stimme etwas von meiner Gereiztheit zu spüren. «Warum erzählst du mir überhaupt davon, wenn du die Sache bereits in Angriff genommen hast?»

«Ich meine, du solltest auf dem laufenden bleiben», erklärte sie mit unbewegter Stimme.

«Du sprachst von zwei Punkten. Worum handelt es sich beim zweiten?»

«Er betrifft eine persönliche Angelegenheit. Ich heirate nächsten Monat.»

Ich musterte sie überrascht. «Den Richter?»

Sie lächelte und errötete leicht. «Ja.»

Ich stand auf und beugte mich zu ihr, küßte sie. «Gratuliere. Er ist ein Prachtkerl. Ihr werdet bestimmt sehr glücklich miteinander sein.»

«Nächstes Jahr will er sich als Kandidat für die Kongreßwahlen aufstellen lassen», sagte sie. «Und deshalb ist jetzt die richtige Zeit dafür.»

«He, es ist immer die richtige Zeit dafür, wenn du ihn liebst.»

«Ich liebe ihn», versicherte sie. «Er ist ein feiner Mensch.»

Ich küßte sie noch einmal und betrachtete sie dann genauer. Sie strahlte. «Das ist schön», sagte ich.

48

Die Kommissionsmitglieder machten hochzufriedene Gesichter. Wie betäubend schien der süße Duft des Erfolgs in der Luft zu hängen. Ich ließ meinen Blick über den Tisch schweifen. Da saßen sie, die Finanziers und Bankmenschen, und Martin Courtland, der Vorsitzende der Kommission, lächelte mich an. «Das erfolgreichste Angebot, das die Börse seit den Tagen der Ford Motor Company erlebt hat. Wir hätten den Nennwert der Einzelaktie gut und gern verdoppeln können, die Anleihe wäre trotzdem noch überzeichnet worden.»

«Ich beklage mich nicht», sagte ich. «Trotzdem sind hundert Millionen Dollar eine Menge Geld.»

«Ich habe gehört», fuhr er fort, «daß die Aktien einen Tag nach ihrer offiziellen Ausgabe an der Börse zu einem Anfangskurs gehandelt werden sollen, der fünfzig Prozent über dem Nennwert liegt.»

Der Nennwert betrug fünfzig Dollar pro Aktie. Also würde gleich am ersten Tag der Preis auf fünfundsiebzig Dollar hochgeschnellt sein. «Da sahnen Sie gleich auf Anhieb ganz gewaltig ab», sagte ich.

Er lachte. «Vielleicht haben Sie Lust, ein paar von Ihren privaten Aktien bei uns unterzubringen?»

«Nein, danke. Ich bin nicht raffgierig.»

Sie lachten alle. Zwei Millionen Aktien wurden ans interessierte Publikum ausgegeben, eine Million blieben als Garantie stehen, drei Millionen behielt ich für mich selbst zurück. «Ich habe da ein paar interessante Zahlen», verkündete ich und meinte den Bericht über das erste Quartal.

Sie hatten ihn bereits gesehen. «Bei der zu erwartenden Entwicklung machen die Aktienbesitzer, selbst wenn sie die Papierchen zu einem wesentlich höheren Kurs erwerben, das Geschäft ihres Lebens», erklärte Courtland.

Ich sagte nichts.

Er blickte sich in der Tischrunde um. «Zweifellos, Gentlemen, ist Ihnen allen bewußt, daß zum ersten Mal bei einer Großfinanzierung zur Errichtung eines Hotels und eines Kasinos in Las Vegas darauf verzichtet worden ist, bei irgendwelchen der üblichen Quellen Hypotheken aufzunehmen.»

Was er meinte, lag auf der Hand. Angefangen hatte das Ganze, als Lonergan mich mit dem Grund und Boden in Las Vegas überraschte – und mit der Möglichkeit, über Versicherungsgesellschaften und Banken siebzig Millionen Dollar zur Finanzierung zu erhalten. Die Idee als solche gefiel mir, Partner jedoch wollte ich nicht: Die Bedingungen, die man mir stellte, erinnerten mich zu sehr an gewisse Gewohnheiten der «Spaghettis» an der Ostküste.

Daher hatte ich beschlossen, Aktien aufzulegen. Zunächst war die Reaktion skeptisch, aber das änderte sich rasch, als man die Profitzahlen sah.

«Lassen wir uns nicht vorzeitig zu Erfolgsgefühlen hinreißen, Gentlemen», sagte ich. «Noch sind es zwei Wochen bis zur Ausgabe der Aktien.»

«Eine reine Formalität», versicherte Courtland. «Es kann nichts mehr schiefgehen.»

«Hoffentlich. Ich habe die Verträge bereits unterschrieben und brauche das Geld unbedingt. Sollte die Sache nicht laufen, sitze ich tief im Schlamassel.»

«Das kann nicht passieren», erklärte er. «Sie haben das Geld praktisch schon auf der Bank. An dem Tag, an dem die Aktien auf den Markt kommen, stellen sie einen Wert von zweihundertundfünfundzwanzig Millionen Dollar dar.»

Die Tischrunde spendete spontan Beifall. Zuerst glaubte ich, es handle sich um eine ironische Reaktion, doch der feierliche Ernst auf den Gesichtern belehrte mich eines Besseren. Ich hatte vergessen, daß für diese Männer Geld ein leibhaftes Etwas war. Wirklich schade, daß es nicht aufstehen und sich dankend verbeugen konnte. Ich meinerseits rührte mich nicht und blieb stumm.

«Der Börsenausschuß hat mich ersucht, Ihnen eine Einladung zum Lunch zu übermitteln – an dem Tag, an dem die Aktien erstmals notiert werden», fuhr Courtland fort.

«Es wird mir ein Vergnügen sein.»

«Gut», sagte er mit unverkennbarer Genugtuung. «Das wäre also am Montag. Überdies hätte ich gern Ihre Bestätigung, was Ihre Rede beim Club der Vermögensberater am kommenden Freitag betrifft.»

«Ist fest eingeplant. Ich bleibe an dem Wochenende in New York.»

«Ausgezeichnet.» Er blickte sich in der Tischrunde um. «Noch irgendwelche Fragen, bevor wir die Sitzung beenden?»

«Nur eine.» Einer der Banker erhob sich. «Wann bekommen wir eine Einladung zu einer jener fabulösen Parties in Ihrer Villa, von denen wir schon so viel gehört haben?»

Ich grinste ihn an. «Ich fürchte, daß Sie mich da mit Hugh Hefner verwechseln. Ich gebe keine Parties, und ich habe keine Villa. Ich wohne in einem Bungalow im Beverly Hills Hotel.»

Er wurde vor Verlegenheit rot.

«Aber vielen Dank für die Frage», fügte ich rasch hinzu. «Es ist eine gute Idee, und vielleicht bin ich jetzt in der Lage, mir solche Dinge zu leisten.»

Sie lachten alle, und die Sitzung klang aus im Geiste gegenseitiger Achtung, um nicht zu sagen Liebe. Während ich zu meinem Büro zurückging, fragte ich mich unwillkürlich, ob sich das Verhältnis von Geld zu Liebe in einer mathematischen Gleichung ausdrücken ließe.

Vielleicht war das gar nicht so schwer; schließlich schien das Verhältnis ja direkt proportional zu sein: Je mehr Geld man besaß, desto mehr Liebe empfing man auch.

Kurz nach zwölf war ich wieder in meinem Büro. Briefe und Mitteilungen lagen säuberlich gestapelt auf meinem Schreibtisch. Flüchtig ging ich alles durch. Etwas Wichtiges war nicht dabei – nichts, worauf ich sofort hätte reagieren müssen. Ich blickte durchs Fenster. Es war wirklich ein wunderschöner Tag.

Ich rief Eileen an. «Wie ist die Sitzung gelaufen?» wollte sie wissen.

«Alles eitel Sonnenschein.»

«Da bin ich froh.»

«Ich habe eine Idee. Wie wär's, wenn wir uns den Nachmittag freinehmen und zum Strand fahren würden?»

«Tut mir leid. Aber ich kann nicht. Ich habe zwei Redaktionssitzungen und außerdem Besprechungen mit vier Autoren.»

«Sag ihnen doch, sie sollen dich am . . .»

Sie lachte. «Solche Angebote mache ich nicht. Im Ernst . . . ich kann das nicht einfach alles absagen. Es handelt sich um seit langem vereinbarte Termine, und außerdem ... wenn ich mich nicht schon jetzt um einiges kümmere, haben wir in der Nummer, die in drei Monaten herauskommen soll, einen Haufen leerer Seiten.»

«Scheiße», sagte ich.

«Nun sei nicht deprimiert. Wir holen das ein anderes Mal nach.»

Als nächstes versuchte ich's bei Bobby, doch der steckte bis über die Ohren in Arbeit. Die Herstellung saß ihm im Nacken, weil sie sein Okay für einige Layouts brauchte. Drei Fotografen wollten von ihm neue Ideen, und in seinem Vorzimmer warteten neun Modelle auf seine Begutachtung.

Marissa, die jetzt die Abteilung Reisen leitete, war gleichfalls unabkömmlich. Sie und Dieter hatten eine Verabredung mit Vertretern der Zahnärztlichen Vereinigung von Los Angeles, die im Mazatlán Lifestyle Hotel einen Kongreß mit rund sechshundert Leuten plante.

Schließlich rief ich Denise an. «Heute ist doch dein Jahrestag», sagte ich. «Laß vom Personalpool jemanden kommen, damit dein Schreibtisch besetzt ist, und wir beide werden den Nachmittag am Strand verbringen.»

Aus ihrer Stimme klang aufrichtiges Bedauern. «Oh, Gareth, ich kann nicht.»

«Was soll das heißen, du kannst nicht?»

«Da ist eine Gruppe von Mädchen, die für mich nach Büroschluß in La Cantina eine Cocktail-Party geben.»

Das gab mir den Rest. Ich knallte den Hörer hin. Alle in diesem gottbeschissenen Bau hatten etwas zu tun, nur ich nicht. Jetzt begriff ich, was es bedeutete, ein «gemachter» Mann zu sein – daß es für einen nichts mehr zu machen gab.

Ich drückte auf den Knopf der Gegensprechanlage. «Besorgen Sie mir sofort ein Auto.»

«Ja, Mr. Brendan. Wollen Sie, daß Tony Sie fährt?»

«Ich will, daß niemand mich fährt! Ich werde selbst fahren.»

Ihre Verblüffung war unverkennbar. «Sie werden selbst fahren?»

«Sie haben doch gehört!» knurrte ich.

Es war ein Eldo-Cabriolet, das für mich bereitstand. Ich ließ das Verdeck herunter. Zwanzig Minuten später strebte ich vom Sunset Boulevard in Richtung Strand. Unterwegs kaufte ich noch eine Tragtasche mit einem Brathähnchen und ein Sechser-Pack Bier. Dann fuhr ich weiter, den Pacific Coast Highway entlang, an Paradise Cove vorbei: zu einem kleinen Strandstück, das mir als wenig benutzt in Erinnerung war.

Als ich dort ankam, war es etwa halb zwei, und die Sonne stand hoch am Himmel. Ich parkte auf den Felsen, nahm die Tasche mit dem Hähnchen und das Sechserpack und trottete hinab in den Sand. Schließlich fand ich eine Stelle, die wenigstens teilweise im Schatten lag. Ich zog mein Hemd aus, breitete es auf dem Boden aus.

Bis auf einen Surfer, der immer wieder versuchte, eine große Welle zu erwischen, war ich hier allein. Ich stieg aus meinen Hosen und behielt nur meinen schwarzen Slip an. Dann setzte ich mich, lehnte mich mit dem Rücken an ein Felsstück und öffnete eine Bierdose. Kühl rann mir das prachtvolle Gesöff in die Kehle, ein herrliches Gefühl. Ich wischte mir mit dem Handrücken über den Mund und beobachtete in aller Muße den Surfer.

Er ritt auf einem Wellenkamm. Doch die Woge besaß nicht genügend Kraft, um ihn zu tragen, und er versank im Wasser. Einen Augenblick später tauchte er mit seinem Surfboard wieder empor und paddelte abermals hinaus, um eine neue Welle abzupassen.

Möwen kreisten und stürzten sich auf Fische hinab, Strandläufer jagten ihren eigenen Schatten nach. Ich holte meine Sonnenbrille hervor und setzte sie auf, das Licht war ganz einfach zu grell. Diesmal hatte der Surfer eine Prachtwelle erwischt. Ich folgte ihm mit den Augen. Fast bis zum trockenen Sand glitt er, dann ging sein Brett ein wenig unter, und er stieg davon ab wie von einem Tretroller. Ob ich wohl noch so etwas konnte? fragte ich mich unwillkürlich. Als Kind hatte ich oft am Strand gestanden und Ausschau gehalten nach einer, nein, nach *der* großen Welle.

«Nur noch eine Welle, Onkel John», bat ich. «Bitte.»

Er zögerte, nickte dann. «Aber wirklich nur noch eine. Danach geht's nach Hause. Der Strand ist leer, und deine Mutter wird anfangen, sich Sorgen um dich zu machen.»

Ich lief ins Wasser, in den Händen mein Kinder-Surfboard. Ich schwamm so weit hinaus, wie ich mich traute, und wartete auf das, was ich für *die* große Welle hielt. Dann turnte ich mit hämmerndem Herzen auf das Brett und stand auf. Es war ein herrlicher Roller, und während ich hochoben zum Strand ritt, schrie ich, was meine siebenjährige Lunge nur hergab.

Als ich aus dem Wasser kam, wartete Onkel John mit einem großen Badetuch auf mich. «Zieh dir die Badehose aus, damit ich dich abtrocknen kann», sagte er.

Er kniete vor mir und frottierte mich. Plötzlich erklang hinter mir die Stimme meines Vaters. «Kannst du deine Finger nicht mal von deinem eigenen Neffen lassen, du perverses Schwein?»

Ich sah, wie sich die Augen meines Onkels hinter den randlosen Brillengläsern in Eis verwandelten. Langsam erhob er sich. Und dann bewegte er sich auf einmal so schnell, daß ich überhaupt nicht sah, was passierte. Als ich mich umdrehte, lag mein Vater lang auf dem Boden und blutete aus Mund und Nase. Mit geballten Fäusten stand mein Onkel über ihm.

Ich rannte zu meinem Vater, kniete neben ihm nieder. Schwach bewegte er seinen Kopf und versuchte zu sprechen. Zwischen seinen Lippen sah ich einen ausgeschlagenen Zahn, in seinen Augen stand Entsetzen.

In wilder Wut schrie ich meinen Onkel an. «Wage ja nicht, meinen Vater noch einmal zu schlagen, du gemeiner, schrecklicher Kerl!»

Mein Onkel starrte wortlos, mit traurigem Gesichtsausdruck auf uns nieder.

Ich versuchte, den Kopf meines Vaters anzuheben. «Steh auf, Daddy, steh auf!»

Mühsam richtete mein Vater seinen Oberkörper auf, saß jetzt wenigstens. Als ich aufschaute, sah ich Onkel John den Strand hinuntergehen, zu seinem Auto.

Danach ließ er sich sehr lange nicht mehr bei uns sehen. Und als er schließlich wieder kam, gab es sie nicht mehr, die enge Bindung, die einmal zwischen uns existiert hatte.

Als ich den Bungalow beim Hotel betrat, war es schon spät. Ich war am Strand ins Dösen gekommen, und danach war ich so verspannt, daß ich mich in einem dümmlichen Western abzureagieren versuchte. Eileen schlief schon. Ich ging ins Badezimmer, um mich zu duschen.

Wenig später sah ich durch das Glas der Duschkabine ihre Silhouette. «Alles in Ordnung?» fragte sie durch das Rauschen des Wassers.

«Ja.»

«Deine Mutter war um dich besorgt.»

Ich hatte völlig vergessen, daß sie mich zum Abendessen erwartet hatte.

«Und ich auch», fügte sie hinzu.

«Tut mir leid», versicherte ich, während ich die Kabine verließ. Sie gab mir ein Handtuch, und ich begann, mich abzutrocknen.

«Ich mußte ihr versprechen, daß du sie am Vormittag anrufst.»

«Okay, du kannst dich darauf verlassen.»

Sie ging zu unserem Schlafzimmer zurück, und als ich ein paar Minuten später ins Bett kletterte, drängte sie sich dicht an mich. Ich zog ihren Kopf auf meine Schulter, spürte dann die Tränen auf ihren Wangen. «He, warum weinst du denn?»

«Ich liebe dich. Und ich kann es nicht ertragen, dich so zu sehen – in einer solchen inneren Verfassung, meine ich. Du hast doch alles, was du dir je gewünscht hast. Ich verstehe einfach nicht, weshalb du unglücklich bist.»

Ich küßte sie und wischte ihr die Tränen von den Wangen. Doch es gab nichts, was ich hätte sagen können. Eine Erklärung hatte ich auch nicht.

Ihre Finger glitten sacht über mein Gesicht. «Armer Gareth», flüsterte sie mit schläfriger Zärtlichkeit. «So viele Kriege.»

49

Es gibt einen Unterschied zwischen altem Geld und neuem Geld. Neues Geld kauft Antiquitäten und restauriert sie zu ihrem jungfräulichen Originalzustand, so daß es einen kaum noch verwundern würde, wenn Ludwig XV. leibhaftig erschiene, um seinen königlichen

Arsch auf einem Sofa zu parken. Auch altes Geld kauft Antiquitäten, läßt sie aber, wie sie sind. Unpoliert bleibt das Holz, verblichen der Stoff, und die Polsterung ist so klumpig, daß man das Gefühl hat, auf einem Haufen Pflastersteine zu sitzen.

Martin Courtland war altes Geld. Doch als er jetzt, in seinem Büro in einem der oberen Stockwerke von Wall Street Nr. 70 hinter seinem Schreibtisch saß, brauchte *er* sich wegen des bewußten Pflasterstein-Gefühls keine Sorgen zu machen. Sein Schreibtischsessel war das einzige moderne Möbelstück im Raum. Lächelnd beobachtete er, wie ich, ganz vorn auf der Kante meines Stuhls sitzend, die letzten Schriftstücke unterzeichnete. Dann drückte er auf einen Knopf und wartete, bis ein Angestellter die unterschriebenen Papiere holte.

Er lehnte sich in seinem Sessel zurück und lächelte uns an. «Damit wäre die Angelegenheit endgültig in die Wege geleitet», sagte er zufrieden. «Von jetzt an läuft alles automatisch.»

Ich rutschte auf meinem Stuhl herum und schaute zu Eileen rüber. Sie schien auch nicht bequemer zu sitzen. «Was bedeutet das?» fragte ich.

«Ihre Unterschrift auf diesen Papieren beauftragt die Finanzkommission, das Geld aus dem Aktienverkauf an Ihre Firma zu überweisen», erklärte er. «Das war auch der Grund, weshalb ich Sie bat, möglichst frühzeitig nach New York zu kommen – damit wir die Angelegenheit aus dem Weg schaffen konnten. Wenn Sie also übermorgen beim Essen der Vermögensberater erscheinen, wissen Sie, daß Sie das Geld in der Tasche haben. Und daran kann auch niemand mehr etwas ändern, ausgenommen Sie selbst.»

«Ich?»

Er nickte. «Sie sind der einzige, in dessen Macht es steht, die Anweisung zu widerrufen.» Er erhob sich. «Kann ich irgend etwas tun, um Ihren Aufenthalt in unserer Stadt angenehmer zu gestalten?»

Die Unterredung war offenkundig zu Ende. Und es kam mir so vor, als seien wir für Courtland bereits so etwas wie die Zeitung von gestern: nicht mehr unbedingt brandaktuell.

«Danke», sagte ich, «aber es fehlt uns hier an nichts.»

«Tut mir leid, daß wir nicht zusammen essen können», versicherte er, als er uns zur Tür seines Büros begleitete.

Unten auf der Straße wartete die Limousine auf uns. Wie stiegen ein, und das Auto fuhr los, noch bevor wir dem Fahrer gesagt hatten, wo wir hinwollten.

Auf den Gehsteigen drängten sich Menschenmassen. Vieles wirkte so ganz anders als in Kalifornien. Hier schienen immer alle in Bewegung zu sein. Es war ein heller, sonniger Tag, doch durch die hohen Gebäude ringsum hatte man eher das Gefühl, sich in einer Art Dämmerlicht zu befinden. «Fun City», sagte ich. «The Big Apple. Was meinst du? Wollen wir nicht ausgehen und ordentlich einen draufmachen?»

«Können wir nicht zuerst zum Hotel zurückfahren und etwas schlafen?» fragte Eileen klagend.

Am Morgen um Viertel vor sieben waren wir auf dem Flughafen gelandet. Da wir um neun Uhr in Wall Street sein mußten, blieb gerade noch genügend Zeit, um zum Hotel zu fahren, sich zu duschen und umzuziehen. Ich warf einen Blick auf meine Armbanduhr. Jetzt war es zehn. Ein oder zwei Stunden Schlaf vor dem Lunch konnten wirklich nicht schaden.

Ich ließ die Scheibe runter, die uns vom Fahrer trennte. «Zurück zum Hotel, bitte.»

Seine Antwort war typisch New York. «Hab ich mir schon gedacht», erklärte er. «Wir sind bereits auf dem Weg.»

Ich schien gerade erst die Augen zugemacht zu haben, als mir das Telefon in die Ohren zu schrillen begann. Ich streckte die Hand nach dem Hörer und hob ab. «Ja?»

«Gareth?»

«Ja.»

«Martin Courtland am Apparat.» Seine Stimme knisterte wie vor elektrischer Spannung. «Haben Sie um zwölf die TV-Nachrichten gesehen?»

«Ich habe geschlafen», sagte ich.

«In der Halle steht ein neuer Fernschreiber», erklärte er. «Sehen Sie sich mal an, was es da gibt. Und rufen Sie dann zurück.»

Abrupt legte er auf. Einen Moment starrte ich grübelnd auf den Hörer in meiner Hand. Dann blickte ich zu Eileen. Sie hatte sich nicht bewegt. Leise stand ich auf, zog mich an und fuhr nach unten. Ich verließ den Aufzug und ging zum Fernschreiber beim Park-Avenue-Eingang.

Fast unbeachtet ratterte der Apparat vor sich hin. Von den Leuten, die geschäftig hin und her eilten, schenkte ihm kaum jemand Beachtung. Die Menschen waren offenbar weit mehr an ihren eigenen Welten interessiert als an dem, was in der Welt draußen geschah.

Im Augenblick spie der Apparat irgendwelche Ziffern und Zahlen aus. Ich griff nach dem langen Streifen, der vom hinteren Teil herabbaumelte, und begann zu lesen. Es traf mich mit der Gewalt eines Dampfhammers.

Von UPI + New York + 12:00
Beamte des Finanzministeriums gaben gerade Aktion gegen illegalen Rauschgifthandel bekannt. Womöglich die erfolgreichste in der Geschichte dieses Ministeriums. In einer großangelegten kriegsähnlichen Operation wurden in drei Großstädten der Vereinigten Staaten sowie in zwei anderen Ländern Razzien durchgeführt. Das FBI und die Rauschgiftabteilung des Finanzministeriums hatten den Zeitpunkt für die Razzien in Zusammenarbeit mit Scotland Yard und der neu gebildeten Operation Condor Gruppe der nationalen mexikanischen Polizei für elf Uhr festgesetzt. Die Razzien wurden durchgeführt in den Lifestyle Clubs in New York, Chicago, Los Angeles und London, im Lifestyle Hotel in Mazatlán, Mexiko, in der sogenannten Klause, einer religiösen Mission in Mazatlán, und auf dem Privatbesitz von Señor Esteban Carillo, einem Cousin des Gouverneurs von Mazatlán. Die Lifestyle Clubs und das Lifestyle Hotel sind Eigentum der Gareth Brendan Publications, Verleger von Macho und anderen Magazinen. Zahlreiche Verhaftungen sind erfolgt, und weitere werden erwartet. Die beschlagnahmten Drogen sind große Mengen von Heroin, Kokain, Marihuana, Amphetaminen und Meskalin mit einem Straßenverkaufswert von zweihundert bis dreihundert Millionen Dollar. In allen betreffenden Großstädten hat die Polizei die Lifestyle Clubs zwecks weiterer Ermittlungen schließen lassen.

+++

Fortsetzung +++ Mexiko City
Die mexikanische Polizei meldet drei Tote und zwei Verwundete bei Schießerei während Rauschgiftrazzia. Ein erbittertes Feuergefecht, bei dem über 200 Schüsse abgegeben wurden, endete mit dem Tod von zwei Privatwächtern des Señor Carillo und von Bruder Jonathan, einem Missionar in der Klause. Zwei mexikanische Polizisten wurden verwundet. Bruder Jonathan konnte identifiziert werden als John Singer, ehemals Sergeant bei der Polizei von Los Angeles. Singer quittierte den Dienst, als amtliche Ermittlungen gegen ihn eingeleitet wurden wegen des Verdachts der Erpressung von kleinen Rauschgifthändlern. Die Ermittlungen wurden später eingestellt.

+++

Fortsetzung +++ New York und Washington
Beamte des Justizministeriums versprechen baldige Anklageerhebung gegen die Manager der Lifestyle Clubs sowie weitere bei den Rauschgiftrazzien verhaftete Personen. Ein hoher Ministerialbeamter vertrat die Auffassung, daß der sogenannten Mexican Connection vielleicht endgültig das Rückgrat gebrochen worden sei. Die Mexican Connection ersetzte die French Connection, die vor über drei Jahren zerschlagen worden war durch Blitzaktionen in Frankreich, der Hauptnachschubbasis für den Drogenschmuggel in die Vereinigten Staaten.

+++

Fortsetzung +++ New York
Gareth Brendan Publications Ltd., Eigentümer der Lifestyle Clubs und des Lifestyle Hotels, die nach großangelegten Rauschgiftrazzien geschlossen wurden, hat mit einer der erfolgreichsten Anleihen in jüngerer Zeit für 100 Millionen Dollar zwei Millionen Aktien abgesetzt. Mr. Brendan, der noch drei Millionen Aktien der

Gesellschaft in seinem persönlichen Besitz hat, ist Präsident und Hauptgeschäftsführer der Gesellschaft. Die Aktien werden am kommenden Montag zum ersten Mal an der Börse notiert.

Ich riß das Papier mit den Meldungen aus dem Fernschreiber und fuhr mit dem Fahrstuhl wieder hinauf. Als ich die Suite betrat, sah ich, daß Eileen inzwischen aufgewacht war. «Was ist bloß los?» fragte sie. «Das Telefon klingelt ja wie verrückt. Alle Welt scheint dich unbedingt sprechen zu wollen.»

Ich reichte ihr die Meldungen aus dem Fernschreiber. «Lies das.»

«Verita möchte, daß du sofort zurückrufst», sagte sie. «Es ist dringend.»

Ich nickte, nahm den Hörer ab, war wenig später mit Verita verbunden. «Gareth», sagte ich.

«Du weißt, was passiert ist?» Zum ersten Mal seit langer Zeit schlug ihr Akzent wieder durch.

«Ja. Ich hab's gerade herausgefunden.»

«Dann komm schnell zurück. Hier ist der Teufel los!»

«Ich komme mit der nächsten Maschine.» Ich überlegte einen Augenblick. Bevor er Richter geworden war, hatte ihr Verlobter zu den besten Strafverteidigern in Kalifornien gehört. «Dein Freund, der Richter – meinst du, es ließe sich machen, daß er zur Stelle ist, wenn ich auf dem Flughafen ankomme?» fragte ich.

«Ja, bin ich eigentlich sicher.»

«Gut. Sobald ich Plätze reserviert habe, gebe ich dir die Flugnummer durch.» Unwillkürlich klang in meiner Stimme Bitterkeit durch. «Julio hat uns von oben bis unten voll Scheiße geschmiert.»

«Du hast das letzte noch nicht gehört?» fragte sie überrascht.

Ich steckte bis zum Hals in lauter Neuigkeiten. «Was denn? Wovon sprichst du?»

«Julio wurde vor knapp einer Stunde von zwei Männern in einem Auto mit einer Maschinenpistole erschossen. Er kam gerade aus seiner Garage. Polizisten waren bereits auf dem Weg, um ihn zu verhaften, und sie meinen, daß man ihn erschossen hat, damit er nicht reden konnte.»

«Oh, Scheiße.» Das deutete darauf hin, daß Julio keineswegs der

Einzelgänger und Alleinherrscher gewesen war, wie er seine Chicanos glauben gemacht hatte. Irgendwie mußte da eine Verbindung zu den Spaghetti bestanden haben. Denn dies war Mord nach der Gangland-Methode: nach der Art der großen Gangstersyndikate. «Okay. Ich rufe dich in einigen Minuten zurück, gleich, wenn ich die Reservierungsbestätigung habe.»

Ich legte auf. Doch kaum lag der Hörer auf der Gabel, schrillte der Apparat auch schon wieder. Ich hob ab, legte sofort wieder auf und rief die Hotelvermittlung an. «Alle Anrufe für ein-, zwei- und dreiundzwanzig bis auf weiteres zurückhalten. Ich möchte mit niemandem reden.»

Sobald die Leitung wieder frei war, rief ich Courtland an. Während ich noch darauf wartete, daß er sich meldete, sagte ich zu Eileen, sie solle über den zweiten Apparat in der nächsten Maschine nach Los Angeles Plätze für uns buchen und dann Verita Bescheid geben.

«Wie kann so etwas geschehen?» fragte Courtland.

«Das weiß ich nicht. Aber ich fliege sofort zur Westküste, um der Sache auf den Grund zu gehen.»

«Wenn die Angelegenheit nicht rechtzeitig geklärt ist – das heißt, noch bevor Ihre Aktien am Montag an der Börse notiert werden, bleibt dem Börsenausschuß gar nichts anderes übrig, als sie zu sperren.»

«Bedeutet das womöglich, daß wir das Geld zurückgeben müßten?» fragte ich.

Die Vorstellung schien ihn zu entsetzen. «So handhaben wir die Dinge nicht. Wir – äh – stehen zu unseren Verpflichtungen.»

Wobei die siebzehn Millionen, die ihr bei dem Geschäft eingesackt habt, euch die schwere Bürde dieser Verpflichtungen wohl *ein wenig* erleichtern, dachte ich, hielt jedoch den Mund.

«Aber es ist alles so überaus peinlich», fügte er hinzu.

«Ich werde Sie auf dem laufenden halten», sagte ich und legte auf.

Eileen kam ins Zimmer zurück. «Eine Maschine geht um drei und eine um fünf. Aber die um drei schaffen wir nie. Wir müssen ja noch packen.»

«Scheiß aufs Packen», sagte ich. «Wir schaffen die um drei.»

Die voraussichtliche Ankunftszeit in Los Angeles war 17.52. Wegen schlechter Wetterlage landeten wir jedoch erst um 18.41 Uhr.

In der Wartehalle lauerte eine Meute von Reportern auf mich, von Presse, Funk und Fernsehen; ausserdem noch zwei Beamte mit gerichtlichen Vorladungen. Die eine vor eine Jury in Los Angeles, die andere vor den Kongreßausschuß zur Bekämpfung des organisierten Verbrechertums in Washington. Beide Vorladungen waren für denselben Tag und fast für dieselbe Stunde.

Unmittelbar hinter den beiden Beamten entdeckte ich Richter Alfonso Moreno. Veritas Verlobter war ein hagerer, hochgewachsener Mexikaner mit eckigem Kinn und sandbraunem Haar.

Er verlor keine Zeit. «Bevor wir nicht miteinander gesprochen haben, rate ich, auf jede Frage mit ‹kein Kommentar› zu antworten.»

Ich sah ihn prüfend an. «Wenn es Ihnen recht ist, würde ich gern eine kurze Mitteilung verlesen, die ich im Flugzeug aufgeschrieben habe.»

«Lassen Sie mal sehen.» Er nahm mir den Zettel aus der Hand, las aufmerksam, gab ihn mir zurück. «Okay», sagte er. «Aber auch kein Wort darüber hinaus.»

«Danke.»

«Geben Sie mir die Vorladungen», sagte er.

Er steckte sie in die Innentasche seines Jacketts, drehte sich dann zu den Reportern herum und hob die Hände hoch. Sofort verstummten sie. «Mr. Brendan möchte eine Erklärung abgeben.»

Ich las vom Zettel ab. «Ich bin nach Los Angeles zurückgekehrt, um den Behörden bei ihren Ermittlungen in dieser Affäre zu helfen und beizustehen. Es ist meine feste Ueberzeugung, daß man nach Abschluß der Ermittlungen feststellen wird, daß weder ein leitender Angestellter der Firma noch die Firma selbst in die Angelegenheit verwickelt war.»

Sofort erhob sich Stimmengewirr, prasselten Fragen. Die Stimme eines Reporters übertönte die der anderen: «Ist Ihnen bekannt, daß man in Nevada die Spiel-Lizenz für Ihr geplantes Hotel und Kasino vorläufig zurückgezogen hat?»

Meine Antwort erfolgte prompt. «Kein Kommentar.»

Ein anderer Reporter: «Stimmt es, daß Sie im Mazatlán Lifestyle

Hotel mehrere Tage in Gesellschaft von Julio Valdez verbrachten – demselben Julio Valdez, der heute früh erschossen wurde?»

«Kein Kommentar.»

Der Richter nahm mich beim Arm. Ich meinerseits hielt Eileens Hand fest. Gemeinsam begannen wir, uns durch die Masse der Reporter hindurchzudrängen. Auf jede der mir zugerufenen Fragen gab ich meine Standardantwort: «Kein Kommentar.»

Endlich erreichten wir die vor dem Gebäude wartende Limousine und stiegen ein. Kaum hatte sich die Tür hinter uns geschlossen, fuhr Tony auch schon los. «Wohin, Boß?» fragte er, während er das Auto in den Verkehrsstrom lenkte.

«Verita meinte, wir sollten zu ihr in die Wohnung kommen», sagte der Richter. «Dort könnten wir in Ruhe miteinander sprechen.»

«Okay.» Ich nannte Tony die Adresse und wandte mich wieder an den Richter. «Verita wollte, daß ich so schnell wie möglich zurückkomme. Hatte sie irgendeinen besonderen Grund?»

«Das hat sie mir nicht anvertraut. Sie sagte lediglich, sie wollte zuerst mit Ihnen reden.»

Doch dazu kam es nicht mehr. Denn als wir das hohe, neuerbaute Appartement-Gebäude am Wilshire Boulevard erreichten, in das Verita gezogen war, um in der Nähe des Büros zu sein, standen dort bereits der Ambulanzwagen und vier Polizeiautos. Halb noch auf dem Gehsteig, halb auf dem Fahrdamm lag unter einer darübergebreiteten Decke ein schlaffer Körper.

Noch bevor die Limousine hielt, waren der Richter und ich hinausgesprungen. Durch die Umstehenden drängten wir zu den Polizeibeamten. Ein Junge mit einem kleinen Hund in den Armen sprach zu einem Uniformierten, der sich Notizen machte.

«Ich machte mit Schnapsi gerade den Abendspaziergang, als ich plötzlich den Schrei hörte. Ich schaute hoch und sah, wie diese Frau dort oben im fünfzehnten Stock über das Geländer fiel und in meine Richtung stürzte.»

«Hast du dort oben sonst noch irgend jemand gesehen?» fragte der Polizist.

«Nein», erwiderte der Junge. «Ich war viel zu sehr damit beschäftigt, beiseite zu springen.»

«Mein Gott!» Aus der Kehle des Richters kam ein halberstickes Schluchzen. Ich folgte seinem Blick zu der kleinen Hand, die unter der Decke hervorsah. Am Ringfinger funkelte ein Brillant. «Erst vorige Woche habe ich ihn ihr geschenkt!»

Plötzlich bekam sein leichenblasses Gesicht einen eigentümlichen grünlichen Schimmer, und er stürzte zum Rinnstein. Damit er nicht fiel, hielt ich ihn an den Schultern fest, während ihm die Tränen über die Wangen liefen und er sich erbrach, als würden ihm die Eingeweide aus dem Leib gerissen.

50

Auch der nächste Tag wurde zu einem Stück Hölle. Die *Los Angeles Times* brachte auf der Titelseite die schreiende Schlagzeile: *Leitende Angestellte der Brendan Publications begeht Selbstmord.* Der Untertitel war auch nicht besser: «Verita Velasquez, nahe Verwandte des mexikanischen Verbrecherkönigs, der gestern erschossen wurde.»

Die Story selbst war eine meisterhafte Konstruktion aus Fakten, die am Ende ein völlig falsches Gesamtbild ergaben. Der Leser mußte den Eindruck gewinnen, daß Verita das weibliche Pendant zu ihrem kriminellen Vetter gewesen war.

Zwei Stunden brauchten wir, um die Reporter aus der Empfangshalle hinauszubekommen und ein System auszuarbeiten, das sie uns vom Halse hielt. Zu diesem Zweck sperrten wir von den sechs Aufzügen vier und siebten unsere Besucher bereits in der unteren Halle.

Endlich herrschte auch in meinem Büro Ruhe, doch war es eher eine Friedhofs- oder Mausoleumsruhe: Alle gingen wie auf Zehenspitzen umher und sprachen im Flüsterton.

Selbst Shana und Dana verzichteten darauf, ihr übliches Spielchen mit mir zu treiben. Mit fast unfehlbarer Sicherheit schien ich an diesem Tag bei ihnen jedes Mal den richtigen Namen zu treffen. «Mr. Saunders vom Vertrieb am Apparat.»

«Danke, Shana», sagte ich und hob ab. «Ja, Charlie?»

«Wir haben ein paar echte Probleme, Mr. Brendan», sagte er.

Damit verriet er mir kein Geheimnis. Ich beherrschte meine Stimme. «Ja?»

«Viele Zeitschriftenvertriebe, größere wie auch kleinere, verweigern die Annahme unserer Lieferungen der neuen Ausgabe von *Macho*. Andere lassen die Bündel ungeöffnet an uns zurückgehen.»

Das war wirklich ein Problem. Schließlich sorgten die Vertriebe ja dafür, daß unsere Produkte an die Verkaufsstände und somit zum Käufer gelangten.

«Wieviel haben wir gedruckt?» fragte ich.

«Viereinhalb Millionen.»

«Und wieviel Stück davon, meinen Sie, werden abgesetzt werden können?»

«Unserem Computer zufolge zwischen fünfhundert- und siebenhunderttausend.»

Das bedeutete einen Verlust von rund zwei Millionen Dollar, mögliche Profite gar nicht gerechnet. Wieder ein Schlag, direkt in die Magengrube. Ich holte tief Luft. Zu machen war da nichts, jedenfalls nicht im Augenblick. Ein altes Sprichwort sagt, daß eine Lüge meist schon um die halbe Welt gereist ist, während sich die Wahrheit noch die Stiefel schnürt. Würde ich an Stelle dieser Leute wohl anders handeln? fragte ich mich unwillkürlich. Ich würde sicher auch mit niemandem Geschäfte machen wollen, der allem Anschein nach der größte Rauschgifthändler aller Zeiten war.

«Nacken steif, Charlie», sagte ich. «Sobald wir diese leidige Geschichte ausgeräumt haben, normalisiert sich das alles wieder.»

Ich legte auf. Wieder erklang der Summer der Gegensprechanlage. «Bobby ist hier und möchte Sie sehen.»

«Schicken Sie ihn rein.»

Als Bobby eintrat, sah ich, daß seine Augen vom Weinen gerötet waren. «Oh, Gareth!» rief er. «Ich kann einfach nicht glauben, daß sie tot ist.»

Ich stand auf und legte die Arme um ihn. Er lehnte seinen Kopf an meine Brust und schluchzte wie ein Kind. Sacht strich ich ihm übers Haar. «Beruhige dich doch», sagte ich.

«Warum hat sie sich denn nur umgebracht? Ich werde das nie verstehen. Nächsten Monat wollte sie doch heiraten.»

«Sie hat sich nicht selbst umgebracht.»

Er löste sich von mir. «Aber die Polizei sagt das doch. Die Beamten behaupten, es gebe kein Anzeichen dafür, daß sich außer ihr noch jemand im Appartement befand.»

«Es ist mir verdammt egal, was die Polizei sagt.» Ich ging hinter meinen Schreibtisch zurück.

«Aber wenn sie sich nicht selbst umgebracht hat, wer hat es dann getan?»

«Vermutlich dieselben Leute, die Julio ermordeten. Wahrscheinlich nahm man an, daß zwischen beiden eine viel engere Bindung – und Verbindung – bestanden hatte, als das in Wirklichkeit der Fall gewesen war.»

Er starrte mich aus großen Augen an.

«Die Mafia?»

«Ich weiß es nicht», sagte ich. «Aber ich werde verdammt nochmal alles daran setzen, das herauszubekommen.» Ich nahm eine Zigarette aus dem Kästchen auf der Schreibtischplatte und zündete sie an. «Ist dein Vater in der Stadt?»

«Er ist zu Hause.»

Ich drückte auf den Knopf der Gegensprechanlage. «Holen Sie Reverend Sam für mich an den Apparat. Er ist bei sich zu Hause.» Ich blickte wieder zu Bobby. «Ich glaubte, er habe Bruder Jonathan vor zwei Jahren endgültig von Bord geschickt?»

«Du kennst Vater doch. Er sieht in den Menschen nur das Gute. Und Bruder Jonathan verstand es, ihn davon zu überzeugen, daß Denise rauschgiftsüchtig gewesen sei und er – wenn auch vergeblich – versucht habe, sie von ihrer Sucht zu befreien.»

Der Summer ertönte. «Reverend Sam für Sie, Mr. Brendan.»

Aus seiner Stimme klang aufrichtige Anteilnahme. «Eine entsetzliche Geschichte, Gareth, eine ganz entsetzliche Geschichte. Sie war ein reizendes Geschöpf.»

«Ja, Reverend Sam. Aber ich rufe Sie jetzt wegen Bruder Jonathan an.»

«Schockierend. Ich vermag gar nicht zu glauben, daß dieser Mensch einer solchen Doppelzüngigkeit fähig war.»

«Wie lange kannten Sie ihn eigentlich?»

Er schwieg, schien zu grübeln. «Warten Sie... so sieben oder acht Jahre... gleich nach seinem Ausscheiden aus dem Polizeidienst kam er zu uns.»

«Wie haben Sie ihn kennengelernt?»

«Ihr Onkel John schickte ihn zu mir. Es hatte damals eine Reihe von Morddrohungen gegen mich gegeben, und er kam, um für mich als Leibwächter zu arbeiten. Aber dann ließ der Herr sein Licht auf ihn fallen, und er begann, sich der Mission zu widmen. Als die Morddrohungen schließlich kein Problem mehr bildeten, war er bereits auf die zweite Ebene gelangt.»

«Verstehe. Vielen Dank, Reverend Sam.»

«Nichts zu danken, Gareth. Falls ich irgend etwas tun kann, um Ihnen Ihre Bürde zu erleichtern, so zögern Sie nicht, sich an mich zu wenden.»

«Nochmals vielen Dank. Auf Wiedersehen, Reverend Sam.»

«Auf Wiedersehen, Gareth.»

Ich legte auf, sah Bobby an. «Du hast recht. Dein Vater sieht in allen Menschen nur das Gute.»

Ein leichtes Lächeln glitt über sein Gesicht. «Der letzte Arglose.»

«Nicht der letzte», sagte ich. «Der erste.»

Nachdem er gegangen war, blieb ich eine Weile still sitzen und überlegte. Der Gedanke an Bruder Jonathan ließ mir noch immer keine Ruhe. Einem Impuls folgend, ließ ich Denise zu mir bitten.

Auch sie hatte geweint. «Arme Verita. Ich habe sie geliebt. Ihre Aura war so rein.»

«Sie war wirklich ein guter Kerl», sagte ich. «Hör zu, Denise, ich brauche Hilfe. Wenn meine Fragen dir allzu sehr zusetzen, so sag mir das bitte. Ich möchte auf keinen Fall Unruhe in dir auslösen.»

«Ich liebe dich, Gareth. Ich werde alles tun, um dir zu helfen.»

«Als Bruder Jonathan dich in der Klause in der – wie habt ihr das noch genannt? – Umwandlung hatte, wurdest du von ihm doch gewissermaßen exorziert. War wirklich die Erinnerung an mich das, was er aus dir auszutreiben versuchte?»

«So schien es jedenfalls.» Sie zögerte. «Damit fingen unsere Sitzungen immer an. Er sagte mir, ich müßte dich gleichsam ausscheiden, aus Seele und Körper.»

«Habt ihr sonst noch über etwas gesprochen?»

«Ich glaube, ja. Aber ich erinnere mich nicht mehr richtig daran. Nach den Fragen über dich schien alles andere immer irgendwie zu – zu verschwimmen.»

«Das kam von den Pentothalspritzen, die er dir gab», erklärte ich. «Als ich dich ins Krankenhaus brachte, fanden sich in deinem Blut immer noch Spuren davon. Und bei einer dieser Injektionen mit einer unsterilisierten Nadel wurde die Gelbsucht auf dich übertragen.»

«Das ist das Wahrheitsserum, nicht wahr?»

«Ja. Aber es kann auch für Hypnose benutzt werden. Vielleicht gab es irgend etwas, das du vergessen solltest, ohne daß es dir bewußt wurde.»

«Ich wüßte nicht, was das gewesen sein könnte. Im ersten Jahr dort unten war ich allerdings seine Sekretärin und mußte auf alles ein Auge haben. Sogar seine Berichte habe ich alle getippt.»

«Berichte? An wen?»

«Ach, an einen Haufen Leute. Soweit es religiöse Dinge betraf, gingen die entsprechenden Berichte natürlich an Reverend Sam. Die anderen gingen an... an...» Ein Ausdruck von Ratlosigkeit erschien auf ihrem Gesicht. «Komisch, aber ich scheine mich einfach nicht erinnern zu können.»

«Was betrafen die anderen Berichte denn?»

Sie überlegte einen Augenblick, schüttelte dann den Kopf. «Daran kann ich mich auch nicht mehr erinnern.»

Wortlos sah ich sie an, wartete.

«Tut mir leid, Gareth», sagte sie. «Tut mir wirklich leid.»

Ich lächelte. «Ist schon gut.»

«Dann gehe ich jetzt wohl besser wieder an meine Arbeit.»

Ich wartete, bis sie fast schon an der Tür war, ehe ich meiner Eingebung folgte. Dann sagte ich scharf: «Lonergan!»

«Ich weiß schon», versicherte sie, ohne sich umzudrehen, «er bekommt immer die oberste Kopie.» Sie sagte es automatisch und ging dann weiter, als ob sie überhaupt nicht gesprochen hätte. Erst als sie ganz an der Tür war, schaute sie zurück und sagte: «Bis später, Gareth.»

«Bis später, Denise.»

Ich wartete, bis sich die Tür hinter ihr geschlossen hatte. Dann rief ich die Personalabteilung an. Eine Männerstimme meldete sich: «Hier Erikson.»

«Haben Sie alle Personalakten der Club- und Hotelangestellten, Mr. Erikson?»

«Ja, Sir, im Computer.»

«Ich brauche ein paar Informationen. Können Sie zu mir ins Büro heraufkommen?»

«Bin sofort bei Ihnen, Mr. Brendan.»

Zehn Minuten später hatte ich alle Informationen, die ich wünschte.

Bei seiner Bewerbung hatte jeder Angestellte drei persönliche Referenzen angeben müssen. Und eine der drei Referenzen, die sich bei sämtlichen Generalmanagern und Einkäufern fand, war John Lonergan.

Die ganze Sache wurde sonnenklar.

Er hatte es mir ja selbst klipp und klar gesagt. Damals, als ich nach der Explosion vor dem kleinen Laden am Santa Monica Boulevard zu ihm ins Auto gestiegen war: Hätte er nicht schützend seine Hand über mich gehalten, so wäre ich von Julio den Wölfen zum Fraß vorgeworfen worden.

Später, in Mexiko, hatte Dieter es angedeutet, als er mir sagte, daß ohne die Einwilligung meines Onkels Julio gar nicht in Los Angeles existieren könne und daß Lonergan der einzige Mensch sei, der Julio davon abbringen könne, den Flugplatz für seine Zwecke zu benutzen.

Vermutlich hatte Julio keinen einzigen Tag darauf verzichtet, den Flugplatz zu benutzen. Hatte nicht darauf zu verzichten brauchen. Und als ich das Hotel dann übernahm, hatte Lonergan alles Gewünschte beisammen. Vermutlich war es das profitabelste Ein-Mann-Kartell aller Zeiten gewesen. Dreihundert Millionen Dollar pro Jahr mit eingebautem Profit bei jeder Station, von der Herstellung bis zum Verkauf.

Und nicht einen einzigen Penny hatte es ihn gekostet. Er hatte alles mit meinem Geld gemacht.

51

Es war sechs Uhr abends und Lonergan nirgends aufzuspüren. Nicht zu Hause, nicht in seinem Beverly-Hills-Büro, nicht in der Silver Stud. Meine Mutter befand sich den ganzen Tag bei irgendwelchen Bekannten in Newport Beach, konnte mir im Augenblick also auch nicht helfen. Allerdings wurde sie zum Abendessen zurückerwartet, und so bat ich den Butler, ihr zu sagen, sie solle mich sofort anrufen.

Der Summer tönte. «Mr. Courtland aus New York für Sie am Apparat, Mr. Brendan.»

«Sie machen ja Überstunden», sagte ich. «Bei Ihnen ist es doch bereits neun.»

«Wie immer man in der Öffentlichkeit darüber denken mag, unsere Bürozeit endet keineswegs mit Börsenschluß», erklärte er humorlos. «Irgendwelche neuen Entwicklungen?»

«Einige.»

«Irgend etwas, wovon ich dem Börsenausschuß Mitteilung machen kann?»

«Das glaube ich kaum.»

«Was ist mit dieser Frau, die Selbstmord verübt hat? Es läßt sich doch nicht von der Hand weisen, daß sie in Ihrer Organisation womöglich das Trojanische Pferd war.»

«Sie war es nicht.»

«Wie ich höre, schickt man die neueste Nummer Ihres Magazins zu Tausenden zurück», sagte er.

«Nicht zu Tausenden. Zu Millionen.»

Einen Augenblick schwieg er betroffen. «Soll ich Ihr Erscheinen beim morgigen Essen der Vermögensberater vielleicht absagen?» fragte er dann.

«Hat man die Einladung rückgängig gemacht?»

«Nein.»

«Dann werde ich dort sein.»

«Ich versuche nur, Ihnen mögliche Peinlichkeiten zu ersparen», sagte er. «Viele der Herren haben Ihr Aktienangebot in den Himmel gepriesen. Jetzt sind sie weitgehend davon überzeugt, von Ihnen getäuscht worden zu sein. Sie können ziemlich grob werden, und in einer rosigen Gemütsverfassung befinden sie sich derzeit wirklich nicht.»

«Ich mich auch nicht. Wir sehen uns morgen.» Ich legte auf und drückte auf den Knopf der Gegensprechanlage.

«Ja, Mr. Brendan?»

«Chartern Sie ein Flugzeug, das mich heute nacht nach New York bringen soll. Voraussichtlich werde ich irgendwann zwischen Mitternacht und drei Uhr früh an Bord sein.»

«Ja, Mr. Brendan. Übrigens möchte Ihre Mutter Sie jetzt sprechen. Sie hatten ja wohl gebeten, daß sie sich meldet.»

«Hallo, Mutter.»

«Gareth, du tust mir ja so leid.» Sie schien es aufrichtig zu meinen.

«Bin soweit okay, Mutter.»

«Wie konnten diese Mexikaner dir nur so schreckliche Dinge antun? Wo du zu allem auch noch so gut zu diesem Mädchen gewesen warst. Verhalfst ihr aus einem völlig untergeordneten Posten zu einer absolut gehobenen Position. Aber als ich damals ihre Stimme am Telefon hörte, wußte ich ja sofort, daß ihr nicht zu trauen war. Wir haben gerade darüber gesprochen, heute beim Lunch auf der Jacht der Fischers. Eine wirklich wunderschöne Jacht haben sie. Siebzig –»

«Mutter», unterbrach ich sie, «wer sprach darüber?»

«Wir alle. Aber dann erklärte Onkel John, was wirklich geschehen war, und du tatst uns allen so entsetzlich leid.»

«Onkel John war mit dir zusammen?»

«Ja.»

«Ist er jetzt bei dir?»

«Nein. Er hatte eine Verabredung zum Abendessen.»

«Mit wem?»

«Ich glaube, er hat den Namen dieses netten jungen Mannes erwähnt – Dieter von Halsbach.»

«Vielen Dank, Mutter.» Ohne Aufwiedersehen zu sagen, legte ich auf, betätigte dann den Knopf der Gegensprechanlage. «Finden Sie heraus, ob Marissa noch in ihrem Büro ist.»

Sie war es nicht, und so gab ich Anweisung, es immer wieder in ihrer Wohnung zu versuchen. Eine halbe Stunde später klappte es endlich. «Weißt du vielleicht, wo Dieter zu Abend ißt?» fragte ich.

«Nein. Gegen halb sechs sah ich ihn noch im Büro. Dann stürzte er in aller Eile davon, zu irgendeiner wichtigen Verabredung.»

«Wo könnte er sein?»

«Falls ich etwas erfahre, werde ich dafür sorgen, daß er dich anruft.»

«Danke.»

«Gareth, es tut mir ja so leid – Verita, meine ich. Du glaubst doch sicher nicht, was in den Zeitungen steht.»

«Nein.»

«Gott sei Dank. Ich auch nicht.»

Ich beschloß, Bobby zu Hause anzurufen. Da es in der Welt der Schwulen keine Geheimnisse gab, konnte er mir womöglich helfen. «Meinst du, du kannst herausbekommen, wo Dieter heute nacht ist?» fragte ich.

«Ich werd's versuchen», sagte er. «Könnte aber einige Zeit dauern. Wo kann ich dich gegebenenfalls erreichen?»

«In meinem Büro.»

Um Viertel nach zehn meldete er sich. «Dieter hat im Greek Chorus eine Suite reserviert.»

«Im Greek Chorus?»

«Ganz recht. Eine Suite, für die ganze Nacht. Und Abendessen und alles, was sonst noch dazu gehört. Unser Freund muß eine ziemlich dicke Brieftasche haben.»

Ich legte auf. Die Geschichte ergab keinen rechten Sinn. The Greek Chorus war das teuerste Schwulenbordell auf der Welt. Interessenten mußten ausnahmslos rechtzeitig reservieren lassen, und der Mindestpreis betrug fünfhundert Dollar. Aber ich hatte von Rechnungen bis zu zehntausend Dollar gehört, für einen einzigen Abend. Allerdings waren die Zehntausend ein Ausnahmefall gewesen: Ein Araber, eigens zu diesem Zweck im Flugzeug gekommen, hatte alles und alle in Reichweite gekauft.

The Greek Chorus befand sich in einer Luxusvilla, die früher einem Filmstar gehört hatte. Sie lag oben in den Hollywood Hills. Tony lenkte die Limousine in die Auffahrt und hielt vor dem Eingang. «Warten Sie auf mich», sagte ich, während ich auf die Klingel drückte.

Der Mann, der die Tür öffnete, war sehr breitschultrig und trug einen Smoking. Unmittelbar hinter ihm stand ein anderer Mann von ähnlichem Typ, gleichfalls im Smoking. «Haben Sie eine Reservierung?» fragte der erste Mann.

«Nein, aber ich bin nur für wenige Stunden in der Stadt, und ich habe so viel von diesem Etablissement gehört.»

«Tut mir leid», sagte der Mann und trat einen Schritt zurück. «Nur Reservierungen.» Er wollte die Tür schließen.

Ich stellte meinen Fuß dazwischen und ließ eine Hundert-Dollar-Note sehen.

Mit ausdruckslosem Gesicht betrachtete er den Schein.

Ich fügte einen zweiten Hunderter hinzu. Und einen dritten und einen vierten und einen fünften. Dann stoppte ich. Wenn ich's übertrieb, konnte das ins Gegenteil umschlagen: ihn mißtrauisch machen.

«Wie ist Ihr Name?» fragte er.

«Gareth.»

«Einen Augenblick, Sir. Vielleicht habe ich Ihren Namen im Buch übersehen.»

Er verschwand nach drinnen und sprach mit dem anderen Mann. Sekunden später war er zurück. «Bitte um Verzeihung, Sir, daß ich Sie habe warten lassen», sagte er und steckte die fünf Scheine ein. «Doch da war ein Fleck, der Ihren Namen teilweise verdeckte.»

Ich folgte ihm durch die Tür. «Nur eine Vorsichtsmaßnahme, Sir», sagte er, während er mich mit einer Geste zum Stehenbleiben aufforderte. «Haben Sie bitte die Freundlichkeit, Ihre Arme hochzuheben.»

Ich tat es, und er tastete mich sehr professionell von oben bis unten ab. «Wir gestatten hier drin keine Pistolen oder Messer», sagte er entschuldigend und richtete sich wieder auf. «Das geschieht zu Ihrem eigenen Schutz wie auch zum Schutz der übrigen Gäste.»

Wir durchquerten die prachtvoll ausgestattete Eingangshalle. Die elegante Luxusvilla aus den zwanziger Jahren war zu einem Schwulenparadies umgestaltet worden. «Bevorzugen Sie irgendeinen bestimmten Typ, Sir?» fragte er.

«Nicht unbedingt. Ich würde sie gern alle sehen.»

«Ja, Sir», sagte er und öffnete eine Tür. Das plötzlich aufspringende

Stimmengewirr bewies, daß man allergrößten Wert darauf gelegt hatte, die Räume schalldicht zu machen. «Dies ist der Salon, Sir. Die Preise berechnen sich nach der Person, auf die Ihre Wahl fällt. Fünfhundert Dollar gelten als Minimum. Speisen und Getränke sind inklusive.»

«Danke.» Ich blieb einige Sekunden stehen, um meine Augen an das gedämpfte Licht zu gewöhnen. Dann strebte ich auf die halbkreisförmige Bar am anderen Ende des Raums zu.

Auf Chaiselongues und Couches ringsum lagerten Gruppen von Männern, viele von ihnen nackt. Bei den Bekleideten handelte es sich vermutlich um Gäste. Die Nackten musterten mich, während ich an ihnen vorüberging, doch irgendwelche Avancen machte keiner.

Ein Mann in Smokingjacke beugte sich über die Theke. «Was darf es sein, Sir?»

«Whisky mit Eis.» Ich schob ihm einen Fünf-Dollar-Schein zu, als Trinkgeld.

«Sorry, Sir», sagte er und wehrte entschieden ab. «Trinkgelder sind nicht gestattet. Sie sind unser Gast, Sir.»

«Danke.» Ich lehnte mich gegen die Theke und ließ, während ich einen kräftigen Schluck nahm, meine Augen durch den Raum gleiten. Dann entdeckte ich jemanden, den ich kannte, und lächelte unwillkürlich.

Meinen Drink in der Hand, durchquerte ich den Salon und blieb vor dem nackten, schwarzhäutigen Mann stehen, der mit geschlossenen Augen auf einer Chaiselongue lag. «Jack», sagte ich leise.

Überrascht öffnete King Dong die Augen.

«Schläfst bei der Arbeit, wie?» Ich lächelte.

Langsam setzte er sich auf. «Was tun Sie denn hier, Gareth? Hätte nie gedacht, Sie mal in so einem Puff zu treffen.»

«Und was ist mit dir?» fragte ich.

«Ich arbeite hier eine Nacht pro Woche. Manchmal bringt mir das einen Tausender ein. Kann's nämlich brauchen. Als Fotomodell ist nicht mehr viel drin.»

«Hättest du Lust, dir einen glatten Tausender zu verdienen?»

«Wenn's um Kohlen geht, bin ich immer dabei.»

«Erinnerst du dich noch an diesen Mexikaner mit den bloden Haaren?» Ich setzte mich zu ihm auf die Chaiselongue. «Ist er heute abend hier?»

Ein Mann in Smokingjacke ging an uns vorbei. «Spielen Sie mit meinem Schwanz», sagte King Dong. «Das ist einer von den Aufpassern.»

Ich hob sein Glied an. Und ich schwöre, daß es das Gewicht einer Boa Constrictor hatte. Der Aufpasser machte kehrt und verließ dann den Salon.

«Ja, er ist hier», sagte King Dong.

«Weißt du auch, in welchem Zimmer er sich befindet?»

Er nickte.

«Läßt es sich irgendwie machen, daß ich zu ihm hineinkomme?»

«Dazu müßten Sie die Treppe hinauf. Und das dürfen Sie nur, wenn Sie mit einem der Jungens gehen.»

«Ich werde mit dir gehen.»

«Ich weiß nicht so recht», sagte er. «Wenn diese Kerle was merken, bin ich 'ne tote Leiche. Das sind Killer.»

«Keiner wird etwas merken. Es wird keine Schwierigkeiten geben.»

«Dann müssen Sie denen aber erst mal fünfhundert hinblättern.»

«Ist schon okay.»

Seine tiefe Stimme dröhnte durch den Raum. «Mann, hast du's aber eilig.» Er lachte.

Ich ging auf sein Spiel ein. «Will mein Flugzeug nicht verpassen.»

Ich folgte ihm zur Bar.

«Hab hier 'n ganz Scharfen», sagte er zum Barmann.

Der musterte uns mit ausdruckslosem Gesicht. «Fünfhundert Dollar, bitte», sagte er.

Ich legte fünf Scheine auf die Theke.

«Danke.» Aus einem unteren Fach nahm er einen vergoldeten Schlüssel. «Zimmer sechzehn.»

«Könnten wir nicht sechs oder sieben haben?» fragte King Dong. «Du weißt doch, in Zimmern mit niedriger Decke arbeite ich nicht so gut.»

Der Barmann sah nach. Dann tauschte er den Schlüssel gegen einen anderen aus. «Sechs.»

«Danke», sagte King Dong.

In einer Ecke des Salons teilte er einen Vorhang. Dahinter befand sich eine Treppe.

«Wir haben Schwein», flüsterte er mir zu. «Er ist gleich nebenan, in Zimmer fünf.»

«Brauche ich einen Schlüssel, um hineinzukommen?» fragte ich.

Er schüttelte den Kopf. «Wenn die Zimmer benutzt werden, bleiben die Türen unverschlossen. Manchmal gibt's da nämlich Trouble, und dann müssen die Hals über Kopf rein.»

Im nächsten Stockwerk blieb er vor der Tür mit der Nummer sechs stehen. Rasch sah er sich um und vergewisserte sich, daß niemand in der Nähe war. «Sie können jetzt nebenan rein», flüsterte er. «Aber seien Sie bloß vorsichtig, wenn Sie wieder rauskommen.»

Ich öffnete die benachbarte Tür und schlüpfte ins Zimmer. In derselben Sekunde verschwand King Dong in Nummer sechs.

In Nummer fünf brannten alle Lampen. Dieter lag auf dem Bett, Gesicht nach unten. Auf dem Fußboden, ganz in seiner Nähe, sah ich eine Spritze und eine verknäulte Gummischnur. An seinem ausgestreckten Arm waren deutlich Einstiche zu erkennen. Der junge Graf von Halsbach war nichts als ein Junkie.

Ich setzte ein Knie aufs Bett, schüttelte ihn an der Schulter. Dann hörte ich plötzlich ein Geräusch. Es kam von einem Vorhang auf der anderen Seite des Raums. Rasch ging ich hin und zog den Vorhang zurück.

Von einem Tisch, der mit Speisen geradezu überladen war, blickten mich drei dunkle Augenpaare an. Ich starrte auf die ungepflegten, verwahrlosten Gesichter. Kinder waren es, wahrhaftig Kinder.

«*Qué pasa?*» fragte einer der Jungen und stand auf. Sein nackter kleiner Körper war weich und rund. Er schien der älteste zu sein, konnte jedoch höchstens neun Jahre zählen.

Ich schüttelte den Kopf. «*Nada*.»

Er setzte sich wieder und aß weiter, als sei er keinen einzigen Augenblick gestört worden. Ich ließ den Vorhang los und ging zum Bett zurück.

Wieder schüttelte ich Dieter, härter diesmal. Endlich öffnete er die Augen, schließlich schien er mich sogar zu erkennen.

«Wo ist Lonergan?» fragte ich.

Er schüttelte den Kopf, stöhnte dann. «Wieder weg.»

«Wie lange schon?»

«Seit einer Stunde, einer halben Stunde. Weiß nicht. Hab geschlafen.»

«Schlaf nur weiter», sagte ich.

Er schloß wieder die Augen. Ich ging zur Tür, öffnete sie einen Spalt, spähte hinaus. Niemand war zu sehen. Rasch ging ich zur nächsten Tür.

King Dong saß wartend auf dem Bettrand.

«Okay», sagte ich. «Gehen wir.»

Er stand auf, zog die Bettdecke zurück und zerwühlte die Laken. Dann feuchtete er ein Handtuch an, warf es über die Decken und betrachtete sein Werk kritisch. «Jetzt können wir gehen. Wollte bloß nichts riskieren. Wenn die hier alles so hübsch ordentlich vorfinden, dann werden sie vielleicht mißtrauisch.»

«Du kannst dir die tausend Dollar morgen im Büro abholen», sagte ich und folgte ihm die Treppe hinunter.

Der Mann an der Tür machte eine Verbeugung. «Ich hoffe, alles war zu Ihrer Zufriedenheit, Sir.»

«Einfach tadellos», sagte ich.

«Danke, Sir. Bitte, beehren Sie uns wieder.»

Als ich einstieg, ließ Tony den Motor an. Ich warf einen Blick auf die Digitaluhr im Armaturenbrett. Zehn Minuten nach Mitternacht. Wo Lonergan um diese Zeit zu finden war, wußte ich genau.

52

Die Silver Stud war genauso voll Menschen und Lärm wie eh und je. Überhaupt schien alles unverändert zu sein. Nur die Puppe, die am Klavier drauflos hämmerte, war nicht mehr dieselbe.

Vor dem Collector blieb ich stehen. Wie gewöhnlich hatte er eine Flasche Whisky vor sich auf dem Tisch. Er betrachtete mich mit einem Lächeln. «Mann, ist aber lange her.» Wir schüttelten uns die

Hände. «Setzen Sie sich doch und genehmigen Sie sich einen Drink», forderte er mich auf. «Wir haben Sie erwartet.»

Er schenkte mir ein. «Lonergan da?» fragte ich.

Ich hatte einen schlechten Geschmack im Mund. Der Whisky half.

Er nickte. «Hat grade 'ne Besprechung. Ist aber gleich fertig. Dann können Sie zu ihm.»

Wieder hatte ich einen schlechten Geschmack im Mund. Wieder mußte der Whisky helfen.

«Wie gefällt Ihnen die Puppe da am Piano?» fragte er mich enthusiastisch.

«Das Lied hab ich doch schon mal gehört, wie?»

In einem breiten Lachen ließ er seine Zähne blitzen, klatschte sich auf die Schenkel. «Kann doch nichts dafür, daß ich auf so flotte Pianistinnen stehe!» Unter dem Tisch ertönte ein Summer. «Sie können jetzt rauf.»

Lonergan saß hinter seinem Schreibtisch. Mit kühlem Blick musterte er mich. «Du hast mich gesucht, wie ich höre.»

«Schon den ganzen Tag.»

«Aus irgendeinem besonderen Grund?» fragte er mit geradezu sanfter Stimme.

«Du weißt schon Bescheid.»

«Meinst du? Nun, sag's mir doch.»

«Du hast mich hinters Licht geführt, für deine Zwecke benutzt. Und du hast Julio und Verita und weiß Gott wieviel andere umgebracht.»

Seine Stimme war völlig ruhig. «Das kannst du nicht beweisen.»

«Ja, das stimmt. Ich wollte nur, daß du Bescheid weißt.»

«Ich habe deinen Kopf aus der Schlinge gerettet. Ich habe dafür gesorgt, daß du aus allem rausbleibst. Jetzt kannst du diesen Kerlen von Wall Street beim Lunch eine feine Rede halten und ihnen alles erklären. In ein paar Tagen läuft die ganze Chose wieder, und du bist prächtig raus.»

«Und weiter ist dazu nichts zu sagen?»

«Was willst du denn noch?»

«Ich will Verita wiederhaben. Lebendig und gesund und glücklich. Genauso, wie sie war, als ich sie zum letzten Mal sah.»

«Den Wunsch kann dir nur Gott erfüllen. Verlange von mir etwas, das ich tun kann.»

«Scheiße. Du und ich, wir werden uns nie verstehen.»

«Ich glaube, ich verstehe dich. Du bist wie dein Vater. Du hältst dich für hart, aber innen bist du Brei. Er hatte nicht das Zeug zum richtigen Mann, und du hast es auch nicht.»

«Aber du hast es?»

Er nickte. «Mir nimmt keiner etwas.»

«Du meinst, du gibst keinem etwas.»

«Wortklauberei.»

«Liebe», sagte ich.

Seine Stimme klang kalt. «Was ist das?»

«Wenn du fragen mußt, wirst du es nie wissen.»

«Hast du mir sonst noch etwas zu sagen?»

Ich schüttelte den Kopf.

«Dann gehst du wohl besser. Bis New York sind es rund viertausend Kilometer, und wenn du nicht rechtzeitig zu deinem Mittagessen kommst, bist du erledigt.»

Ich ging auf die Tür zu, blieb abrupt stehen. Ein Bild zuckte mir durchs Gehirn: drei dunkle Augenpaare, drei verwahrlost wirkende Gesichter. Und plötzlich tauchte eine ferne Erinnerung in mir auf. «Eines würde ich gern noch von dir erfahren, Onkel John», sagte ich.

«Und das wäre?»

«Als mein Vater damals am Strand auf uns stieß, warst du gerade dabei, mein Kinderschwänzchen zu behandeln, nicht wahr?»

In seinem Gesicht zuckte kein Muskel, doch ich sah, daß er kalkweiß wurde. Das genügte. Ich verließ sein Büro und ging, ohne mich auch nur einmal umzudrehen, die Treppe hinunter.

In meinen Augen brannten Tränen, doch ich unterdrückte sie. Ich hatte ihn wirklich lieben wollen.

Die Klavierspielerin saß jetzt beim Collector am Tisch. Als ich vorbeiging, winkte er mir zu. Ich drängte mich durch die überfüllte Bar. Beim Ausgang stand eine Gruppe von Leder-Boys. Die Tränen ließen meinen Blick verschwimmen, und ich stieß gegen einen von ihnen.

Ich trat einen Schritt zurück. «Verzeihung», sagte ich.

«*De nada*», erwiderte er und wandte rasch sein Gesicht ab. Doch ich hatte ihn bereits erkannt. Über seiner Brusttasche sah ich die glänzenden Buchstaben: J. V. Kings. Es war derselbe Bursche, der mich in Julios Auftrag vor langer, sehr langer Zeit in der Nähe von Veritas Appartement abgeholt hatte. Einen Augenblick zögerte ich. Sollte ich zu Lonergan zurückgehen und ihn warnen? Aber dies war sein Krieg, nicht meiner. Ich hatte genug davon, in den Kriegen anderer zu kämpfen.

Ich verließ die Bar und stieg ins Auto. «Okay», sagte ich, «zum Flughafen, Tony.»

Vom Flughafengebäude aus rief ich Eileen an. «Ich bin auf dem Weg nach New York», erklärte ich. «Warte also nicht auf mich. Morgen abend bin ich wohl wieder zurück.»

«Viel Glück», sagte sie. «Ich liebe dich.»

«Ich liebe dich», erwiderte ich und hängte auf.

Die Vorzüge einer gecharterten Maschine bestehen nicht zuletzt darin, daß man sich auf einem komfortablen Bett langlegen kann. Ich schlief während des ganzen Fluges, und als ich in New York aus der Maschine kletterte, sah ich die Schlagzeile in den *New York Daily News*. Lonergan war tot. Ich kaufte nicht mal ein Exemplar, um den Bericht zu lesen.

Beim Mittagessen traf ich ein, als man bereits das Dessert servierte. Erstauntes Stimmengewirr wurde bei meinem Eintritt laut. Ich blickte stur geradeaus und marschierte direkt zur Mitte der langen Tafel. Wie erwartet, befanden sich dort ein leerer Stuhl und eine Tischkarte mit meinem Namen.

Einen Augenblick später erhob sich der Mann neben mir und bat um die allgemeine Aufmerksamkeit. Im Saal wurde es still. «Ladies und Gentlemen», sagte er angespannt. «Mr. Gareth Brendan.»

Es gab nicht einmal Höflichkeitsapplaus. Während ich ans Mikrofon trat, starrte mich ein Meer von Gesichtern in tödlichem Schweigen an.

«Herr Vorsitzender, meine Damen und Herren, ich will mich kurzfassen. Wie Sie wissen, ist die erste öffentliche Anleihe der Gareth Brendan Publications Limited ein Riesenerfolg. Ihnen allen, die Sie so entscheidend dazu beigetragen haben, möchte ich meine Wertschätzung und meinen Dank ausdrücken.»

Ich hielt inne. Das Schweigen war eisig.

«Leider sind jedoch gewisse Umstände eingetreten, die den Wert dieser Anleihe zu verdunkeln drohen. Ich bin in vielen Dingen ein naiver Mensch. Ich möchte ganz einfach das Gefühl haben, daß es unter Ihnen welche gibt, denen das Wohl ihrer Klienten noch mehr am Herzen liegt als ihre eigenen Gewinne.

Von Mr. Courtland bin ich darüber informiert worden, daß die Anleihe unwiderruflich ist, es sei denn, ich selbst widerrufe sie. In diesem Augenblick ist es noch mein Aktienkapital und meine Firma. Ich nehme die Gelegenheit wahr, um Sie davon in Kenntnis zu setzen, daß das Aktienangebot offiziell zurückgezogen wird.»

Wort- und Satzfetzen klangen an meine Ohren. Der Lärm wuchs so sehr an, daß ich trotz des Mikrofons meine Stimme heben mußte, um mich verständlich machen zu können. «Damit in Verbindung mit besagtem Angebot niemand einen finanziellen Verlust erleidet, erkläre ich mich zur Rückerstattung aller Unkosten bereit, die im Zusammenhang damit entstanden sind. Ich danke Ihnen.»

Ich verließ den Platz am Mikrofon und begann, dem Ausgang zuzustreben. Das laute Stimmengewirr steigerte sich fast zum Gebrüll. Mein Blick fiel auf Courtland. Er stand wie betäubt, buchstäblich wie vom Blitz getroffen. Blässe überzog sein Gesicht, eine Siebzehn-Millionen-Dollar-Blässe.

Reporter umdrängten mich, packten mich beim Jackett, schrien mir ihre Fragen in die Ohren. Ich aber verließ wortlos den Saal.

Kaum war ich wieder im Hotel, klingelte das Telefon. Ich erkannte Eileens Stimme. «Ich habe von deiner Rede in den Nachrichten gehört», sagte sie. «Ich bin sehr stolz auf dich.»

«Ich weiß nicht recht. Vielleicht bin ich dumm.»

«Nein. Du bist großartig.» Der Klang ihrer Stimme wandelte sich. «Du hast es schon gehört – das mit deinem Onkel?»

«Ja.»

«Es ist schrecklich.»

«Nein, das ist es nicht», sagte ich, und genauso meinte ich es auch. «Lonergan hat zu viele Leben ruiniert, inklusive meins. Damit ist es jetzt zu Ende.»

Sie schwieg.

«In ungefähr einer Stunde fliege ich wieder ab. Was meinst du – wollen wir uns nicht in Las Vegas treffen und uns einen schönen Tag machen?»

«Hast du für einen Tag nicht schon genug Geld verloren?»

«Das habe ich eigentlich weniger gemeint. Ich meinte eher so was wie Hochzeitstag.»

Einen Augenblick herrschte am anderen Ende der Leitung verblüfftes Schweigen. «Ist das dein Ernst?» fragte sie dann ungläubig.

«Natürlich ist das mein Ernst. Ich liebe dich.»